nostalgia

Mircea Cărtărescu s-a născut pe 1 iunie 1956, în Bucureşti. A absolvit Facultatea de Limba şi Literatura Română a Universităţii din Bucureşti în 1980. În prezent este conferenţiar dr. în cadrul Facultăţii de Litere a Universităţii din Bucureşti. Este poet, prozator, eseist, publicist şi critic literar.

A publicat următoarele volume: *Faruri, vitrine, fotografii*, poeme, Cartea Românească, Bucureşti, 1980; *Poeme de amor*, Cartea Românească, Bucureşti, 1982; *Totul*, poeme, Cartea Românească, Bucureşti, 1984; *Visul* (în ediţiile următoare *Nostalgia*), povestiri, Cartea Românească, Bucureşti, 1989; Humanitas, Bucureşti, 1993; *Levantul*, poem epic, Cartea Românească, Bucureşti, 1990; Humanitas, Bucureşti, 1998; *Visul chimeric*, studiu critic, Litera, Bucureşti, 1991; *Travesti*, roman, Humanitas, Bucureşti, 1994; a devenit roman grafic în limba franceză; *Dragostea*, poeme, Humanitas, Bucureşti, 1994; *Orbitor. Aripa stângă*, roman, Humanitas, Bucureşti, 1996; *Dublu CD*, poeme, Humanitas, Bucureşti, 1998; *Postmodernismul românesc*, studiu critic, Humanitas, Bucureşti, 1999; *Jurnal I*, Humanitas, Bucureşti, 2001; *Orbitor. Corpul*, roman, Humanitas, Bucureşti, 2002; *Enciclopedia zmeilor*, carte pentru copii, Humanitas, Bucureşti, 2002; *Pururi tânăr, înfăşurat în pixeli*, publicistică, Humanitas, Bucureşti, 2003; *Parfumul aspru al ficţiunii*, audiobook, Humanitas, Bucureşti, 2003; *Plurivers* vol. I şi II, poeme, Humanitas, Bucureşti, 2003; *Cincizeci de sonete*, poeme, Brumar, Timişoara, 2003; *De ce iubim femeile*, povestiri şi audiobook, Humanitas, Bucureşti, 2004; *Baroane!*, Humanitas, Bucureşti, 2005; *Jurnal II*, Humanitas, Bucureşti, 2005; *Orbitor. Aripa dreaptă*, roman, Humanitas, Bucureşti, 2007; *Dublu album*, Humanitas, Bucureşti, 2009; *Nimic*, Humanitas, Bucureşti, 2010; *Frumoasele străine*, povestiri, Humanitas, Bucureşti, 2010; *Zen. Jurnal 2004–2010*, Humanitas, Bucureşti, 2011, *Ochiul căprui al dragostei noastre*, publicistică şi proză, Humanitas, Bucureşti, 2012. Traduceri în engleză, germană, italiană, franceză, suedeză, spaniolă, olandeză, polonă, portugheză, maghiară, ivrit, norvegiană, bulgară, slovenă, daneză, bască, rusă şi greacă.

Cărţile sale au fost premiate de Academia Română, Uniunea Scriitorilor din România şi din Republica Moldova, Ministerul Culturii, ASPRO, Asociaţia Scriitorilor din Bucureşti, Asociaţia Editorilor din România. Au fost nominalizate în Franţa pentru premiile Médicis, Le meilleur livre étranger, Prix Union Latine. Romanul *Nostalgia* a primit în 2005 Premiul literar „Giuseppe Acerbi", Castel Goffredo, Italia. De asemenea, autorul a primit în 2011 Premiul Internaţional pentru literatură de la Vilenica.

mircea
cărtărescu

nostalgia

ediția a X-a

30 03 2013

HUMANITAS
BUCUREȘTI

Redactor: Oana Bârna
Coperta și ilustrația: Răzvan Luscov
Corector: Iuliana Glăvan
DTP: Corina Roncea, Dan Dulgheru

Tipărit la Monitorul Oficial R.A.

Descrierea CIP a Bibliotecii Naționale a României
CĂRTĂRESCU, MIRCEA
Nostalgia / Mircea Cărtărescu. – Ed. a X-a –
București: Humanitas, 2013
ISBN 978-973-50-3920-2
821.135.1-32

EDITURA HUMANITAS
Piața Presei Libere 1, 013701 București, România
tel. 021 408 83 50, fax 021 408 83 51
www.humanitas.ro

Comenzi online: www.libhumanitas.ro
Comenzi prin e-mail: vanzari@libhumanitas.ro
Comenzi telefonice: 0372 743 382, 0723 684 194

PROLOG

Deschid cartea, cartea geme,
Caut vremea, nu e vreme.

Tudor Arghezi

Ruletistul

Dăruiește, Doamne, pacea Israelului
Celui care are optzeci de ani și nici un viitor pe pământ.

Notez aici (pentru ce?) aceste versuri din Eliot. În orice caz nu ca posibil moto pentru vreuna dintre cărțile mele, pentru că n-am să mai scriu niciodată nimic. Iar dacă totuși scriu rândurile astea, nu le consider nici pe departe literatură. Am scris destulă literatură, vreme de vreo șaizeci de ani nu am făcut decât asta, dar să-mi îngădui acum, la sfârșitul sfârșitului, un moment de luciditate: tot ce am scris după vârsta de treizeci de ani nu a fost decât o penibilă impostură. Sunt sătul să mai scriu fără speranța că mă voi putea vreodată depăși, că voi putea să-mi sar peste umbră. E drept, până la un punct am fost cinstit cu mine, în singurul fel posibil pentru un artist, adică am vrut să spun despre mine totul, absolut totul. Dar cu atât mai amară a fost iluzia, căci literatura nu e mijlocul potrivit prin care poți spune ceva cât de cât real despre tine. De la primele rânduri pe care le așterni pe pagină, în mâna care ține stiloul intră, ca într-o mănușă, o mână străină, batjocoritoare, iar imaginea ta în oglinda paginii fuge în toate părțile ca argintul-viu, așa încât din bobițele lui deformante se încheagă Păianjenul sau Viermele sau Famenul sau Unicornul sau

Zeul, când de fapt tu ai vrut să vorbești pur și simplu despre tine. Literatura e teratologie.

De câțiva ani buni dorm agitat și visez un bătrân care înnebunește de singurătate. Doar visul mă mai reflectă realist. Mă trezesc plângând de singurătate, chiar și când ziua mă simt bine printre prietenii care îmi mai trăiesc. Nu-mi mai pot suporta viața, iar faptul că azi sau mâine voi intra în moartea fără sfârșit mă face să încerc să gândesc. De asta, pentru că trebuie să gândesc, așa cum cel aruncat în labirint trebuie să caute o ieșire printre pereții mânjiți cu baligă, chiar și prin gaura șobolanului, numai din acest motiv mai scriu rândurile astea. Nu propriu-zis ca să (îmi) demonstrez că există Dumnezeu. Din păcate nu am fost niciodată, cu toate eforturile mele, credincios, nu am avut crize de îndoială sau tăgadă. Poate că ar fi fost mai bine să fiu, pentru că scrisul cere dramă și drama se naște din lupta chinuitoare între speranță și deznădejde, unde credința are un rol, îmi închipui, esențial. În tinerețea mea, jumătate din scriitori se converteau, iar jumătate își pierdeau credința, ceea ce pentru literatura lor avea cam aceleași efecte. Cât îi invidiam pentru focul pe care demonii lor îl ațâțau sub căldările în care huzureau ca artiști! Și iată-mă acum în ungherul meu, un ghem de zdrențe și zgârciuri, pe a cărui minte sau inimă sau credință nu ar paria nimeni, pentru că mie nu are ce să mi se mai ia.

Zac aici, în fotoliu, terifiat de gândul că afară nu mai există nimic, decât o noapte solidă ca un infinit sloi de smoală, o ceață neagră care a mâncat încet, pe măsură ce am înaintat în vârstă, orașe, case, străzi, fețe. Singurul soare din univers pare să fi rămas becul veiozei, iar singurul lucru luminat de el – o față smochinită de moșneag.

După ce voi muri, cavoul meu, ungherul meu, va continua să plutească în ceața neagră și solidă, ducând niciunde foile astea ca să le citească nimeni. Dar în ele e, în sfârșit, totul. Am scris câteva mii de pagini de literatură – praf și pulbere. Intrigi conduse magistral, fantoșe cu surâsuri galvanice, dar cum să spui ceva, cât de puțin, în această imensă convenție a artei? Ai vrea să întorci pe dos inima cititorului, iar el ce face? La ora trei termină cartea ta, și la patru se apucă de alta, oricât de bună ar fi cartea pe care i-ai pus-o în brațe. Dar aceste zece-cincisprezece foi sunt altceva, alt joc. Cititorul meu este acum nimeni altcineva decât moartea. Îi și văd ochii negri, umezi, atenți ca ochii fetițelor, citind pe măsură ce umplu rând după rând. Foile acestea cuprind proiectul meu de nemurire.

Zic – proiect, deși totul, și ăsta e triumful meu și speranța mea, este adevărat. Ce straniu: cele mai multe personaje care populează cărțile mele sunt inventate, dar ele au părut tuturor cópii ale realității. Abia acum am curajul să scriu despre un om real, care a trăit mult timp lângă mine, dar care în convenția mea ar fi părut cu totul neverosimil. Nici un cititor nu ar fi acceptat că în lumea lui ar putea trăi, înghesuindu-se în aceleași tramvaie, respirând același aer, un om a cărui viață este o demonstrație practic matematică a unei ordini în care astăzi nu mai crede nimeni, sau crede pentru că este absurd. Dar, vai! – Ruletistul nu este un vis, nici o halucinație a unui creier sclerozat, nici un alibi. Acum, gândindu-mă la el, sunt convins că am cunoscut și eu acel cerșetor de la capătul podului, despre care scria Rilke, în jurul căruia se rotesc lumile.

Deci, nimeni drag, Ruletistul a existat. Și ruleta a existat. Nu ai auzit nimic despre ea, dar spune-mi, ce ai auzit despre Agartha? Eu am trăit vremurile neverosimile ale ruletei, am văzut prăbușirea averilor și acumularea averilor în lumina de fiară a prafului de pușcă. Am urlat și eu în sălile scunde, subpământene și am plâns de fericire când era scos afară un om cu creierii împrăștiați. Am cunoscut marii magnați ai ruletei, industriașii, proprietarii de pământuri, bancherii care pariau sumele acelea de multe ori exorbitante. Timp de mai bine de zece ani, ruleta a fost pâinea și circul iadului nostru senin. Nu s-a auzit nici o șoaptă despre așa ceva de patruzeci de ani încoace? Gândește-te, câte mii de ani au trecut de la misterele grecești? Știe cineva oare azi ce se petrecea cu adevărat în acele caverne? Unde e vorba de sânge, se tace. Toți au tăcut, sau poate că fiecare știutor a lăsat după moartea sa niște foi inutile ca acestea, pe care le va urmări, cu degetul scheletic, doar moartea. Moartea individuală a fiecăruia, geamănul negru născut odată cu el.

Omul despre care scriu aici avea un nume oarecare, uitat de toată lumea, căci foarte curând i s-a spus Ruletistul. Spunând „Ruletistul", nu puteai vorbi decât despre el, deși ruletiști erau destui. Mi-l amintesc fără greutate, o figură posomorâtă, o față triunghiulară pe un gât lung, gălbui și slab, o piele uscată și părul aproape stacojiu. Ochi de maimuță amărâtă, asimetrici, mi se pare că inegali ca mărime. Făcea cumva o impresie de îngălare, de necurățenie. Așa arăta și în țoalele lui de la fermă, și în smokingurile lui de mai târziu. Doamne, ce tentat sunt să fac aici și puțină hagiografie, să-i arunc o lumină transfinită pe obraz și să-i pun o văpaie în ochi! Dar să strâng din fălci și să-mi înghit ticurile astea mizerabile. Ruletistul avea fața întunecată, de țăran ceva mai înstărit, cu dinții jumătate fier, jumătate cărbune. De când îl știu și până a murit (de revolver, dar nu de glonț) a arătat la fel. Și totuși el a fost singurul om căruia i-a fost dat să întrezărească infinitul Dumnezeu matematic și să se ia la trântă cu el.

N-am nici un merit că-l cunosc, că pot să scriu despre el. Aș putea să înalț, numai cu figura lui înaintea ochilor, o schelărie ramificată enorm, un Babel de hârtie, un *Bildungsroman* de o mie de pagini, în care eu, umil Serenus Zeitblom, aș urmări cu sufletul la gură demonizarea progresivă a noului Adrian. Dar apoi? Chiar dacă, prin absurd, aș da ce n-am dat în șaizeci de ani de lucru, o capodoperă, mă întreb la ce bun... Pentru scopul meu final, pentru marea miză a mea (pe lângă care toate capodoperele lumii sunt țărâna din clepsidră și puful păpădiei), ajunge să înșir în trei rânduri etapele vieții larvare a unui psihopat: copilul brutal, cu fața întunecată, care taie în bucăți insecte și omoară cu pietre păsările cântătoare, pasionat de jocul cu bile de sticlă și de aruncarea potcoavei la țăruș (mi-l amintesc pierzând, pierzând mereu bani, bile, nasturi și apoi încăierându-se cu disperare); adolescentul cu momente de furie epileptică și apetit erotic exacerbat; pușcăriașul condamnat pentru viol și tâlhărie. Cred că singurul „apropiat“ în toată această întortocheată etapă a vieții lui am fost eu, poate fiindcă fuseserăm cumva împreună de mici, părinții noștri fiind vecini. Oricum, nu m-a lovit niciodată și mă privea mai puțin bănuitor decât pe ceilalți, oricine ar fi fost ei. De câteva ori l-am vizitat, țin minte, și la închisoare, unde, în frigul verde al vorbitorului, mi se plângea tot timpul, înjurând oribil, de ghinionul pe care-l avea la poker – și îmi cerea bani. Aproape plângea de umilința de a se curăța mereu, de a nu fi în stare nici la o singură mână din miile pe care le juca să ia banii celorlalți. Stătea acolo, pe scândura verde, o mână de om cu ochii înroșiți de conjunctivită.

Nu, mi-e imposibil să vorbesc despre el la modul realist. Cum să înfățișezi realist o parabolă vie? Orice tertip, orice întorsătură sau automatism stilistic care aduce cât de cât a proză mă deprimă, mă îngrețoșează. Să mai spun că, după ce a ieșit din închisoare, s-a apucat de băut și în cel mult un an a decăzut îngrozitor. Nu avea slujbă, iar singurele locuri pe unde îl puteai găsi în mod sigur erau câteva cârciumi de duzină, unde de altfel cred că și dormea. Îl vedeai umblând de la o masă la alta, îmbrăcat în acel mod inconfundabil al bețivilor (haina pe pielea goală, turul pantalonilor târându-se pe trotuar) și cerând câte o halbă cu bere. Am văzut de multe ori farsa sinistră, dureroasă pentru mine, dar în același timp amuzantă, pe care i-o făceau din când în când clienții obișnuiți ai cârciumii: îl chemau la masă și îi spuneau că va căpăta berea dacă va trage bățul lung din două bețe de chibrit ținute în pumn. Și se tăvăleau de râs când el trăgea întotdeauna bățul scurt. Niciodată, sunt sigur de asta, nu și-a „câștigat" berea în acest fel.

Cam pe atunci mi-au apărut mie primele povestiri în reviste și, după un timp, primul volum de povestiri, pe care îl consider și azi cel mai bun lucru făcut vreodată de mine. Eram pe atunci fericit pentru fiecare rând pe care îl scriam, mă simțeam în concurență nu cu cei din generația mea, ci cu marii scriitori ai lumii. Am intrat, cu încetul, în conștiința publicului și în lumea literară, am fost adulat și negat violent în proporții egale. M-am căsătorit prima dată și, în fine, am simțit că trăiesc. Asta mi-a fost de altfel fatal, căci scrisul nu prea se împacă, de obicei, cu belșugul și fericirea. Uitasem, firește, de amicul meu, când l-am reîntâlnit după câțiva ani în locul cel mai neverosimil pentru el: la un restaurant din centru, în lumina stinsă, halucinată, a unor ciorchini de candelabre cu prisme curcubeene. Vorbeam liniștit cu nevastă-mea și îmi plimbam privirile prin sală, când brusc mi-a atras atenția un grup de afaceriști care ocupaseră o masă încărcată ostentativ. În mijlocul lor și în centrul atenției se afla el, cu figura lui lungă și slabă, înțolit sclipitor, dar arătând tot a golan cu găvanele ochilor stinse. Zăcea blazat pe scaun, pe când ceilalți trăncăneau cu o anume veselie cam mitocănească. Am simțit totdeauna repulsie față de obrajii aceia lucioși și hainele de cioclu indecent prin care oamenii de felul lor înțeleg să se remarce. Dar, desigur, eram în primul rând contrariat de schimbarea nesperată în bine a situației materiale a amicului meu. Am mers până la masa lor și i-am întins mâna. Nu știu dacă s-a bucurat să mă vadă, era impenetrabil, dar ne-a invitat să ne alăturăm lor și, pe măsură ce seara înainta înspre noapte, printre multe banalități și stupidități care s-au înșirat în conversație, au început să răzbată cuvinte în doi peri, expresii enigmatice pe care afaceriștii și le pasau peste încărcătura barocă a mesei și la care nu știam cum să reacționez. Timp de câteva săptămâni după aceea am simțit din plin teroarea de a fi întrezărit, chiar și subconștient, niște perspective care se pierdeau spre un alt spațiu decât lumea burgheză, în definitiv, chiar dacă ușor colorată de moftul artei, în care trăiam. Mai mult, aveam de multe ori, pe stradă și chiar în biroul meu, senzația că sunt supravegheat, verificat de o instanță nedefinită, care doar plutea dizolvată, ca un fum de amurg, în aer. Acum știu sigur că eram cu adevărat supus unor verificări amănunțite, pentru că fusesem propus să-mi încep noviciatul în lumea subterană a ruletei.

Uneori sunt plin de fericirea gândului că poate nu există Dumnezeu. Ceea ce în urmă cu câțiva ani mi se părea un paradis sângeros (viața mea de atunci îmi apare într-un *raccourci* verzui, asemenea Cristului lui Mantegna), acum mi se pare un iad eufemizat de uitare, dar nu mai puțin posibil, și deci terifiant. Ei spuneau, ca să mă încurajeze, când am coborât prima dată în subteran, că doar primul joc e mai greu de suportat și că apoi latura „anatomică" a ruletei nu numai că nu te mai dezgustă, dar ajungi să descoperi în ea adevăratul, dulcele farmec al acestui joc; cui îi intră în sânge, continuau ei, îi devine necesar ca vinul și ca femeia. În prima noapte m-au legat la ochi și m-au purtat mai întâi din vehicul în vehicul pe străzile orașului, până n-aș mai fi fost în stare să spun nici cine sunt, darămite unde mă aflu. Apoi m-au târât pe niște coridoare sucite și răsucite, am coborât trepte mirosind a piatră udă și a hoit de pisică. Pe deasupra, din când în când, se auzea huruitul câte unui tramvai. Mi-au scos cârpa de la ochi într-o pivniță luminată slab de câteva lumânări, unde erau așezate în chip de mese, sub bolta arcuită, câteva butoaie de sardele, iar ca scaune lăzi mai mici sau rondele groase tăiate din trunchiuri de copac. Totul amintea de o cramă aranjată cu ostentație să pară cât mai rustică. Impresia aceasta era mărită de cănile de tablă și paharele de bere din care, așezați în jurul butoaielor, sorbeau privindu-mă și vorbind între ei vreo zece-cincisprezece inși foarte veseli, bine îmbrăcați. Pe podeaua de lut fojgăiau gândaci mari de bucătărie. Unii, striviți pe jumătate de vreo lovitură de călcâi, mai agitau câteva labe și-o antenă. M-am așezat la masa unde stătea și amicul meu roșcat. Pariurile deja se făcuseră, erau înscrise cu cretă pe o mică tablă neagră, așa că am dedus că deocamdată aveam să fiu doar spectator. Sumele erau mari, mai mari decât tot ce văzusem vreodată mizându-se la un joc de noroc. La un moment dat, animația acționarilor – cum aveam să aflu că se numeau cei care mizau în acest joc – scăzu, iar băutura rămase uitată în căni și pahare, umplând încetul cu încetul aerul cafeniu cu un miros acru de spirt și bere trezită. Privirile celor din pivniță alunecau tot mai des spre ușa scundă a acesteia. Ușa se deschise după un timp, și în sală intră un individ foarte asemănător cu amicul meu din copilărie, din perioada sa de maximă decădere. Haina lui avea buzunarele rupte, pantalonii îi erau legați cu sfoară de împachetat. Despre fața lui, care ieșea vălurită de sub părul smuls în toate părțile, nu se poate spune decât că era o față de bețiv. Insul era împins de la spate de un patron – era numele dat celui care angaja ruletiștii – având aspectul unui barman, care ducea la subțioară o cutie unsuroasă de lemn. Bețivanul se sui pe o ladă de brad pe care nu o observasem până atunci și rămase acolo, cocârjat, în atitudinea grotesc caricată a unui câștigător olimpic. Acționarii îl priveau și se agitau, arătându-și mereu unul altuia câte un amănunt al înfățișării celui de pe ladă. Pe unul l-am surprins făcându-și cruce cu discreție. Altul își rodea furios pielițele de pe lângă unghii. Altul striga ceva patronului. Dar zgomotul încetă ca retezat când patronul deschise lădița. Toți își lungiră gâturile, hipnotizați, spre micul obiect negru care scânteia ca bătut în diamante. Era un revolver cu șase gloanțe, bine uns. Patronul îl prezentă asistenței cu gesturi lente, aproape rituale, ca un iluzionist care își arată palmele goale cu care urmează să săvârșească minuni. Își trecu apoi palma peste butoiașul revolverului, rotindu-l, iar acesta scoase un sunet subțire, zimțat, ca un râs de gnom. Lăsă revolverul jos și, dintr-o cutiuță de carton, scoase un cartuș lucios în cămașa sa de alamă, pe care îl întinse celui mai apropiat acționar. Acesta îl controlă atent și concentrat pe toate părțile, aprobă scurt din cap, parcă nemulțumit că nu găsise vreo neregulă, și îl trecu celui de lângă el. Cartușul făcu înconjurul încăperii, lăsând urme de grăsime pe toate degetele. L-am atins și eu o clipă. Mă așteptam, nu știu de ce, să fie rece ca gheața sau să frigă, dar era căldicel. Cartușul se întoarse la patron, care, cu gesturi largi, explicite, îl introduse într-unul din cele șase orificii ale butoiașului. Își trecu din nou palma peste piesa mobilă de metal, care se învârti câteva secunde lungi cu același sunet ascuțit, scârțâitor. În cele din urmă înmână, cu o ciudată reverență, omului de pe ladă, arma scânteietoare. Într-o liniște care îți pulveriza oasele și în care, îmi amintesc și acum, tot ce se auzea era fojgăitul gândacilor uriași și sunetul slab scos de antenele lor când se atingeau una de alta, omul își duse revolverul la tâmplă. Din cauza îngrozitoarei concentrări și a luminii slabe, ochii începură să-mi obosească, așa încât, deodată, silueta cerșetorului cu pistolul la tâmplă se descompuse în câteva pete galbene și verzui-fosforescente. Grundul peretelui alb din spatele lui se reliefă enorm: vedeam fiecare crestătură și fiecare bobiță de var, îngroșate ca pielea de pe fața unui bătrân, lăsând urme albăstrui pe perete. Brusc, în pivniță începu să miroasă a mosc și transpirație. Omul de pe ladă, cu ochii strânși și gura strâmbată ca și când ar fi simțit un gust oribil, apăsă violent pe trăgaci.

Zâmbi apoi naiv și năucit. Micul declic al trăgaciului fusese singurul sunet care se auzise. Coborî de pe ladă și se așeză, copleșit, pe ea. Patronul se repezi la el și aproape îl dărâmă în îmbrățișare. În schimb, inșii din sală începură să urle ca scoși din minți, să înjure cumplit. Când patronul și ruletistul său ieșiră pe ușa scundă, aceștia îi însoțiră cu huiduieli sălbatice, cum nu se pot auzi decât la un meci de box.

Întâmplător, primul ruletist pe care îl văzusem vreodată scăpase cu viață. De atunci, vreme de ani în șir, am asistat la sute de rulete și am văzut de multe ori o imagine ce nu se poate descrie: creierul omenesc, singura substanță cu adevărat divină, aurul alchimic unde se află totul, împrăștiat pe pereți și pe podea, amestecat cu schije de țeastă. Gândește-te la coride sau la gladiatori și ai să înțelegi de ce jocul ăsta mi-a intrat curând în sânge și mi-a schimbat viața. Ruleta are în principiu simplitatea geometrică și forța pânzei de păianjen: un ruletist, un patron, niște acționari sunt personajele dramei. În roluri secundare sunt distribuiți stăpânul pivniței, polițistul care își face rondul prin preajmă, hamalii năimiți să scape de cadavre. Sumele relativ neînsemnate pe care ruleta le băga în ei erau, din punctul lor de vedere, adevărate averi. Ruletistul este, firește, vedeta ruletei și rațiunea ei de a fi. De regulă, ruletiștii se recrutau din rândurile groase ale nenorociților mereu în căutare de pâine, asemenea câinilor vagabonzi, ale bețivilor, ale pușcăriașilor abia eliberați. Oricine, numai să fie viu și să-și pună sufletul la bătaie pentru mulți, mulți bani (dar ce înseamnă banii în condițiile astea?), putea deveni ruletist. Era, de asemenea, preferabil să nu aibă, pe cât posibil, nici un fel de relații sociale: familie, slujbă, prieteni apropiați. Ruletistul are cinci șanse din șase să scape. El primește de obicei cam zece la sută din câștigul patronului. Acesta trebuie să dispună de fonduri serioase, pentru că, în caz că ruletistul său moare, trebuie să plătească mizele tuturor acționarilor care au pariat contra lui. Acționarii, la rândul lor, au o șansă din șase de câștig, dar, dacă ruletistul moare, ei pot cere de zece ori miza, sau chiar de douăzeci de ori, după înțelegerea prealabilă cu patronul. Ruletistul nu avea însă cinci șanse din șase de scăpare decât la primul joc. Statistic vorbind, dacă își mai punea o dată pistolul la tâmplă, șansele lui scădeau. La a șasea încercare, șansele lui se reduceau la zero. De fapt, până când vechiul meu amic a intrat în lumea ruletei, devenind Ruletistul cu majusculă, nu se cunoșteau cazuri de supraviețuire nici după patru jocuri. Cei mai mulți ruletiști erau, firește, ocazionali, și nu ar fi repetat pentru nimic în lume teribila experiență. Doar câțiva erau atrași de perspectiva de a face bani, și asta de obicei ca să își poată ei înșiși angaja vreun ruletist, devenind patroni, ceea ce se putea întâmpla și după al doilea joc.

Nu are nici un sens să continuu aici cu descrierea jocului. El este stupid și atrăgător ca orice joc, aureolat, ce-i drept, cu mânjitura de sânge care place ticăloșiei noastre. Mă întorc la cel care a distrus jocul prin faptul că l-a jucat la perfecție. Din câte spune legenda (pe care o puteai auzi pe atunci în toate tavernele orașului), el nu a fost racolat de vreun patron, ci a aflat singur despre ruletă și s-a dus singur să se vândă. Bănuiesc că patronul care l-a angajat a fost foarte fericit să facă rost așa de simplu de un ruletist, fiindcă de obicei erau necesare demersuri lungi și iritante, tocmeli penibile cu cei care-și scoteau sufletul la mezat. La început, orice vagabond cerea luna de pe cer și îți trebuia destulă abilitate să-l convingi că viața și sângele lui nu prețuiesc cât tot universul, ci doar un anumit număr de bancnote, care depindea de cererea de pe piață. Un ruletist căruia nu era nevoie să-i demonstrezi că este de fapt un nimeni, pe care nu trebuia să-l ameninți cu poliția, era un noroc nesperat, mai ales când primea fără discuție prima sumă, propusă cu jumătate de gură și cu priviri oblice de patron. Despre cele dintâi rulete la care a participat amicul meu n-am putut afla mare lucru. Prima și a doua oară când a scăpat, poate chiar și a treia oară, îmi închipui că abia dacă a fost remarcat de acționari. Cel mult, a fost socotit un ruletist norocos. Dar după a patra și a cincea ruletă el deja devenise figura centrală a jocului, de fapt un adevărat mit, care avea să crească exorbitant în următorii ani. În doi ani de zile, până la întâlnirea noastră din restaurant, Ruletistul își dusese de opt ori revolverul la tâmplă prin diferite hrube din labirintul murdar de sub fundațiile orașului nostru. De fiecare dată, mi s-a povestit (iar mai târziu am putut să mă conving și singur), pe fața sa chinuită, aproape fără frunte, se întipărea o expresie de spaimă copleșitoare, o frică animalică, la care nu puteai suporta să asiști. Părea că tocmai frica asta îndupleca întotdeauna soarta și-l ajuta să scape. Tensiunea sa emoțională ajungea la culme când apăsa brusc, strângând ochii și rânjind, pe trăgaci. Se auzea micul declic, după care trupul său cu oasele grele se prăbușea moale pe podea, leșinat dar neatins. Câteva zile zăcea în pat, cu totul golit de vlagă, dar apoi se întrema repede și își relua viața împărțită între cabaret și bordel. Oricât s-ar fi străduit, având totuși o imaginație redusă nu putea cheltui cât câștiga, așa că devenea din ce în ce mai bogat. Se dispensase de mult de girul patronului, devenind el însuși propriul său patron. De ce mai risca era o enigmă. Nu te puteai gândi decât la o singură explicație, dar Dumnezeu știe cât adevăr putea fi în ea, și anume că o făcea pentru un anumit soi de glorie, ca un sportiv care încearcă în orice cursă să se autodepășească. Dacă așa stăteau lucrurile, ar fi fost ceva cu totul nou în privința ruletei, care se făcuse întotdeauna exclusiv pentru bani. Cui i-ar fi trecut prin cap să devină un fel de campion mondial la supraviețuire? Fapt este că Ruletistul deocamdată reușea să mențină acest tempo demențial în cursa lui, la care mai alerga un singur concurent: moartea. Și tocmai în momentul în care această cavalcadă clandestină părea că se înfundă-n monotonie (cei care veneau să asiste la ruletele amicului meu o mai făceau doar din dorința de a-l vedea odată curățându-se, nu ca să mizeze, căci aveau sentimentul, din ce în ce mai resemnat, că mizează contra diavolului), Ruletistul a făcut primul gest de sfidare, care practic a desființat ruleta, pulverizând orice posibilitate de competiție în afară de cea dintre el și tot ce depășește biata noastră condiție. În iarna acelui an el a anunțat, prin sistemul de informații inefabil, sigur și rapid al lumii ruletei, că va organiza în noaptea de Crăciun o ruletă specială: revolverul va avea *două* cartușe în butoiaș în loc de unul singur.

Șansele de scăpare erau acum doar de trei la una, fără să mai socotim reducerea progresivă a șanselor după mai multe jocuri. Mulți cunoscători, chiar și după moartea Ruletistului, mai socoteau că această ruletă de Crăciun a fost de fapt lovitura sa de geniu, și că tot ce a urmat, deși mai spectaculos, n-a fost decât o consecință a acestui gest. Am fost de față la ruleta de Crăciun. Sala subterană era a unei fabrici de coniac și păstra mirosul de băutură chimică, proastă. Deși era mai mare decât oricare alta pe care o văzusem, în noaptea aceea era plină până la refuz. Oriunde priveai, întâlneai figuri cunoscute, ofițeri și pictori, câțiva preoți bărboși, industriași și femei mondene, toți surescitați de inovația neașteptată adusă ruletei. Tabla pe care doi tineri în cămăși scriau cotele pariurilor ocupa tot peretele din spatele lădiței pe care trebuia să se urce Ruletistul. Acesta apăru după un timp, abia străvăzându-se prin fumul albastru din hrubă. Urcă pe ladă și, după tot acel ceremonial al verificării amănunțite a armei și cartușelor, care dură mai mult decât de obicei, căci nimeni nu-și refuza plăcerea să mângâie aproape voluptuos țeava revolverului, luă pistolul, îl încărcă, vârând cele două cartușe la întâmplare în orificiile butoiașului, pe care îl puse în rotație trecându-și palma peste el. Micul râs zimțat se auzi din nou în liniștea sălii, dar, ca întotdeauna, liniștea nu se tulbură cu nici o explozie și pe pereții văruiți nu se întinse nici o floare de sânge. Ruletistul se prăbuși de pe lădiță în brațele celor din primele rânduri, răsturnând pahare și rostogolind fișicuri de monezi de pe măsuțele improvizate. Am plâns atunci ca un copil, de emoție și disperare, căci pariasem o sumă care pentru mine era uriașă și pierdusem, ca toți cei care se înverșunau cu atât mai mult cu cât părea evident că Ruletistul avea o șansă monstruoasă. Am ieșit, ca întotdeauna, în grupuri mici din vizuina întortocheată și, cu toată noaptea de-afară, cu toată liniștea cartierului periferic, ne-am simțit tot drumul vizați de-o privire parcă dizolvată în tot ce ne înconjura, în stratul orbitor, fluorescent, de zăpadă depus peste tot, în vitrinele împodobite cu brăduți și stele de hârtie argintie, în rarii trecători încărcați de pachete și copiii înfofoliți, cu fularele peste nas și gură. Câte o femeie îmbujorată de frigul umed, zgribulită în haina de blană, își trăgea prietenul sau soțul în fața vitrinelor cu cizme și cu eșarfe, care puneau pe fața lor umbre turcoaz, azurii, violete. Drumul meu spre casă trecea pe lângă parcul copiilor, unde un popor de prichindei mânjiți de acadele se opreau năuci în fața căsuțelor unde se vindea limonadă și turtă dulce. Un tată gros îmbrăcat, care trăgea după el pe ghețuș sania călărită de fetița lui, mi-a făcut cu ochiul. Era un patron pe care îl cunoscusem la altă ruletă. Brusc m-am simțit oribil.

Firește că îmi promiteam mereu să mă rup de lumea ruletei. Dar în vremea aceea publicam și câte două sau trei cărți pe an, aveam acel gen de succes care precede o mare tăcere și apoi uitarea. Cu fiecare nouă carte, mă refăceam după pierderile de la ruletă și mă înfundam iarăși acolo, sub pământ, unde se pare că o presimțire a cărnii și scheletului nostru ne atrage încă din timpul vieții. Lucrul de care mă mir acum cel mai mult este conținutul „idealist", „gingaș" al acelor cărți, d'annunzianismul grețos în care mă complăceam. Cugetări nobile, gesturi princiare, horbote de mătase, *mots d'esprit* scânteietoare și un povestitor înțelept, atoateștiutor, care făcea cu substanța fără substanță a istorisirilor lui mii de scamatorii delicate. Odată intrat din nou în conspirația ruletei, nu se putea să nu mă izbească imediat, ca un val din ce în ce mai fierbinte, mai surescitat, știrile despre noile reguli ale jocului impuse tacit de personalitatea copleșitoare a Ruletistului. După ce repetase de încă două ori ruleta cu două cartușe, acesta se văzu atât de bogat și atât de angrenat în zeci de branșe ale industriei țării, ale căror acțiuni le poseda, încât ruleta ca afacere vulgară, ca sursă de existență sau de avere devenise o idee absurdă. Pe de altă parte, cotele sale tindeau să scadă, în ciuda fanaticilor care se ruinau încăpățânându-se să joace împotriva lui. La un singur semn al Ruletistului, tot sistemul pariurilor se prăbuși. Devenise de prost-gust să mai organizezi rulete în care un biet vagabond își duce pistolul la tâmplă. Nu mai existau patroni și acționari, și singurul care mai organiza rulete rămăsese Ruletistul. Dar totul deveni un spectacol, cu bilete de intrare în loc de pariuri, spectacol cu un singur interpret care, din timp în timp, ca un gladiator în arenă, înfrunta destinul. Sălile închiriate deveneau tot mai spațioase. Se renunțase cu totul la tradiția găurii de șobolan, la mirosul de sânge și băligar, la prenumele rembrandtiene. La subsol se aduceau acum mătăsuri grele, cu luciu unsuros, pocale de cristal pe mesele cufundate sub valuri de dantelă olandeză, mobilier cu intarsii florale și candelabre cu sute de prisme și țurțuri de cuarț. În locul berii ordinare se serveau acum băuturi fine în sticle de forme ciudate. Femei în toalete de seară se lăsau conduse până la mese, de unde priveau apoi curioase scena, pe care deocamdată cânta o orchestră din care ieșeau în toate părțile pâlnii aurii de trompetă, gâturi curbe de saxofon, tije grațioase, în continuă mișcare, de trombon. Cred că așa arăta și sala în care Ruletistul s-a produs prima dată încărcând revolverul cu *trei* cartușe. Avea acum exact atâtea șanse de a supraviețui câte posibilități de a juca ultima oară jocul acesta dement. Pentru că noua ambianță, luxul ostentativ care învelea ca o crisalidă insecta terifică a ruletei, nu făcea decât să sporească excitația spectatorilor la mirosul morții. Totul era, mai departe, cât se poate de adevărat. E drept că Ruletistul avea acum părul dat cu briantină și purta smokingul și pantalonii largi ai acelei epoci, dar revolverul era adevărat și gloanțele cu totul reale, iar probabilitatea „accidentului“ atât de așteptat – mai mare ca oricând. Arma a trecut din nou prin toate mâinile, lăsând pe degete un miros fin de ulei. Nici cea mai delicată doamnă din sală nu-și ascundea ochii, în scânteierea violetă a cărora se citea dorința perversă de a vedea ceea ce, unele, doar auziseră despre ruletă: țeasta plesnind ca o coajă de ou și substanța ambiguă, lichidă, a creierului stropindu-le poala rochiilor. De altfel, m-a cutremurat întotdeauna pofta de a fi lângă moarte a femeilor, fascinația lor pentru bărbații care miros aproape metafizic a praf de pușcă. Succesul incredibil la femei al cimpanzeului stupid și scofâlcit, care din când în când se juca cu propria lui viață, trebuie să fi venit de aici. Niciodată cred că nu s-ar fi iubit mai cu poftă acele femei decât după ce ar fi asistat la moartea lui, ajungând acasă cu iubiții lor și aruncându-și pe jos rochiile însângerate, pătate ca niște pansamente de substanță cenușie și lichid ocular. Dar Ruletistul sui pe lada îmbrăcată în brocart roșu, își duse pistolul la tâmplă și, cu aceeași expresie de spaimă paroxistică pe figură, smuci de trăgaci. Apoi, în tăcerea care suspendă totul timp de câteva secunde, se auzi doar bufnitura corpului său pe podea. După câteva zile de delir la spital, Ruletistul își reluă viața obișnuită. Mi-e greu să uit chipul său torturat zăcând cu fața în sus pe covorul de Buhara de la picioarele lăzii. Altădată, ruletiștii care scăpau erau huiduiți, uneori și bătuți de acționarii disperați; acum însă, amicul meu era aplaudat ca o mare vedetă de cinema, corpul său cufundat în inconștiență era înconjurat cu venerație. Fete tinere se-nghesuiau spre el isteric și erau fericite dacă îl puteau măcar atinge.

Ruleta cu trei cartușe gresate în butoiaș se confundă în mintea mea cu cele care au urmat. Era ca și când trufia diabolică a Ruletistului îl împingea tot mai mult să ofenseze divinitățile hazardului. Curând, el anunță o ruletă cu *patru* cartușe înfipte în cele șase alveole ale butoiașului, iar apoi cu *cinci* cartușe. Un singur orificiu gol din șase, o singură șansă de supraviețuire din șase! Jocul înceta să mai fie joc și până și cel mai superficial dintre cei care ocupau acum fotoliile cu catifea simțea, nu cu creierul, nici cu inima, ci cu oasele, cu zgârciurile și cu nervii, măreția teologică pe care o căpătase ruleta. După ce Ruletistul încărcă arma și puse în rotație butoiașul, stârnind iarăși micul râset sacadat de metal negru, bine uns, piesa hexagonală, grea de cartușe, se opri cu singurul loc gol în dreptul țevii. Declicul trăgaciului, care sună în sec, și căderea Ruletistului fură înconjurate de-o liniște sacră.

Stau cu pătura pe mine la masa de scris și totuși mi-e oribil de frig. Cât timp am scris rândurile astea, camera mea, cavoul meu, a călătorit prin ceața neagră de-afară atât de repede, încât mi s-a făcut rău. M-am sucit și m-am răsucit în pat toată noaptea, sac neputincios de ciolane aburite de transpirație. Afară nu mai există nimic, niciodată. Oricât ai merge, în orice direcție, până la infinit, e numai ceața asta neagră și deasă, solidă ca smoala. Ruletistul e miza mea și-ar trebui să fie bucățica de aluat în jurul căreia ar fi posibil să crească din nou pâinea pufoasă a lumii. Altfel totul, dacă există un tot, este plat ca o lipie. Dar dacă el a existat, și a existat – iată pariul meu –, atunci lumea există, și eu nu mai voi fi silit să închid ochii și, cu pielea zbârcită pe oase, cu carnea pe dinafară ca o blană de sânge, să înaintez așa pentru cât ține veșnicia. Din povestea asta îmi fac un acvariu, cel mai mizerabil, căci nu mă interesează un acvariu decorativ, în care eu și el, fiecare garanție pentru realitatea celuilalt, să încercăm să supraviețuim, ca doi pești semitransparenți, cu inima vizibilă în zvâcnirea ei și târând după noi un firișor subțire de excremente. Mi-e groază de gândul că acvariul va rămâne găurit. Pentru Dumnezeu, să fac un efort, deși nu mai îmi simt șira spinării...

Ani de zile Ruletistul a ținut Îngerul de haină, luptându-se să-l dea jos, smucindu-l în toate părțile. A venit însă și seara când l-a apucat de grumaji și, adunându-și puterile, l-a privit adânc în ochi. Iar Domnul, spre dimineață, l-a schilodit și i-a schimbat numele... În acea ultimă seară a ruletei, practic toată protipendada orașului se adunase în uriașa hală frigorifică din subteranele abatorului. Decorul sălii putea părea cu totul ciudat celui care se obișnuise cu luxul ostentativ, de parveniți, al sălilor dinainte. Nu știu dacă o intuiție a cuiva sau o reminiscență din *à rebours* condusese la acel hibrid nostalgic, la amestecul acela oarecum pervers de promiscuitate și rafinament, al cărui efect era mult mai puternic decât al fastului de-acum doar câteva luni. La prima vedere, cu excepția dimensiunilor sălii, aveai impresia că te afli într-una din vechile hrube mizere din vremurile „preistorice“ ale ruletei. Pereții erau plini de mâzgăleli obscene și inscripții zgâriate sau trasate grosolan cu cărbune, dar un ochi cât de cât format nu putea să nu observe de la început rafinamentul estetic, ductul grafic coerent și emoționant al unui mare artist, al cărui nume, din motive evidente, prefer să nu îl amintesc. Măsuțele imitau, din esențe prețioase de lemn și stucaturi aurite, butoiașele de sardele în jurul cărora stăteau acționarii de altădată. Halbe de cristal imitau aspectul barbar al celor de sticlă ieftină, până la nuanța lor verzuie și ciobiturile artificiale. Filtre mohorâte împrăștiau o lumină morbidă, de faclă de seu, amestecată cu valurile de fum albăstrui, ca al trabucurilor de altădată, dar acum parfumat cu mosc și trezind un sentiment delicat, nostalgic. Pe scena din fața sălii se afla o cutie adevărată de portocale, adusă din port și plină de inscripțiile unei firme arabe. În sală, atrași de fantasticul mizei din acea seară, puteai recunoaște, în burnusurile lor albe, diverși magnați ai petrolului, vedete de cinema și cântăreți la modă, industriași cu plastroane scrobite și garoafă la butonieră. Fiecare acceptase, la intrare, să fie legat la ochi cu o eșarfă de mătase pe care nu și-o scosese decât în sală. Eu însumi eram, o spun cu atâta dezgust încât nu pot fi bănuit de lipsă de modestie, un fel de vedetă care atrăgea privirile, chiar și ale lumii celei mai blazate, chiar și ale celor aflați lângă mine în acea seară. Niciodată nu se făcuse mai multă publicitate cărților mele, care deveneau tot mai groase și mai pe gustul lor: nobile, da, în primul rând nobile. Generoase, în primul rând generoase. Așa suna motivația juriului când mi-au dat Premiul Național: „Pentru umanitatea nobilă și generoasă a cărților sale, pentru deplina stăpânire a unei limbi expresive."

Când Ruletistul apăru în sală, îmbrăcat în bizare fâșii de stofă care imitau, cu gust, zdrențele, și când șeful de sală, deghizat în patron, deschise cutia pe care-o adusese sub braț și prezentă publicului un superb Winchester (acum într-o colecție particulară) cu mâner de fildeș și țeavă scânteietoare, ni se opri respirația. Nu puteam crede că poate fi adevărat ceea ce urma să se producă. Pentru că Ruletistul anunțase cu câteva săptămâni înainte că la următoarea ruletă va încărca revolverul *cu toate cele șase gloanțe!* Între progresia de la un cartuș la cinci, oricât de neverosimilă ar fi fost și aceea, și nebunia de acum era prăpastia de la o singură șansă la nici una. Stropul de omenesc pe care Ruletistul îl mai păstrase în tentativa sa se evapora acum sub milionul de sori al certitudinii. Verificarea cartușelor și a revolverului a durat ore în șir. Când s-au întors la el, Ruletistul, suit pe lada sa, le zornăi o clipă în pumn ca pe niște zaruri și apoi le introduse, câte unul, în cele șase locașuri ale butoiașului. Cu o mișcare violentă a palmei îl puse în mișcare. „Inutil", țin minte că a șoptit cineva lângă mine. În liniștea terifiantă, micul hohot dințat al rotirii butoiașului se auzea clar. Tremurând, convulsionat la față, cu o spaimă în ochi cum poate doar la cei aflați în agonie poți vedea, el duse pistolul la tâmplă. Lumea se ridică din scaune.

Îl priveam cu atâta încordare, încât simțeam cum mi se umflă venele tâmplelor. Vedeam cocoșul revolverului cum se ridică încet, parcă vibrând. Și brusc, ca și cum acea vibrație s-ar fi propagat în sală, am simțit cum îmi fuge pământul de sub picioare. L-am mai văzut pe Ruletist prăbușindu-se de pe ladă și revolverul descărcându-se cu zgomot apocaliptic. Dar aerul era deja plin de un zgomot surd, spintecat de țipetele femeilor și de zornăitul sticlelor răsturnate făcute țăndări. Cuprinși de panica spațiului închis, ne-am călcat în picioare ca să năvălim mai repede afară. Zgâlțâielile au durat câteva minute bune, transformând străzi întregi în grămezi de moloz și fiare strâmbe. Chiar la ieșire, un tramvai deraiat intrase într-un magazin de mobilă, făcând vitrinele praf. După o oră cutremurul a reînceput, ceva mai slab ca prima dată. Cine a mai avut curajul să intre în casă în noaptea aceea? Am umblat pe străzi până când ceața dimineții albi orizontul și praful de la clădirile dărâmate se mai depuse pe caldarâm. Abia atunci mi-am adus aminte că Ruletistul probabil că fusese abandonat acolo, în hala subterană, și m-am întors să văd dacă mai trăia. L-am găsit întins pe podea, îngrijit de câțiva inși. Avea un picior luxat din șold și gâfâia de durere. Lângă el se mai afla încă revolverul, mirosind a praf de pușcă și având în butoiaș numai cinci cartușe. Al șaselea lăsase o gaură negricioasă într-un perete al sălii, aproape de tavan. Am oprit o mașină de pe stradă și l-am dus pe amicul meu din copilărie la spital. S-a întremat repede, dar a șchiopătat întregul an cât a mai trăit. Acea seară a îngropat ruleta, care s-a șters din mintea tuturor, așa cum îndeobște uităm orice lucru pe care l-am adus la perfecțiune. Generațiile mai tinere, de după război, nu au mai dat de urma acestor Mistere. Eu doar mai depun mărturie – dar pentru tine, nimeni, pentru tine, nimic.

Din seara cutremurului, Ruletistul s-a înfundat în cartierele sale dubioase, lăsând în urmă, ca de obicei, un șir de scandaluri abia mușamalizate. Se pare că niciodată nu s-a mai gândit la ruletă.

Nu mai pot scrie nici o pagină pe zi. Dureri continue în picioare și în vertebre. Dureri în degete, în urechi, în pielea feței. Ce va fi, ce va fi după moarte? Aș vrea să cred, cum aș vrea! – că se va deschide de acolo o nouă viață, că starea noastră de acum e una larvară, în așteptare. Că eul, de vreme ce există, trebuie să fi găsit un mijloc de a-și asigura permanența. Că voi trece în altceva, infinit mai complex. Altfel este absurd, și nu văd un loc pentru absurd în proiectul lumii. Miliardele de galaxii, câmpurile imperceptibile, în fine, lumea asta care îmi înconjoară craniul ca o aură nu ar putea exista dacă n-ar trebui ca eu s-o cunosc în întregime, s-o posed, să fiu ea. Azi-noapte, ghemuit sub plapumă, am avut un fel de viziune. Abia mă născusem dintr-o burtă prelungă, sângerie, nespus de obscenă, care-mi dăduse o ciudată mișcare rotitoare. Cu o viteză infinită, lăsând în urmă dâre de lacrimi, limfă și sânge, mă înșurubam în noapte. Și deodată, de la marginea nopții, îmi ieși în față un uriaș Dumnezeu de lumină, atât de mare încât nu-mi încăpea în simțuri și în înțelegere. Mă îndreptam către pieptul lui enorm, iar trăsăturile feței lui severe fugeau în sus, turtindu-se la marginea câmpului meu vizual. Curând n-am mai văzut decât marea lumină galbenă a pieptului său, pe care l-am străpuns rostogolindu-mă, și, după o navigare nesfârșită prin carnea lui de foc, i-am ieșit prin spinare. Privind în urmă, pe când mă îndepărtam în zbor, l-am văzut pe colosalul Iehova prăbușindu-se spre stânga cu fața în jos. Încetul cu încetul se micșoră și dispăru, și eram iarăși singur în noaptea fără limite. După un timp cu neputință de estimat (dar pe care l-aș numi eternitate), la marginea vederii mele se ridică un alt Dumnezeu enorm, aidoma cu primul. L-am străpuns și pe-acesta și am țâșnit înainte în vid. Apoi, după o altă veșnicie, apăru altul. Șirul de Dumnezei, privind în urmă, se mărea tot mai mult. Erau sute, apoi mii, prăbușiți cu fața în jos când spre dreapta, când spre stânga, asemenea dinților unui fermoar gigantic de flacără. Și descheind fermoarul în zborul meu, am dezvelit pieptul adevăratului Dumnezeu, *raccourci* mai grandios decât orice pe lume. Rotindu-mă, carbonizat de lumina sa, m-am ridicat la o înălțime atât de mare deasupra lui, încât mi-a fost dat să-l văd în întregime. Cât de frumos era! Pieptul păros, ca de taur, purta sâni de femeie. Fața îi era tânără, încoronată de flacăra pletelor împletite în mii de cosițe; șoldurile, largi, adăpostind puternicul organ viril. În totul, din creștet până-n tălpi, era doar lumină. Ochii îi ținea întredeschiși, zâmbea extatic și trist, iar în dreptul inimii, sub sânișorul stâng, avea o rană îngrozitoare. Între degetele mâinii drepte ținea, cu un gest nespus de grațios, un trandafir roșu. Așa plutea, culcat, în spațiul care se străduia să-l cuprindă, dar care părea sorbit, cuprins de el... M-am trezit între mobilele reci ale odăii mele, plângând uscat, senil. Am vrut să arunc paginile astea adunate aici atât de fără sens. Dar ce poate face un om care a scris toată viața literatură? Cum poate ieși din arcanele stilului? Cum, cu ce instrumente, poți așterne pe-o pagină o mărturie pură, eliberată din carcerele convenției artistice? Să mă adun și să am curajul să recunosc: în nici un fel. Am știut asta de la început, dar, în viclenia mea de animal încolțit, am ascuns jocul meu, miza mea, pariul meu, de privirile tale. Pentru că, în cele din urmă, am mizat tot pe literatură. Am folosit, în raționamentul meu masochist, pascalian, tocmai ceea ce părea că îmi stă împotrivă. Iată tot raționamentul meu, tot ce mă face să duc până la capăt (doar eu știu cu ce efort) „povestea“ asta: *l-am cunoscut pe Ruletist.* De acest lucru nu mă pot îndoi. În ciuda faptului că era imposibil ca el să existe, totuși el a existat. Dar există un loc în lume unde imposibilul e posibil, și anume în ficțiune, adică în literatură. Acolo legile statisticii pot fi încălcate, acolo poate apărea un om mai puternic decât hazardul. Ruletistul nu putea trăi în lume, ceea ce e un fel de a spune că lumea în care el a trăit este fictivă, este literatură. Nu am nici o îndoială, Ruletistul este un personaj. Dar atunci și eu sunt un personaj, și aici nu mă pot opri să nu exult de bucurie. Căci personajele nu mor niciodată, ele trăiesc de câte ori lumea lor e „citită". Dacă nu își va săruta niciodată iubita, păstorul pictat pe urna greacă știe măcar că o va privi veșnic. Iată pariul meu și nădejdea mea. Sper din toată inima, și am un argument forte: Ruletistul, că sunt un personaj de povestire, că, deși am optzeci de ani, nu voi muri niciodată, pentru că, de fapt, nu am trăit niciodată. Poate că nu trăiesc într-o povestire valoroasă, poate că sunt doar un personaj secundar, dar pentru un om la capătul vieții orice perspectivă este preferabilă aceleia de-a dispărea pentru totdeauna.

În privința șansei fantastice a Ruletistului s-au făcut sute de presupuneri. Ce pot face decât să mai adaug una, dacă nu mai reală, cel puțin mai coerentă decât majoritatea celorlalte? Cunoscându-l de mic pe Ruletist, știu că, de fapt, nu șansa, ci, dimpotrivă, cel mai negru ghinion, un ghinion supranatural, aș zice, l-a caracterizat întotdeauna. Niciodată nu a avut bucuria să câștige nici la cel mai copilăresc joc unde hazardul avea vreun rol. De la jocul de bile până la cursele de cai, de la aruncarea potcoavei la țăruș până la poker, părea că destinul îl folosea ca pe un bufon, că îl privea cu un ochi mereu ironic. Ruleta a fost marea lui șansă, și e uimitor cum acest om rudimentar în gândire a avut totuşi viclenia să profite de singurul punct unde putea să străpungă, ca un scorpion, platoşa sorţii şi să transforme batjocura veşnică într-un etern triumf. În ce fel? Mi se pare acum simplu, primitiv şi în acelaşi timp genial de simplu: *Ruletistul miza împotriva lui.* Când îşi ducea pistolul la tâmplă, el se dedubla. Voinţa i se întorcea împotrivă şi-l condamna la moarte. De fiecare dată era convins cu toată fiinţa sa că va muri. De aici, cred, expresia de groază nemărginită care îi apărea pe faţă. Ghinionul său fiind însă total, nu putea decât să eşueze întotdeauna în intenţia de a se sinucide. Poate că această explicaţie e doar o prostie, dar, cum ziceam, mi-e imposibil să văd alta care să stea cât de cât în picioare. De altfel, acum, toate acestea nu mai contează...

Sunt obosit. Fac efortul vieţii mele să mai scriu o pagină. Va fi şi ultima, căci zarurile sunt aruncate şi acvariul e gata. Să astup ultima fisură pe unde mai curge apa – şi apoi voi rămâne mut şi imobil alături de el. Doar cozile şi voalurile înotătoarelor ne vor mai pulsa din când în când. Aştept acel moment cu-atâta voluptate, încât abia mai am răbdare să duc până la capăt povestea Ruletistului. Sfârşitul lui a venit repede, după ruleta cu şase cartuşe din care supravieţuise monstruos. La mai puţin de un an de atunci, întorcându-se de la tripou într-o dimineaţă lăptoasă, a fost brusc tras într-un gang de pe uliţa promiscuă pe care îşi târa picioarele. Un adolescent de nici şaptesprezece ani i-a pus un revolver la tâmplă şi i-a cerut banii. A fost găsit câteva ore mai târziu, mort, având alături revolverul de pe care nefericitul puşti nici nu-şi ştersese amprentele. Cadavrul nu avea nici o urmă de rană, iar expertiza medicală a constatat moartea prin atac de cord. De altfel, în revolver, cu care nu se trăsese, nu s-a găsit nici un cartuş. Tânărul a fost găsit în aceeaşi zi, ascuns la nişte prieteni, şi totul a devenit limpede. Intenția sa fusese doar de jaf. Pistolul era descărcat și-l folosise doar pentru intimidare. Dar bețivul pe care îl atacase fusese cuprins de o spaimă teribilă și se prăbușise greu la pământ, iar tânărul își pierduse capul, aruncase revolverul și fugise. Pentru că nu avea rude și nimeni nu părea să-l cunoască (eu însumi am stat ascuns câteva zile, până s-a terminat totul), Ruletistul a fost îngropat în grabă, cu o cruce simplă, de scândură, la căpătâi.

Așa îmi închei și eu crucea și giulgiul meu de cuvinte, sub care voi aștepta să revin la viață, ca Lazăr, când voi auzi vocea ta puternică și clară, cititorule. Închei, pentru ca lespedea să aibă un epitaf și cercul să se închidă, cu versurile lui Eliot, pe care atât le iubesc:

Dăruiește, Doamne, pacea Israelului
Celui care are optzeci de ani și nici un viitor pe pământ.

NOSTALGIA

Să smulg un sunet din trecutul vieții,
Să fac, o suflet, ca din nou să tremuri
Cu mâna mea în van pe liră lunec;

Pierdut e totu-n zarea tinereții
Și mută-i gura dulce-a altor vremuri,
Iar timpul crește-n urma mea... mă-ntunec!

Mihai Eminescu

Mendebilul

Visez enorm, colorat în demență, am în vis senzații pe care nu le încerc niciodată în realitate. Mi-am notat sute de vise de-a lungul ultimilor zece ani, dintre care unele se repetau convulsiv, târându-mă pe sub aceleași furci caudine ale rușinii și urii și singurătății. Sigur, se spune că scriitorul pierde cu fiecare vis povestit câte un cititor, că visele plictisesc într-o povestire, fiind doar o metodă comodă și învechită de punere în abis. Rareori, într-adevăr, un vis este semnificativ pentru celălalt. În plus, scriitorii uzează câteodată de contrafaceri, construiesc visul la calibrul cerut, care să reflecte și să ordoneze realitatea difuză a povestirii, așa cum, dacă pui un capac de stilou în mijlocul unei mâzgăleli anamorfotice, vezi reflectată în el femeia goală. Pentru că vreau să încep povestirea aceasta cu un vis, încerc să mă apăr cumva de acuzația de lene și naivitate care s-ar declanșa automat.

Sunt, după cum știți, un prozator de ocazie. Nu scriu decât pentru voi, dragi prieteni, și pentru mine. Meseria mea adevărată e anostă, dar mie îmi place și îi cunosc foarte bine trucurile. Trucurile scrisului însă mă lasă rece. De un an și ceva, de când asist la întrunirile voastre duminicale, aș fi putut să învăț enorm în privința tehnicii prin care se încheagă o povestire. Oricum însă, mi-era teamă că nu aș fi avut mare lucru de spus. De fapt, până în noaptea când am visat ceea ce vreau să vă povestesc, am fost convins că nu există nimic în viața mea care să merite să fie scos la lumină. Deci nu încerc să fac o punere în abis, ci vreau doar să iau lucrurile de la început, pentru că sunt convins că, și în viață, și în ficțiune, începutul dă tonul. Ba chiar și în nebunie. Îmi amintesc cum a început s-o ia razna un fost prieten al meu. A venit într-o seară foarte agitat în garsoniera mea și mi-a povestit ciudat de coerent ce i se întâmplase cu o oră înainte: „M-am suit în tramvai ca să merg la o cunoștință. Din cauza frigului de afară geamurile vagonului erau aburite. Pe scaun, în fața mea, stătea o femeie cam de la țară, într-o canadiană maro murdară și cu o broboadă verde. Nici n-am observat-o până ce nu a ridicat mâna înmănușată grosolan și a șters o porțiune din geamul aburit. Tocmai mă uitam afară prin pata devenită transparentă, când tramvaiul a intrat în pasaj și pata s-a făcut neagră ca smoala pe fondul alb al restului geamului. Ei bine, pata reproducea perfect profilul lui Goethe din cunoscuta umbră chinezească. Totul era acolo: nasul drept pornind direct din fruntea oblică, peruca terminată cu codiță, buzele ferme, bărbia rotundă..."

Deci, să n-o mai lungesc și să încep și eu povestirea visului despre care am pomenit. Am visat acum vreo două luni că eram închis pur și simplu într-un borcan, dar într-unul tăiat parcă în cristal de stâncă. Mă învârteam de colo-colo prin borcanul care din când în când scăpăra curcubee și priveam cu mare mulțumire prin pereții săi lumea fluidă, pâlpâitoare, din jur. O pasăre venea lopătând dinspre munții îndepărtați și, pe măsură ce se apropia, se lățea arcuindu-se pe pereții curbi. Când s-a apropiat foarte mult, i-am văzut ochiul migdalat, uriaș, întinzându-se ca într-o lupă și brusc cuprinzându-mă din toate părțile. Mi-am acoperit fața cu un sentiment îngrozitor de rușine și plăcere. Când am privit din nou, am observat că în peretele borcanului, care scânteia nebunește, apăruseră contururile subțiri ale unei uși. M-am repezit spre ea îngrozit de gândul că ar putea să fie deschisă. Dar am respirat ușurat: un lacăt enorm, moale, ca de carne, atârna la ușă. Pe drumeagul care cobora din munții îndepărtați și se oprea în fața ușii mele venea o fetiță. Părea cuminte și bine crescută cum înainta, cu funde mari la codițe și cu gurița umedă, înspre ușă. Pereții borcanului deveniseră drepți și limpezi ca de cleștar și brusc am simțit o spaimă irațională, o teroare cum nu mi-a fost dat să mai încerc vreodată. Fetița ajunsese în fața ușii și începu să bată cu pumnii mici, sidefii, în cristalul gros. De spaimă, mă trântisem pe jos și mă zvârcoleam, dar nu o slăbeam din ochi. Când a apucat lacătul, am simțit că mi se sfâșie măruntaiele, că îmi explodează inima. Ea a rupt lacătul și, cu mâinile mânjite de sânge, a împins greaua ușă de cuarț. A rămas încremenită în prag, într-o atitudine pe care mi-e imposibil să v-o descriu, pentru că nu există cuvinte capabile s-o facă. Și deodată am văzut scena de undeva din spatele fetiței, în timp ce mă depărtam pe drumeagul care ducea spre munții îndepărtați, așa încât am putut cuprinde cu privirea o suprafață din ce în ce mai mare din zidurile masive de sticlă sau gheață sau cristal ale borcanului, care nu era nicidecum un borcan, ci un uriaș castel, o construcție obtuză, cu cornișe și stucaturi și ciubucării și gorgone și luminatoare și balcoane și creneluri și foișoare și jgheaburi numai și numai din materie rece și transparentă. Iar în mijlocul miilor de săli cu pereți strävezii mă aflam eu, trântit la pământ, și fetița în cadrul ușii larg deschise, iar în spatele ei, de la intrarea în castel și până la camera din centru, sute de uși date de perete, cu lacătele însângerate.

M-am trezit cu o senzație stupidă, care m-a sâcâit toată dimineața, dar nu mi-am amintit visul decât după prânz, mai întâi ca niște fulgerări de emoție pură în plex, apoi, la școală, pe când îmi ascultam elevii, ca niște secvențe dureroase ininteligibile. Mi-a trebuit și ziua următoare ca să pot reconstitui tot ce-am povestit aici. Ba chiar, nu știu de ce, am impresia că îmi amintisem mai mult decât știu acum și că, între timp, am uitat. Da, acum, când scriu, mă străfulgeră gândul că *am știut* ce gesturi a făcut și ce cuvinte a rostit fetița din vis, dar simt că nu mă pot concentra cu nici un chip asupra lor. Sper să-mi aduc aminte în cursul povestirii...

Am încercat ca de obicei, după ce mi-am notat visul, să-i fac o anamneză. Am luat-o la întâmplare, vrând să-mi aduc aminte vreun amănunt pe care să-l pot lega de vreo secvență a visului. După o reverie de vreo două ore în fața ceștii de cafea, timp în care m-am fixat la abțibildul lipit pe ceașcă, un fluture purpuriu cu două pete ca doi ochi imenși, albaștri, tiviți cu auriu, pe cele două aripi, și cu corpul în formă de vierme neted, dezgustător, am notat în jurnalul meu următorul text, care mi-a venit spontan: „Când visez, o fetiță sare din patul ei, se duce la fereastră și, cu obrazul lipit de geam, privește cum soarele apune peste casele roz și gălbui. Se întoarce cu fața spre dormitorul roșu ca sângele și se ghemuiește din nou sub cearșaful ud. Când visez, ceva se apropie de corpul meu paralizat, îmi ia capul în palme și mușcă din el ca dintr-un fruct translucid. Deschid ochii, dar nu îndrăznesc să fac nici o mișcare. Sar brusc din pat și mă duc la fereastră. Privesc afară: tot cerul e numai stele.“ Și imediat, ca și când aș fi rostit o formulă sacră, am început să recuperez câte ceva. Unele lucruri le-am uitat, dar știu că brusc mi-am dat seama că istoria cu borcanul se trăgea dintr-o discuție la telefon cu fosta mea prietenă, care între altele îmi povestise că își cumpărase o pereche de hamsteri pe care îi ținea într-un borcan, pe rumeguș. Apoi mi-a venit în minte cea mai veche amintire a mea: aveam cel mult doi ani și părinții mei locuiau pe Silistra. Proprietarul, care se numea Catana, îmi dăruise un clopoțel. Îmi amintesc și azi cu o limpezime perfectă cum am ieșit din curtea casei și am intrat cu ghetuțele într-o mare băltoacă tulbure, întinsă pe stradă. Acolo am dat drumul clopoțelului în apă și, deși am tot pipăit cu mânuțele pe fundul băltoacei care nu era mai adâncă de câțiva centimetri, nu am reușit să-l regăsesc. Țin minte cât de mirat eram din cauza asta. Din această amintire, mi-am dat seama că trebuia să situez desfășurarea visului mult mai adânc în trecut. M-am concentrat asupra fetiței, a cozilor ei legate cu funde enorme de pânză albă, scrobită. M-am gândit că seamănă cu țărăncile pictate de maeștrii olandezi, femei cu capul acoperit de mari și învoalte dantele. M-am gândit la cearșafurile din olandă pe care se tolăneau nudurile superb arcuite ale lui Ingres și brusc mi-a încolțit amintirea: fetița se numea Iolanda. Atunci am văzut în fața ochilor ușa de sticlă de la Scara Unu, care se deschidea atât de greu, moara Dâmbovița, cesulețele de jucărie, violent și dureros colorate, și imaginea Bucureștiului privit de pe terasă, luminat noaptea de reclame roșii și verzi care se aprindeau și se stingeau. Într-o exaltare greu de descris, am dezgropat din memorie în câteva minute niște lucruri despre care eram convins că nu mai știam nimic. Mai mult, mi-am dat seama că acea perioadă a vieții mele a fost cea care a concentrat tot ce este original și poate chiar neobișnuit în mine. Cum a rezistat până acum acest glob perfect, sidefiu, încuiat între valvele cenușii ale vieții mele de profesor necăsătorit și blazat, care trăiește pentru că tot s-a născut, nu îmi dau seama. Dar m-am simțit foarte fericit că aș putea avea și eu, la o adică, niște lucruri interesante de povestit din propria experiență. Nu mă gândesc să scriu o povestire, ci un soi de relatare, o mică și sinceră cronică a celei mai (de fapt, singurei) ciudate perioade din viața mea. Iar eroul acestei cronici, deși nu avea pe timpul când „se petrece acțiunea" decât vreo șapte ani, cred că merită să fie descris, pentru că sunt convins că a marcat pentru totdeauna, deși subteran, ca în cazul meu, destinul tuturor copiilor care se jucau pe atunci în spatele blocului meu de pe Ștefan cel Mare.

Blocul are opt etaje, iar în spatele lui se află acum parcaje în care mașinile tremură una lângă alta în gerul din iarna asta. Acum douăzeci și unu de ani, când ne-am mutat aici, mama abia ieșise din maternitate, unde o născuse pe soră-mea. Țin minte cum, în mijlocul unei camere absolut goale și albe, unde lumina intra pe o fereastră fără perdele și galerie, mama stătea pe un scaun și, luminată orbitor de soarele alb al primăverii, îi dădea să sugă copilului. Ajungeam cu capul exact până la înălțimea chiuvetei de la bucătărie, care cu timpul și-a ciobit în așa fel smalțul de pe fund, încât s-a conturat o pată care reproducea precis conturul Africii, cu deșerturile și fluviile principale.

Blocul se afla în stadiu de finisare. Era lipit la un capăt de o construcție care m-a neliniștit întotdeauna din cauza crenelurilor și foișoarelor, a perspectivelor infinite pe care le-am regăsit la Chirico, și pe toată partea din spate, dinspre moară (altă clădire medievală, de un stacojiu sinistru), blocul avea întinse încă schele ruginite. În spatele blocului, pământul era răscolit de șanțuri de canalizare, care ajungeau pe alocuri la o adâncime de peste doi metri. Acesta era terenul nostru de joacă, despărțit de curtea morii printr-un gard de beton. Era o lume nouă și plină de ascunzișuri, murdară și ciudată, pe care noi, vreo șapte-opt băieți între cinci și doisprezece ani, o luam în fiecare dimineață în stăpânire și cercetare, înarmați cu pistoale cu apă, de doi lei, pe care le cumpăram, albastre și roz, de la „Scufița Roșie", magazinul de jucării care exista pe atunci la Obor, Oborul vechi, adevărat, și în care mirosea întotdeauna a petrosin.

Gașca avea o ierarhie strictă, bazată pe principiul forței fizice: cine pe cine putea să bată. Îmi amintesc câțiva componenți ai ei: Vova și Paul Smirnoff (ce contrariat am fost mai târziu când am auzit de vodca numită la fel!), Mimi și Lumpă (nu știu cum îi mai chema), Luță, Dan de la scara trei, Marconi și frati-su Chinezu, Luci, Marian–Marțianu–Marțaganu–Țaganu–Țacu, cel care acum vreo doi ani s-a însurat cu o vânzătoare de la cofetărie, Jean de la etajul șapte, Sandu, vecinul meu, Nicușor de pe scara cealaltă. Fiecare, mi se pare acum, era interesant în felul lui. Paul mânca smoală și sugea burta fluturilor zicând că au miere. Frati-su, Vova, era cuminte și rușinos, dar avea mania de-a povesti oricui despre vaporul Titanic, care, zicea el, era mai înalt decât trei blocuri puse unul peste altul și avea o mie de elice. Mimi creștea un arici și colecționa cutii de țigări străine, unele făcute din plastic subțire. Era cel mai mare dintre noi și ne putea bate pe toți. De asta era șeful, cu toate că era cam țigănos. Pe cât era Mimi de mare, pe-atât era frati-su Lumpă de bicisnic: un smolit mucos și plângăreț, care orăcăia din te miri ce și de aceea i se zicea Simfonia în Do Major. Trebuie să fi avut vreo patru ani și era cam înapoiat mintal, abia bolborosea trei vorbe. Luci, care era de fapt numit Luciosu, așa cum mie mi se zicea Mirciosu, era cel mai bun prieten al meu. Umblam cu el de colo-colo ascultându-l cum povestea despre cai, numai despre cai, galopând în arene așternute cu mătase și încălțați peste potcoave cu pantofi de cașmir înflorat. Luță era cam macabru, de altfel fratele lui mai mare, după ce a terminat liceul, s-a suit pe terasă și s-a aruncat de acolo pe asfalt. Eram în camera mea și făceam solnițe de hârtie când i-am văzut corpul mare căzând cu fâlfâiri neașteptate prin dreptul ferestrei. Am auzit bufnitura și m-am uitat pe geam: pe asfalt, lângă o Pobedă, zăcea în uniformă fostul licean, iar profilul său nobil se contura pe fundalul unei pete vesele, purpuriu-deschis, care se lățea încetișor.

Sigur, gașca mai cuprindea și alți membri, mai puțin importanți sau pe care nu mi-i amintesc. Era, știu, la scara șase, un băiețel care suferise de poliomielită și avea un picior prins într-un mecanism de metal, complicat, cum trebuie să fi purtat Harieta, sora lui Eminescu. Îl scotea bunică-sa în spatele blocului, de unde ne urmărea cum jucam Vrăjitoaca. Dar era ca și cum n-ar fi fost. Și, era să uit, Dan Nebunul, căruia îi pusese Mimi o poreclă ciudată, despre care nici până acum n-aș putea spune de unde venea și cum a trecut prin mintea greoaie a lui Mimi: i-a zis Mendebilul. Dan obișnuia să se suie pe balustrada care împrejmuia terasa și să strige la noi în jos, de la înălțimea a opt etaje, gesticulând și prefăcându-se că se prăbușește. Noi, ceilalți, nici nu ne puteam apropia de balustradă, darămite să ne suim pe ea.

Fetițele de seama noastră nu intrau, bineînțeles, în gașcă. Ele își petreceau timpul de joacă desenând pe asfalt nesfârșite peisaje cu cretă albastră, galbenă și ciclamen sau chiar cu cărămidă, sau jucând jocurile lor cu năfrămioare, prinți călare, sărutări, odi-odi-oda și „o piatră nestemată ce nu este-n lumea toată". Dau doar câteva nume: Viorica, fata muților, singura care vorbea din toată familia, dar cu părinții ei se înțelegea tot pe mutește; Mona, sora lui Dan, psihopată ca și el, cu ochișorii galbeni sticlind de ură, singura care era admisă la Vrăjitroacă; Fiordalis, fata unor greci care se numeau Zorzon; Marinela, căreia Jan îi cânta pe melodia *Marina, Marina, Marina* cuvintele „Blondă, blondă, blondă, 'naltă cât o sondă", în fine, Iolanda, care mi-a apărut în vis.

Nu vreau să insist mai mult asupra lor. Toți acești norișori colorați și parfumați sunt doar pitorești, iar eu nu-mi pot permite să vă plictisesc cu o poveste pitorească. *Background* – asta am fost cu toții pentru cel care a venit și a schimbat ceva în noi sau măcar a lăsat în noi o amprentă inexplicabilă, cel care nu putea să-l bată nici pe Lumpă și care totuși a fost o vreme ascultat și urmat chiar și de Mimi. Tot ce v-am înșirat aici e doar o introducere a acestei, hai să-i zic, povestiri, dar merită să fac efortul ăsta, fie și din obișnuința de profesor de limba română care repetă de câte ori are ocazia: orice compunere trebuie să aibă o introducere (în care se arată timpul, locul și personajele acțiunii), un cuprins și o încheiere. Introducerea mea s-a cam lungit și totuși nu pot încă să intru în cuprins. Trebuie să vă mai arăt care erau distracțiile noastre dinaintea sosirii în bloc a „personajului principal".

Cei mai mulți dintre noi nu ieșeau practic niciodată din perimetrul zonei din spatele blocului. Lipit de fabrica de pâine Pionierul, ieșind parcă direct din ea, se afla un castan bătrân și chinuit, cu o scorbură zidită cu ciment și un piron ruginit înfipt oblic în scoarța plină de furnici. Pe el puneam piciorul Sandu, Luci și cu mine ca să ne suim în copac, unde ne simțeam în largul nostru, asemenea bătrânicilor lui Capote din *Harfa de iarbă*. Era acolo sus, în locul unde se desfac crengile, încă o scorbură, în care stăteam cu picioarele. Chiar la începutul verii găsiserăm scorbura asta plină de ascuțitori de plastic, chinezești, de-o bogăție de culori pastelate care ne-a tăiat respirația. Erau peste cincizeci, reprezentând tot felul de animale blânde, veverițe cu cozi groase și răsucite, iepurași albi, cai cu balansoar, căprioare din Disney, broscuțe cu ochi albaștri. Se mai aflau rachete roșii și verzi, butoiașe roz-transparente, broaște țestoase și girafe cu gâtul lung și coada mobile. Cu o seară în urmă nu fusese acolo nimic, iar noi veniserăm de dimineață. Nici în zilele următoare nimeni în afară de noi nu a dat târcoale castanului. Pur și simplu, am conchis noi, ascuțitorile crescuseră acolo, se desfăcuseră ca o mirifică inflorescență a copacului, așa cum cactușii sau trestia de bambus înfloresc o dată la un veac. Le-am luat acasă. Până și sub iepuri sau sub căprioarele cele mai blânde se ascundea lama fermă, neiertătoare, a cuțitului de oțel. În castan, asemenea unor bătrâni indieni, stăteam la sfat. Când Luci se plictisise să mai vorbească despre cai, după ce îi îmbrăca în atâta fir de aur, rubine și mătăsuri grele încât nu mai știa ce să inventeze (el pretindea că are într-adevăr asemenea cai la țară), după ce Sandu, care nu avea să ajungă matematician, ne plictisea cu afirmația absurdă că găsise el o carte de „artimetică“ unde în loc de cifre se făceau adunări, scăderi, înmulțiri și împărțiri cu litere, după ce și eu, în sfârșit, mă juram că am văzut o stafie, treceam la lucruri serioase. Să fie adevărat că acel cuvânt foarte scurt pe care îl găseam scris pe gardul de beton sau zgâriat pe smoala vreunei țevi de canalizare înseamnă că toți oamenii mari... Și atunci toate cântecele pe care le cântam cu atâta plăcere:

„Selene–ene–a, fuge baba-n pijama / Selene–ene–a, moșul fuge după ea“ etc. nu se refereau la același lucru scârbos? Ba da, zicea Luci, și adăuga cu cinism: chiar mama și cu tăticul fac lucrul ăsta. Apoi începea să viseze: când ei trebuiau să facă lucrul ăsta, se duceau la un fel de spital. Acolo li se dădea o cameră fără ferestre și cu gaura cheii astupată cu vată. În mijlocul camerei se află un fel de masă de operație, pe care femeia se așază cu fața în sus. Deasupra femeii se află un hamac pe care bărbatul se suie cu o scară și în care se așază cu fața în jos. Apoi, un mecanism apropie hamacul de masa de operație, așa încât părinții se trezesc unul peste altul, tocmai ca în bancurile lui Mimi. Totul dura mult, ore în șir, timp în care femeia citea o carte. Apoi se întorceau acasă. De unde știi? – îl întrebam, și apoi ne încâlceam în controverse scolastice. Cu acel cuvânt mic ne mai descurcam noi cumva, dar cu alte expresii din înjurături, care asigurau ascultătorul că sunt posibile și variațiuni, nu ne puneam de acord în nici un fel. Și chiar cu acel cuvânt aveam dubii: părinții mei mi se păreau prea serioși ca să facă așa ceva, fie și la spital.

Mă gândeam la lucrurile astea în lungile și chinuitoarele după-amieze când trebuia să dorm. Lumina auriu-roșietică umplea încetișor dormitorul, se reflecta în ușa cu ape a șifonierului și îmi cădea pe obraz. Stăteam în pat cu ochii deschiși și priveam prin fereastră norii minunați, rostogolindu-se strălucitori, capricioși, pe cerul verii. Uneori mă ridicam tiptil dintre cearșafurile scrobite, tăioase ca o sticlă albă, dar ușoare ca hârtia, și mă duceam la fereastră. Vedeam până în zare panorama Bucureștiului, încremenită sub nori, cu pâlcul de case vechi, cu olane și oberlichturi, cu luminatoare și uși de stejar masiv, iar mai încolo niște construcții mari și cenușii, cu multe geamuri, blocul din centru cu reclama Gallus ca un glob albastru deasupra, magazinul Victoria, spre stânga Foișorul de Foc, blocurile arcuite de pe Ștefan cel Mare și, foarte departe, termocentrala cu imensele coșuri din care ieșeau fire câlțoase de aburi. Totul filtrat prin frunzișul agitat al plopilor și carpenilor, ale căror vârfuri verzi-deschis sau verzi-smarald sau verzi-întunecat se iveau din loc în loc dintre clădiri. Nu mi-era niciodată somn. Fugeam repede în pat la cea mai mică scârțâitură, căci știam că e tata, cu un ciorap de nylon pe cap, venit să controleze dacă dorm.

Jocurile noastre erau uneori crude și barbare. Îl văd și acum pe Luță bătând, cu o singură lovitură de cataroi, un cui în pieptul unei pisici adormite. Cuiul îi intrase între coaste și-i atinsese probabil inima, căci pisica a înțepenit, a zvâcnit din lăbuțele din spate de câteva ori, chircindu-le spasmodic, și a rămas nemișcată, deși se zice că animalele astea au zece vieți. Apoi ne-am muiat toți vârful săgeților în sângele ei și am tras în sus. Săgeata lui Mimi a zburat cât blocul. Altă dată am găsit cu Sandu un pui de vrabie destul de mare, cu tuleiele penelor aproape complet formate. L-am fugărit prin șanțuri până am pus mâna pe el. Apoi ne-am jucat cu el de-a bolnavul. Jocul nostru a durat ore în șir, timp în care i-am turnat pe gât tot felul de porcării, spirt, esență de migdale, urină etc. Când nu mai putea nici să zvâcnească, am început să jucăm tenis cu el, cu paletele noastre grosolane de plastic. Apoi l-am înmormântat, încă viu, într-o cutie de vin tonic, peste care am turnat pământ și l-am bătătorit.

Între noi era același lucru. Toată ziua ne urmăream prin șanțurile labirintice de canalizare. Coboram acolo prin locuri anume, pășind pe țevi smolite și peste robinete uriașe, apoi ne intra în nări și în sânge mireasma aceea de pământ, de râme și larve, de smoală și chit proaspăt. Parcă ne înnebunea. Înarmați cu pistoale cu apă, mascați cu cartoane creponate de la depozitul de mobilă, pe care le coloram acasă făcându-le cât mai înspăimântătoare, cu colți rânjiți, ochi holbați și nări umflate, ne fugăream prin canalele întortocheate, văzând deasupra doar o fâșie de cer, care se întuneca pe măsură ce timpul trecea. Când, dând colțul, nimeream nas în nas cu un dușman, răcneam și tăbăram unul pe altul, zdrelindu-ne și rupându-ne maiourile tetra sau bluzele cu imprimeuri. Nu știu cine a inventat jocul căruia îi ziceam Vrăjitroaca și pe care l-am jucat ani de zile fără să ne săturăm, ba, prin clasa a opta, îl mai jucam încă. Era o combinație de jocuri mai blânde: Hoții și gardiștii, Uliul și porumbeii și Gardiana zece-zece. La început era doar o vrăjitroacă, pe care o alegeam prin numărare. Era singura care purta mască și avea pe deasupra și un băț cojit în mână. Număra cu fața la perete și apoi se repezea prin șanțuri în căutarea victimelor. Puteai să ieși din șanț, dar nu aveai voie să te adăpostești în scările blocurilor sau să sari gardul în curtea morii. Vrăjitroaca ne vâna prin gropile urât mirositoare și, când reușea să-l atingă pe vreunul cu bățul, scotea un răcnet teribil. Victima trebuia să rămână ca paralizată. Vrăjitroaca îl târa de mână până la cuib, unde îi căra în cap un număr convenit de „castane“ și, astfel botezat, cel prins devenea și el vrăjitroacă. Își lua o mască și urmărirea continua. Pe înserate, când deasupra turnurilor uriașe ale morii, pe cerul încă albastru, sticleau primele stele, rămânea de obicei un singur supraviețuitor, hăituit de o hoardă de vrăjitroace care scoteau urlete sinistre. Locatarii așteptau cu groază momentul ăsta, aruncau după noi, de la balcoane, cu cartofi sau morcovi, femeile de serviciu ieșeau cu mătura, dar degeaba. Vrăjitroacele nu se potoleau până nu capturau și ultima victimă, un copilaș care, văzând că se îngroașă gluma, se speria de-a binelea. Noaptea era înspăimântător să dai ochii cu o vrăjitroacă mascată, darămite cu un cârd întreg. Ultimul prins era cărat în scara cea mai apropiată, unde ceilalți se strâmbau la el și se prefăceau că vor să-l înghită, până veneau mamele indignate și ne luau acasă.

Când nu aveam chef de Vrăjitroaca și nici să ștergem cu talpa subțiată a tenișilor căsuțele albastre, pomii galbeni și mamele verzi pe care fetele le desenau pe asfalt, doar ca să le-auzim urlând și fugind acasă, ne strângeam în gașcă și, așezați pe niște bucăți de bordură încă nearanjate în linie, începeam să povestim tot felul de lucruri sau să jucăm Fazanul pe filme. Îmi amintesc cum a povestit Țaganu o escapadă de-a lui în curtea morii: „Am sărit gardul pe la căsuța cu cap de mort. Am ajuns lângă moară. M-a văzut un morar. Au venit și alți morari. Am luat-o la fugă. Au aruncat în mine cu pietre. M-am ferit. Când au terminat pietrele, au scos pistoalele. Nu m-au nimerit. Au tras cu mitralierele. Trăgeau în sus, mă lăsam în jos. Trăgeau la picioare, săream în sus. Au adus tunuri. Dar eu fugeam mai departe. S-au luat cu tancurile după mine, dar eu fugeam. Au trimis avioane și au aruncat bombe, dar eu am ajuns la gard și l-am sărit pe aici, pe la poartă." Povestea așa de serios încât aproape că ajunseserăm să-l credem. Abia dacă se auzea câte un „sanchi" timid. Când jucam Fazan pe filme se știau dinainte filmele de la fiecare literă. După *A fost cândva hoț* urma *A fost prietenul meu*, iar al treilea trebuia să spună neapărat *Agatha, lasă-te de crime*. La *B*, primul film era întotdeauna *Babette pleacă la război*. Când vreunul dintre noi nu mai știa ce să spună, alții îi suflau greșit: zi

Corabia de fier! Și când el zicea *Corabia de fier*, îi spuneau cu dispreț: nu există filmul ăsta.

Într-o zi, la etajul unu de pe scara trei s-a mutat o mamă cu un băiețaș. Eu tocmai împlinisem șapte ani, urma ca din toamnă să merg la școală (dar Vova Smirnoff era deja în clasa a treia, iar Mimi în clasa a patra și rămăsese și un an repetent). Băiețașul cel nou era cam de o vârstă cu mine și nu mi-a atras la început atenția. Maică-sa era însă extraordinară, complet diferită de mamele noastre care spălau și frecau toată ziua. Era o cucoană atât de lungă, încât abia puteai să-i zărești trăsăturile feței, pierdute ca într-o zare albăstrie. Lungă, subțire și lunatică, se mișca printre mobilele așezate în holul scării, dând indicații hamalilor care își târau de colo-colo chingile de cânepă. Nu am văzut-o niciodată decât în purpuriu. Chiar și în casă purta un halat de satin roșu. Avea părul foarte negru și fața mi s-a părut întotdeauna bântuită de-o umbră albăstrie cu urme subțiri de sidef trandafiriu. Puștiul stătea apatic într-un fotoliu vechi, care, prin mărimea sa înflorată, îl făcea să pară și mai subțirel. Era într-adevăr subțire și delicat, cu ochi fermi, atenți și abătuți. Am ieșit o vreme din șanțurile noastre și ne-am apropiat de el. L-am întrebat dacă se mută în bloc la noi și dacă femeia aceea nesfârșită e maică-sa. Da' taică-su unde e? „Tata e tâmplar", ne-a zis, ca și când acesta ar fi fost răspunsul la întrebare. Până la urmă l-am lăsat în pace, pentru că nu făcea decât să se uite lung la noi și să ne răspundă scurt la întrebări. Ne-a spus și cum îl cheamă, dar am uitat aproape pe loc. Ion, Vasile, ceva foarte banal. Ne-am înfundat iar, ca niște diavoli, în găurile noastre și am luat-o de la capăt cu Vrăjitroaca.

Băiețașul a apărut zilele următoare printre noi. Era foarte curat. Purta „spilhozei", cum zicea mama, galbeni, bufanți și cu bretele lungi. Nu scotea o vorbă. L-am chemat să se joace cu noi în șanțuri, dar n-a vrut să intre. Se uita doar de deasupra la noi. Ne pierea și cheful de joacă, văzând că avem spectatori. Se uita și la fetițe cu același interes, ceea ce ne-a făcut să-l disprețuim. Ba a cerut de la Mona (tocmai de la ea!) o cretă mov. Mona, care nu știa multe, i-a întors funduleţul în pantaloni bej și s-a bătut cu palma peste el. „Asta nu vrei?" Băiatul a privit-o indiferent și s-a îndepărtat. Timp de vreo săptămână l-am tot văzut în fiecare zi stând de vorbă cu copilul care avusese poliomielită. Îi explica tot soiul de lucruri, ajutându-se prin desene făcute pe asfalt cu o cretă adusă de-acasă și prin niște gesturi pe care, acum, le-aș numi parcă *rituale*. Uneori parcă îndepărta de pe el o pânză străvezie de păianjen. Alteori arăta cu degetul spre cer, zâmbind enigmatic. În serile învăluite în ceață purpurie, trecând pe nesimțite în cafeniu, sclipirea metalică a mecanismului ortopedic purtat de primul băiat și gesturile sibilinice ale celui de-al doilea căpătau în ochii noștri, care pândeam din șanțuri protejați de măștile de carton, un aer bizar, enigmatic, greu de descifrat. Când plecau acasă, întotdeauna mai devreme decât noi, pe asfaltul albastru rămâneau cercuri strâmbe și alte figuri, pe care le ștergeam cu ură.

Băiatul „făcea pe grozavul", se dădea mare, asta a fost concluzia găștii noastre, așa că ne-am hotărât, nu mai țin minte dacă organizat sau spontan, să îl silim să ia o atitudine față de noi. Dacă ne devenea prieten, bine. Dacă nu, și mai bine, căci simțeam nevoia unui dușman adevărat. Mai încercaserăm cu puțin timp înainte să facem ceva eroic, dar eșuaserăm destul de penibil. Ne adunaserăm tot grupul și, în spatele blocului, la lumina crudă, galbenă ca șofranul, a unui foc de cartoane de ambalaj de la televizoare, ne înarmaserăm cu șipci lungi de la depozitul de mobilă. În cea mai mare tăcere, porniserăm în haită să-i atacăm pe copiii de la blocul din dreapta Aleii Circului, cel cu florăria. Am năvălit mascați și zbierând din spate și i-am luat la goană pe cei care jucau acolo tenis cu piciorul sau băteau de perete o minge vărgată. Fetițele, țipând insuportabil, se năpustiseră în scara blocului. Luaserăm un singur prizonier, un țânc cât Lumpă, pe care Dan Nebunul și Paul tocmai voiau să-l facă să înghită o râmă, când au ieșit din bloc trei părinți în maiouri și, la vederea teribilă a masculilor cu păr pe brațe și piept, am lăsat totul baltă și ne-am împrăștiat pe Alee. Cum noul venit nu avea tată (sau acesta nu se arătase până acum), ni s-a părut un dușman tocmai potrivit. Așa că, într-o dimineață, l-am învăluit grijuliu, asemenea senatorilor pe Cezar, l-am înșfăcat și l-am târât înspre rețeaua de canalizare. Voiam să-l facem vrăjitroacă. Băiatul se proptise în călcâie și se zbătea îngrozitor. Privită de aproape, fața lui era cu totul diferită de a oricărui copil pe care îl văzusem până acum. Părul îi era castaniu, ușor buclat. La îndoitura fiecărei bucle, reflexe aurii țâșneau în toate părțile. Firele de păr de deasupra stăteau ușor afânate, formând un păienjeniș roșietic. Sub cârlionții de pe frunte, sprâncenele subțiri se arcuiau peste cele două ovaluri largi ale ochilor întredeschiși. Printre pleoapele lipsite de gene, tivite de o pieliță neagră, se vedeau jumătățile de discuri violete ale irișilor. Orbitele păreau mai întunecate decât arămiul delicat al obrajilor. Nasul era prelung și subțire, dar armonios, iar șanțul de sub nările creionate simetric, neobișnuit de adânc. Ținea totdeauna buzele ferm lipite, nu-și dezvelea dinții aproape niciodată, dar zâmbea uneori cu gura umedă, exprimând ceva între viclenie, ironie și simplă blândețe. Acum însă, pe când îl căram spre groapă, avea o expresie de concentrare extremă. Oboseai numai privindu-l. Eu îl țineam de brațul stâng, când, ajunși pe buza șanțului, am simțit deodată că zvârcolirile lui capătă o forță neobișnuită. Începuse să-și împingă pieptul îngust înainte de parcă ar fi vrut să-l scoată prin cămașă, iar umerii i se încordară cu o forță care ne surprinse atât de tare, încât i-am dat drumul și am lărgit, speriați, cercul din jurul lui. Copilul rămase o clipă în picioare, agitându-se, îndoindu-și spinarea de parcă voia să și-o frângă, apoi se lăsă fără grabă, gemând tare, la pământ. Gemea și plângea cu lacrimi enorme. Am luat-o la fugă cu toții în Scara Trei și am urcat pe terasă, de unde am privit, înfiorați, cum din gangul blocului iese în fugă, toată numai falduri și volane roșii, mama băiatului. Ea îl luă în brațe și, tot în fugă, dispăru sub gang.

M-am dus acasă, unde, după ce-am mâncat, am fost supus din nou, ca întotdeauna, torturii somnului de după-amiază, care numai somn nu era. Cu adevărat chinuitor era că nu aveam ceas, așa că nu puteam ști când se sfârșeau cele două ore cât trebuia să stau culcat în patul pe care îl uram, în căldura uscată a verii. Pe fereastră, norii albaștri, scânteietori, se depănau la nesfârșit, măturați de vârfurile plopilor. Când am coborât după-masă iarăși în spatele blocului, am găsit toată gașca adunată. Cu gurile căscate, băieții priveau în sus spre un lucru probabil senzațional, pe care eu nu îl puteam vedea din cauza colțului clădirii. „Vino-ncoa, bă Mirciosule“, îmi strigară. „Vino să-l vezi pe Mendebil doi! Ăsta-i mai diliu decât Mendebilul!“ Până și Mimi și Vova, care erau mai mari și nu se cădea să se mire așa de ușor, păreau hipnotizați de ce vedeau. Venise lângă ei și Luță, cu figura lui negricioasă, spână de sprâncene. Nicușor, grăsuț și îmbrăcat domnește, cu ochelari gen John Lennon, își întinsese și el gușulița, cu expresia nedumerită și iritată a miopilor. Când m-am apropiat am încremenit.

Lângă moara Dâmbovița cu zidurile ei stacojii, dincolo de gardul de beton, se afla fabrica de pâine Pionierul. Este o fabrică veche, cu acoperișul în zigzag, cu ferestre rotunde spre care duc jgheaburi ciudate, albite de făină. Lumpă stătea toată ziua cocoțat pe gard, pentru că muncitorii de-acolo îl mai trimiteau după vreun ziar sau după țigări. Îi dădeau în schimb câte o japoneză rumenă sau o chiflă fierbinte, pe care țigănușul le îmbăla cu gura lui știrbă și o oră întreagă. Clădirea fabricii de pâine este dominată de un coș de cărămidă mai înalt decât blocul nostru, care se ridică, gros și roșu, spre nori, din mijlocul bănuților ovali ai frunzelor de salcâm. Nu îl văzusem niciodată de aproape, dar, parcă desenată cu penița, se deslușea de-a lungul lui, până în vârf, o scară de incendiu, protejată de inele asemenea unei trahee. La trei sferturi din înălțimea lui, deci cam în dreptul etajului șase al blocului nostru, am văzut, în după-amiaza aceea, o pată galbenă. Era spielhosenul copilului cel nou, care, încet, cu atenție, urca spre vârful coșului. Corpul, într-o bluziță cu mâneci scurte, înflorată, nu acoperea nici un sfert din grosimea turnului cărămiziu. Locatarii ieșiseră toți, alarmați, în balcoanele cu murături și strigau la el să se dea jos. Dar, treaptă cu treaptă, Mendebilul (căci până la urmă așa i-am zis cu toții, Dan rămânând doar cu supranumele de Nebunul) urca spre vârful coșului. Ajuns în vârf, copilul se ridică în mâini pe buza coșului și rămase câteva clipe pe vine. Strigătele speriate ale femeilor din balcoane se întețiră, iar vreo doi muncitori în halate și șorțuri albe o luară la fugă de-a lungul curții spre baza coșului. Parcă sfidându-și spectatorii, Mendebilul, șovăitor, se ridică în picioare. Rămase drept, subțire ca un cui, la acea înălțime amețitoare. Privea în sus, dar făcea cu mâna spre pământ, probabil înspre noi. Apoi începu să coboare treptele de metal, trecând prin toate inelele scării de incendiu, până dispăru în frunzișul salcâmului. După puțin timp, uitându-ne prin romburile gardului de beton la care ne repeziserăm, l-am văzut venind în fugă. A escaladat cu greutate gardul și a sărit chiar între noi. Avea umerii obrajilor roșii, dar în rest fața îi era galbenă. S-a uitat doar la Mimi și i-a spus: „Nu-mi place să mă joc Vrăjitroaca."

Probabil că unii dintre voi, prieteni prozatori pentru care mă chinuiesc, iată, de câteva zile să scriu istoria asta, nici nu mai sunteți atenți. Vi se pare, poate, că am intrat în filonul bătut și răsbătut al copilului-erou, care se sacrifică pentru o idee sau pentru o cauză nobilă. Mendebilul, așa cum l-am cunoscut eu, avea, într-adevăr, ceva din arhetipul ăsta. Dar fundamental, cum sper că o să se vadă, el nu era nici pe departe vreun Cireșar sau vreun Nemecek din strada Pál. Acțiunile și cuvintele sale, pe care mi le aduc aminte acum cu o limpezime de-a dreptul suspectă după o scufundare de peste douăzeci de ani în cețurile colorate ale subconștientului meu, nu aveau nimic copilăresc, ci păreau mai degrabă niște fantezii extrem de atrăgătoare, care ne prindeau încetul cu încetul în mrejele lor. Să scriu tot aici că l-am visat azi-noapte, i-am văzut distinct fața, și de aceea am putut să-i fac, cu câteva pagini în urmă, acel mic portret destul de exact. Mă întreb dacă Mendebilul arăta într-adevăr așa cum l-am văzut eu în vis. Mă obsedează, în orice caz, ochii săi tiviți cu pieliță neagră, de parcă erau rimelați, figura sa ambiguă, fermă și dulce totodată.

Chiar de a doua zi ne-am lăsat subjugați de farmecul Mendebilului. Dimineața n-am coborât deloc în șanțuri, deși mireasma de pământ ne trezea nostalgia, ci l-am înconjurat pe băiat și l-am ascultat povestind. Ne povestea, știu acum, legendele Mesei Rotunde, cu Charlemagne și Arthur, cu păgâni cumpliți și o sabie care purta un nume. Apoi ne-a povestit *Viteazul în piele de tigru*, dar la mijlocul povestirii s-a întrerupt și a spus că locul nu e bun pentru spus istorii. Șanțurile murdare, movilele de pământ, țevile chituite, zicea el, nu-l lasă să se concentreze. „Știu un loc mai bun", zise zâmbind, și ne-a dus acolo. Acel loc era Scara Unu.

Spre ea ducea un coridor extrem de îngust și întunecat, aflat între blocul nostru și clădirea unui institut, aproape lipite între ele. Nu avuseserăm până atunci, în cele aproape două luni de când ne mutaserăm, curiozitatea să explorăm acel culoar lugubru. Urmându-l pe Mendebil, am străbătut în șir indian, zgâriindu-ne și văruindu-ne de pereți, cei vreo douăzeci de metri ai gangului, până am ieșit într-o semicurte interioară înconjurată pe trei laturi de bloc și institut, pe a patra aflându-se gardul de beton al morii, prin ochiurile căruia ieșeau crenguțe și frunze de salcâm. Era o curte mică, asfaltată, foarte curată în comparație cu spatele blocului. Într-o parte se deschideau ușile de sticlă ale Scării Unu. În cealaltă se aflau niște trepte înalte care se terminau sus cu o mică platformă cu balustrade de piatră și care dădea spre o ușă, zidită, a institutului. Această scară de piatră o numeam Podul. Lipit de gard se afla un cub de beton terminat printr-un fel de bazinet de metal, cu fața de deasupra ușor scobită. Niciodată nu am știut la ce o fi servit. Noi numeam lucrul ăsta Tronul. În fine, a treia „neregularitate" a Scării Unu era marele transformator, cu țevile lui curbe și fațada sa de beton, pe care o țin minte numai acoperită cu scrisul mare, colorat, al Mendebilului. Cred că transformatorul ăsta era stricat, pentru că a rămas acolo abandonat o grămadă de vreme.

Timp de vreo lună de zile acesta a fost locul nostru de joacă. Nu ne mai stătea mintea decât la poveștile Mendebilului, a căror continuare o așteptam de pe o zi pe alta. Când nu avea chef să continue, jucam tenis cu piciorul, spuneam bancuri, vorbeam despre fotbal. El nu prea intra în discuțiile astea, și noi găseam firească atitudinea lui. În scurtă vreme ne dăduserăm seama că puștiul, mai mic decât aproape noi toți, ne depășea cu mult dintr-un punct de vedere la care nici nu ne gândiserăm până atunci. Acasă îi înnebuniserăm pe părinți cu Mendebilul a făcut, Mendebilul a dres... Cu timpul însă, de pe tronul lui de beton și metal, băiatul a început să vorbească, printre povești și parcă visând, despre alte lucruri decât cavaleri și săbii. Pur și simplu întrerupea uneori o poveste și, cu o voce schimbată, fermă și rigidă, imposibil de contrazis, spunea câteva fraze pe care făceam un efort zadarnic să le pricepem.

Aici voiam să ajung. Mă întreb înfiorat cum a fost posibil să-mi amintesc niște cuvinte pe care nu le puteam atunci înțelege și pe care credeam că le uitam imediat ce erau rostite. Unele dintre „teoriile“ sale bizare contraziceau pe față ceea ce ne spuseseră părinții sau mai auziserăm și noi pe la emisiunile de „popularizare științifică“, *Roza vânturilor* la radio și *Teleenciclopedia* la televizor. Dar Mendebilul le umplea de înțeles și de farmec, nu știu cum, prin simpla sa prezență, prin voce și gesturi, lăsând la o parte că spusele lui, în sine, aveau ceva de altă lume. Cred că doar un fragment din tot ce am citit vreodată se poate compara în spirit cu ceea ce ne spunea atunci băiatul: descrierea tărâmului fericiților din *Fedon*. Doar ca să vă faceți o idee, notez aici, numerotate, puținele astfel de teorii pe care mi le mai amintesc, rostite de Mendebil în serile roșii ca flacăra sau în diminețile albastre, cu ziduri galben-sclipitoare, de la Scara Unu:

1. În capul meu, sub bolta țestei, se află un omuleț care seamănă perfect cu mine: are aceleași trăsături, se îmbracă la fel. Ce face el, fac și eu. Când el mănâncă, eu mănânc. Când el doarme și visează, eu dorm și visez exact aceleași vise. Când el mișcă mâna dreaptă, o mișc și eu pe a mea. Pentru că el e păpușarul meu.

Dar bolta cerului nu e decât țeasta unui copil uriaș, care și el seamănă perfect cu mine: are aceleași trăsături, se îmbracă la fel. Ce fac eu, face și el. Când eu mănânc, el mănâncă. Dacă eu dorm și visez, el doarme și visează același vis. Pentru ca el să miște mâna dreaptă, este de-ajuns să mișc mâna dreaptă. Pentru că eu sunt păpușarul lui.

Lumea din jur este la fel pentru mine și pentru el. Și pe păpușarul meu și pe păpușa mea îi înconjoară câte un Luță și Lumpă și Mimi și voi, toți ceilalți, și care sunt la fel ca voi. Capacul ăsta de bere de jos există și în lumea foarte, foarte mică a păpușarului meu, și în cea foarte, foarte mare a păpușii mele. Pentru că totul e la fel.

Dar în păpușarul meu există alt păpușar, care stă în țeasta lui și seamănă perfect cu mine, iar în el altul și mai mic și tot așa, la nesfârșit. Iar păpușa mea mânuiește o altă păpușă, mult mai mare, în a cărei țeastă trăiește, și care mânuiește și ea altă păpușă, și tot astfel la nesfârșit. Lumea lor e la fel ca lumea noastră.

Eu însumi nu știu care din acest șir sunt. În momentul în care vă povestesc acest lucru, un șir nesfârșit de păpuși și păpușari vorbesc în lumile lor unui șir nesfârșit de copii, folosind aceleași cuvinte.

2. Pământul e un animal cu gândire și voință. Dar el are o voință mult mai mare decât a noastră, a celor care

stăm lipiți de el. Păsările și fluturii au însă o voință mai puternică, de aceea pot să zboare. Noi înșine, dacă ne încordăm voința, devenim ușori ca aerul. (Mendebilul ne-a făcut și o demonstrație practică a acestei teorii. S-a așezat pe vine în holul Scării Unu, cuprinzându-și genunchii cu brațele, și și-a dat capul pe spate. Apoi a strâns pleoapele și a început să se încordeze atât de tare, încât ne-am speriat. Fața lui nu mai avea în acele momente nimic omenesc. Tremura cu buzele strânse și obrajii literalmente umpluți cu sânge, ca niște saci brăzdați de vine albastre. După vreun minut, Marțiganul și Vova l-au ridicat până la tavan cu câte un singur deget, așezați de-o parte și de alta a lui. Ne-am jucat vreun sfert de oră suflând dintr-o parte în alta ghemul viu care, în poziție fetală, devenise ușor ca un balon.)

3. Femeile nu se împreunează niciodată cu bărbații. Ele poartă în pântece o celulă. Când ating vârsta potrivită, vor să nască. Atunci dau drumul la treptele nașterii. Ele sunt acestea: din celulă iese un purice. Din purice, un gândac. Din gândac, o broscuță. Din broscuță, un șoarece. Din șoarece, un arici. Din arici, un iepure. Din iepure, o pisică. Din pisică, un câine. Din câine, o maimuță. Din maimuță, un om. Femeile se pot opri la orice treaptă. Unele femei nasc broscuțe, altele pisici. Dar cele mai multe își doresc copii. Ele ar putea să nască o ființă mult mai minunată decât un copil, pentru că treptele nașterii nu se termină cu omul. (Și Mendebilul încheie: „Eu am văzut o astfel de ființă.“)

4. Oamenii nu sunt toți de un fel. Ei sunt de patru feluri: cei care nu s-au născut, cei care trăiesc, cei care au murit și cei care nici nu s-au născut, nici nu trăiesc, nici nu au murit. Aceștia sunt stelele. (Acest foarte scurt cuvânt Mendebilul l-a rostit printre ultimele, chiar înaintea decăderii sale. Văd efectiv în fața ochilor scena. Cred că era

cam ora nouă seara și ne așteptam ca din moment în moment să ne auzim strigați din balcoane de părinți. Abia ne mai vedeam lucirea ochilor în umbra serii. Deasupra morii cerul era ca indigoul. Foarte departe sticlea o steluță roșie. Era cea de pe vârful Casei Scânteii. Mendebilul parcă presimțea ceva, pentru că nu avusese niciodată atâta suferință și dor și nostalgie în voce ca atunci când a ridicat brusc mâna și a întins arătătorul spre bucata de cer împestrițată de stele de peste coșurile morii.)

5. (Acest cuvânt l-a rostit după ce a ascultat o ceartă între Paul și Nicușor, care tocmai ieșiseră pe jos cu câteva stegulețe roșii și tricolore de hârtie de la defilare. „Tata mi-a adus de la demonstrație zece stegulețe“, zicea Paul. „Tata mi-a adus cincizeci“, zicea Nicușor. „Ba mie mi-a adus tata cinci sute de stegulețe“, zicea Paul. „Și mie mi-a adus un milion de stegulețe“, zicea Nicușor. „Mie mi-a adus tata un miliard de stegulețe de la defilare“, zicea Paul. „Dar mie mi-a adus un catralion de stegulețe“, zicea Nicușor. „Mie mi-a adus cinci milioane de sute de catralioane de stegulețe“, zicea Paul. „Ba mie mi-a adus tata un infinit de stegulețe“, zicea Nicușor. „Și mie mi-a adus un milion de infinituri tata“, zicea Paul. „Ba nu se poate, tata mi-a spus că numărul cel mai mare e un infinit. Nu există un număr mai mare.“) Nu, nu există un singur infinit. Există un infinit de infinituri. Pe linia asta de zece centimetri există un infinit de puncte, dar pe aceasta, de un metru, trebuie să existe mai multe. Unui infinit oarecare eu îi zic Taur, pentru că am această punguță la gât pe care este brodat un taur și îmi închipui că în punguță am un infinit, un univers întreg în care sunt multe lumi ca a noastră. Dar ce e punguța asta pe lângă mine însumi, care sunt făcut dintr-un infinit de puncte? Nu e decât un infinit mai micuț. Și

blocul ăsta e un infinit mai mare decât mine. În toată lumea nu există decât infinituri mai mari sau mai mici: scaunul e un infinit, garoafa e un infinit, creta asta e un infinit. Infinituri care se înghesuie unul în altul, care se mănâncă unul pe altul. Dar există un infinit care cuprinde toate celelalte infinituri. Mi-l închipui ca pe o turmă nesfârșită de tauri.

6. După moarte mergi pe un drum foarte lung, care urcă mereu. Mergi, mergi și încetul cu încetul trăsăturile ți se schimbă. Nasul și urechile ți se retrag în carnea feței ca piciorușele unei scoici. Degetele ți se retrag în carnea palmei, iar mâinile ți se resorb în umeri. La fel, picioarele ți se retrag în șolduri și nu mai mergi, ci plutești de-a lungul unor pereți de cărămidă roșie, pe care îți lași umbra ca un disc alungit. Ești atât de rotund, încât devii translucid și începi să vezi în toate părțile deodată. Cât suntem vii, vedem doar ca prin crăpătura unei cutii de scrisori, dar după moarte vedem de jur împrejur, cu toată pielea. Plutind și privind zidurile tot mai apropiate de cărămidă, dar dintr-o cărămidă roșie, cărnoasă, ajungem într-un loc rotund. Acolo, în mijloc, se află o celulă, căci ne aflăm în pântecele unei mame. Intrăm în celulă și, pe măsură ce se desfășoară treptele nașterii, privim prin ochii tuturor ființelor, ai puricelui, ai gândacului, ai broscuței, ai șoarecelui, ai ariciului, ai iepurelui, ai pisicii, ai câinelui, ai maimuței, ai omului, iar cu puțin noroc ajungem să privim prin ochii ființelor minunate care urmează după om. Un mort vă privește prin ochii mei.

7. (De fapt, al șaptelea punct nu este o „teorie", ci câteva rânduri scrise de Mendebil cu litere mari, cu cretă de diferite culori, pe fața netedă, ușor lăsată pe spate, de ciment, a transformatorului din colțul curții interioare. Probabil că se trezise într-o dimineață mai devreme ca să le scrie,

pentru că ne-am pomenit cu ele în coastă pe la mijlocul verii, cam la trei săptămâni după ce se mutase la noi în bloc Mendebilul. El nu ne-a zis nimic despre isprava asta. După ce s-a convins că toți citiserăm rândurile respective, s-a suit pe scaunul său de metal și și-a continuat povestirea de unde o lăsase cu o seară în urmă, căci ajunsese la „Poveștile popoarelor Asiei".)

SĂ NU RÂDEM DE LUMPĂ
SĂ NU CHINUIM ANIMALELE
SĂ NU NECĂJIM FETELE
SĂ NU JUCĂM VRĂJITROACA
SĂ NU NE MURDĂRIM
SĂ NU VORBIM URÂT
SĂ NU MINȚIM
SĂ NU NE PÂRÂM
SĂ NU NE CERTĂM
SĂ NU NE BATEM

(Din momentul în care le-am văzut, am simțit că trebuie să ținem seama de aceste cuvinte, ba chiar că există ceva în noi care ne constrânge să nu ne abatem de la ele. Timp de vreo două-trei săptămâni nimănui nu i-a trecut măcar prin cap să facă vreunul dintre lucrurile interzise.)

Nu mai țin minte alte asemenea „teorii" – spun așa pentru că nu știu cum altfel le-aș putea numi –, dar cam toate erau în spiritul acestora de mai sus. Pe noi ne fascinau pentru că erau substanță din substanța copilului. Trebuia să-l fi auzit vorbind și mai ales să-l fi văzut gesticulând, trebuia să fi simțit farmecul și spaima și melancolia acelor seri. Parcă priveam un film ciudat, în culori stinse, de la cafeniu la cenușiu și la grenaul morii și verdele negru al frunzelor de salcâm. Nu mai spun că, întrerupându-se dintr-o povestire oarecare, cu arabi și caravele, ne lăsa pregătiți pentru revelație, învăluiți în parfumul aspru al ficțiunii...

Așa ne-am petrecut, adunați în jurul Mendebilului, o întreagă lună de vară. Nu făceam nimic fără să-l întrebăm, și părinții noștri, deși se mirau ce curate ne sunt de la o vreme maiourile tetra și bluzițele cu imprimeuri, nu prea vedeau cu ochi buni această dependență care devenea pe zi ce trecea un sevraj. „Ce vă face, mamă, copilul ăsta, de v-a zăpăcit pe toți?" Noi însă nu mai știam altceva decât *Viteazul în piele de tigru*, *Ruslan și Ludmila*, *Tristan* și alți eroi din povestirile Mendebilului. Până și fetițele lăsau podul de piatră și desenele alea încâlcite reprezentând femei verzi cu picioare albastre și case oranj și se adunau în jurul tronului de beton și fier. Începeau să suspine când poveștile se terminau trist. Nici Mona nu-i mai întorcea fundul Mendebilului, ba se uita la el cu mai puțină ură decât la oricine altcineva, cu ochii ei ca două fante verzi. Iolanda era cea mai apropiată de el și îi vedeai destul de des schimbând câteva cuvinte. Ea avea funde uriașe la cozi și se adresa oricui, până și păpușilor sau pisicilor, cu „dragă". Odată se amuza să arunce cu boabe de agrișe într-un păianjen enorm, imobil în mijlocul plasei sale atârnate între doi pomi. Încerca să-l nimerească cu boabele roșii și, când ghemul acela negru de căngi și picioare a luat-o la goană spre marginea pânzei, i-a strigat: „Stai, dragă, unde fugi?" Dar Mendebilul nu trecea niciodată peste o anumită rezervă în sporadicele sale relații cu fetițele, ceea ce era de fapt destul de mult, de vreme ce noi nu vorbeam deloc cu ele. Firește, mai jucam și fotbal, mai aduceam și șahul sau terenul de fotbal cu nasturi. Dar ele nu mai erau puncte centrale de interes. În acele momente, Mendebilul îl căuta pe băiețelul infirm și aveau lungi discuții împreună.

Acum vreo cinci-șase luni, prin februarie, fiind în ziua metodică, am dat o raită prin oraș. Tocmai ieșisem de la libraria Sadoveanu și treceam pe lângă Ciclop, când m-a fulgerat brusc în stomac o flacără violetă, o emoție nostalgică, insuportabilă. Privisem în treacăt mica vitrină cu brichete de toate felurile și trese militare de plastic, aflată în dreapta intrării mirosind a gudron a Ciclopului. Acea emoție copleșitoare îmi fusese provocată de vederea uneia dintre brichetele obișnuite, dintre cele care se aruncă după ce se consumă gazul. Aceasta avea însă o culoare care mi-a adus cu forța în memorie, ca o madlenă proustiană, o amintire din vremea despre care vă vorbesc. Bricheta era de un roz ciudat, spre viorіu, făcând ape moi și cărnoase și semilune gălbui din cauza plasticului ușor vălurit. Exact aceeași culoare o avea cesulețul meu de cincizeci de bani pe care mi-l cumpărasem în vara acelui an, primul an din cei douăzeci și unu câți am locuit în blocul de pe Ștefan cel Mare.

Cât de distinct îmi aduc aminte de amiaza când prin culoarul care lega Scara Unu de restul blocului s-a strecurat insul în cămașă roșie, cadrilată! Se strecura ca o râmă printre cele două clădiri și aproape s-a înțepenit în contoarul de gaze. În fine, ieși la liman, răsuflând ca după un urcuș greu și ștergându-și coatele văruite. Ne chemă la el și începu să scoată ceva de prin buzunare. Oricât m-aș strădui acum, n-aș putea spune cum arăta la față. Văd pur și simplu un balon alb. Dar în palmele lui deschise disting până în cele mai mici detalii pastilele galbene și crem de *chewinggum* învelite în celofan, având în pachețel și câte un mic desen în relief, cesulețele de tablă aurie cu curelușe de plastic multicolore, sfârlezele la fel de pastelate, alcătuite dintr-o elice cu două pale, care glisa în jurul a două sârme răsucite până zbura, rotindu-se, spre cer. Stăteam toți în jurul lui, întrebându-l cât costă fiecare obiect. Apoi ne-am împrăștiat fiecare la scara lui după bani. Cu cincizeci de bani mi-am cumpărat ceasul de care vă spuneam, care avea acea stranie curelușă roz-violetă. Mendebilul a cumpărat și el o elice colorată. După ce omul a plecat, l-a urmărit o vreme cu privirea cum se târa prin crăpătura culoarului, iar apoi și-a aplecat pleoapele, visător, spre elicea aflată la baza celor două sârme poleite, răsucite una în jurul celeilalte. Privea oarecum neatent cele două aripioare de carton, când ele au început să se rotească singure, din ce în ce mai repede, în sus, pe sârme, și s-au ridicat în aer la peste un metru înălțime, rămânând acolo, tot rotindu-se, câteva minute. Băiatul privea elicea, gândindu-se parcă la altceva.

Înainte de a pleca, acel ins în cămașă roșie cadrilată ne mai arătase un lucru. Îl ținea în palme cu mare grijă, mângâindu-l din când în când. Am strâns cercul în jurul lui și am văzut că era vorba de un stilou negru. Pe o parte, în corpul său se afla o fereastră dreptunghiulară în cadrul căreia se putea vedea o femeie îmbrăcată într-un fel de costum de baie negru, alcătuit dintr-o singură bucată. Dacă ridicai stiloul cu penița în sus, ceea ce părea un tricou negru se dovedea un fel de lichid care cobora treptat, dezvelind întâi sânii femeii, apoi întreg corpul până o lăsa complet goală, așa cum nu văzusem și nici nu îmi imaginasem niciodată o femeie. „Ăsta e douăzeci și cinci de lei, nu e de nasul vostru“, încheiase bărbatul, râzând.

După ce se duseseră aproape toți acasă, pe la nouă și ceva seara, am mers cu Luci în spatele blocului și ne-am suit în castanul bătrân în scorbura căruia găsiserăm ascuțitorile. Am mai stat vreun sfert de oră comentând cele întâmplate – venirea negustorului de fleacuri – și privind tot timpul, la lumina palidă a neonului din curtea morii, cesuleţele noastre de tablă aurie. Luci tocmai începuse încă una din poveştile lui cu cai îmbrăcaţi în fireturi, când l-am văzut pe Mendebil ieşind încet, sfios, din scara blocului şi înaintând spre şanţurile de canalizare. Nu ne-a venit să credem când l-am văzut coborând uşurel într-un canal. Era să cădem din pom de-atâta încordare. Căci Mendebilul se plimba de colo până colo prin labirintul murdar, făcând gesturi ciudate, care nouă ne aminteau de Vrăjitroaca. La un moment dat a scos ceva din buzunarul de la piept al spielhosenului. Când s-a apropiat, am văzut că îşi pusese o mască înfiorătoare, pictată cu acuarele, mai primitivă, mai rânjită, mai ameninţătoare decât tot ce inventaserăm noi vreodată în materie de măşti pentru Vrăjitroacă. Abia pe la zece seara a ieşit din canal şi a intrat în scara blocului.

(Întrerup aici, pentru un moment, povestirea. Din loc în loc am simţit şi până acum nevoia de a ieşi la suprafaţa ei, ca să iau o gură de aer. Dar niciodată ca acum. Poate că am încercat să rezist prea mult cu capul scufundat, cu părul fluturând, în apele groase ca gelatina ale acelei veri, iar acum mă ustură ochii de atâta aur şi atâtea reflexe. Dar cred că gâfâi şi din alt, mult mai adânc, motiv. Cred, vreau să spun, că nu mai sunt atât de sigur că vreau să citesc textul ăsta în cenaclu. E prea puţin literatură şi devine prea mult altceva. Scriu de peste două săptămâni şi încep să simt nevoia de a nota şi lucruri care nu ar avea ce căuta în „cronica" de care vorbeam înainte. Pur şi simplu, văd cum actul de a scrie începe să mă modifice ca om. Cât nu scriu, şi la şcoală, şi în timpul meu liber, mă simt şi mă port ca un halucinat. Nu am putut să termin de corectat săptămâna asta tezele, pentru că brusc îmi erupeau pe luciul creierului imagini palide, imagini care mă chinuie şi când îi ascult pe elevi. Nu mai vorbesc de faptul că în toată perioada asta am avut vise îngrozitoare, imposibil de povestit. Și totul a culminat – sper să fi culminat – azi-noapte, când m-a trezit un zgomot puternic și sacadat. Pe biroul de la picioarele patului, în întuneric, mașina mea de scris bătea singură. Automat m-am sculat, am aprins lumina și m-am aplecat asupra foii pe care tamburul mașinii o plimba cu zgomot de taste și clopoței dintr-o parte într-alta. Am citit. Degetele nevăzute luaseră povestirea mea de la început. Ajunseseră la visul cu borcanul de sticlă și tocmai scriau fraza: „Când am privit din nou, am observat că în peretele borcanului, care scânteia nebunește, apăruseră contururile subțiri ale unei uși.“ Citind, am simțit teroarea sacră a împlinirii unei profeții. Ea a crescut brusc, tinzând spre infinit, odată cu un țiuit galben-auriu, insuportabil, în tâmple. Simțeam că mi se dizolvă țeasta în flăcările groazei. Abia atunci m-am trezit cu adevărat, dar multă vreme, în noaptea ușor albăstrie, spre dimineață, nu am fost sigur că n-am trecut în alt vis. Deci, dacă voi continua să scriu aici, o voi face dintr-un impuls interior și doar pentru mine.)

După vizita acelui negustor de jucărele, armonia din gașca noastră s-a dus, încet-încet, pe apa sâmbetei. Mimi, Lumpă, Luță și Mațaganul mai ascultau doar cu o ureche poveștile Mendebilului, care și el, cum am observat curând, începuse să-și neglijeze auditoriul. Stătea mai departe pe tronul său de beton, dar nu mai povestea lucruri noi, ci o luase de la capăt cu cavalerii Mesei Rotunde. De multe ori se oprea, incapabil minute întregi să-și amintească vreun cuvânt. Atunci își ațintea privirile goale pe zidul orb al blocului, iar în tăcerea penibilă se auzea doar huruitul mașinilor care descărcau grâu în curtea morii. Cred însă că doar eu și cu Luci simțeam cu adevărat că se petrece ceva. Iar apoi, în fiecare după-amiază, în patul meu de tortură, priveam norii încremeniți și scânteietori și mă gândeam numai la ce văzusem în noaptea aceea: Mendebilul rătăcind și vrăjind, cu masca de carton peste fața lui pură, prin mizeria canalelor întortocheate, fetide...

Vara era pe sfârșite, sau poate veniseră chiar primele zile din septembrie (căci părinții mei se agitaseră mult să-mi cumpere ghiozdanul și rechizitele pentru primul an de școală). După ce o seară întreagă ne vorbise, din nou, despre Ruslan și Ludmila, Mendebilul rostise acele cuvinte care mi-au rămas atât de dragi: „Oamenii sunt de patru feluri: cei care nu s-au născut, cei care trăiesc, cei care au murit și cei care nici nu s-au născut, nici nu trăiesc, nici nu au murit. Aceștia sunt stelele." Urmase gestul acela, ruperea aceea spre stelele de deasupra foișoarelor morii. Mergând spre casă, în tunelul îngust, l-am întrebat de ce a spus acele cuvinte. A tăcut până am ajuns în spatele blocului și acolo, privind canalele, mi-a spus că nu știe nici el. M-a rugat să-i fac o vizită acasă a doua zi, pentru că mama lui nu avea idee ce să-i cumpere pentru școală și voia să mă întrebe ce îmi cumpăraseră ai mei.

M-am dus la el pe la nouă dimineața. Mama lui era îmbrăcată într-un capot purpuriu și era amețitor de înaltă. Dar vorbea la fel ca mama mea și ca toate celelalte. Ne-a adus o farfurie cu plăcintă cu mere și ne-a lăsat să „ne jucăm", cum spunea ea, în camera lui Ionel, sau Vasilică, sau poate George, nu știu cum îi zicea ea Mendebilului. În cameră erau surprinzător de multe jucării, cele mai multe demontate. Nu ai fi găsit o mașinuță întreagă. Dintr-o salvare rămăsese numai caroseria, pe când motorașul cu roți dințate și volant zăcea într-alt colț al camerei. O broască de tablă era desfăcută în două și, ca un maț lucitor, arcul ieșise din locașul său. O pușcă fără trăgaci era azvârlită sub scăunelul cu spătar roz, lăcuit. Pe rafturi se aflau și cărți, dar nu câte crezusem, cele mai multe subțirele și cu litere uriașe, ca pentru școlarii mici. Nu mai știu ce-am vorbit, dar mă grăbesc să ajung la esențial. Când Mendebilul a ieșit pentru câteva minute din cameră, am tras afară niște cărți din mica bibliotecă și am văzut ceva căzând de pe policioara de furnir. Cred că nici când l-am văzut pe Mendebil în șanțurile de canalizare nu am fost așa de uimit: după cărți fusese ascuns stiloul negru cu femeia îmbrăcată-dezbrăcată. L-am pus la loc și, cum a intrat băiatul în cameră, m-am grăbit să-i spun că trebuie să plec. Pe când îmi strângeam cataramele de la sandale, în hol, căci mama lui mă rugase să mă descalț când am intrat, i-am mai privit o dată, mamă și fiu, în cadrul ușii, el ținând-o tandru după mijloc, iar ea imensă, cețoasă, în capotul de satin roșu, apăsându-i o mână pe umăr. Zâmbeau amândoi cu același zâmbet, care putea să însemne atâtea lucruri, de la viclenie la ironie sau, pur și simplu, blândețe. Amândoi aveau pleoapele complet lipsite de gene și tivite delicat cu negru. Am plecat foarte tulburat. Afară m-am întâlnit cu Luci și i-am povestit ce văzusem. Nu puteam pricepe când cumpărase Mendebilul stiloul pornografic. În cele trei-patru zile câte trecuseră de când îl văzusem prima dată, negustorul nu se mai arătase pe la blocul nostru. Nu, nu știu nici acum în ce fel făcuse Mendebilul rost de stilou.

Doamne, dacă aș fi în stare acum să scriu, să descriu imaginea care stăruie, vie și dureroasă, în memoria mea! Poate că astfel aș scăpa de ea, dar, oricât m-ar chinui, vreau oare să scap? Sau vreau doar s-o văd din ce în ce mai bine, s-o văd și s-o revăd în fiecare secundă a vieții mele? Abia acum ajung, nu știu dacă pregătit sau nepregătit, la marea scenă a „cronicii“ de fată. Nu-mi pasă că ar putea să pară neverosimilă. Scriu doar pentru mine, iar eu am văzut-o cu adevărat. Scena aceasta mă înfioară și acum, încât poate că ea este oul translucid pe care l-am clocit fără să știu douăzeci și unu de ani. Ce pui monstruos ar putea ieși din el! Dar nu vreau să mă mai gândesc. Tot ce vreau acum este să am puterea să descriu „realist" această scenă, deși mi se pare aproape cu neputință.

Mendebilul parcă înnebunise. Cel puțin asta era părerea celor mai mulți din gașca noastră, care nu își puteau explica momentele din ce în ce mai lungi de aiureală penibilă, de hoinăreală dezorientată a băiatului în spielhosen galben de-a lungul pereților murdari ai Scării Unu. Abia dacă mai începea câte o poveste asiatică, *Ceașca de lemn și ceașca de lut* sau *Duhul din sticlă*, dar le lăsa și pe acelea neterminate. Se uita câte o oră întreagă, pierdut, la desenele fistichii ale fetițelor, și chiar intra cu ele în vorbă. Locul de „consilier intim" și de confesor (așa cum bănuiam noi) pe care îl avusese pe lângă Mendebil băiatul infirm, cu gheata lui ortopedică nichelată, fusese luat de Iolanda, cea cu funde uriașe. Mendebilul vorbea des cu ea, descriind curbe ciudate prin aer cu mâinile lui atât de expresive. În seara dinaintea zilei care avea să-i aducă definitiv prăbușirea, Mendebilul, cu Iolanda la picioarele lui și înconjurat de noi toți, ne spusese cea mai frumoasă poveste pe care o auzisem vreodată. A fost ca o hipnoză colectivă, pentru că am stat până la zece noaptea, până nu ne-am mai văzut fețele, până când tot ce mai rămăsese din lume era pătratul de cer albastru închis de deasupra noastră, străbătut de pulberea de stele a Căii Lactee. Era povestea *Celor unsprezece lebede*, și vocea copilului suia, cobora, se rotea, înnebunindu-ne de tristețe. Copila mută, împletind straie de urzici pentru frații ei deveniți păsări regale, zborul acestora peste marea verde, fierbând în clocot, băiatul rămas cu o aripă de lebădă – toate erau în noi de foarte multă vreme, Mendebilul doar ni le reamintea. Când a terminat povestea, în liniștea nopții se auzeau vuind tramvaiele care treceau pe Ștefan cel Mare.

A doua zi a fost ultima zi. În dimineața rece m-am întâlnit cu Luci și Sandu, prietenii mei, și ne-am suit în castan. Copacul făcuse fructe mari și țepoase. Am dezghiocat toată dimineața castanele lucioase. Sandu a găsit atunci, și îmi amintesc țipătul lui de surpriză, sub o coajă verde cu țepi, un cristal mare și greu, sclipitor. Era ca un ou de sticlă prin care lumina se răsucea ciudat. Când un castan face asemenea fructe, m-am gândit atunci, nu e bine.

Pe la douăsprezece, cum la Scara Unu Mendebilul nu apărea și totul părea să lâncezească, ne-am gândit la un joc vechi, dinainte de Vrăjitroacă, numit Exploratorii. La jumătatea blocului se afla o ușă de tablă nituită, vopsită în cenușiu. Pe acolo era intrarea în măruntaiele subsolului. Am deschis ușa cu grijă, ca să nu scârțâie, și am început să coborâm treptele de metal ale scăriței în spirală, ferindu-ne să ne atingem de pereții unși cu păcură și plini de panouri electrice. Se făcea din ce în ce mai întuneric pe măsură ce coboram pe scăriță. Am ajuns într-o sală lungă și îngustă, mirosind a chit și a cânepă îmbibată de rugină, unde se vedea o mățărie încâlcită de țevi de diferite mărimi, ieșind din pereți, cotind rotund pe după colțuri, pline de robinete și manometre. Pe jos, cimentul umed pâlpâia stins sub lumina strecurată printr-un gemuleț zăbrelit, aflat foarte sus, aproape de tavan. Priveam fascinați țevile. Unele erau mai groase decât trupul nostru, altele subțiri cât degetul și nesfârșit de lungi. Am străbătut în tăcere sala țevilor și am deschis altă ușă de metal, care dădea în sala cazanelor.

Zecile de țevi străbătuseră peretele și se înfundau acum în niște enorme pântece de metal stacojiu, încercuite de nituri mari cât pumnul. Păreau niște porci de metal zăcând pe postamente de ciment. Din loc în loc, clipeau amenințător din manometrele cu cifre negre și acoperite cu sticlă verzuie. Ne simțeam ca într-un templu cu zeități puternice și de neînțeles. După ce am trecut printre monștrii pântecoși, ne-am apropiat, în vârful degetelor, de ultima cămăruță, cea mai adânc ascunsă în burta blocului, camera fochistului. Ușa dintre sala cazanelor și această odăiță era tot de tablă, dar avea un gemuleț prin care, săltându-ne pe vârfuri, am putut privi înăuntru. Am înghețat.

Camera era străbătută în diagonală de o rază lată de lumină, venită de foarte sus, de la un geam zăbrelit. Raza răspândea și în jur un abur luminos, așa încât am putut vedea ceea ce n-am fi vrut să vedem niciodată. În camera goală, cel mult de trei pe trei, stăteau față în față doi copii complet dezbrăcați. Raza se filtra în părul băiatului și desena fin pe ciment gleznele și tălpile fetiței. Copiii erau neasemuit de frumoși. Păreau foarte blonzi în lumina aurie. În părul băiatului ardeau cârlionți aurii și roșcați, iar fața îi părea luminată de ochii tiviți cu pieliță neagră. Șanțul de sub nări se desena mai adânc ca niciodată. Buzele erau strânse și însuflețite de un zâmbet ciudat, inexplicabil. Tot corpul său îngust, cu mușchii abia reliefați de câte o linie galbenă, cu coastele fine, ușor vizibile, cu picioarele subțiri și ferme, părea o schiță delicată și tulburătoare. Mai scundă, cu cozile prinse în fundele de satin alb, cu vițele bretonului răsucindu-i-se pe frunte, zâmbind cumva încurcată, cum am văzut mai târziu zâmbind toate femeile rămase goale, Iolanda îl privea în ochi. Corpul ei îl văd aievea în fața ochilor și acum, când scriu. Era fin și alb, cu bănuții sânilor arămii, cu sexul doar ca o liniuță schițată între pulpe. Aproape nici o altă diferență nu era de observat între cele două trupuri de copii. Jos, pe ciment, erau așezate într-o ciudată ordine hainele lor. I-am văzut cum se priveau, fără nici un sentiment care ar putea fi definit, pentru că fețele lor aveau expresii neomenești. Expresii de statui... și nici de statui. Când fetița a ridicat un braț și l-a atins pe băiat cu vârful degetelor pe umăr, Sandu s-a smuls de la geam și a luat-o la fugă înapoi, prin sala cazanelor. Am fugit și noi, eu și Luci, îngroziți. Tremur și acum, suspin și acum, când îmi amintesc scena aceea din camera fochistului. Aud și acum, spărgându-mi urechile, țipătul de spaimă al Iolandei la auzul tropăitului nostru, țipăt care ne-a urmărit, reverberând printre cazane și țevi, până afară.

Nu ne-am oprit decât la Scara Unu, pustie la ora aceea. Nu ne puteam privi, nu puteam face nimic. Luci tremura ca un apucat, a făcut și febră în zilele următoare. La prânz ne-am dus acasă, iar în timpul somnului de după-amiază, cu capul sub cearșafuri, am delirat până seara. Nu vedeam decât cele două trupuri fragile înfruntându-se în singurătatea camerei fochistului. Nu înțelegeam nimic. De ce se schimbase Mendebilul atât de brusc, atât de total, după venirea negustorului de nimicuri? Dar nici să îmi pun întrebări nu mai reușeam. Sandu însă reacționase altfel. Era indignat, plin de furie. Seara, la Scara Unu, când s-a adunat toată vechea gașcă, le-a povestit totul, mai punând și de la el, iar din povestea lui reieșea că Mendebilul ne prostise pe toți cu tâmpeniile lui, dar că acum și-a dat arama pe față. Vova și cu frati-su s-au repezit la transformator și au șters cu palmele frazele colorate pe care le scrisese Mendebilul cu cretă și care fuseseră de atunci întărite de mai multe ori de câte unul din noi. Mimi triumfa: se cățărase pe tronul

Mendebilului și conducea de acolo, mare, burtos și negru, disputa despre cum trebuie pedepsit Mendebilul. Bineînțeles că nu-l putea duce mintea dincolo de „să-l caftim". Marțaganul propuse să-i tragem o Vrăjitroacă până una-alta, că nu mai jucasem de mult. Așa că ne-am repezit în spatele blocului și am coborât iar în șanțurile murdare, respirând iar dragul nostru miros de pământ și râme și pupe lăptoase, dar mai ales mirosul pătrunzător al fricii. Ne-am pus iar măștile de carton pe fețe, transformându-ne în diavoli și monștri, și uriași, și balauri, și sălbatici, și am început să ne fugărim prin canalele întortocheate.

Pe la opt seara a apărut Mendebilul. Nu ne-a venit să credem când l-am văzut apropiindu-se de marginea șanțurilor. Crezusem că va sta cel puțin o săptămână închis în casă, iar faptul că mai îndrăznea să dea ochii cu noi ni se părea de un tupeu nemaipomenit. Am lăsat baltă jocul și, de acolo, de jos, îl priveam rânjind. El vru să ne spună ceva, dar Paul luă un bulgăre de pământ și, aruncând înspre el, îl lovi destul de tare în picior. Jean făcu la fel, și Mendebilul o luă la fugă spre Scara Unu, sub o ploaie de bulgări. Ne-am repezit după el, cu măștile pe față, urlând. Ne umpluserăm buzunarele de bulgări. Ieșind din culoarul îngust, ne-am oprit în mijlocul curții interioare. De acolo nu avea cum să ne scape. Nu l-am descoperit de la început, dar până la urmă l-am zărit ascuns după balustrada Podului, adică pe mica platformă care ducea spre o ușă zidită. Era ghemuit în întuneric. Urlând, am început din nou să aruncăm cu bulgări în el, dar Mendebilul urla parcă mai tare decât toți și se bătea ca un diavol. Purta peste față, atunci am văzut, la lumina neonului din curtea morii, masca lui oribilă, pictată cu acuarele, și arunca înapoi în noi bulgării care-l loveau din toate părțile. Era mai sus și bine apărat de cele două balustrade, pe când noi eram în teren deschis, așa că s-a putut apăra multă vreme, o oră întreagă, până când un bulgăre l-a lovit cu putere în cap. Atunci l-am văzut în penumbră lăsându-se încet la pământ, arcuindu-se în ceafă și călcâie și începând să se zbată cu o forță înspăimântătoare. Ne-am apropiat de el, dar părea să nu ne vadă. Din ochi i se prelingeau pur și simplu șuvoaie de lacrimi. Gemea și răcnea scurt, din când în când, printre spasme care îi contorsionau corpul în poziții imposibile. Ne-am speriat atât de tare, încât Luță s-a dus la Scara Trei și a sunat la ușa Mendebilului. Ascunși în Scara Unu, am văzut-o pe femeia în roșu venind în fugă și luându-l în brațe pe copilul chinuit de spasme. Abia a reușit să-l strecoare prin culoarul îngust care ducea spre celelalte scări.

Așa s-a cam terminat totul. Pe Mendebil l-a trimis maică-sa la bunici sau la vreun internat sau în altă parte, căci nu l-am mai văzut niciodată. De a doua zi a început să plouă mărunt și înghețat, până ce tot spatele blocului s-a transformat într-o mocirlă unde nu mai era chip să te joci. După vreo săptămână am început școala și până în vară gașca s-a cam destrămat. Au urmat mai mult de douăzeci de ani anonimi. Am făcut liceul, armata și facultatea și iată-mă belfer. De acum trei luni însă, de la visul cu borcanul de hamsteri, sunt cu totul alt om. Nu mai pot. Am noapte de noapte coșmaruri pe care nici nu mai îndrăznesc să le transcriu în caietele mele de vise. Simt că se apropie ceva, simt un miros de gheață otrăvită care îmi înfioară porii pielii. Plâng uneori, după-amiezele, fără lacrimi, nervos, cu sentimentul dizolvării iminente. O astfel de criză de plâns disperat am avut după ce am descris, ieri, scena din camera fochistului. Ce va fi acum, că am terminat povestea asta, care mi-a răsărit în memorie atât de miraculos?

Am să încep să umblu pe străzi, să intru în restaurante și magazine, să tulbur liniștea în cinematografe povestind în gura mare despre Mendebil? Pentru că simt că nu am spus totul, pentru că nu mă pot stăpâni să nu urlu în gura mare acest adevăr numai și numai al meu, pentru că nu mai pot, nu mai pot stăpâni această mare durere, nu mai pot... Da, nu am să le citesc la cenaclu, căci foile astea nu sunt literatură, ele sunt o groaznică profeție, am să le iau să le citesc în viscol, pe străzi, la lumina vitrinelor și în tramvaie, și voi găsi oameni care vor înțelege și care mă vor urma și vom scotoci prin tot orașul și-l vom găsi până la urmă pe Mendebil și vom ști că *el este* și-l vom înțelege și vom plânge și vom cânta, și el, acoperit de-o blană de raze, aruncând fulgere albastre, va ridica brațele și se va înălța, luminând orașul ca ziua, până la stele și dincolo de stele, iar noi vom rămâne ca de cenușă albă, mai puri, mai puri... ah, nu mai pot...

*

Am dat azi-dimineață, pe când căutam scotchul ca să lipesc o copertă, de aceste pagini bătute la mașină, care, după cum arată, par vechi de peste doi ani. Erau pe șifonier, sub niște poze cașerate. Le-am citit și nu mă pot stăpâni să nu scriu chiar în continuarea lor cât de surprins am fost. Nu există nici un dubiu, ele au fost scrise la „Erika“ mea și se referă la o perioadă din copilăria mea. Sigur, recunosc unele date din această „cronică“. Am stat în blocul din șoseaua Ștefan cel Mare. Moara, Scara Unu, toate decorurile sunt reale și există și azi, cu excepția centralei subterane, căci blocul nostru n-a avut niciodată cazane de încălzire la subsol. Copiii sunt reali, chiar numele lor le țin minte, pe unii îi văd și azi, dar toată povestea cu Mendebilul mi se pare absurdă. Nu a existat un copil atât de savant la noi în bloc. Vova Smirnoff e acum inginer, Lumpă e picolo la Athénée Palace, îl tot văd pe-acolo. Marțaganul e și el ceva pe undeva, Sandu e tot inginer, iar Nicușor e amicul meu, Nicolae Iliescu. Dar unde e Mendebilul? De unde naiba a apărut povestea asta? Aș vrea să recitesc textul, dar mărturisesc că mi-e frică. Are în el ceva nefast. Nu mă hotărăsc ce să fac cu textul ăsta. Nu vreau să-l arunc, dar nici nu vreau să mai dau de el. Să-l pun undeva bine, undeva unde să poată sta o veșnicie fără primejdia de-a fi aruncat cu vreun ziar sau alte hârtii, căci nevastă-mea este meșteră la așa ceva...

Gemenii

Bărbieritul îi luă mai mult timp decât crezuse. Se mai răsese cândva la subțiori, iar de vreo două săptămâni, adică de atunci, își mai răsese de câteva ori și barba, dar acum era altceva: acum nu avea voie să se taie cu nici un preț. De aceea, ținând aparatul Gilette, cu mânerul alb-gălbui ca fildeșul, cu o stângăcie pedantă, își trecea lama peste obrazul săpunit hiperabundent, lăsând pârtii timide de piele ușor înroșită, pe care nu prea multele fire de păr secționate de la rădăcină iradiau, puncte minuscule, o culoare verzuie. Imediat, acele pârtii se umpleau de apa care șiroia din părul umed. Se privea în oglinda mâncată de umezeală de la baie, în care se mai vedea un perete muced, vopsit, prin cine știe ce capriciu de gust, în albastru ultramarin, culoare de ulei. Se mai vedea și closetul, spart într-un loc și lipit grosolan cu ipsos. Folosise drept cremă de ras pasta parfumată, albăstruie, dintr-un spray unguresc, unul dintre cele două-trei tuburi policrome de pe policioara de sticlă murdară de sub oglindă, pe care se mai aflau și câteva lame de ras uzate, aruncate într-o băltoacă și care ruginiseră, lipindu-se între ele. Apa de pe bărbie, tulbure de cremă de ras, începu să-i șiroiască pe gât și pe piept, rece ca gheața. Își privi pieptul în oglindă cu amuzament. Dacă ar fi venit acum cineva acasă, putea să iasă în întâmpinarea lui sau a ei așa cum se găsea, în blugi și cu pieptul gol, nu era nici o rușine. Pe când altădată... Se amuză câtăva vreme gândindu-se ce ar fi fost altădată, fără să înceteze să-și tragă aparatul de ras încet, cu ochii în patru, peste fiecare porțiune de piele care se întindea, acoperind oasele prelungi ale fălcilor. Coti apoi sub bărbie și începu să ia, dâră lângă dâră, crema de până la mărul lui Adam. Nici cea mai mică urmă de păr nu trebuia să-i mai rămână pe față. Becul electric îi obosea ochii, astfel că uneori contururile din oglindă le vedea însoțite de dâre mov sau liliachii scânteietoare. Își șterse cu un prosop apa de pe piept și pântece, care îi făcuse pielea de găină. Pe ușă, umflat și înnegrit de umezeală, se afla un abțibild înfățișând un profil trandafiriu de femeie cu niște plete umflate hiperbolic și împărțite în șuvițe mergând în degrade: un roșu sângeriu, urmat de roșuri mai diluate, dând impresia unor vopsele acrilice. Imediat sub bustul cambrat al femeii scria cu litere subțiri CRISAN SHAMPOON. Barba era gata. Mai rămânea mustața, o chestiune mai complicată, pentru că firele ei erau lungi, de vreo doi centimetri, și destul de dese. Purtase mustață nenorocitul, se gândi cu ciudă, și îi trase un „aia măsii" șuierat. Asta îi lipsea! Apăsă din nou pe capul sprayului, umplându-și degetele mâinii stângi cu spuma groasă și parfumată, și își năclăi bine buza superioară cu ea. Simțea cum firele se moaie ca picioarele păianjenilor căzuți în apă. Nu era, de fapt, așa greu. Doar că trebuia să clătească mai des aparatul de ras, agitându-l în coloana linsă de apă care curgea din țeava îndoită a chiuvetei. Apa era atât de tăcută și decisă în căderea ei, încât aveai senzația că nici nu curge, că e doar o coloană de sticlă încremenită între orificiul țevii și fundul chiuvetei, acoperit de spumă și fire de păr. Se contemplă în oglindă după ce își răsese doar o jumătate de mustață. Începu să râdă. Apoi, brusc, începu să plângă violent, în hohote isterice, sprijinindu-și fruntea de marginea rece a chiuvetei. Cu ochii încă uzi de lacrimi, își rase și jumătatea cealaltă de mustață, apoi se spălă îndelung pe întreaga față. Din păcate, apa caldă era oprită. Se șterse, frecându-se bine pe față cu prosopul aspru, portocaliu, și se privi încă o dată în oglindă. Doamne, cum o s-o scoată la capăt? Fără pilozitate, fața aceea prelungă părea și mai bărbătoasă, mai greu de disciplinat. Înainte să spele aparatul trase cu el „pe uscat“ de câteva ori de-a lungul sternului, sacrificând păienjenișul timid de păr care se cuibărise acolo. Lama scârțâi de data aceasta îngrozitor, de parcă ar fi vrut să protesteze. Se înfioră. Își întinse pe față spuma ușoară a *after shave*-ului și, rotind micul bușon de metal de la capătul aparatului de ras, aripioarele acestuia se deschiseră ca un pod mobil și lăsară la vedere lama strălucitoare. Spălă bine și lama și aparatul, ținând seama de indicația *Do not wipe blade*. Se uită puțin la lamă. Cât de nefamiliar îi fusese până nu demult acest obiect! O curbă ușor între degete. Scria pe ea „London Bridge“ și părea că trăiește o viață proprie și foarte intensă. Dintr-un imbold neînțeles, sărută lama, apoi și-o lipi de obraz și în ochi îi veniră din nou lacrimi. O puse iarăși în aparat și ieși din baie.

Nu era nimeni în apartament. Ușile date de perete deschideau spre camere și holuri perspective sinistre. Paturile nu erau strânse în dormitoare și era ceva indecent în încâlcirea de cearșafuri gălbui și pături pe sub care se vedeau fâșii din tapițeria înflorată a canapelelor. Pe uriașa fereastră, cât tot peretele, din camera de la stradă, se vedea cerul de vară, înțesat de zdrențele de flacără ale norilor, care căpătau formele, șablonizate în dezordinea lor, din picturile renascentiste. Dacă ai fi deschis unul dintre cele trei mari panouri transparente și ai fi scos capul pe fereastră, ai fi zărit, la douăzeci de metri dedesubt, cufundată într-o lumină roșu-portocalie, șoseaua Ștefan cel Mare, părând în realismul ei detaliat și totuși transfigurat, trădat întru câtva de filtrele color, o ilustrație dintr-o revistă americană. Spre stânga, șoseaua, prelungindu-se cu Mihai Bravu, se curba spre Vitan, iar spre dreapta se ascuțea ca un vârf de săgeată, înfigându-se direct în marele soare care scăpăta la doar doi-trei centimetri de orizont. Camera însăși, ca un parazit cubic și halucinat, sugea în dungi late, pe pereți, sângele de afară.

Intră în cameră. Cum naiba reușise să-și ude blugii în așa hal? I se lipeau, pur și simplu, de glezne. Îi scoase și, doar în chiloți, se așeză pe un scaun în fața oglinzii de la toaletă. Zâmbi, căci știa în amănunt ce conțineau sertarele toaletei și știa că avusese norocul nesperat ca el să aibă o soră. Deschise primul sertar și în cameră se răspândi un miros de pudre și alifii. Scoase deocamdată trusa chinezească de farduri care cuprindea, în cutia plată, sub un strat de burete, acum mânjit cu albăstrui și pembé, o coloană de rujuri de diferite nuanțe, rujuri îmbinate unele în altele, câteva ovaluri cu fard de pleoape, dispuse simetric, acum unele aproape consumate iar altele neatinse, un bețișor de plastic având la capăt o bucățică de burete murdărit cu vernil, un oval mare cu pudră roz, o periuță neagră și unsuroasă de rimel, un creion dermatograf ieftin, care nu făcea parte din trusă și din cauza căruia cutia nu se închidea cum trebuie și, cine știe de ce, câteva mici garnituri de cauciuc. Mai scoase două sticluțe tronconice de ojă de unghii, una cu un lichid vâscos de culoare stacojie, iar alta cu un lichid sidefiu, alb scânteietor. Le așeză pe macrameurile de pe toaletă. Găsi și o pensetă de sprâncene. În sertarul al doilea se mai afla o sticluță de ojă cu mici bobițe aurii în lichidul alb (ce ţigănie, se gândi) şi vreo trei rujuri, dintre care unul bun, Dior. Îl ochi numaidecât, gândindu-se instinctiv că era chiar nuanţa pe care o folosea. Dar îşi dădu imediat seama de absurditatea acestui gând. Mai găsi în fundul sertarului o pudrieră cochetă, franţuzească, o cutie de plastic pe care erau gravaţi nişte trandafiri, cu o linie sinuoasă, aurie. O deschise, amintindu-şi că se găsise în comerţ la noi. Se privi în oglinjoară strâmbându-se. Nu se mai obişnuia odată! Cutia nu avea decât două pătrăţele, unul vernil şi celălalt rozaliu, ceea ce devenea interesant. Totuşi puţin, fir-ar să fie. Din ciurucurile astea trebuia să improvizeze, cum-necum, un *make-up* onorabil. Deschise una din uşiţele laterale ale toaletei. Îi veni greu să suporte mirosul de parfum prost, dulceag, de-al nostru (măcar nu e bulgăresc...), care emana din cele vreo şapte-opt sticluţe de diferite forme, înghesuite în mica încăpere de placaj. Una dintre ele, culmea kitschului, avea un fel de armătură de metal auriu. Alta avea un dop mai mare decât ea, ca o tombateră fanariotă. Dar printre ele, asemenea unei regine în surghiun, se afla, prin cine ştie ce miracol (cine i-o fi dat-o?), şi o superbă sticluţă de Emotion. O luă în mână cu dragoste, scoţând-o din nesuferita companie, îi deşurubă capacul şi apăsă uşor pe pulverizator, deasupra dosului palmei stângi. Îşi mirosi cu voluptate pielea astfel înnobilată. Aşa da, se gândi, şi chiar spuse cu voce tare: „OK.“ Îl puse pe toaletă şi trânti uşiţa peste celelalte parfumuri. În spatele uşiţei din dreapta se aflau unele peste altele câteva casete AGFA şi microfonul cu şnurul răsucit în jurul lui. Asta era. Nu avea de ce să dispere, deşi nu era nici cine ştie ce motiv de satisfacţie. Cu hainele va fi mai complicat.

Începu prin a-şi smulge cu voluptate sprâncenele. Fiecare pişcătură dureroasă îi producea o bucurie nostalgică.

Piguli la ele jumătate de oră și nu se lăsă până nu obținu (din coadă de câine, își zise) două arcuri perfecte, subțiri, care dădeau feței masculine tristețea insuportabilă a arlechinilor. Își fardă pleoapele cu acel roz deschis, abia o părere, și își rimelă din abundență, pentru contrast, genele, din fericire neobișnuit de lungi pentru un bărbat. Se privi în oglindă. Nu era rău. Își rujă buzele, destul de pline și ele, mânuind tubulețul Dior cu dexteritate, și apoi își frecă buzele una de alta până ce rujul, pasta aceea parfumată și cu gust ușor spirtos, se întinse uniform. Încercase să corecteze cu ocazia asta expresia amară a gurii lui. Dar amăreala asta rămânea, plutind de fapt undeva deasupra trăsăturilor sale, fără mare legătură cu ele. Obrazul lui arăta acum cadaveric, ochii prelungiți cu negru scânteietor i se întinseseră parcă pe toată fața, iar gura, dedesubt, avea un dispreț cumva indecent, o blazare cinic-senzuală. Corectă această impresie folosind pudra cu care își tamponă bine obrajii concavi. Regretă din tot sufletul lipsa fondului de ten, dar asta era. Se fâțâi în fața oglinzii, privind acest cap inedit. Pentru că în cameră aerul devenise cafeniu, aprinse lumina, și atunci putu să contemple, în toată sclipirea lor, culorile cu care se împodobise. Chipul sporise în frumusețe, avea o frumusețe pe care niciodată un chip de bărbat sau de femeie nu ar fi sperat s-o dobândească. Se privi și din profil, uitându-se în oglinda mare prin oglinjoara pudrierei. Deși se gândise la „arma secretă“ spunându-și că o va folosi după ce se va îmbrăca, nu mai avu răbdare. Deschise ușa șifonierului din odaie și scoase dintr-o veche poșetă o pereche de cercei în două culori, rombici, foarte la modă, care se prindeau de ureche ca niște clipsuri. Și-i puse, dar nu era asta arma secretă, ci acel obiect pe care îl descoperise cu câteva zile în urmă tot în șifonier și de la care îi plecase de altfel hotărârea cea mare pentru seara de azi. Scoase și acum, cu același suspin recunoscător, superbul obiect. Era o perucă blondă neobișnuit de bogată, cu bucle care coborau maiestuos și cât se poate de natural până între omoplați. Pe dinăuntru avea o căptușeală moale și foarte elastică, așa încât, după un sfert de oră de purtare, nu te mai îndoiai că porți pe cap părul tău natural. Își puse peruca și o pieptănă îndelung în fața oglinzii. La fiecare alunecare a pieptenului roșu prin păr, buclele se desfăceau, părul se întindea, pentru ca șuvițele să se arcuiască la loc o secundă după aceea, într-o mișcare leneșă, grațioasă. Pentru că pieptenele trosnea la fiecare contact cu părul, îi veni ideea să stingă lumina. În întunericul aproape total care se lăsase, scântei verzi-albăstrui, neînchipuit de subțiri, acopereau părul cu o rețea efemeră, țâșnind prin odaie până la peste un metru depărtare. La această lumină pâlpâitoare, stroboscopică, puteai vedea în oglindă o incredibilă doamnă cu umeri băiețești, cu pieptul plat și cu claviculele proeminente.

Aprinse din nou lumina, dar fascinația aceea persistă, făcându-i rău. Își strânse cu putere mâinile peste urechi, perucă și obraji, apoi își privi multă vreme urmele rombice, palide, lăsate de cercei în podul palmelor. Simțea că toată substanța vie care îi umplea coșul pieptului: măduva sternului, plămânii, inima, i se rarefiase deodată, fiind înlocuită cu o rețea de emoții gelatinoase, un sistem de tubușoare și filamente cărămizii, trandafirii și violent stacojii, nespus de dureroase. Se ridică de pe scaun și se apucă să scotocească prin marele șifonier așezat pe peretele de lângă ușă. Trase afară tot ce semăna a îmbrăcăminte de damă. Încă o dată se minună de norocul pe care îl avusese, ca el să aibă o soră, dublat de încă unul, și anume ca sora lui să aibă aceeași înălțime cu el. Cât de cât, deci, hainele ei se vor potrivi. Găsi întâi un set de chiloței nostimi, nu cu totul mini, ceea ce i-ar fi făcut inutilizabili, dar destul de drăguți. Erau șapte bucăți de culoare albă, fiecare având imprimate în partea din față niște păsărele care stăteau pe o creangă, sub ele scriind cu frumoase litere verzi de mână *Lundi* sau *Mardi* sau *Mercredi* sau *Jeudi* sau *Vendredi* sau *Samedi* sau *Dimanche*. Și-i scoase pe ai lui și și-i trase pe cei cu *Dimanche*, care îi veniră satisfăcător. Încercă apoi o pereche de ciorapi negri de plasă cu ochiuri destul de mici, care îi atenuară puțin jena instinctivă că nu găsise nimic cu care să se poată epila, și se gândi multă vreme dacă să-și pună sau nu sutien. Dar, în parte pentru că nu prea purtase nici înainte, în parte pentru că i se părea grotesc să se apuce, ca în filmele de proastă calitate, cu travestiuri vulgare, să umple cupele cu cine știe ce șosete sau vată, renunță. Există destule gagici cu pieptul plat și care arată totuși cât se poate de șarmant...

Acum venea momentul adevărului. Cu ce să se îmbrace. Nu avea prea multe variante. Trebuia să elimine de la început blugii și reiații, care nu mergeau cu ideea de feminitate maximă și cu șoldurile strâmte și ciolănoase. Avea nevoie de ceva romanțios, vaporos, trebuia să semene cu tipa visurilor tuturor, ceva gen blondele visătoare din reclamele L'ORÉAL. Încercă mai întâi o bluziță de cașmir stacojiu, cu mânecile bufante și încheiată la spate cu doi nasturi frumoși de sidef. Dar asta mergea bine cu blugii, era o ținută disco în care nu trebuia să se bage. Găsi și o rochie mai pretențioasă, cu guler pătrat de dantelă, croită dintr-o pânză topită gălbuie, cu cordon de lamé auriu și flori mari, palide, aplicate pe poale, ceva de la Fondul Plastic probabil. Se suci și se răsuci cu ea în fața oglinzii, apoi se trânti pe pat, luă o poziție rigidă și se privi din nou, ridicând capul. Nu prea mergea. Trebuia ceva mai dulce, mai senzual, dar inocent în același timp. Se ridică în capul oaselor și contemplă iar figura aceea fardată și buclată, de o frumusețe ambiguă. Zâmbind ciudat, își împinse ușor capul înainte, își aduse un umăr mai în față și, de ce oare, arătă cu degetul direct spre imaginea sa din oglindă. Rămase un timp așa, arătând direct spre pieptul fantasmei, apoi se ridică de pe pat și întinse degetul până se atinse ușor de degetul chipului din oglindă. Cu un gest grăbit, își scoase rochia și o aruncă pe covor. Găsi în grămada de țoale o rochiță de vară, foarte înflorată, pe nuanțe liliachii stinse, croită simplu, cu pieptar ca de sarafan și două breteluțe pe umeri. O încercă, dar, deși îi venea bine, nu se potrivea cu capul acela de mare doamnă pe care și-l făcuse. Se temu ca nu cumva să cedeze plăcerii de a proba la nesfârșit toate țoalele, depărtându-se de scop. Scoase și rochița asta și căută ceva mai sofisticat. Găsi pe un umeraș o altă rochie, de seară, neagră, cu fir de argint, foarte decoltată și terminându-se, sub talia înaltă, romantică, într-o spumă de volane. Materialul era ieftin, dar croitorul fusese la înălțime. Așa mergea, deși pieptul... În fine, o să vadă. Rămase cu rochia asta, care mergea și cu ciorapii, dar la care îi trebuiau și niște pantofi negri ca lumea. Cât de mult iubise întotdeauna pantofii! Nu era zi, încă de când mai era în școala generală, în care să nu intre prin magazinele de pantofi de pe bulevard. Botinele micuțe, făcute dintr-o bucățică de piele, cu toc foarte, foarte înalt, așa încât piciorul stătea aproape vertical în ele, călcând doar pe vârful degetelor – se dădea în vânt după ele. Oricâte ar fi avut acasă, tot își dorea altele. Acum însă trebuia să se mulțumească cu pantofii cât bărcile, eleganți, ce-i drept, ai surorii lui. Nu mai era același lucru. Îngheță la gândul că ea și-a luat pantofii negri la țară. Dar era, bineînțeles, absurd. Nu-i scotea din șifonier decât la zile mari. Se repezi la ușa a treia a șifonierului: erau acolo, pe o blană de iepure încrețită. Piciorul îi era același număr, ca lungime, dar nițel prea gros. Totuși, ținând seama că nu trebuia să umble cu ei, mergea. Încăpeau oricum. Tocul avea vreo șapte centimetri, nimic pe lângă ce obișnuise să poarte. Purtase până la treisprezece-paisprezece centimetri, tot felul de tocuri, după cum se perindaseră modele.

Ei da, spuse cu voce tare în timp ce făcea câțiva pași prin fața oglinzii. Își prinse apoi la gât, ca o ultimă trăsătură de peniță, un lănțișor de aur cu plăcuțe și cu o mare perlă barocă, zgrunțuroasă, și se parfumă, în fine, pulverizându-și din sticluța fină, cu capac auriu, de Emotion, aerosoli proaspeți, senzuali. Ah, Doamne, își aminti deodată, nu își făcuse unghiile! Și mai trebuia să-și pudreze cât de cât umerii, pe care vițele mușchilor, deși el fusese destul de departe de genul atletic, săpau totuși supărătoare umbre virile. Își tamponă gâtul și umerii cu pernița elastică și parfumată, apoi se apucă de lucru la unghii, pe care din fericire le întreținuse destul de bine în cele câteva zile cât trebuise să stea la el. Dar, oricât le curățase pielițele (el obișnuia să-și roadă uneori până la sânge pielițele astea de pe lângă unghii) și deși mâinile lui erau mici și prelungi, tot nu putuse scoate din ele chiar niște mâini de femeie. Unghiile erau mai mult late decât lungi. Alese sideful. Deșurubă capacul înalt și dungat și scoase mica pensulă năclăită de lichidul gros, mirosind atât de familiar a eter. Își vopsi cu atenție fiecare unghie, mai întâi la mâna stângă, apoi la dreapta, fluturându-și și rășchirându-și degetele prin aer, cu gesturi teatrale. Când termină, simți o oboseală ușoară în coloană. Se ridică și se întinse. Ce să facă cu pieptul, iată o chestiune sâcâitoare. Încercă la întâmplare cu niște vată (găsise un pachet întreg și altul pe jumătate pe un raft din șifonier, în spatele unui rând de cămăși împăturite); făcu două cocoloașe cât merele și le vârî în sân. Cum decolteul rochiei avea bentița de sus foarte întinsă pe piele, totul ieși nesperat de bine. Tot sunt bune la ceva și filmele vulgare cu travestiuri, își zise râzând. Gagica din oglindă avea acum niște țâțici micuțe și delicate, de mai mare dragul.

Se așeză pe pat și vru să plângă, dar nu îndrăzni din cauza fardului. Nu se mai gândi la nimic. Începu să facă ordine în cameră. Totul trebuia să fie perfect curat, la locul lui. Strânse patul, puse la loc hainele în șifonier, fardurile și celelalte în sertarele toaletei, aranjă cărțile și vaza de pe masă, trase perdeaua, având grijă să facă falduri egale, și aranjă mai bine draperiile. Aduse din sufragerie câteva casete de lemn sculptat, două sfeșnice de alamă și câteva pernuțe fantezi cu care improviză un decor de budoar destul de cochet. Mai aduse câteva bibelouri cam de prost-gust, chinezești, desigur cópii, și le înșiră pe rafturile bibliotecii, care ocupa o jumătate de perete.

Se duse la baie. Pereții albaștri-ultramarin păreau acum, departe în noapte, și mai halucinanți. Becul galben punea dungi iluzorii și mai liliachii în oglindă. Deschise dulăpiorul cu medicamente, atârnat pe peretele din partea opusă căzii. Luă tubul de Meprobamat, îi scoase capacul cu vată și îl deșertă în palmă. Erau vreo douăzeci de pastile, exact câte îi trebuiau. Ca să nu rateze, știa că îi trebuiau cel puțin zece grame. Aici erau cam cincisprezece, poate mai mult. Pastilele erau mici, nu îi era frică să le ia. Știa că el avea dificultăți la înghițirea doctoriilor, dar de data asta avea să meargă. Clăti paharul care se aflase cu gura în jos pe etajera de sticlă și îl umplu cu apă. Pe paharul transparent și cu proporții robuste era imprimată cu vopsea verde zodia Gemenilor, doi copii ținându-se de mână. Dedesubt scria cu litere mari de tipar: GEMENI și data: 22 mai–21 iunie. Împărți pastilele în trei grămăjoare și le înghiți pe rând. Se întoarse în dormitor și se lungi pe patul frumos împodobit cu pernuțele de mătase. Închise ochii. A doua zi, cam la vremea prânzului, întorcându-se de la țară, ei vor găsi în dormitorul de la stradă o preafrumoasă doamnă palidă, fără suflare și cu inima rece.

„După o noapte cu somn agitat, o gânganie îngrozitoare se trezi transformată în autorul acestor rânduri.“ Cam așa aș începe, răsturnând fraza de început a *Metamorfozei* lui Kafka, povestea pe care m-am gândit să o scriu aici, dacă aș vrea s-o public. Ar fi un început de efect, ceea ce nu ar exclude veridicitatea, având în vedere că eu chiar *sunt* această insectă. Mai mult, mult mai mult decât Gregor Samsa, hai să zicem cam în măsura în care insecta era Hoffmann sau Nerval sau Novalis. Ca toți romanticii ăștia, voi scrie nu ca să construiesc o poveste, ci ca să exorcizez o obsesie, ca să îmi apăr bietul suflet de monstru, de monstrul groaznic nu prin hidoșenie, ca la Kafka, ci prin frumusețe. Mă gândesc acum și la îngerul insuportabil de frumos al lui Rilke, și aș vrea să și citez câte ceva din prima elegie, dar, de când stau aici, parcă mi s-a întunecat sau măcar aburit nițel resortul amintirii. (Mi-e frică. Acum câteva clipe stăteam pe canapea privind aiurea la toate acele icoane pe sticlă, unde predomină roșul aprins și azuriul, la clapele gălbui, lucioase, ale pianinei, la *secretaire*-ul cu ușile de lemn scorojit pe care e pictat un personaj trist, cu fața tuciurie, bizantină, înfășurat într-o amplă togă albastră căzând în zeci de cute și ținând în mână o creangă înverzită; în spatele lui, zarea violetă se întunecă și nori roșii se preling melancolici printre chiparoşi. Dedesubt scrie cu litere aurii: AMOR OMNIA VINCIT. Priveam tot acel spaţiu nesfârşit de înalt, măsurat de draperiile bogate care acopereau geamul, şi mă întrebam dacă sângele ei, irigându-mi lobii creierului prin mii de tubuşoare, nu-i va muta încetul cu încetul fiinţa în mine, dacă trecutul ei, care emană din camera asta cu mobilă sculptată şi aramă bătută, nu va porni în falange scheletice împotriva amintirilor mele, ca în *Apocalipsa* lui Brueghel. Am sărit în picioare la gândul ăsta, exact ca acum o săptămână, când am hotărât să nu mă mai privesc niciodată în oglindă. Şi, aşa cum atunci am cusut husa aceea de pânză cânepie, grosolană, cu care am învelit apele oglinzii, acum m-am hotărât să scriu, să fac din paginile astea altă husă, altă ţesătură, care să mă apere de data asta nu de corpul, ci de psihicul ei, de tristeţile ei, de nebunia ei, de fericirea, de prostia şi de idealismul şi de josnicia şi de rapacitatea ei superbă.) Aş vrea să citesc, dar de unde cărţi? Inculta mică tot ce are mai bun în cele trei-patru rafturi pe care le numeşte bibliotecă sunt cărţile dăruite de mine: un frumos Huizinga, un Baltrusaitis despre arta gotică şi cam atât. În rest dicţionare, cărţi de folclor, romane proaste, de necitit. Totuşi, şi nu e decât una dintre contradicţiile ei, citea, ba chiar scria ea însăşi versuri. Avea şi un jurnal în care îşi nota visele, colorate şi stranii, deloc psihanalizabile, mai curând un fel de feerii, un fel de grădini paradiziace. Cred că bogăţia de culori şi de lumină din visele ei venea din faptul că dormea cu ochii larg deschişi, aşa cum nu am mai văzut dormind pe nimeni. Să stai să o priveşti în timp ce dormea era înspăimântător, parcă vegheai o moartă. Nu încerc să explic aici de ce am iubit-o, lucru inexplicabil ca tot ce este firesc. Nu vreau nici măcar să povestesc ce s-a întâmplat cu noi acum zece (să fie unsprezece? douăsprezece?) zile.

Mă gândesc doar să îmi rechem trecutul, sau să îmi modelez trecutul, sau să îl inventez, sau toate deodată, căci mă interesează numai să am un trecut, o serie de imagini care să fie sau să se substituie haosului de acum.

Acum, de când ei, bieţii bătrânei zăpăciţi de nelinişte, au observat la mine ceva ciudat (toată povestea cu acoperirea oglinzii şi multe altele), de când mi-am exersat noile coarde vocale urlând la ei într-un acces de isterie, mă lasă-n pace, să zac aici, în camera asta înaltă ca un turn. Şi sunt nişte după-amieze aurii, nostalgice, în care de afară nu se aude nimic altceva decât foşnetul câtorva frunze însorite şi numărătoarea vreunei fetiţe care se joacă singură, pe caldarâmul pustiu al străzii Venerei. Ca şi înainte, zac în pat, confuz de singurătate şi emoţie, iar în minte îmi vin, dureroase, sfâşietoare, fragmente de amintiri foarte vechi, din cea mai îndepărtată copilărie. M-am gândit să notez ceva din aceste străfulgerări violete, din iluminările punctiforme pe care le simt în timp ce, cu capul lipit de pernă, privesc dungile groase, aurii, de pe peretele opus. Dar nu la modul proustian, prea estet pentru ce vreau eu. De altfel metoda proustiană îmi e, vrând-nevrând, familiară dinainte de-a şti cine e Proust. E straniu că am avut, ca adolescent, toate experienţele aparent atât de particulare, de irepetabile, ale unor scriitori: cunosc efectul madlenei lui Proust – anumite bomboane discoidale, roze şi buretoase, foarte parfumate, sau sclipirea unei insigne pe pieptul unui trecător m-au făcut de câteva ori să simt puternic emoţia reamintirii unor locuri, a reconstruirii unei atmosfere; cunosc senzaţia de leşin care îl încerca pe Blecher în locuri virane; am avut tot complexul de manifestări kafkiene: recunoaşteri false, *jamais-vu* şi tot restul. Am şi senzaţii cu adevărat particulare, neîntâlnite de mine nicăieri în literatură, dar nu mă-ncurc acum cu ele. Vreau să îmi amintesc – și știu că tot ce-mi voi aduce aminte se află pe drumul care merge direct spre catastrofă. Simt că nu voi fi în stare să scriu nici un cuvânt despre ceva incidental, neimplicat în obsesie, în himeră.

De când am început să scriu, băbuța a băgat de două-trei ori capul pe ușă, privindu-mă cu îngrijorare. De fiecare dată, i-am făcut un semn furios cu mâna să mă lase în pace. Mi-e teamă că vor aduce medicul și că va trebui să joc comedia normalității. Îmi privesc acum mâna cu care țin stiloul. Oja de pe unghii s-a cojit aproape de tot. Scrisul îmi e oarecum diferit de cel dinainte; îl stăpânesc totuși.

Mi se trezesc mai întâi câteva amintiri fulgurante, cred că de pe la vârsta de doi sau trei ani. Văd, la un colț de uliță de mahala, trei bărbați în cămăși albe, profilați pe cerul roșu ca flacăra, fumând și discutând liniștit. Departe, zidurile uriașe, de cărămidă roșie, cu geamuri negre de funingine, ale unor ateliere părăsite încă de pe atunci. Era pe undeva pe lângă Gara Obor, căci locuiam pe acolo, și văd niște șine de tren care reflectă cerul roșu. Nici un sunet, nici un miros nu pot asocia acestui film enigmatic. M-am apropiat de cei trei bărbați și i-am privit, dându-mi capul pe spate. Mi se păreau imenși, le veneam până ceva mai sus de genunchi. Se aplecară spre mine. Aveau fețele monstruoase, numai carne și sânge. Râdeau fără zgomot, iar unul dintre ei mă prinse de subțiori și mă aruncă în sus, prinzându-mă într-o clipă. Am început să țip, dar tot fără nici un sunet, iar ei m-au lăsat jos. M-am întors și am alergat până la poarta noastră, unde era mama, înaltă cât un turn, într-o bluză albastră. Într-o clipă, i-am năclăit pieptul și gulerul bluzei cu lacrimi și salivă.

Altă dată, ne întorceam toți trei de la cinema. Fuseserăm la o grădină de vară, unde rulase filmul *Veneția, luna și tu.*

Îmi amintesc perfect acest titlu, care are pentru mine ceva magic. Am uitat sute de titluri de filme, dar pe acesta n-am să-l uit niciodată. Desigur, nu-mi amintesc filmul în sine, așa cum nu mai știu despre ce era vorba în cărțulia *Seri albastre*, citită în primii ani de școală, pe care n-am mai găsit-o nicăieri, dar al cărei titlu îmi trezește o nostalgie pătrunzătoare. Mergeam pe stradelele întunecate, eu la mijloc, ținut de mânuțe de mama și tata. Țin minte o stradă cu case mici, negustorești, cu balcoane minuscule, al cărei caldarâm răsuna puternic sub pașii noștri. În fața noastră, mai mare decât am văzut-o vreodată, mergea luna, plină, galbenă și pe alocuri portocaliu-cafenie, dar strălucitoare. Spun *mergea*, pentru că părea într-adevăr că înaintează în ritmul pașilor mei, oscilând când în sus, când în jos, după cum călcam cu ghetuțele pe pietrele violete. Părinții mei, teribil de lungi, susurau peste capul meu, iar eu priveam cu fascinație luna, uimit că nu o puteam întrece, că mergea mereu înaintea noastră. La un moment dat m-am trezit tras sub un gang străjuit de fioroase arătări de ciment. Am mers pe sub bolta gangului, până am ajuns într-o încăpere mare, foarte luminată. Eram în casa unor oameni necunoscuți, care îmi întâmpinară părinții cu bucurie. Pe mine mă pupă o grăsană foarte rujată, cu ochii verzi și mărgele verzi la gât, cu bobul cât mingile de ping-pong. Pe pereți se aflau măști hidoase de cârpă și parcă un instrument muzical, o sabie... Un policandru de sticlă murdară, cu becuri bâzâitoare, ardea deasupra. Masa era plină de mâncăruri și prăjituri, dar după ce am morfolit un colț de plăcintă m-am trezit împins în altă cameră, mai mică, unde o fată care trebuie să fi avut vreo șase ani și un băiețel de vreo opt se apucară să-mi arate tot felul de jucării. Erau caruselele care se învârteau singure, cu avioane de tablă colorată la capetele unor sârme, un fel de vagoane de cale ferată mergând de-a lungul unor șanțuri într-o lungă tavă de tablă, un motociclist galben și vreo două păsări, toate numai și numai din tablă, învârtindu-se și țopăind pe jos, pe parchetul lustruit. Era și o mașinuță care întorcea singură când ajungea la marginea mesei. Ne-am jucat împreună o vreme, până când, tot scoțând și arătându-mi jucării pe care eu nici nu visasem să le am, au ajuns la una care mi-a tăiat răsuflarea. Mi-au arătat o păpușă chinezească: un mandarin cu mâinile încrucișate pe pântece. Jucăria era de plastic și se compunea dintr-o sferă mare, pântecele, iar deasupra una mai mică, pe care erau pictate trăsăturile orientale, fioroase și bonome în același timp, ale păpușii. Obiectul era foarte greu și, având baza de plumb, se legăna într-o parte și alta la nesfârșit, ca un hopa-mitică. Uimitor pentru mine era însă că, în timp ce se legăna, mandarinul cânta, scotea din el o melodie subțirică, delicată, ca produsă de zeci și zeci de gonguri minuscule de aramă, o muzică de ceas, iscată de rotirea mecanică a axului cu came din interior. Legănarea și muzica de minaret aveau ceva hipnotic, de aceea nu mai știu când am fost dus de acolo. Niciodată mai târziu, deși i-am întrebat de zeci de ori, părinții mei nu au știut să-mi spună la cine fusesem în seara aceea și nici nu și-au amintit să fi văzut *Veneția, luna și tu*, deși filmul rulase într-adevăr în oraș. Cine era grasa, cine erau cei doi copii, băiatul cu fața tumefiată și gesturi lente, cu o privire oribil de fixă, și fetița dulce, ușor roșcată, plină de grație? Cine era bărbatul spectral care ne-a condus până la ușă și care mi-a umplut buzunarele cu bomboane de salon, deși era vară, și cu bănuți aurii de ciocolată? Dar douăzeci de ani mai târziu am văzut în casa *ei* aceeași păpușă. Iată, acum, când scriu, e lângă mine: o legăn și, clătinându-se somnolent pe birou (ea zicea mereu „biuró"), mandarinul își îngână melodia metalică, irizată...

Acum vreo doi ani scotoceam după un act în bufet. Ai mei țineau chitanțele și procesele-verbale și carnețelele de tot felul într-o veche poșetă stacojie și zgrunțuroasă a mamei, care-o purtase ca domnișoară când lucra la țesătoriile Donca Simo. Într-o despărțitură, alături de niște siguranțe electrice și niște arcușoare pentru nu mai știu ce, am dat peste un pachețel de ziar, a cărui moliciune mi-a atras atenția. L-am desfăcut și am găsit două codițe blonde de vreo cincisprezece centimetri lungime, legate cu elastic la capătul unde fuseseră retezate și cu panglică albastră de satin la celălalt, unde părul se subția. Alături se afla o poză cam îngălbenită, cu un colț îndoit, dar foarte clară. Înfățișa, gol-goluț, în picioare, într-o grădină, un băiețel de vreo doi ani, până în trei, cu o buclă deasupra frunții și cu părul împletit, de-o parte și de alta, în două codițe cenușii-gălbui, care-i veneau până mai jos de umeri. Ținea un pumn la ochi și pe față i se citea un sentiment de teamă. Făcuse bot și era gata să izbucnească-n plâns, și brusc mi-au fulgerat în amintire, foarte vii, câteva imagini colorate ca de început de lume: straturi de lalele gigante, soarele izbucnind apocaliptic printre frunzele cireșului amar, pământul negru cu zgrunțuri neobișnuit de mari, ca văzuți printr-o lupă, o plasă cu un păianjen verde cât pumnul în mijloc, scânduri putrede și o femeie, cu fusta în flăcări de la soare, apropiindu-se. Apoi un bărbat necunoscut, tenebros, îndreptând spre mine o mașinărie strălucitoare. Sigur, îl țin minte pe fotograf, pe care-l confundasem cu doctorul care îmi făcea injecții. Erau deci cozile mele. Mama îmi povestise de multe ori că mă îmbrăca în fetiță, numai cu șorțulețe albe, încât vecinele din mahala îmi spuneau Andriușa sau

Andreea și mă pupau și mă giugiuleau până aproape să mă sufoce. Mă pot consola deci că am fost un copil frumos. După trei ani am început să slăbesc și, în loc de un portret în culori, am devenit un chip în cărbune. Și ca să duc ironia până la capăt, să scriu că doar de două săptămâni am recăpătat frumusețea de atunci – de fapt am depășit-o cu mult. O asemenea revărsare de frumusețe asupra cuiva nu poate să însemne decât dezastru și moarte. Nu oglinzile și paternitatea, ci frumusețea este abominabilă.

Într-o noapte am visat-o pe Marcela. Iar de acel vis mi-am amintit mult mai târziu, într-una din după-amiezele mele de reverie. Am visat-o așa cum era când devenise partenera mea de joacă la blocul cu patru etaje unde ne mutaserăm pe când eu aveam vreo trei ani și ceva, de fapt împlineam patru în vara aceea. Marcela, așa cum o văzusem în vis și așa cum bănuiesc că arăta, era o fetiță băiețoasă, puțin mai mare decât mine, cu dinții îngrozitor de sparți și îmbrăcată șleampăt, de cele mai multe ori doar cu niște chiloți galbeni și un maiou înflorat, murdar de zeamă de caise. Rânjea tot timpul ca o demonizată, dar probabil că era simpatică în zvăpăierea ei continuă, cu părul tuns ca la pușcărie și cu cercelușii de aur cu pietricică roșie, prea vulgar sclipicioasă ca să fie rubin. Cu Marcela îmi plăcea să hoinăresc toată ziua. De dimineață bătea la noi la ușă, deja murdară pe la bot, și când mama deschidea întreba stereotip: „Tanti, ce face bebelușu' tău?“ (Asta pentru că atunci frățiorul meu avea doar câteva luni. Peste alte câteva avea să moară de dublă pneumonie.) Ieșeam cu ea și mergeam uneori la solar, un loc cu nisip. Acolo, scobind în nisipul din ce în ce mai ud, am dat odată de niște broaște râioase enorme, tăvălite prin nisip de arătau ca niște prăjiturele mișcătoare, dar cu mari ochi limpezi, omenești.

Ne mai jucam de-a roata, apucându-ne unul pe altul de picioare și rostogolindu-ne astfel, când pe spinarea ei, când pe a mea, până ce făceam numai șanțuri în bazinul cu nisip și ne intra nisipul în gură, în nări, în urechi. Seara plecam în explorare. Lângă blocul nostru din Floreasca se afla un fel de depozit, un foișor melancolic. Pe fațada lui atârnau ca niște zdrențe resturile ruginite ale unei scări de incendiu. Scoabe mari lăsau umbre ascuțite pe cărămizile și mai roșii în înserare. Ea intra prima, printr-o fantă dintr-o ușă laterală, unde lipsea o scândură. Ne strecuram ușor prin acea crăpătură, pe unde numai pisicile puteau să intre. Marcela mai ales, cu membrele ei subțiri ca nuielele, intra dintr-o mișcare. Înăuntru era un întuneric cald, cafeniu-roșcat, în care razele de lumină roșietică, scânteietoare, pătrunzând prin crăpături sau prin găuri de cuie, țâșneau cu forță înspre interior. Ne plimbam printre mașinării fără nume, carcase grele de metal cu lanțuri împotmolite în unsoare neagră, roți dințate mai înalte decât noi, sprijinite de bancuri de lucru acoperite de tablă. Marcela voia să atingă și să pipăie totul, nu se lăsa până nu se mânjea toată cu păcură și ulei ars, până nu-și agăța de gât coliere de metal ruginit, până nu se cățăra pe angrenaje de fier complicate. Pe jos erau răspândite cuie mari cât antebrațul meu, rulmenți acoperiți de cruste compacte de rugină, cutii de lemn pline de pânze de bomfaier, șurubelnițe, pile, spițuri, sârmă de toate grosimile. Când se întuneca de tot, ni se făcea frică. Într-o seară, Marcela își scosese maioul și ștersese un ochi de geam până ce, prin sticla curată, am văzut cerul albastru închis, presărat de stele. După aceste expediții, mâncam întotdeauna bătaie. Cel puțin Marcela venea a doua zi vânătă la noi, dar la fel de veselă și gata să ia totul de la capăt.

Ea m-a învățat să ne jucăm de-a doctorul. Blocul nostru avea un demisol, spre care coborau câteva trepte. Înainte să cotească spre ușa apartamentului, la demisol se afla o nișă cu o bancă. Acolo ne jucam. De jocul nostru nu trebuia să știe nimeni. Datorită lui am aflat, tulburați, că eu și Marcela nu eram la fel, că, dincolo de îmbrăcăminte, există diferențe ciudate între toate fetele și toți băieții. Țin minte cât de greu mi-a venit să accept evidența. De zeci de ori ne retrăgeam în semiîntuneric, pe banca aceea, și ne contemplam cu tristețe. Un început de dispreț se insinua în mine, iar în ea un început de umilință și venerație.

În toamnă ne-am mutat în alt bloc, pe Ștefan cel Mare, iar peste câțiva ani am început școala. Nu-mi amintesc mai nimic în legătură cu primii patru ani de școală, în afară de cele întâmplate într-o tabără, unde am fost în vacanța dintre clasa a treia și a patra. Eram cazați în niște pavilioane lungi, cu dormitoare de treizeci de copii, tot complexul fiind așezat în mijlocul unei păduri. Acea pădure, cu magia ei, cu ataraxia vegetației nesfârșite, cu miile de forme ale trunchiurilor, rădăcinilor, putregaiului, cu bolțile rarefiate, cu dârele de lumină căzând printre frunzele transparente, este unul dintre locurile cele mai fermecătoare în care am fost vreodată. Umblam toată ziua prin pădure, ciopleam corăbioare din scoarță de molid, ne luptam și jucam fotbal. Eram împărțiți pe detașamente, după vârstă, de-o parte băieții, de alta fetele. Ele culegeau clopoței și alte flori sălbatice, își făceau coronițe din margarete, adunau fragi din iarba însorită. Noaptea, noi, băieții, ne adunam pe pervazul interior, neobișnuit de lat, al ferestrelor și acolo, pe placa de marmură, după draperii, începeam să ne spunem niște povești înfricoșătoare. Vorbeam despre somnambuli, care merg noaptea prin casă cu ochii închiși, iar dacă îi trezești mor pe loc și tu poți înnebuni. Printre noi era un băiat cu înfățișare izbitor mai matură decât a noastră, cu un vocabular de om mare, care, la acea vârstă, știa pe dinafară *Corbul* lui Poe. Băiatul se numea Traian. Cine era el, cine a devenit, de ce boală bizară suferea, nu știu nici până acum. El ne povestea ca din carte în fiecare noapte câte un capitol din *Băieții din strada Pál*; tot el avea o coropișniță uriașă, de vreo zece centimetri lungime, pufoasă ca acoperită cu blană și cu ochi rotunzi, limpezi ca rubinul, pe care o ținea într-un borcan de sticlă. Când ne întorceam de la masa de seară și ne îmbulzeam în dormitor, să scotocim în cușetele noastre după pijamale, iar unii dintre noi dădeam la o parte marile draperii ca să ne schimbăm după ele, lăsând cu ocazia asta să pătrundă în camera lungă și albă globul topit al soarelui, Traian obișnuia să pună borcanul pe pervaz și, printre băieții goi sau pe jumătate intrați în pijamalele cu buline, rămânea îmbrăcat și visător, fixând insecta gigantică de parcă ar fi vrut s-o hipnotizeze. Coropișnița se ridica atunci și ea cu labele din față pe sticla roșie de amurg și rămânea încremenită. Dialogul acesta fără cuvinte dura minute în șir, parcă din ce în ce mai multe în fiecare seară. Traian ne spunea că încearcă să se concentreze asupra gâganiei atât de mult încât să intre în capul ei și să se uite la noi din borcan. Iar atunci mintea coropișniței, zicea el, ar fi pătruns în capul lui. Dacă s-ar fi întâmplat așa, noi trebuia să fugim de el, ca să nu ne trezim că ne mușcă de beregată. Lucrurile astea ne umpleau de groază. Într-o noapte, după ce ne bătuserăm cu pernele până la epuizare, doi sau trei băieți ne-am hotărât să omorâm coropișnița. Traian o ținea încuiată în cușeta lui, iar cheia și-o atârnase la gât, pe un șnur. Dar noi aveam o altă cheie, care se potrivea, și astfel, la lumina unei lanterne, am dibuit borcanul, care vibra de-o zbatere interioară. Am mers cu el în spălător și ne-am uitat mult timp, la lumină, la gâza monstruoasă dinăuntru. Aceasta se ridicase oblic, proptind cu cazmalele mari ale labelor peretele de sticlă. Nu știam ce să facem cu borcanul. Ne era frică să-i scoatem capacul de plastic, în care Traian făcuse niște găuri cu un cui. Până la urmă l-am aruncat prin geamul de sus al spălătorului în tufișurile din spatele pavilionului nostru. Ne-am dus la culcare, dar abia ațipisem când m-am simțit zgâlțâit de cineva. În dormitor era agitație. La lumina a trei-patru lanterne îndreptate șovăielnic în toate direcțiile, am văzut că toți băieții se treziseră și se îngrămădeau grăbiți, în liniște, spre ușa dormitorului. „Nu-l treziți, nu-l treziți!", șopteau toți, cu ochii dilatați de spaimă. Vecinul meu de pat, un puști cu trăsături tătărești, îmi spuse că Traian e somnambul. Pentru noi, asta echivala cu „strigoi", sau așa ceva. Am ieșit și eu pe coridor și, la vreo douăzeci de metri în fața noastră, l-am văzut pe băiatul blond și masiv mișcându-se încet spre ușa de la intrare. Picioarele lui goale stricau ordinea încălțămintei noastre înșirate de-a lungul peretelui, pantofi sau sandale cu șosete multicolore vârâte în ele. Deschise ușa și ieși în noapte. Ne-am năpustit și noi afară, ba chiar unii dintre noi o luarăm înaintea lui, așa că i-am putut vedea fața încremenită și ochii deschiși, plini de reflexele scânteietoare ale stelelor de deasupra. Căci albastrul intens al cerului de exact deasupra noastră se dilua în zare, astfel că la orizont ajungea o dâră alburie. Deasupra ardeau stele galbene, ascuțite, cu mari spații goale între ele, iar în depărtare stelele deveneau din ce în ce mai dese, confundându-se cu ceața albă din zare. Sub acest covor de stele înainta Traian, luând-o prin spatele pavilionului, apoi direct prin bălăriile de lângă burlan și în cele din urmă îngropându-se până la brâu în tufișurile care năpădeau toată curtea, până la gardul de sârmă, atât de îndepărtat în noapte încât nici nu-l vedeam. Lanternele noastre luminau aerul albastru, fumegos. Băiatul se încâlcise cu totul în arbuștii cu ghimpi, mergând cu încăpățânare în linie dreaptă. Șovăi o clipă, apoi se întoarse ținând în mâini, lucios ca argintul, borcanul cu coropișnița. Intră iar în hol, traversă coridorul fără să ne dea nici o atenție, își descuie cușeta, puse borcanul înăuntru și încuie la loc. Apoi se așeză în capul oaselor pe patul său și rămase o vreme așa, cu privirea în gol. Până nu s-a întins pe pat și nu am fost siguri că doarme, nu am îndrăznit să mergem și noi în paturile noastre. Fiecare avea așezată o pătură pe tăblia de țeavă de la capătâiul patului, ca să ne apere de lună. Bineînțeles că n-am mai dormit în noaptea aceea. Și nopțile următoare am vegheat cu schimbul, ca să vedem ce mai are de gând Traian, dar nu s-a mai întâmplat nimic.

Traian mai susținea că poate mișca hârtiuțe sau bețe de chibrit doar cu privirea și, când nu-i cășuna pe coropișniță, pe care o hrănea zilnic cu nimfe și râme, se apuca să fixeze câte unul dintre globurile de sticlă albă, mată, care atârnau de tavan la capătul unor tije de metal. Ne uitam și noi până ne dureau ochii la aceste tije, și uneori chiar aveam impresia că globurile încep să se clatine nițel. Doar Traian reușea să le facă să oscileze cam cinci-șase centimetri într-o parte și alta. Se plângea des de dureri de cap. Odată, „adormindu-l“ cum aveam obiceiul, adică strângându-l în brațe, presându-i capul în piept și apăsându-i jugularele, era cât pe-aci să nu-l mai putem trezi: zăcu leșinat jumătate de oră, până l-au dus la infirmerie. L-am mai văzut la vârsta de șaisprezece ani, în holul farmaciei Policlinicii 10 de pe

Rozelor. Stăteam la rând să iau nu știu ce medicamente, când l-am văzut intrând. Rareori am simțit o mai puternică fascinație ca în acel moment. Traian se deșirase incredibil, avea poate un metru și optzeci înălțime. Purta un trening roșu ca flacăra, bluză și pantaloni. În picioare avea bascheți, dar tot aspectul său fizic contrasta cu ținuta asta sportivă. Mâinile, fața îi erau zbârcite, mersul clătinat părea de om bătrân. Doar după ochii lui sticloși îl mai puteai recunoaște. Era efectiv o ruină. Nu numai eu, ci și ceilalți care stăteau la coadă la cele două ghișee sau așteptau pe canapele, privind absent prospectele cu profilaxia gripei sau a bolilor venerice și nelipsita cană de sticlă cu apă de pe măsuță, își îndreptau cu milă și oroare privirea înspre Traian. Nu am avut curajul să vorbesc cu el, oricum trecuseră vreo șapte ani de la vacanța aceea. Mi-am luat medicamentele și-am ieșit repede în stradă.

Dar Traian mă interesează acum din alt punct de vedere, pentru paginile astea în care încerc și eu să „notez inexprimabilul", să refac un drum care nu mai există pe nici o hartă și în nici o amintire. Căci Traian avea și o față diurnă, cel puțin la fel de stranie pentru noi, cei de-atunci. Pe Traian îl interesau fetele, era numai cu gândul la ele, el ne-a explicat prima oară ce înseamnă să iubești. Noi rânjeam auzind lucrurile astea și ne gândeam numai la prostiile noastre. Dar el insista, se apăra, spunându-ne că dragostea nu înseamnă numai prostiile, ci înseamnă să ai o iubită și să te gândești numai și numai la ea, să te ții după ea, să-i faci lanțuri de margarete, să te pierzi cu ea de mână prin pădure. „Și acolo..." completam noi, rânjind și mai tare, căci nopți întregi nu vorbeam între noi decât despre cum sunt făcute fetele și ce se poate face cu ele. Nu, nu, răspundea Traian, să iubești o fată poate să fie foarte frumos, îi poți scrie versuri, poți să te muți față-n față cu ea la sala de mese... Bravada noastră se cam muia la cuvintele lui pătimașe, dar cu atât mai tare ne înverșunam și ne băteam joc de ideile astea. Fetele și băieții ni se păreau două specii diferite, pe care le notam simbolic desenând în praf, cu o nuia, un cerculeț străbătut diametral de o liniuță și respectiv două cerculețe și o liniuță. Firește, Traian își găsi curând o prietenă. Se numea Ante Livia și era mai mare decât noi, era în clasa a cincea. Livia avea părul tăiat rotund, „cu castronul", anticipând cu câțiva ani moda Mireille Mathieu. După baie, părul ei castaniu căpăta sclipiri roșietice. Era zveltă, foarte grațioasă și bine crescută. În rochița ei favorită, un turcoaz nețipător, părea o mică domnișoară. Traian se învârtea toată ziua pe lângă ea. Din spirit de emulație, alți câțiva băieți mai frumușei își găsiseră și ei câte o prietenă din același detașament cu Livia. În timpul liber, tot acel grup se izola în pădure, mergând foarte departe pe potecile blocate de bușteni prăbușiți, pe sub bolțile copacilor, în tăcerea aurie, străbătută de triluri ascuțite și de bâzâitul miilor de musculițe, sclipitoare în câte o vână de lumină. Băieții se împodobeau cu coroane de cetină și se înarmau cu bâte viguroase. Își făceau centuri din scoarță și alergau țipând ascuțit prin pădurea rară. Rupeau uneori coaja unui copac căzut, atât de buretos încât l-ai fi putut ridica ușor, și priveau carii dinăuntru, fiecare insectă zvârcolindu-se la capătul unui lung și îngust canal. Striveau cu piciorul cuiburile de ciuperci și băgau mâna în scorburi după ouă de păsări. Micul grup trecea pârâiașul și se afunda în cea mai frumoasă parte a pădurii, până ajungea la o poieniță plină de clopoței și măcriș. Acolo se așezau în cerc. Ce făceau, ce-și spuneau, iată ce aș fi vrut să aflu, îmi doream asta (nemărturisit) cu toată ființa mea, dar mă exclusesem singur de la aceste mistere. Devenisem chiar organizatorul unui alt grup, ostil și disprețuitor, și consideram, cu o ură inexplicabilă, drept o crimă prietenia dintre băieții și fetele din grupul lui Traian. Ne organizaserăm într-un fel de patrule care îi urmăreau, îi pândeau pe după copaci și, pe neașteptate, agitând bâte strâmbe și țipând, năvăleau în mijlocul lor încăierându-se cu băieții și luând fetele la goană. Sfâșiam cu lovituri de picior lanțurile de margarete pe care le găseam, lungi de metri întregi, distrugeam buchetele mari și pestrițe de flori de pădure care ne rămâneau ca pradă. Ura noastră era atât de mare, încât nu mâncam, ci striveam cu călcâiul grămăjoarele de fragi pe care copiii le pregătiseră din timp pentru întâlnirea lor secretă. Încinși cu centuri de scoarță și încoronați cu frunze, ne așezam în locul lor și ne întrebam ce să mai facem ca să ștergem și orice urmă de legături care mai existau în tabără între băieți și fete. Orice băiat care-ar fi fost văzut jucând volei cu fetele sau măcar vorbind cu ele ne devenea dușman. Îi băteam și pe cei care culegeau flori sau căutau ouă de păsări, ocupații femeiești, după părerea noastră. Odată l-am prins pe un puști care strângea în pumn un oușor pestriț, mic cât o alună. I l-am luat și am dat cu el de pământ. Coaja a sărit în țăndări și o baltă mică de sânge s-a lățit pe iarbă. Puiul era aproape format, ghemuit și bălos, acum năclăit de sânge. Mi s-a părut că a și mișcat nițel din aripile golașe. Mi-a fost rău toată seara.

Cei din grupul lui Traian nu se lăsau însă și înfruntau curajoși prigoana. Traian născocea tot felul de mecanisme romantice de apărare: organizase și printre băieți, și printre fete o rețea în care circulau permanent bilețele și semne tainice. Prindeam câteodată și noi câte un astfel de bilet pe care scria, de exemplu: „Veverițo, spune-i calului să se ducă la castel“ și ne chinuiam ore întregi să ne dăm seama cine e calul, cine veverița și unde e castelul. Apoi am început să găsim prin buzunarele și sub pernele noastre bilete pe care scria, cu litere mari, RĂZBUNARE. Le văd și acum, acele litere ciudate, rombice, dedesubtul cărora era desenată o săgeată roșie. Câte unul dintre noi mai era prins uneori de „ceilalți“ și i se lipea de frunte câtva timp o hârtie udă pe care se afla un desen multicolor făcut cu carioca, înfățișând de obicei un măgar sau cuvântul PROST. Când se lua hârtia, rămânea pe frunte „tatuajul“, imposibil de șters câte două-trei zile.

Noi, la rândul nostru, încercam să ne batem joc în toate felurile de Traian. Și, bineînțeles, din instinct, am găsit modul cel mai sigur de a-i face rău: să ne legăm de prietena lui, Ante Livia. Găsisem la cantină vreo șase cutii goale de bomboane fondante și le tăiasem capacele astfel încât pe ele mai rămânea scris doar ANTE. Dedesubt am scris noi cu carioca neagră, verde și mov: ȘI TRAIAN. Seara, după ce am mâncat, am mers în spatele cantinei, unde era marginea pădurii, și am bătut în cuie, de șase copaci, cartoanele de bomboane. Rezultatul a fost îngrozitor, instructorii taberei s-au scandalizat, au făcut careu, au scos câțiva copii în mijloc, dar fără să nimerească pe cei din grupul meu, ci, la întâmplare, pe capii răutăților care se petreceau în tabără. Livia era să fie trimisă acasă, iar Traian devenise complet năuc, gata să se încaiere cu oricine.

Tabăra se termina, fără ca ura mea involuntară pentru orice fel de relații de amor să se fi epuizat. În ultimele două-trei zile însă am avut o surpriză mare și dureroasă. Era începutul lui august, și strălucirea cerului albastru cu norișori albi, îngrămădiți în forme dense și precise, melancolia pădurii însorite, gustul acrișor al măcrișului și duhoarea aricilor morți pe cărări se amestecau într-un sentiment ciudat, care începu să-mi îngreuneze inima. De câteva ori mă surprinsesem privind-o pe furiș pe Livia. Părul ei roșcat, atât de deosebit de al celorlalte fete, pata turcoaz, pe care o percepeam cu coada ochiului înainte de-a o privi, a rochiei, mersul ei, toate astea, am înțeles cu groază, mă atrăgeau, mă făceau să doresc s-o mai văd. La focul de tabără, printre scânteile incandescente ale cetinei, îi vedeam din când în când profilul, galben ca șofranul sau roșu ca purpura, după culoarea limbilor de flacără care i se reflectau pe chip. Arșița rugului înalt, sclipirea paietelor și aripioarelor de fluturi ale dansatoarelor din programul artistic, zdrăngănitul de chitară, toate se depuneau, strat peste strat, pe retinele mele, în mintea mea, pe pielea mea, dar pentru mine important era doar s-o văd. Mi-era foarte rușine, dar o rușine dulce, inocentă. Când, după câteva ore de mers cu trenul, am ajuns acasă, Bucureștiul mi s-a părut pustiu, iar casa noastră posacă și strâmtă. La masă, de față cu părinții mei, am început să plâng.

Anii următori, în ciclul al doilea de școală generală, am devenit un copil îngrozitor de timid. Nu eram în stare să schimb nici două cuvinte cu o fată. Priveam cu disperare către băieții și fetele care se jucau împreună pe aleile parcului de lângă Circ. La orice încercare a vreunei fete de a glumi cu mine, răspundeam invariabil: „Lasă-mă-n pace!“ Sau, pur și simplu, plecam, îi întorceam spatele. Lucrul cel mai rușinos posibil mi se părea să-și închipuie cineva despre mine că m-aș fi îndrăgostit. Era un gând absolut insuportabil. Rămăsesem încă un copil destul de frumos. Fetele din clasa mea făcuseră un clasament al băieților în ordinea frumuseții lor, într-o oră liberă, iar apoi îl rupseseră în sute de bucățele. Dar câțiva băieți au adunat de la coș toate bucățile de hârtie scrisă și au reconstituit, chinuindu-se, tot clasamentul. Țin minte că eu eram pe locul al patrulea din șaptesprezece băieți. Lucrul m-a mirat, dar trebuia luat în considerare și faptul că învățam bine, ceea ce încă atârna greu în balanța judecăților estetice. Dar nu mi-am schimbat comportamentul. Nu puteam privi o fată în ochi, iar în cele din urmă n-am mai putut privi nici în ochii băieților. Mi se părea probabil, inconștient, că asta ar putea trăda niște sentimente ascunse, sau l-ar putea face pe celălalt să le bănuiască la mine.

Din acea perioadă îmi amintesc niște ierni grele, cu omătul ajungând până la ferestrele școlii, cu amurguri coborând în valuri roșii-cenușii peste castanii din curte și peste depozitul nostalgic, de cărămidă, de lângă școală. Aerul devenea cafeniu și, în zloata de la ieșirea din școală, băieții care așteptau cu bulgări în mâini și mănușile fleașcă să treacă pe-acolo fetele aveau ochii purpurii, scânteietori ca ai păsărilor. Răsăreau în aerul tare primele stele, pe când noi, la ora a șasea, cu lumina aprinsă, priveam amețiți pe tablă șirul grotesc de formule chimice, rapoartele ciudate ale numărului lui Avogadro sau figurile de cristal strâmb ale geometriei în spațiu. Alteori ningea afară de prăpădea, iar noi, privind pe ferestre în ora de română, aveam senzația că toată sala zboară oblic în sus, cu viteză uriașă, ca o navă cosmică. În general, lumina aprinsă din clasă, contrastând cu imensitatea beznei de afară, ne dădea un sentiment atavic de intimitate, de adăpost, pe care trebuie să-l fi avut, în peșteri, în jurul focului, oamenii de altădată. Lumea devenea mică și ea era ușor de trăit. Dintr-o astfel de seară mi-a rămas singura mea experiență halucinatorie din acea vreme, despre care n-aș putea să spun mare lucru, nici să-i găsesc vreo explicație. Eram într-o pauză și trăncăneam despre fotbal sau despre altceva. Fetele, mai studioase, se strânseseră la tablă și căutau diferite localități pe o hartă a Europei. Multe din ele erau mai înalte decât băieții și aveau sâni rotunjiți frumos sub sarafan. În jurul lor, necăjindu-le, se învârteau băieții, cu ciudatele lor nume totemice, Șobolanul, Mamutul, Porcul, Rățoiul. În zgomotul difuz al clasei, în aerul galben, zdrențuit de siluete și mutre familiare, s-a petrecut lucrul acela inexplicabil. Am privit brusc în sus, ca și când cineva m-ar fi strigat, și la un metru deasupra mea și puțin mai în față am văzut o sferă albastră. Avea cam șaizeci de centimetri diametru și era de un bleu intens, chiar fosforescent, hipnotic. Stătea încremenită în aer, părând un uriaș balon de săpun, de o consistență gelatinoasă. Tot ce-am gândit în acele momente a fost subliminal, așa cum „gândești" când ești, de exemplu, în mare pericol sau când trebuie să iei fulgerător o decizie. Am crezut mai întâi că sfera e de fapt o pată pe retina mea, adică un fel de fosfen, dar privind în altă parte nu am mai văzut-o, așa că mi-am ațintit privirea din nou spre ea și-a trebuit să accept că ori este un corp real și inexplicabil, ori un produs nu al ochilor, ci al minții mele. Marele glob albastru a rămas deasupra mea poate vreo jumătate de minut, timp în care l-am privit incapabil să mă desprind de sub fascinația lui. Evident că nimeni altcineva nu l-a mai văzut, dar la fel de ciudat este că nimeni n-a observat starea mea de absență și prostrație din acea jumătate de minut. Globul a dispărut brusc: mi-am desprins o clipă privirea de pe el și, când am ridicat-o iar, nu l-am mai văzut. Nici măcar nu mi-a fost teamă în clipele alea, m-am dezmeticit mult mai târziu...

Cam pe atunci m-am îndrăgostit de Lili. Asta echivala pentru mine cu un dezastru. Ceea ce era să se întâmple în tabără, iată că se întâmpla acum – și nu aveam nici o șansă de scăpare. O vedeam în fiecare zi pe fata aceea care mi se pare și-acum frumoasă (am o poză de grup în care apare și ea), cu părul strâns la spate, punând în relief o frunte bombată, niște obraji cu gropițe, buze pline și insinuant zâmbitoare mereu și ochi negri, puțin cam proeminenți, cu o privire foarte caldă și totuși cumva ironică. De altfel nu o priveam niciodată drept în față și o evitam cât era posibil. Dar îi vedeam chipul, reflectat uneori în ferestre sau în vitrinele laboratorului de fizică sau chimie. Lili răspândea în jurul ei ceva tulbure. Uneori le povestea fetelor cu care era bună prietenă lucruri care le stânjeneau. Tot ea adusese în clasă diverse cărți, în care, căutând mult, puteai găsi vagi pasaje erotice, și atunci fetele mai îndrăznețe se strângeau și citeau împreună, roșii la față, zâmbind ciudat, reținut, în orice caz fără chicotelile cu care ar fi citit băieții. De altfel, lecțiile cele mai penibile din tot anul erau cele de biologie în care se vorbea despre reproducere. Unii profesori le și săreau, căci nu te puteai înțelege cu treizeci de rânjiți, gata oricând să izbucnească în hohote. Dar profa noastră era o băbuță conștiincioasă care nu se intimida așa de ușor. Încă de la iepure avusese totuși probleme cu inevitabila lecție despre „înmulțire". Acum era și mai rău, căci ajunseserăm la om și asta presa și mai tare, aproape insuportabil, barajele noastre sufletești, pe care familia se străduise ani de zile să le înalțe. De acasă știam că e rușine să atingi astfel de subiecte, iar acum o femeie serioasă ne vorbea, de la catedră, chiar despre „astfel de subiecte", ceea ce ne surpa interior, făcea ca rușinea noastră să crească până la acea tensiune insuportabilă de unde începe un anume râs. La lecția respectivă fuseseră scoși trei elevi, între care și Lili, care nu se omora învățând, dar nici nu neglija cu totul școala. Ceilalți doi nu au vrut, pur și simplu, să scoată o vorbă, preferând să ia note proaste. Lili însă a luat lecția de la început și, cu un calm meticulos, cu o răceală de parcă ar fi vorbit despre sistemul nervos sau aparatul digestiv, a dus-o până la capăt fără să omită nimic, fără să producă nici un fel de ilaritate. De ce oare psihicul nostru rănit nu reacționase și atunci? Dimpotrivă, toți o priveam cu admirație, ca pe o eroină.

Chiar dacă avea ea legături mai serioase în afara școlii, Lili nu se putea lipsi de un prieten din clasa noastră. Acesta era Colorado, un băiat foarte înalt și cu o față roșie, pentru care își primise și porecla. El o conducea în fiecare seară până acasă, îi trimitea bilete în timpul orelor și, în general, o izola cu grijă de posibilii rivali. Când jucam, seara târziu, gajuri (de fapt, eu nu jucam niciodată, ci doar asistam, cu un râs prefăcut, cu o indiferență dusă aproape până la lacrimi) și când se nimereau să facă pereche, se suiau pe o bancă în mijlocul clasei, așa cum cerea „pedeapsa", și, profilați cafenii pe amurgul greu de-afară, se strângeau în brațe și se sărutau. Gingășia și langoarea cu care ea se lipea atunci de el, și care aveau atât de mult din gestul somnoros al unei fetițe care-și îmbrățișează mama, mi se păreau atitudini inexistente în realitate, lumi aurii, grele de extaz și emoție și suferință, lumi în care nu aș fi fost în stare să respir nici o secundă. Și totuși suferеam ca un câine în momentele acelea, mă simțeam din nou exclus, rămas pe dinafară, oprit de la o experiență terifiantă și totuși orbitor de frumoasă. Cred că nu era deloc greu de observat că nu puteam suporta privirile ei, că mă pierdeam dacă întâmplător îmi adresa câteva cuvinte. Prima, firește, a observat chiar ea și, amuzată, a început să-și facă din ce în ce mai mult de lucru cu mine. Pe atunci apăruseră și la noi în clasă „oracole" de mai multe feluri, adică liste de întrebări legate de dragoste, la care trebuia să răspunzi cu „da“, „nu“ sau „poate“. Erau cam vreo sută de întrebări despre „persoana iubită“, mergând de la culoarea ochilor, părului, înălțime, dacă e sau nu din clasa respectivă până la ce fel de actori și cântăreți îi plac sau „dacă v-ați sărutat vreodată“. Răspunsurile se însumau într-un anumit fel și oracolul era în stare, pe baza acestor însumări, să-ți spună ce sentimente are respectivul față de tine. De exemplu, putea să-ți cadă „te iubește“ sau „îi placi, dar nu te iubește“ sau „te admiră“ sau „nu te poate suferi“. Când i se făcea cuiva oracolul, ne adunam în jurul băncii jumătate din clasă, dându-ne cu părerea despre cine putea fi vorba și făcând bancuri. La fiecare amănunt auzeai comentarii ironice: „Hopaaa! să știi că-l iubește pe Tedi…“; „Ba nu, pe Sașka, el are ochii albaștri!“; „Da' ce, Sașka e mic de statură?“ Firește că nu întotdeauna fetele se gândeau, când răspundeau la oracol, chiar la băiatul care le plăcea, uneori se amuzau să-și găsească un „client“ dintre repetenți sau inși mai șleampeți, ca să se poată distra și cei care asistau. Oricum, jocul avea ceva insinuant, meandric, care te emoționa ca și gajurile. Într-una dintre zilele lungi de la sfârșitul clasei a opta, oracolul îl făcea Petruța, o fată negricioasă și foarte vioaie, un fel de subretă care, fără să aibă un prieten, le mijlocea celorlalte întâlnirile. După ce răspunseseră mai mulți, între care și eu (mă gândisem chiar la Petruța și îmi ieșise „îi placi, dar nu te iubește“), oracolul ajunse la Lili. Zâmbea cu gura ei minunată, cu buze foarte pline, roșii-lucioase. Ochii îi erau enormi, negri cu scânteieri mov, imposibil de suportat. O iubeam de doi ani. Cunoșteam fiecare amănunt al siluetei ei, părul strâns pe tâmple, sânii foarte rotunzi și picioarele cu glezne puternice. Lili răspundea râzând la întrebări. M-am înfiorat de o primă bănuială când a fost întrebată de statura tipului la care se gândea. Atunci ea și-a ațintit privirea spre mine și a răspuns: „Mijlocie." Am auzit restul întrebărilor ca prin vis. Știam, instinctul meu exacerbat nu mă putea înșela, că se gândise la mine, că despre mine era vorba. Mi se părea că toți știu asta, că sunt deconspirat și că toți vor începe să-și bată joc de mine, de suferința mea ridicolă. Am vrut să plec de-acolo, dar mi-am dat seama că asta m-ar fi trădat și mai tare. Așa că am îndurat totul până la capăt. Printre băieți era și Colorado, care se distra de minune. După ce se terminară întrebările fu consultat oracolul, care dădu un răspuns, pentru mine, uimitor: „Te iubește, dar o ascunde." În acel moment, râzând în hohote, Lili mă arătă brusc cu degetul, ațintindu-l înspre mine mai multe secunde. Toți se distrau, mă tachinau în glumă și eu însumi încercam să râd împreună cu ei. Jocul trecu la altcineva, iar eu, după câteva minute, m-am retras pe neobservate și m-am dus la toaletă. Voiam să mă spăl pe fața care-mi frigea de rușine, dar acolo am dat peste unii care fumau, așa că am lăsat-o baltă...

Din ziua aceea dragostea mea pentru Lili a crescut și mai mult. Ea nu pierdea nici un prilej să încerce să vorbească cu mine, iar eu îi răspundeam scurt și mă îndepărtam împleticindu-mă. Noaptea aveam crize de sufocare, mă răsuceam în pat gândindu-mă la Lili, apoi mergeam la fereastră și-mi lipeam fruntea de geamul rece. Știam că ea locuiește pe Barbu Văcărescu, de aceea mă întorceam într-acolo și vorbeam cu ea. La un moment dat am auzit clar cum îmi răspunde. Îmi pronunța numele, vocea ei răsuna acolo, lângă urechea mea dreaptă, nu era nici un fel de halucinație. Sunt și acum absolut convins că, mai multe seri la rând, am comunicat. Important era să fie lună și să privesc înspre locuința ei. Atunci auzeam lămurit: „Andrei, tu ești?", și apoi discutam fleacuri vreo jumătate de oră. Școala lâncezea, era sfârșit de an; și elevii, și profesorii erau mai mult decât epuizați, plictisiți. Sindili, grecoteiul, aducea magnetofonul și, în fundul clasei, ne strângeam la povești. A doua zi după serbarea de sfârșit de an, cu veșnicul careu, cu împărțirea premiilor și toată ceremonia aceea absurdă, avea loc adevărata serbare, pentru care școala noastră închiria în fiecare an tot Circul de Stat. Sala aceea mare, cu bănci abrupte, cu arena circulară, deasupra căreia se balansau tot felul de trapeze nichelate, de funii și plase, se umplea de părinți și copii. Cei micuți, din ciclul primar, se foiau de colo-colo, umblau la reflectoarele masive, de metal, cu discuri verzi, galbene, roșii și albastre care se puteau roti în fața farului puternic, iar cei mai mari se grupau pe clase și vorbeau la nesfârșit. Noi, cei care terminaserăm cu școala, ne permiseserăm să venim „în civil", fiecare cu cămășile și nădragii mai buni pe care-i avea pe-acasă. Fetele se împopoțonaseră cu tot ce putea fi mai fistichiu, fuste care atârnau aiurea pe ele, bluze transparente prin care se vedea câte un sutien alb cu găurele, ciorapi de-ai mamelor. Își împletiseră părul cu o fantezie înduioșătoare, dar, chiar gătite ca niște paparude, le stătea într-un fel bine, datorită prospețimii fețelor. Unele își făcuseră unghiile, iar vreo două, pe care de altfel directoarea le-a trimis acasă, se fardaseră ca niște papagalițe. Erau surescitate, se simțeau niște adevărate domnișoare. Gândul că nu aveau decât paisprezece ani le umilea, se simțeau în stare deja să sucească mințile unui bărbat. Cu cât dispreț trebuie să se fi uitat ele la noi, niște puști preocupați încă de mărci de mașini și de filme cu bătăi...

Lili, pe care o aşteptam cu inima strânsă, apăru târziu, mult după ce programul începuse. Era un fel de *musical* ad-hoc după *Dumbrava minunată*, și nouă, băieților, ni se scurgeau ochii după Lizuca, o fată înăltuță și al naibii de bine făcută, dintr-a șaptea, îmbrăcată doar într-un colant de balerină. Alături de ea făcea giumbuşlucuri Patrocle, un băiat mai mic metamorfozat în câine. Scena era plină de copii-fluturi, copii-flori și altele de soiul ăsta. Difuzoarele vechi emiteau un huruit continuu care la origine trebuie să fi fost niște dulci cântecele pentru copii. Cred că am fost primul care a văzut-o pe Lili. Era îmbrăcată simplu, cu o bluză albă foarte decoltată, fără mâneci, și o fustă neagră mult deasupra genunchilor. Dacă ar fi venit de la început, ar fi fost dată afară din pricina fustei, care îi dezvelea pulpele. În mână ținea un trandafir roz-pal. Mergea cu o grație care era numai a ei, strecurându-se printre scaunele plușate. Se așeză departe de noi, singură, și stătu acolo o vreme, mirosind din când în când trandafirul. Apoi se răzgândi și veni spre noi, găsindu-și un loc la vreo două rânduri mai sus de mine. Fusesem tot timpul, pe furiş, cu ochii la ea. Când m-am întors s-o privesc, prefăcându-mă că vreau să-i spun ceva unui coleg, nu mi-a venit să cred: Lili stătea picior peste picior, într-o atitudine care mi s-ar fi părut indecentă dacă nu ar fi fost fermecătoare. I se vedeau picioarele până sus, cu pielea lor albă și mată, iar ea, mi-am dat seama deodată, mă privea țintă. Nici nu știu când a venit lângă mine. Era parfumată puternic, zâmbea și mă privea cu coada ochiului. Eu mă uitam țintă la pantomima de pe scenă. Deodată mă luă de mână. Am întors capul uimit spre ea și mi-am tras repede mâna dintr-a ei. „Andrei, de ce mă ocolești?", îmi spuse și mă luă din nou de mână. „Lasă-mă-n pace, i-am răspuns, ne văd colegii...", dar n-am avut destulă putere să-mi retrag din nou mâna. Mă uitam drept înainte și începusem să tremur. Existau în sală sectoare, lângă orchestră și în alte locuri, unde nu stătea nimeni, din cauza zgomotului prea mare sau a înălțimii de la care nu puteai vedea mare lucru. Spre un astfel de loc mă târî în cele din urmă Lili. Stăteam acolo, unul lângă altul, ea jucându-se cu trandafirul, eu asudat și simțindu-mă pierdut. Nici nu-mi mai dădea de fapt atenție, știa că prezența ei, parfumul ei sunt prea suficiente ca să mă tulbure. Toți colegii se întorceau spre noi și rânjeau cu subînțeles. Când nu am mai putut suporta, pur și simplu m-am ridicat și am fugit din sală pe prima ieșire. Am mai auzit vocea ei ironică strigându-mă încet și apoi, până acasă, am alergat clănțănind și strângându-mi umerii de fiori. M-am trântit în pat și n-am mai fost în stare să mă mișc. Am făcut febră, mama s-a speriat când a citit termometrul. Mi-a adus medicamente și a chemat doctorul. Câteva zile, primele zile de vacanță, am bolit, cu somn puțin și vise halucinante. De nenumărate ori, tot răsucindu-mă în cearșafurile umede, deschideam ochii și priveam prin aerul albastru, decolorat de lună, al camerei mele, spre fotoliul de lângă pat. Acolo o vedeam foarte clar pe Lili, îmbrăcată în sarafanul de școală, cu părul strâns, cu buzele lucioase, zâmbind ciudat și ironic. Mă ridicam atunci din pat și-o atingeam pe păr, pe umeri, mă convingeam că e cu totul reală. Simțeam atunci cum un fluid cald mă străbate dinspre torace către vârful degetelor, și mâinile mele, ca și când ar fi știut ele singure ce să facă, încercau s-o dezbrace. Dar ea era întreagă, dintr-o bucată, hainele erau una cu trupul ei. Ea nu era decât o statuie de consistență sticloasă, dar vie, mișcătoare. Ea nu putea fi dezbrăcată.

Un moment mi-am ridicat ochii de pe paginile care se tot înmulțesc în fața mea și, din reflex, am privit în oglindă. Am avut un șoc când privirile mi-au fost barate de celălalt text, de pânză, al husei de pe oglindă. E un text abscons, încifrat, prin el nu străbate nimic. Știu că nu am decât să-l smulg, pentru ca razele adevărului să mă copleșească, să mă distrugă. S-ar face lumină, dar cui i-ar folosi oare lumina asta? Ea ar fi o flacără care m-ar mistui. Și totuși, cât aș vrea acum să arunc măcar și o singură privire în oglindă! Nu o voi face însă decât când voi putea termina povestea asta care mă apasă. De multe ori, în timp ce scriam și scriam, bătrâneii mei au intrat șontâc-șontâc în cameră, sub pretextul că vor să dea mâncare la peștii beta din acvariu, să ia vreo casetă cu tot soiul de mărgele și agrafe sau să șteargă praful de pe mobilele stil și icoanele cu lujeri de viță-de-vie încărcați de struguri, ieșind din coasta lui Cristos. Dar sfârșeau prin a se apropia de mine, a-mi mângâia părul lung cu o îngrijorare prost ascunsă. Bătrânica efectiv lăcrima când eu, pe un ton oricum mai blând decât la început, le explicam că nu am nimic, că vreau doar să scriu o povestire și că pot să cheme și-o sută de doctori după ce-o termin. Le-am promis că într-o săptămână sunt gata. Ei acceptau resemnați, dar după-amieze întregi se adunau în salon cu alți bătrâni și șușoteau ore în șir. Era fără îndoială ceva schimbat în copilul lor, și asta îi umplea de spaimă. Refuzasem să mănânc în sufragerie, pentru că și acolo se afla o mare oglindă venețiană și nu le-aș fi putut cere s-o acopere și pe aceea. Așa că ei îmi aduc mâncarea aici, chiar pe birou, și mă veghează în timp ce mănânc repede, grăbindu-mă să reiau firul poveștii.

Deveneam un adolescent dificil, cu bizarerii și idei absurde. Sunt convins că fără apariția *ei* „în viața mea“, în anul al patrulea de liceu, aş fi pierdut definitiv contactul cu lumea reală. Citeam toată ziua şi o mare parte din noapte, descoperind, din aproape în aproape, întregi familii de poeţi (căci citeam în primul rând poezie), pe care îi exploram apoi individual, împrumutând cărţi de la vreo patru biblioteci la care eram abonat. Tot ce-mi plăcea reţineam foarte uşor şi, în pauze, pe când colegii mei jucau ping-pong pe catedră, eu umpleam tabla cu versuri din Verlaine sau Eluard. La franceză şi latină alcătuiam fraze cu exemple bizare. Dacă trebuia să conjug un verb în propoziţii, scriam de pildă „Floarea neagră văzu vulpea transparentă" sau „Eu lovesc verdele cu o vacă de piersici", având grijă ca, formal, exerciţiul să fie corect. Bineînţeles că sărmanele profesoare înlemneau. Dar învăţam foarte bine şi luasem nişte premii la „concursurile de creaţie", aşa că mă lăsau cu toţii în pace. Mă socoteam un damnat şi îmi dispreţuiam colegii. Scriam, desigur, şi eu versuri în nişte caiete şi-mi începusem şi un jurnal, pe care atâta l-am recitit încât aproape că îl ştiu şi-acum pe dinafară. Fiecare lectură nouă era pentru mine o nouă viaţă. Am fost, pe rând, cu toată fiinţa mea, Camus, Kafka, Sartre, Céline, Bacovia, Voronca, Rimbaud şi Valéry. Abia observam ce se petrece în jurul meu. Colegii mei veneau mereu la şcoală cu discuri, de obicei în stare proastă, lipite cu scotch în lung şi-n lat pe coperte. Din luciul copertelor răsăreau figuri dure, groteşti, de bărboşi îmbrăcaţi excentric, sau peisaje cu fabrici melancolice, cu hornuri uriaşe, peste care trecea în zbor un purceluş înaripat. Vocabule misterioase se încrucişau în cursul discuţiilor la care asistam absent: „Inagada Davida", „Led Zeppelin", „Samba pa Ti", „Imagine". Se murmurau refrene hipnotice şi se recitau versuri aspre: „Nu cred în Hitler / Nu cred în Zimmermann / Nu cred în Beatles / Cred doar în mine / În Yoko și-n mine / Asta-i realitatea / Visul s-a terminat." Aduceau magnetofoanele în clasă, le cuplau la stații și emiteau niște modulații atât de tăioase de chitară, încât nu puteam sta să ascult nici cinci minute. Ignoram tot ce iubeau tinerii de aceeași vârstă cu mine. În cei doi ani cât a durat criza asta m-am apropiat atât de tare de nebunie încât și acum mai simt suflul ei înghețat învăluindu-mi țeasta. Așa cum se desprinde, încetul cu încetul, pielea solzoasă a șarpelui când năpârlește, lumea mea se desprindea de lumea reală, devenea un film paralel, de consistența visului. Pentru că nu puteam sta să citesc chiar tot timpul și pentru că dacă nu ieșeam la aer aveam noaptea sufocări și coșmaruri, ieșeam să mă plimb zilnic, înainte de căderea serii. O luam pe Galați și Domnița Ruxandra, ajungeam în piața Galați și mă înfundam apoi pe străduțele tăcute și aurii de dincolo de strada Toamnei, până înspre Moșilor. Priveam casele bătrânești, cu balcoane sub formă de alveolă periculos suspendată deasupra străzii, cu stucaturi, ciubuce și mascaroane, cu atlași de ipsos muced sub arcade. Pe măsură ce soarele cobora la orizont, aurul zidurilor trecea în ambră și apoi în purpură, obrajii și nasurile gorgonelor de pe frontoane lăsau umbre ascuțite pe un zid întreg, ferestrele se umpleau de sânge, iar o fetiță în rochie albastră, oprită în poarta de fier forjat, cu sulițe, a casei sale, îți răvășea amintiri vechi, atât de vechi încât ți se părea că le ai dinainte de-a fi venit pe lume. Am ajuns de multe ori atunci pe strada Venerei, fără să bănuiesc că acolo, într-una din caselea acelea mari, negustorești, cu brâuri albe și roz, locuia fata care avea să fie cel mai monstruos de frumos lucru din viața mea. Mă fascina la această stradă aspectul lepros al câtorva ateliere și fabricuțe înșirate de-a lungul ei. Fuseseră vopsite pe dinafară cu vopsele acrilice, care în câțiva ani se jupuiseră, lăsând să se vadă dedesubt, pe spații mari, zugrăveala galbenă dinainte. Fâșii mari, albastru țipător, de vopsea mai atârnau în coji pe deasupra. Mai încolo veneau maghernițe cu cai în curte sau căsuțe de țară, cochete, cu bolți de viță-de-vie, în pridvorul cărora stăteau pensionari care pictau cu duco pe bucăți de carton peisaje marine sau naturi moarte cu liliac. Când se lăsa amurgul pe strada Venerei, carcasele frigiderelor abandonate chiar în drum, pe lângă școala Silvestru, ruginite de ploi și burniță, deveneau de un roz mat, neverosimil, și tot peisajul părea artificial. Mă întorceam acasă plin de tristețe.

Erotismul meu intrase într-o fază de inhibiție agresivă. Totul era paradoxal, irezolvabil. Căutam prin cărți sau albume de artă pasaje erotice și nuduri, dar, pe de altă parte, ceva în mine se împotrivea acestor impulsuri. Mi se părea că eu sunt cu totul diferit de ceilalți, că dragostea și tot ce ține de ea nu e pentru mine, că eu merg pe un drum care mă va duce mult dincolo de condiția umană banală. Ba chiar, prin tendința de absolutizare pe care-o resimțeam atunci atât de puternic, am început să cred că tocmai erotismul e ceea ce-i împiedică pe oameni să se realizeze, că dragostea și deci femeia sunt cauzele banalizării, ale eșecului. Timp de doi ani, în acea stare de înstrăinare despre care am încercat să dau o sugestie, mi-am făcut un sistem monstruos de idei în această privință. Hotărâsem că eu nu aveam dreptul să cunosc vreo fată, pentru că aveam o misiune mai înaltă de împlinit. Eram convins într-un fel că nemurirea depinde tocmai de castitate și că în momentul în care iubești sau faci dragoste te-ai maculat definitiv. Nu era vorba, de fapt, de niște raționamente lucide, ci de impulsuri de la care nu mă puteam sustrage. Firește că mă chinuiam singur, dar nu puteam face altfel.

Femeia mi se părea un monstru. Vedeam în ea de fapt un bărbat modificat, estropiat. Sânii, grăsimea depusă altfel pe corp, șoldurile lățite, părul diferit de al bărbaților mi se păreau niște infirmități rușinoase. Comportamentul feminin, grația unor mișcări, psihologia diferită le luam drept prefăcătorie. Priveam cu ură la câte o fată care se îmbrăca mai elegant, se îngrijea mai mult și cocheta cu băieții. Pentru mine, asta însemna pur și simplu că ea își etalează dorințele erotice. Citisem că păianjenul femel își devorează în timpul acuplării masculul și începusem să scriu o povestire fantasticoidă, în care îmi imaginam ce s-ar întâmpla dacă și-n lumea oamenilor femeile i-ar omorî pe bărbați după împreunare. Îmi imaginam dilema în care s-ar fi aflat bărbații, prinși între cele două instincte fundamentale. Să știi precis că femeia te va distruge, și totuși să nu poți scăpa de sub fascinația ei... Sau mă gândeam la călugăriță, ciudata *Mantis religiosa*, care în timpul copulației își ronțăie, pur și simplu, amantul. Sau la femela scorpionului, care găsește în câteva secunde singurul loc vulnerabil al masculului, singura fisură a platoșei chitinoase, și îl înțeapă acolo cu ghimpele veninos din coadă...

Dacă aș fi văzut pe bulevardul Magheru sau în Piața Romană uriașe, cleioase pânze de păianjen prinse de colțurile clădirilor, în mijlocul cărora ar fi pândit nemișcată câte o femeie goală cu sânii atât de asemănători chelicerilor, lucrul mi s-ar fi părut mai natural decât situația reală, în care femeile par ființe omenești ca oricare, „mamele, soțiile, iubitele sau fiicele noastre“, care întind doar plasa gesturilor, zâmbetelor, slăbiciunii lor. Cu cât delirul meu se dezvolta, cu atât îmi puneam mai multe întrebări în această privință, afundându-mă în speculații de tot felul. Mă întrebam astfel după ce trăsături distingem feminitatea cuiva.

La nou-născuți sexul nu poate fi discernut decât strict anatomic. Până la doi-trei ani, copiii sunt îmbrăcați în culori diferențiate: băieții în albastru, iar fetele în roșu sau roz. Dar apoi, în același timp în care ei învață să distingă între prietenii lor băieții de fetițe, le apar pe obraji trăsături aproape imposibil de definit, dar pe care ochiul le percepe cu o precizie din ce în ce mai mare. Dincolo de diferențele create artificial (păr mai lung la fete, îmbrăcăminte specifică: fuste, rochițe, podoabe exclusive, ca de pildă cerceii) și de caracterele secundare care apar în adolescență, există și enigmatice repere psihice, și cred că de fapt ele sunt cele mai puternice, pentru că ele determină pasiunile. Nu iubim o femeie pentru că are un corp perfect, ci pentru forma unică a ochilor sau a gurii, în care vedem (când formată? de ce apărută?) personalitatea ei profund și subtil erotizată. Suportăm mai ușor gândul că iubita noastră ne-a înșelat decât că i-a zâmbit altcuiva ridicând dintr-o singură sprânceană sau că pe obrajii ei au apărut, în jurul gurii, acele cute de o duioșie ironică, pe care tu le credeai ivite acolo doar datorită influenței tale și imposibil de repetat pentru altul... Dacă ochiul feminin nu este fardat, e foarte greu să-l distingi de al unui bărbat. Poate fetele au gene mai lungi și mai dese, ochiul ceva mai alungit, dar cine ar putea explica de ce ochii unei femei par imenși, cu flacără neagră-mov cât timp o iubim, iar când încetăm s-o iubim nu mai vedem altceva decât doi ochi obișnuiți? Gura pare mai ușor de distins de una bărbătească, dar prin ce? Știi sigur că o gură, niște buze sunt feminine, dar nu cred că s-ar putea exprima în limbaj rațional elementele distinctive. Cum nu putem ieși din sexul nostru, vedem inevitabil cu ochi de bărbat sau de femeie toate aceste trăsături infinitezimale.

Mă schimbam văzând cu ochii. Figura mea căpăta trăsături ascetice, în ochi îmi lucea o lumină suferindă, puțin stranie. Gura rămânea senzuală, dar chinuită și ea de o constrângere interioară. Mustața începuse să mi se contureze sub nările lungi și foarte subțiri, și toate liniile feței se alungiseră. Mă complăceam în singurătate, mă apăram din toate puterile de ceva care trebuia să se întâmple. Într-o seară, trecând pe strada Venerei, am auzit un cântecel subțire, mecanic. Mi-am adus brusc aminte de scena aceea din copilărie, de casa aceea ciudată, de copiii cu sute de jucării. Era cântecul zdrăngănit, într-o gamă orientală, al mandarinului de celuloid. Sunetul venea de la o fereastră deschisă, aflată pe colțul unei case, deasupra unei marchize cu geamuri multicolore. Pe marchiză, în lumina incertă a amurgului, am văzut o pisică auriu-portocalie, ghemuită, privind speriată înspre interiorul camerei. De acolo, când cântecul păpușii s-a oprit, se auzi o voce de fată, cu un timbru cam spart, strigând: „Zât, nerușinato! Pleacă de-acolo!" Pisica se furișă de-a lungul zidului și sări într-o salcie mare de lângă casă. La fereastră, încadrată de draperii de stofă roșie, apăru o fată care mi s-a părut neobișnuit de mică și de firavă. Avea un păr lung, buclat, castaniu deschis, culoarea lemnului de stejar, și pe fața rotundă, cu fălcuțe frumos rotunjite, doi ochi gălbui. Nu am reținut decât vag, în trecere, această mutriță aristocratică și mi-am continuat plimbarea până s-a înnoptat. După aceea, de câte ori treceam pe-acolo, priveam spre fereastra de deasupra marchizei, dar în jumătate de an nu am mai văzut decât, de câteva ori, o femeie bătrână. Prin altă fereastră, mult mai mare, de la stradă, puteam vedea un glob pământesc, mobile foarte pretențioase și probabil prețioase și un mare policandru cu țurțuri de cristal și luciu de aramă. Nici măcar în jurnalul meu, care cuprindea versuri, note de lectură, vise mai stranii și prea puține fapte exterioare, nu am scris nimic despre această „întâlnire". Tot ce-am notat în acea zi în agenda cu pagini dictando a fost că începusem *Aurélie* de Nerval.

Treceam în clasa a douăsprezecea și aveam să împlinesc curând optsprezece ani. Începeam să simt din ce în ce mai mult o strângere de inimă în privința viitorului meu. Cu doar un an înainte mă hotărâsem să renunț definitiv și fără părere de rău la tot ce ținea de viață, de „bucuria de a trăi". Îmi era silă de oamenii care păreau mulțumiți de viața lor măruntă. Eu mă simțeam universal, gata să devin eu însumi cosmosul. Acum începeam însă să nu mai pot îndura fizic acest mod de viață. Încet-încet, nu mă mai simțeam un geniu, ci un eșuat jalnic. Schimbarea asta se producea sub presiunea singurătății. Altădată eram chiar bucuros să fiu lăsat în pace, să stau închis în casă cu săptămânile, să citesc până nu mai vedeam. Înjuram în gând când trebuia să răspund la telefon. În primii doi ani de liceu, colegii mă mai invitau pe la ceaiuri și aniversări sau la discoteca din holul liceului, dar, cum nu mă duceam niciodată, renunțaseră. Simțeau pentru mine oroarea amestecată cu o admirație șovăielnică pe care-o ai pentru crisalida din care ar putea ieși un fluture, dar și cine știe ce gânganie înspăimântătoare. Chiar cei care-mi luau apărarea, căci se vorbea totuși mult despre mine, nu își puteau închipui că ar fi posibile între noi relații personale. Când împlinisem șaptesprezece ani, îmi pregătiseră un cadou, frumos înfășurat în hârtie și legat cu panglică, pe care însă nu avusese nimeni curajul să mi-l înmâneze: mi-l puseseră pe bancă. Erau jenați și puțin speriați de gestul lor, de parcă ar fi făcut un dar unui nepământean. Nici azi nu știu ce conținea cutia aceea, căci o lăsasem pe bancă, fără să o ating măcar. Pierdusem orice urmă de umanitate, îmi dădeam seama de asta, dar credeam că astfel progresez pe drumul către supraom. În vacanța dintre a unsprezecea și a douăsprezecea trăisem o asemenea singurătate, încât mă speriasem în privința integrității mele psihice. Timp de trei luni mi-am simțit încontinuu inima grea de o dragoste abstractă, o dragoste pentru nimeni. Nu puteam sta o clipă în casă, ieșeam și hoinăream prin Bucureștiul galben-transparent de soare, așteptând mereu să întâlnesc pe cineva cunoscut. Priveam cu invidie cuplurile care mergeau îmbrățișate, femeile înțolite după ultima modă, tinerii de seama mea cu veșnicele discuri la subțioară, făcând schimburi în fața magazinului Muzica: *Sticky Fingers* plus cincizeci de lei contra *Deep Purple In Rock*; *Caravanserai* plus *single*-ul *My Generation* de „Who", contra *Ummagumma*. Mă întorceam acasă frânt de oboseală, dar după-amiaza o luam de la capăt.

Abia așteptam să reînceapă școala, lucru care nu mi se mai întâmplase niciodată. Pentru că mă simțeam mult prea singur, ca un înger căzut sau în mare primejdie de cădere. Dar știam că a rămâne înger însemna să neg mai departe ceea ce se zbătea în mine, poate ceva malign, dar care avea o putere din ce în ce mai mare asupra mea. De multe ori mă trezeam plângând de singurătate. În fine, am început și clasa a douăsprezecea și revederea figurilor cunoscute mi-a făcut pentru prima dată plăcere. În laboratorul de biologie, unde s-a întâmplat să avem prima oră, l-am zărit mai întâi pe Bumbac, ciclist de performanță, cu o față lată de bonom și ochi verzi mereu pe jumătate închiși, care se apucase să însemneze într-un caiet de câte ori pe oră spunea profesoara de biologie „copilași". Recolta era remarcabilă (trăsese în caiet peste două sute de liniuțe), dar ea îl văzuse și-l scosese la lecție. Bumbac, cu o expresie dezarmantă de nevinovăție, spusese lecția despre parameci destul de corect, dar luase trei pentru că numise tot timpul acest mic animal *Paris Match*, în ciuda repetatelor corectări ale profesoarei. Era apoi Dalu, înalt de unu nouăzeci și trei și numit, evident, Calu sau Hipohipus, după numele unui strămoș al calului, despre care învățasem tot la biologie. Și, ca să termin cu cele legate de această materie, îl mai vedeam la o masă și pe Mera, cu dințișorii lui împinși înăuntru și privirea cam tâmpă de blond care a auzit de Mallarmé. Pe el îl trimisese într-o zi profa să aducă de la laborator scheletul uman, în mărime naturală, până în clasa noastră de la parter. Mera se împiedicase pe scările largi și se prăbușise cu schelet cu tot până ce oasele, desprinse din sârmulițe, se împrăștiaseră în tot holul cancelariei sub privirile lui „Nea Zambilă", directorul. La altă masă stătea Mortul, un băiețel ca de clasa a opta, incredibil de palid la față, care nu s-a distins decât o singură dată, printr-un poem epic de care s-a apucat, nici el nu știa de ce, într-o oră de matematică (pe când profesoara, vestita Drângă, despre care s-ar putea scrie de altfel o epopee, ne vorbea despre pekinezul ei preferat), poem care se compunea până la urmă doar din două versuri, rămase celebre: „În penumbra unei lămpi / Stau doi oameni 'nalți cu bărbi." Mai obscuri erau Grigoriță și Negruță, frați gemeni, și o altă pereche, Mihalache, luptător de greco-romane, unu patruzeci și opt înălțime, care purta tocuri de șapte centimetri, și Neagu, un colos cu capul strâmb de la forceps, interesat de un singur lucru în lume: locomotivele electrice de jucărie. Închei cu Lulu, un fel de măscărici vulgar, care la un bal mascat dintr-o tabără în care fuseserăm împreună se fardase și se îmbrăcase ca o femeie, ceea ce îmi făcuse atât de rău, încât când l-am văzut m-am sprijinit de perete. Cât privește fetele din clasă, ele formau pentru mine o masă aproape nediferențiată. Totuși era una Farcaș, cu mutră de slujnică, foarte preocupată de revistele de modă, era alta care, nu se știe de ce, pretindea să i se zică Vasile, mai era și una, foarte stranie, un fel de frumusețe de mahala cu ceva naiv-pervers în ea, un fel de lebădă neagră, numită Dialisa, care a rămas gravidă într-a unsprezecea și s-a retras de la liceu. Firește, erau și fete foarte bune și muncitoare, iar altele destul de frumoase și bine-crescute ca să nu se lipească nici o bârfă de ele. Dar nici unele nu mă interesau prea mult, iar azi efectiv nu mi le mai amintesc decât cu destul efort. Mai erau două colege noi, una blondă și cu o coadă de cal la spate, răspunzând la numele grațios de Pleșcoiu, iar alta, micuță și subțire, „o divă în miniatură", cum a numit-o cineva în pauză, venită de la „Iulia Hasdeu". Și figura ei, cu ochi gălbui și mutriță de „doamnă", și vocea ei de rață, puternică, puțin spartă, mi se păreau vag cunoscute. În toate pauzele, timp de vreo lună de zile din trimestrul întâi, am văzut-o fără s-o văd cu adevărat stând în hol într-un grup de prietene și trăncănind încontinuu. Era foarte elegantă, purta inele cu pietre prețioase, schimba des cerceii cu clipsuri, căci nu avea, probabil, găuri în urechi. Desigur, în timpul orelor își scotea inelele, dar le păstra dacă profesorii erau bărbați mai toleranți, cum era Tom, de engleză, care schimba și el costumele și cravatele uimitor de des. Fata se numea Georgiana Vergulescu, dar colegele îi ziceau Gina sau Ginuța, cum i se spunea probabil acasă. Numele astea nu erau nicidecum o alintare, pentru că nu era greu de observat că fetele nu o iubeau deloc pe noua lor colegă, ci mai degrabă încercau s-o minimalizeze, să pară că nu o consideră decât un copil snob și răzgâiat. Ea le surclasa în privința toaletelor, fardurilor, parfumurilor, săpunurilor pe care le avea și le folosea când nu era la școală. La două-trei cuvinte se servea de vocabule la fel de goale de conținut pentru mine ca și cele auzite de la băieții înnebuniți de muzica rock. Nu auzisem, de exemplu, niciodată de *Burda*, *Chanel*, *Miss Dior*, *Hélène Rubinstein*, *Ella*, *Obao*, *Lancôme*, *Lux*, *Rexona*, nu știam diferența dintre parfumurile amare și cele dulci, credeam că toate deodorantele și șampoanele sunt la fel, că nu merită să umbli o jumătate de zi pentru o pereche de pantofi, că blugii și reiații, ca să nu mai vorbesc de bijuterii, nu sunt făcuți pentru muritorii de rând. Nu cu mult difereau de mine ca ignoranță în acest domeniu majoritatea colegelor noastre, care discutau cu ea rezervat, cu teama de-a nu face gafe, așa cum vorbeau cu mine despre literatură. Dar pe ea o urau din instinct, pentru lumea fantastă în care trăia, pentru ceea ce ea poseda ca recuzită sofisticată în acest domeniu. Când suna de intrare, noua colegă se îndrepta prima spre ușa clasei, cu mișcări foarte iuți, „înțepate", mișcări de fată vioaie, obișnuită să poarte toc înalt și dădăcită în privința ținutei în mers. Pantofiorii ei, de măsura cea mai mică la femei, făceau întotdeauna zgomot, un țocăit caracteristic, după care mai târziu o recunoșteam imediat, înainte s-o văd, încă din capătul culoarului cu mozaic alb și roșu.

Mă întreb când am discutat prima oară. Cred că am schimbat de multe ori cuvinte neatente. Ea se simțea oarecum atrasă de mine pentru că o interesa literatura și, mai ales, pentru că unii mă considerau drept „foarte bun", drept o valoare, ceea ce a avut întotdeauna pentru ea un efect hipnotic. Cumpărasem odată *Luceafărul*, care pe drum mi se cam udase sub stropii mari ai unei ploi de toamnă. În lumina cenușie din clasă desfăcusem pe bancă paginile cât un cearșaf și citeam atent o traducere din Sandburg. Ea a venit atunci lângă mine (colegul meu de bancă era afară, la fotbal) și, serioasă ca o pisică, s-a apucat să citească și ea poemele acelea. „Nu-mi place, mi-a zis. Asta nu e poezie. Așa ceva poate să facă oricine." Eu am luat un aer profesoral și m-am apucat să-i explic că Sandburg este un mare poet, dar Gina a continuat să-l nege cu indignare. Altă dată am însoțit-o până acasă, în jos pe Taras Sevcenco. Din castanii aproape cu totul desfrunziți cădeau uneori fructele lucioase, iar casele cenușii aveau pereții uzi. Mirosea puternic, nostalgic, a fum de prin curțile cu grilaje de fier forjat. Ea purta o haină de ploaie dintr-un material lucios, galben-citron și se distra împrăștiind cu vârful pantofului grămezile de frunze uscate. Atunci mi-a povestit, cu o expresie pe jumătate copilărească, pe jumătate afectată, despre „prietenul ei de la facultatea de matematică", acel Silviu care avea să fie coșmarul meu timp de luni de zile. Dar în acea după-amiază zâmbeam amuzat, cu gândul aiurea. Îi vedeam atât de bine defectele: mintea de vrăbiuță alintată, pretențiile de cultură, gesturile ușor manierizate. Râsul ei mă făcea și pe mine să râd, căci atunci își dezvelea niște dințișori strâmbi, nostimi, ca de liliac malițios, ce-i drept între niște buze frumoase, de o formă cu totul particulară: buza de sus avea o mică „creastă" verticală la îmbinarea celor două jumătăți, așa încât desena un arc în relief, plin de personalitate. Niciodată gura ei nu avea o expresie pasivă, feminină la modul „tipic", adică de blândețe sau bunătate: dimpotrivă, era numai nerv, numai afectare, ironie, copilărie, dar și un rafinament de femeie matură, încă neasimilat cu totul. Năsucul ei avea vârful puțin turtit, ceea ce îi dădea o înfățișare și mai voluntară. Doar ochii, galbeni și luminoși, aveau ceva de frumusețe convențională. Gina nu-mi plăcea încă, dar mi-a părut, încă de la început, diferită de toate fetele pe care le cunoșteam. Adăpostită sub umbrela mea, îmi povestea tot soiul de întâmplări ai căror eroi erau persoane despre care nu știam nimic și pe care ea considera suficient să le numească. Cine erau Maricu și Tanicu, cine era Penelopa? Doar mamei îi spunea întotdeauna „mama mea“, cu alint. Îmi pomenea de Frau Else de la Kindergarten și de grupul de copii care se formase pe strada lor, despre relațiile amoroase dintre Fofo și Micheline, dintre Ilieș și Simina. Abia când am ajuns în fața casei ei, casa aceea masivă, cu marchiză și salcie în curticică, de pe strada Venerei, am făcut legătura dintre Gina și fata pe care-o văzusem odată, seara, la geamul cu draperii de deasupra marchizei. I-am spus, iar ea mi-a răspuns cu un aer revoltat că nenorocitele de pisici obișnuiesc să vină și să facă pipi exact pe vitraliul marchizei. Era silită să poarte un permanent război cu ele. Apoi m-a poftit să beau o cafea, „ca să ne mai încălzim nițel“, lucru care m-a surprins. Am intrat totuși pe poarta masivă, cu o clanță uriașă de fier modelat cu frunzulițe și lujeri. După un mic hol de marmură, întunecos, de care acum mă leagă atât de multe amintiri încât îmi vine să las totul baltă, am ajuns, urcând niște trepte, la ușa apartamentului. Casa mi s-a părut labirintică. Mai viu decât imaginea propriu-zisă a casei îmi amintesc acum pagina din jurnalul meu în care scriam despre această vizită neașteptată. Văd agenda îmbrăcată în copertă de plastic roșu și văd fiecare rând de la data aceea: „9 octombrie 197... Din ce în ce mai departe de viață. Figura mai emaciată, lemnoasă, obosită, ochii ca și când s-ar cufunda în spirale de stuf, glasul negru cu capiteluri sobre și frontoane, ceva renascentist și o tinerețe despicată și prăfuită.

Am fost într-o casă mare, veche, cu odăi înalte și afumate (câte o sobă Siena în fiecare), cu pereții acoperiți de icoane pe sticlă, stranii, multicolore și miraculoase, altele de metal, crucifixuri și mobilă veche cu aplicații de bronz. În casa aceea se mișcau figurine de ceară: câteva babe identice ca înfățișare, un bătrân cu părul complet alb. Totul vopsit, contorsionat, nenatural. O casă veche, muiată în tăcere (și până și tăcerea siropoasă de muzică. Wajda ar fi plimbat aparatul pe pereții crăpați, cu stucatura căzută, pe fețele sfinților călăreți și ale Hriștilor costelivi, de lemn și cretă, pe clapele pianinei cu incrustații prețioase, pe macrameuri și pe trupurile fixe ale babelor în mătăsuri verzi și roz, cu pielea în jurul nasului lucioasă și cu ochi de apă. Abia simțită, ca o horbotă, ar fi umflat odăile o fugă concentrată și calmă de Bach). Tăceam și priveam icoanele încadrate în rame negre și putrede și mă gândeam ce monstru trebuie să fie (și aspectul bătrânicios pe care i-l descoperisem demult, în vocea răgușită, trupul mic și osos, dinții de liliac – și totuși o fetiță încântată de a spune obscenități și idioții; nimic naiv–sentimental–feminin în ea. Zicea că a plâns când «prietenul» ei o numise comună și banală sau așa ceva, dar eu nu mi-o închipui plângând, e prea uscată) fata de șaptesprezece ani care se mișcă în spațiul ăsta secționat și îmbălsămat în culoare veștedă și în umbră. Covoarele de pe jos fuseseră strânse, așa încât luciul sticlos, și el murdar, al policandrelor, câte unul în tavanul fiecărei camere, nu avea în ce să se estompeze. Cumplită viață moartă.

Un pasaj care trebuie notat. Din *Alteță regală* de Th. Mann: «Trebuie să mărturisesc că n-am avut altă alegere. Dintotdeauna m-am simțit complet incapabil de orice altă activitate omenească. Mi se pare că această incapacitate indubitabilă și necondiționată pentru orice altceva este singura dovadă și piatră de încercare a profesării poeziei, ba chiar că, de fapt, nu trebuie văzută în poezie o profesiune, ci tocmai expresia și refugiul acestei incapacități.»

Iată ceva, în sfârșit, în măsură să-ți dea speranțe."

Acum, firește, îmi vine să râd de maniera asta estetizantă pe care-o foloseam pe atunci în scris pentru orice fleac. Trăsăturile Ginei și ale mediului ei apar în această pagină de jurnal de două ori deformate: din cauza acestui manierism livresc și din motivele psihologice cunoscute, adică din cauza aversiunii mele pentru orice fată, a nevoii mele de protecție împotriva agresiunii erotice. Gina era cu adevărat o fată crescută într-un mediu de bătrâni, și care avea în consecință destule ticuri și ciudățenii induse de ei. Dar de aici și până la a spune că ar fi fost „bătrânicioasă" mi se pare ridicol de mult. E drept că într-un an s-a împlinit neașteptat, devenind o femeie adevărată, dar, din nou, mi se pare totuși ciudat că o vedeam la început atât de slabă. Acum, când scriu, dacă încerc să mă concentrez asupra chipului ei (și ce ușor mi-ar fi să-l am aievea în fața ochilor, doar peste câteva clipe), îl văd numai cum apare într-un diapozitiv color, pe care și-l făcuse vara trecută la mare. Acolo e uimitor de frumoasă. Poartă o cămașă subțire, bărbătească, în carouri, și părul lung, drept, doar ușor buclat, de culoarea stejarului, îl are pieptănat cu cărare într-o parte. În fundal se vede marea, verzuie, cu valuri de spumă, iar fața Ginei, întoarsă spre privitor, are înfățișarea tânjitoare, îndurerată. Ochii îi sunt largi și gura zâmbește amar, făcând niște cute care emană sentiment. Am mai văzut fotografii de-ale ei de când era doar o adolescentă. Toate mi s-au părut cu neputință de suportat, ca și când ai vrea să ții mâna pe un fier înroșit. Nici nu știa că exiști când și le-a făcut, iar faptul că ai pierdut momente atât de prețioase din viața ei, că a risipit atâta emoție pentru altcineva decât pentru tine, chiar dacă pentru nimeni, este de neînțeles, de netrăit.

Atunci, când am însoțit-o prima dată acasă, m-a lăsat s-o aștept puțin în camera ei, adică tocmai în asta în care scriu acum. Mă uitam cu aviditate la lucrurile din jur, mai cu seamă la faimoasele icoane. A venit cu două cafele și a pus o placă, pe care am ascultat-o la un pick-up dintre cele mai proaste, din acelea mici, îmbrăcate în vinilin gri, cum se vindeau prin anii cincizeci. În fața mea, Gina schiță câteva mișcări de tango, apoi se așeză lângă mine și începurăm o conversație literară, căci cu mine, evident, nu se putea discuta altceva. După vreo jumătate de oră am plecat. După-amiază am simțit că nu-mi vine să învăț pentru a doua zi. Așezat pe lada de la studio, cu picioarele pe caloriferul rece, am privit pe fereastră câteva ore. Aveam un sentiment de predestinare, știam, încă de pe atunci, că sunt prins, că această fetiță-femeie va dezarticula tot edificiul meu interior. Zilele următoare am condus-o din nou până acasă, și treptat ne-am obișnuit amândoi cu drumul acesta făcut împreună. Mă străduiam să n-o iau în serios, o bruscam permanent, îi răspundeam mereu ironic. Cu toate astea, am observat repede cât începeau să mă doară aluziile ei la diferiți prieteni cu care îmi spunea că se vede duminica „la o canastă“ sau sâmbătă seara „la un ceai“. Trebuia să suport, chiar cu un zâmbet condescendent și ironic, tot felul de confesiuni. Eram la curent cu marele amor dintre ea și Silviu, Gina era în privința asta de o cruzime incredibilă. În timpul orelor scria, cu litere mari de tipar, SILVIU pe marginea tuturor caietelor. Odată s-a apucat să deseneze interiorul unei camere. Apoi a tăiat cu câteva linii groase fotografia înrămată pe care o schițase deasupra patului. Venea uneori plângând la școală, și într-o zi a plecat chiar după primele două ore. Gina suferea, dragostea ei nu mergea, și primul care trebuia să-i suporte nefericirea eram eu. Într-o seară (cred că era la mijlocul lui noiembrie, căci deja venea spic de zăpadă, iar afară se întunecase) m-a luat de mână. Ne-am oprit în mijlocul străzii. Era transfigurată de nefericire. Toată disperarea și-o converti însă, cum avea să facă și mai târziu de atâtea ori, într-un discurs exaltat și întretăiat în care aproape îmi striga cât de mult ține la mine. Mă ruga s-o ajut, să fiu mereu lângă ea. Mă îmbrățișă cu aviditate și atunci am luat-o și eu după umeri și am ajuns, mergând astfel, până la casa ei. Ne-am oprit în holul acela plin de un aer cafeniu și ne-am sărutat penibil, mai mult pe obraji și pe ochi decât pe gură. Fața ei era udă de lacrimi, iar eu, spunându-i mereu numele, strângând-o în brațe, mângâindu-i gâtul și sânii prin pardesiu, încercam din răsputeri să evit, să amân cuvintele de dragoste care mi se formau singure în minte. Timp de vreo săptămână a fost la fel de drăgăstoasă, dar tristețea neagră de pe fața ei, tăcerea ei obstinată mă chinuiau mai mult decât mă făceau fericit momentele din hol. Nu mai eram în stare nici să mai scriu versuri, așteptam să se termine forfota din casă ca să intru sub plapumă și să adorm. În vise însă aveam un sentiment sfâșietor de singurătate. De câteva ori am visat, astfel, că umblam pe aleile nesfârșite și mereu încrucișându-se ale unui parc. Era o înserare roz-violetă, ca o ceață ușor luminescentă. În acest ținut crepuscular lucrurile nu aveau greutate, ci doar o mare densitate emoțională. Tot aerul acela sidefiu, pâcla aceea mare se concentra dureros în mine. Știam că spațiul este infinit, că nu există speranță. Deodată, azvârlindu-și fleșele și statuile ciobite la o înălțime amețitoare, rotindu-și spre cerul de asfințit cupola de culoarea cuprului vechi, apăru, într-o piață de o lărgime incomensurabilă, un monument colosal, o construcție pe jumătate ruinată, cu arcuri și frontoane acoperite de licheni, cu himere gotice, canelate adânc, rânjind pe ziduri. Nimic nu era de proporții umane în acest edificiu. Pe o nesfârșită scară în spirală am urcat în cupolă. Nu există în lume, și nici măcar în vise, cuvinte în stare să definească sentimentul omului aflat sub arcul unei cupole uriașe. Sus, la peste o sută de metri de dalele rombice care alcătuiau podeaua, în centrul cupolei, se deschidea o fereastră rotundă prin care se vedea plutirea norilor în flăcări de amurg. În rest, diverse grade de întunecime arămiu-sinilie umpleau spațiul în care te simțeai o insectă neînsemnată. Și brusc am început să cresc, să mă dilat, să umplu spațiul geometric, brăzdat de nervuri și de raze. Pe măsură ce creșteam puteam privi frescele palide de pe pereții curbi, aerul din ce în ce mai întunecat de afară răzbătând prin ochiurile luminatoarelor în ovalul cărora, profilat pe purpură, se mai așeza câte-un porumbel. Curând a trebuit să mă aplec, să mă târăsc pe podea, să-mi aduc genunchii la gură și să-mi încrucișez mâinile și picioarele, căci umplusem cu totul bolta gigantică. Din acest vis mă trezeam întotdeauna amețit de singurătate, cu sentimentul că viața mi s-a sfârșit.

Deja începuse să ningă și era întuneric când ieșeam cu Gina de la liceu. Mergeam de mână, iar uneori ea își ținea mâna în buzunarul paltonului meu, fără să-mi dea drumul. Era teribil de schimbătoare, când veselă, când absentă, când de-o tristețe pe care abia o suportam. Mergeam încet prin stratul subțire de zăpadă, aprins de lumina vitrinelor, în același timp fericit și lipsit de orice speranță. Vedeam, cu cât legătura noastră avansa, că noi doi eram din lumi diferite, între care nu putea exista decât puntea irațională a unui sentiment unilateral, punte pe care nu putea trece nimeni. Eram disperat când ea începea să-mi povestească despre voiajul făcut cu un an în urmă la Leningrad, de plimbările pe malul și pe podurile Nevei, în zorii albi ca laptele. Mi-o imaginam singură și visătoare trecând, cu părul înfoindu-se de curentul apei, pe sub felinarele de fier forjat, pe lângă leii de piatră, sau stând pe o bancă într-un parc distrus de toamnă și de amurg. Apoi îmi povestea cum, la mare, înotase pe raza soarelui reflectată în apă. Sau îmi relua la nesfârșit scene din copilăria ei de fetiță de familie bună, îmi arăta, pe o stradă apropiată de-a ei, o curte destul de mare, cu gard de sulițe, în care câțiva copii în paltonașe albastre și hăinuțe de urson verde se jucau cu zăpadă, și-mi spunea că acolo se jucase și ea de nenumărate ori când era la Kindergarten. Rămânea mult timp, privind printre gratiile gardului, cu o expresie de la care trebuia să-mi întorc ochii. Nu mai vorbeam despre Silviu, dar în tot ce spunea ea, în tonul cuvintelor ei, în dispoziția ei, până și în sărutările ei, căci se oprea uneori brusc în singurătatea străzilor ninse, se sprijinea de un stâlp și spunea „pupă-mă“, în toate capriciile ei îl simțeam implicat. Știam că Gina se folosește de mine ca să se apere, ca să lase să răsufle nefericirea ei, ca să nu rămână singură, ca s-o țină cineva de mână când era silită să privească în față agonia dragostei ei. Cine eram eu ca să fiu prietenul ei? Un puști urât și bizar, care se aflase în pragul schizofreniei, care nu știa nimic în afară de-o brumă de literatură, care nu avea nici un fel de experiență de viață. Mă îmbrăcam cum se nimerea, nu călătorisem niciodată, nu aveam prieteni. Nu îi puteam opune decât spaima mea oarbă de-a nu o pierde. Pentru mine Gina era cu mult mai mult decât o prietenă, era o ființă cu neputință de suportat, un drog mult prea tare și pe care totuși trebuia să-l am. Știam că mai curând sau mai târziu totul avea să eșueze, că

Gina avea să mă părăsească. Dar în holul casei ei, în întunericul în care abia ne puteam desluși conturul fețelor, gesturile noastre de dragoste deveneau din ce în ce mai dezinhibate, mai îndrăznețe. Corpul mic și subțire al Ginei învăța să nu se mai crispeze la câte o mângâiere mai îndrăzneață. Eu învățam să strâng o femeie în brațe, învățam să-mi placă să mângâi, să mă amețească gura moale, gustul fad al buzelor și dinților și limbii ei, mirosul de șampon al părului ei, aroma genelor ei. Învățam, pe sub bluză, forma sânilor ei. După ce ne despărțeam o luam pe jos câteva stații de tramvai, prin fulguiala înghețată. Aerul iernii îmi făcea bine. Palmele mele păstrau mirosul pielii ei până noaptea, când adormeam.

Ni s-au întâmplat multe lucruri ciudate în timpul drumurilor spre casa ei. Într-o noapte senină ca un cristal, trecând prin piața Galați, priveam amândoi luna plină, care răsărise deasupra stației mașinii 40 și aurea șinele de tramvai. Vorbeam despre lună, ea îmi spunea că într-o excursie la munte, cu câțiva prieteni, se simțise atât de singură încât îi venea să mănânce literalmente luna. „Dar știi cum? Literalmente!“ Bineînțeles că am simțit un fior de gelozie și-am încercat să parez cumva, dar am rămas cu gura căscată, pentru că, privind luna, am văzut clar că sfera ei nu mai era perfectă, că într-o parte se turtise și că o umbră, care nu putea fi decât umbra pământului, acoperea lent, dar vizibil, tot mai mult din suprafața ei. Ne-am oprit, am lăsat servietele jos și, îmbrățișați și uimiți, am privit acest spectacol de deasupra acoperișurilor. Curând, globul de chihlimbar rămase luminat doar pe jumătate, iar apoi umbra se întinse, lăsând să mai scânteieze doar un corn din ce în ce mai subțire. În acest timp, prin piața Galați treceau taxiuri și autobuze, circulau trecători, dar nimeni nu ni se alătura ca să privească luna, care începu curând să crească din nou până ce, în vreun sfert de oră, redeveni globul perfect dinainte. Mai târziu, totul ni s-a părut un vis al amândurora, inexplicabil.

Duminicile, Gina nu voia să ne întâlnim. Îi dădeam telefon și n-o găseam acasă. Îmi răspundea de obicei bunica ei, care-mi spunea că Gina ieșise în oraș. Ce făcea ea duminică seara? Ce făcea în serile când nu mă lăsa să o conduc? Îmi imaginam scenele cele mai neverosimile. Dar de la un timp începuse să aibă o anumită aroganță în ton, nuanța aceea de ironie cam vulgară pe care a folosit-o întotdeauna când s-a simțit superioară cuiva sau stăpână pe situație. Atunci făcea o mutriță în același timp cinică, afectat vinovată și misterioasă, care mă scotea din sărite. Limbajul ei începu să se încarce de aluzii și termeni erotici, pe care îi strecura compulsiv, indiferent de subiectul discuției. Simțeam că vrea să se laude cu ceva sau să-mi transmită ceva și că dorința ei era mai mare decât grija de-a nu mă răni. „Ce loc bun pentru făcut dragoste!" îmi spuse odată când treceam pe lângă o casă cu turnuleț. Apoi, poate tot în seara aceea, mi-a mai dat de înțeles că ea știe cum arată un bărbat gol. Desigur că râdeam de ea și că împingeam discuția spre absurd, dar simțeam în plin fiecare lovitură. Asta într-un fel mă ajuta să domin (chiar dacă iluzoriu) situațiile acelea disperate, pentru că, atunci când eram sub tensiune, deveneam de o elocință neobișnuită. O potoleam și-o captivam pe moment cu o erupție teribilă de imaginație. Dar nu, ea voia ca eu să-i simt bucuria și triumful și, până la urmă, după câteva zile, mi-a spus că s-a reîntors la Silviu, că a fost acasă la el, că s-a lăsat dezbrăcată de el, dar că, firește, „nu s-a întâmplat nimic". Toate astea mi le spunea în umbra holului, pe treptele de marmură, colorând totul până la un soi de feerie tipic femeiască: el o dusese mai întâi la „Berlin“, unde băuseră Cinzano, apoi îi luase un trandafir galben și merseseră acasă la el cu taxiul. El avea o motocicletă cu care duminică vor... I-am strigat atunci să înceteze și m-am repezit în stradă. Plângeam în hohote, noroc că era întuneric. Treceam plângând pe lângă vitrinele cu costume de schi, pe lângă atelierele de reparat televizoare, prin lumina vernil a magazinelor de pantofi. Știam că o pierdusem și totuși nu puteam să înțeleg asta. Era ca și când cineva mi-ar fi spus că am murit sau că murise Gina. Nu îmi puteam imagina cum vor trece zilele în care o voi vedea la școală tot timpul și totuși nu va mai fi ea. Cum ar fi să nu mai mergem amândoi spre casă, să nu-i mai suport mofturile și alintările și cinismele... Lăsam dâre lungi prin zăpada șoselei, eram terminat.

În seara aceea m-am hotărât să nu mai am niciodată de-a face cu ea. Am scris în jurnal: „Gina nu vrea, NU VREA să ne înțelegem. Nu pot să pricep cum este posibilă atâta monstruozitate, atâta prostie în copilul ăsta pervers. Asist la dizolvarea coloană cu coloană, treaptă cu treaptă, zid cu zid, ca o bucată de zahăr în apă, a edificiului nostru. Oricum, nu mai e nimic de făcut, nu poți lupta împotriva iraționalității ei animalice. Trebuie să-mi aduc aminte cine sunt, să reiau vechea viață, orice-ar fi. Eu sunt un om care scrie, nu mă pot pierde pentru o ființă subumană, obnubilată, pentru o nefericită.“ Și continuam așa pe vreo trei pagini, într-un delir în care o vedeam pe Gina ca o întruchipare a mizeriei și ticăloșiei umane. Poate mai mult decât permanenta obsesie a feței ei, a vocii ei, mă chinuiau laturile pur fiziologice ale pasiunii mele: bătăile inimii accelerate până la palpitații, durerea grea și caldă din coșul pieptului și din oase, insomnia în care trebuia să combin la nesfârșit monologuri amare. A doua zi, la școală, silueta ei mi-a sărit de la început în ochi: ca de obicei, trăncănea în mijlocul colegelor, fără să-i pese dacă o ascultă cineva sau nu, fără să asculte vreodată replicile lor. Ce afectate păreau înflori-turile ei retorice, expresiile franțuzești și nemțești pe care le risipea nepăsătoare în jur! Era un limbaj de bătrână co-chetă, de prețioasă ridicolă, particular și, pentru mine, atrăgător, în ciuda disprețului meu pentru histrionism și afectare. Uneori mă gândeam amuzat cât de potrivit e cu-vântul „perlă“ pentru fiecare vorbă a Ginei, cât de bine exprimă el amestecul de magie și superficialitate care o caracteriza. În ziua aceea m-am străduit să nu-i arunc nici o privire. Mi-am făcut de lucru cu băieții, în toate pauzele am spus bancuri, am discutat despre fotbal, despre diferen-țele de interpretare dintre Mick Jagger și Robert Plant. Dar era ca și când aș fi avut un radar interior care-o localiza pe Gina oriunde s-ar fi aflat. O „vedeam“ chiar și când stă-team cu spatele spre ea, chiar și când ieșeam în curte, în zăpadă. O auzeam vorbind de la orice distanță, știam ce spune, știam că nu se poate stăpâni să nu-și trâmbițeze peste tot dragostea. Colegele știau de-acum că „prietenul ei de la facultatea de matematică“ o va lua duminică la plimbare cu motocicleta. Cel mai rău mă durea faptul că ea nu se ferea de mine, că a venit de câteva ori la banca mea, când citeam câte ceva într-o pauză, și mi-a desenat repede pe un caiet o floricică lângă care a scris GINA. Vioiciunea ei în mișcări era neobișnuită: ritmul pașilor, mișcările mâinilor, rapiditatea scrisului ei mă uimeau întotdeauna. Faptul că mă considera doar un simplu prieten, că nu vedeam mai nimic schimbat în purtarea ei față de mine mă umilea, mă făcea să simt valuri de ură. De mai multe ori a încercat să intre în vorbă cu mine, dar am respins-o brutal. Atunci zâmbea, cu nota aceea de persiflare, cu un aer de indiferență care mă înfurie și-acum. Făcusem o adevărată erotopatie, amestec de dragoste, ură, dispreț, admirație, idolatrie și silă. În fiecare seară mă întorceam singur spre casă prin fulguiala blândă din lumina farurilor de mașini, prin forfota aceea ciudată, însingurată, a amurgurilor târzii de iarnă, când pare, de fiecare dată, că se face noapte pentru totdeauna.

Iar ea creștea pe măsură ce eu scădeam. Dintr-o fetiță bizară și afectată, un copil trăit printre bătrâni, devenea cu încetul o ființă imensă, hieratică. Gina devenea Totul. Duminică n-am putut să stau în casă. Mi-am pus fularul și cojocul și-am mers pe jos până în centru. Dimineața era orbitoare. Zăpada de pe trotuarele bulevardelor, de pe balustrada de cauciuc a scărilor rulante din pasaj, de pe turnulețele Universității și Institutului de Arhitectură îmi dădea o stare de exaltare. Aerul înghețat și scânteietor îmi amorțea, limpede ca sticla, senzorii interiori, îmi ștergea imaginea care încerca tenace să mi se lipească pe pereții craniului: el și ea pe motocicletă, cu căști portocalii, dintr-a Ginei prelingându-se pe umăr o viță castanie de păr. Am intrat în cofetăria de la Dunărea și am mâncat încet, cu pauze mari, o prăjitură. Priveam afară prin vitrina gălbuie. Erau femei frumoase în cojoace albe sau în paltoane fanteziste, erau străini, negri sau arabi, zgribuliți în canadienele lor cu guler mare de blană. Încercam degeaba să mă obiectivez, să ies din mine, să lupt cu boala psihică a dragostei mele. Imaginile dinăuntru le copleșeau pe cele din afară.

Luni, Gina nu a venit la școală. A doua zi a apărut la prima oră după ce intrase profesoara. A rămas tăcută și izolată până la sfârșitul orelor. Nu-mi puteam da seama dacă e oboseală sau tristețe pe figura ei, pe care-o observam tot timpul cu coada ochiului. După ultima pauză, când m-am întors în banca mea, am văzut pe colțul unui caiet care stătuse pe bancă floarea cu patru petale, pe care o știam atât de bine, și lângă ea, cu litere de tipar, GINA. Am privit spre ea, dar ea nu îmi dădea atenție: copia de pe tablă o listă de verbe englezești neregulate. E ciudat cum îmi putea schimba dispoziția cel mai mic gest al ei. Brusc, așa cum dispare o durere de dinți la o doză puternică de analgezic, floricica aceea desenată rapid cu pastă roșie îmi instală în tot corpul un calm pe care nu mai speram să-l ating vreodată. Destinderea a fost atât de puternică, încât o clipă m-am simțit imaterial. Seara mi-a dat telefon. Mi-a spus că nu-i nimeni acasă la ea și că stă pe întuneric. Mi-o închipuiam, mică și sidefie, în casa aceea cu mobilier greoi, care trebuie să fi arătat înfricoșător pe întuneric. Mă ruga s-o iert, îmi spunea că totul se terminase între ea și „el" (dar însuși faptul că evita să-i rostească numele și că folosea în loc acest *el* atât de semnificativ dovedea contrariul; la fel, pentru mine exista o singură *ea*). Apoi își reluă unul dintre obișnuitele, exasperantele discursuri emoționale, în care-și exprima suferința și nostalgia la un mod impersonal, încât le puteai crede foarte bine niște declarații de dragoste ușor voalate, deși nu erau decât răbufnirea cenzurată a nefericirii ei. Îmi spunea că se simte mai singură ca oricând, că mă regretă, proiecta asupra mea, ca într-o beție, fantasmele ei pasionale, care altfel ar fi înăbușit-o. Precipitat, printre lacrimi, îmi spunea că ține la mine și că nu mai vrea să ne despărțim. După ce am închis telefonul, am rămas o clipă gânditor. Faptul că exista o minimă șansă ca totul să fie adevărat mă orbea, mă făcea să vreau să cred că Gina poate fi a mea, să uit brusc toate diferențele dintre noi, pe care le ruminasem de-o sută de ori până atunci și de fiecare dată mi se păruseră insurmontabile. Nu aveam de ales. Trebuia să cred, cu toată ființa mea, fiecare cuvânt al ei. Dar undeva, în apele freatice ale minții, rămânea certitudinea dezastrului, convingerea că Gina nu mă va iubi niciodată. Sentimentul acesta alterna cu o speranță irațională, într-un mod care-mi dădea peste cap tot echilibrul interior. Psihicul meu mergea spre ruină prin oscilația asta permanentă între dragoste și ură, speranță și disperare, admirație și dispreț. Deocamdată eram însă fericit, eram dispus să cred în sfârșitul poveștii dintre Gina și Silviu și mă simțeam eliberat de parcă asta ar fi fost singura piedică dintre mine și ea. A doua zi am condus-o iar spre casă, pe viscol. Se apropia vacanța de iarnă și mă gândeam cu groază la revelion. Îl voi face oare împreună cu ea? Mi se părea neverosimil. Mergeam aplecați prin ninsoarea care ne repezea ace de gheață peste obraji și până după gât. Străzile încâlcite, luminate stins, portocaliu, din loc în loc, erau măturate de vifor până se dezgoleau pe alocuri pietrele negre din pavaj, iar în alte părți, prin locurile mai ferite, zăpada făcea valuri cu umbre albastre. Ea își scosese mănușa și își ținea mâna în buzunarul meu căptușit cu blană. Îi strângeam degetele mici și inerte, care doar din când în când răspundeau prin tresăriri abia perceptibile. Ne-am oprit de multe ori ca să ne sărutăm, gata să fim dați jos de vânt. Ne turteam căciulile de blană una de alta, încercam să ne cuprindem peste cojoacele greoaie, ne priveam în ochi în frigul acela întunecat care ne prindea steluțe de gheață în gene. Gina era ninsă, sclipitoare în lumina vitrinelor de autoservire, decorate cu beteală, copii pe săniuțe de carton, becuri și globuri colorate. Părul și fața ei, sub spicul delicat al căciuliței de vulpe, se înroșeau brusc de la staniolul purpuriu al veșmântului vreunui Moș Crăciun tronând, cu barba de vată, între băuturi și conserve. În holul casei, când am prins-o în brațe, m-a întrebat dacă n-aş vrea să stăm puţin în camera ei. Am intrat amândoi în casă, unde, la televizorul din sufragerie, un TEMP 6 dintre primele apărute la noi, stăteau bunicii şi mătuşa Ginei, trei bătrânei înfăşuraţi în pături şi în lumina magică a ecranului pâlpâitor. Am spus bună seara şi, condus de ea, am intrat în odaia ei. Mi-o aminteam atât de bine! De câteva ori o şi visasem, camera aceea foarte înaltă, cu pianină, scrin pictat vag renascentist, icoane pe sticlă pe toţi pereţii, sobă de teracotă cu frumoase desene albastre, draperii satinate, de un stacojiu şters de trecerea timpului. Ne-am aşezat, descotorosiţi de paltoane, pe dormeza îngustă, acoperită cu un macat şi cu pernuţe fantezi. Ea dispăru câteva minute şi se întoarse îmbrăcată în blugi şi cu un tricou galben subţire, care îi scotea în evidenţă sânii frumoşi, deşi nu prea mari, rotunzi şi cu vârfuri vizibile sub pânza de bumbac. Îmi aducea puţină dulceaţă de nuci verzi şi, într-un pahar de cristal de o formă ciudată, nişte vin de smochine. Lumina, abătută de ţurţurii lămpii din plafon, cădea peste noi stinsă, uşor roşcată. Am vorbit despre tot soiul de nimicuri până ne-am terminat şi vinul, apoi am rămas tăcuţi, înghiţind în sec şi privindu-ne. Creştea între noi o tensiune care curând ajunse de nesuportat. Ea cedă prima, lăsându-se pe spate între pernele de pluş. Am îmbrăţişat-o ameţit, i-am ridicat tricoul până la subţiori şi mi-am lipit obrajii de sânii goi, cu bănuţi arămii. Ne-am mângâiat multă vreme, până când i-am descheiat nasturele metalic de la blugi şi i-am tras fermoarul. Zgomotul acela ne-a trezit. Merseserăm cam departe: bunicii se aflau la câţiva metri, iar uşa era de sticlă mată. Gina îşi trase la loc fermoarul şi brusc faţa i se întunecă. În ochi îi ţâşniseră lacrimi şi curând începu să plângă în hohote. O ţineam în braţe, o strângeam ca să-i înăbuş suspinele şi știam de ce plânge. Gina se șterse la ochi și îmi luă obrajii în palme. Mă privi în ochi cu o expresie chinuită și-mi spuse aproape răstindu-se: „Nu-l mai iubesc pe Silviu. Înțelegi? Nu-l mai iubesc deloc, mi-e silă de el. Hai să ne batem joc de el, vrei?“ Și brusc, își smulse tricoul de pe ea și își descheie din nou pantalonii până când, deasupra marginii chiloțeilor mini, răsăriră câțiva cârlionți strălucitori. Ne-am îmbrățișat din nou, dar de data asta ea se agita cu o voință de profanare care-o făcea să uite de orice. M-am ridicat în ciuda strânsorii ei și mi-am pus haina. Mi-am aranjat ținuta răvășită în oglindă. Părul îmi era ud și despărțit în șuvițe. L-am pieptănat din câteva mișcări. Gina se ridicase și ea, își trase tricoul și, cu părul buclat, desfăcut, se sprijinise de umărul meu. Ne priveam în oglinda scânteietoare. Ochii mei băteau în violet deasupra pomeților ascuțiți, pe când ai ei, chihlimbarii, păreau și mai deschiși la culoare în aerul cafeniu-roșcat. Țin încă minte fețele noastre contractate, inexpresive, de măști extatice, așa cum răsăreau una lângă alta din cristalul oglinzii. O vreme ne-am privit tăcuți și imobili, apoi ea a zâmbit cu acel zâmbet amar, fantast, specific ei, și și-a ațintit degetul arătător spre oglindă. Dar imaginea din cadrul oglinzii nu repetă acest gest. Mâna Ginei din oglindă era sprijinită de umărul meu, pe când a celei reale își purtă degetul cu unghia dată cu lac transparent, sclipitor, atingând direct pe sticla rece fruntea mea, coborând de-a lungul nasului, stăruind pe buze, urmând apoi, cu încetineală, linia gâtului, până se opri în piept. O linie de abur ușor îmi secționa acum figura, stropii mărunți tremurând o culoare roșiatică. Mâna aceea fantomă și totuși reală se îndreptă apoi spre fruntea Ginei din oglindă, se opri cu degetul ațintit între sprâncene, apoi coborî spre buzele care continuau să zâmbească straniu, atoateştiutor. Degetul se opri între sânii Ginei, apoi se depărtă de sticla pe care rămăsese încă o linie aburită. Mâna se ridică apoi și se apăsă, cu toată palma deschisă, între capetele noastre din oglindă. Rămase și în acel loc pecetea dizolvată a unei mâini de aburi roșietici. Apoi, mâna Ginei coborî pe umărul meu, identificându-se cu imaginea ei reflectată. Nu mai era nici o diferență între noi, cei din realitate, și din oglindă. Cu pași șovăitori, ea se reîntoarse pe sofa, își așeză sub cap o pernuță cu franjuri de mătase și peste câteva minute dormea. E singura ființă din câte cunosc care doarme cu ochii deschiși. Fixitatea privirii, contrastând cu mișcările pieptului din timpul respirației, îi dau atunci aspectul unei ființe în comă, al unui suflet care își vede, își aude, își simte moartea. M-am aplecat deasupra Ginei și m-am privit în ochii ei, care aveau pupilele enorm dilatate, încadrate doar de un foarte subțire inel de culoarea mierii. Dar, în loc să văd chipul *meu* în pupilele întunecate, l-am văzut pe al *ei*!

N-am reușit să-mi iau stiloul cu mine și, în consecință, a trebuit să cer aici un pix cu pastă. Și încă mi-au dat o pastă roșie idioată, care mai mult murdărește decât scrie. Mâinile mele sunt într-un hal fără de hal. Oricum, e un privilegiu că am totuși voie să scriu mai departe, ei speră probabil că vor putea trage vreo concluzie citindu-mi foile astea pe care am ținut atâta să le iau cu mine. Desigur, au scris pe undeva „grafomanie“ și se grăbesc să profite de asta. De altfel, nu am nimic împotrivă să le dau manuscrisul, tot trebuie până la urmă să-l citească cineva, și ei îl vor înțelege poate mai bine decât alții, atât cât poate fi înțeles. Mă întreb cât timp a trecut de când am întrerupt scrisul. Nu mai știu dacă e marți sau miercuri, august sau septembrie. Pare totuși un început timid de toamnă, după ceea ce văd pe ferestrele salonului. Mă plimb zilnic prin curte și nu o dată am ridicat de jos o frunză moartă. Printre clădirile albe plutesc valuri de funigei pe care bolnavele și-i scutură furioase din păr. Eu îi las însă în buclele mele și abia spre seară, în lumina stacojie care se lățește pe pereții lucioși ai salonului, îi scot din păr cu pieptenele. Cred deci că poate fi pe la jumătatea lui septembrie. Cerul e de un albastru adânc și, în ciuda luminii galbene prelinse peste tot, e răcoare.

Scriu pe noptiera albă, de tablă. În patul vecin stă Elisabeta, blondă și cam murdară. Și acum își întinde pe cearșaf cărțile de joc, care au s-o înnebunească. Mi-a dat și mie în cărți, nu-i scapă nimeni. Are niște cărți vechi, austriece, zicea ea, la care ochii tuturor figurilor sunt împunși cu acul, pentru ca prezicerile să fie infailibile. Le întinsese mai întâi în câteva evantaie, apoi în șiruri și tablouri și, tocmai când să arate cu degetul o carte zicând „Asta ești tu“, rămăsese încremenită. Eu nu privisem cu mare atenție scamatoriile ei. Am privit cartea, pe care Elisabeta continua să mi-o arate cu ochii holbați. Era un valet, dar partea de jos a cărții nu era imaginea răsturnată a valetului, ci o superbă damă de ghindă, cu o floare de iasomie între degete. Am răvășit repede cărțile de joc, dar Elisabeta începuse să se zvârcolească. După ce i-a trecut criza, am luat împreună fiecare carte din pachet, dar nu am mai găsit imaginea aceea ambiguă. Elisabeta e foarte tandră cu mine, lipicioasă aș spune, gata să-mi satisfacă orice capriciu, dacă aș avea capricii. Dar e atât de jegoasă și ochii ei injectați, de epileptică, mă sperie. Mi-a propus acum câteva seri să ne unim paturile. I-am spus să se potolească. Nu vreau să ajungem ca Mira și Altamira, care dorm împreună și se dezmiardă toată noaptea. Lucru deosebit de romantic, dacă stai să te gândești că

Mira are degetele de la mâini și picioare deformate, strâmbate în toate direcțiile, încât aproape că nu poate apuca un pahar, iar Altamira (de fapt Paula i-a zis așa, căci pe ea o cheamă Ștefania) e, ce-i drept, o fată bine făcută și perfect normală, în afară de faptul că într-o seară s-a culcat și a dormit șaisprezece zile în șir, după care s-a trezit de la sine ca și când nu s-ar fi întâmplat nimic. Medicul ne vizitează în fiecare dimineață, trece pe la fiecare din cele zece paturi și stă de vorbă cu noi. Se așază pe marginea patului meu și mă privește în ochi. Uneori uit să-mi acopăr pieptul, iar lui nu-i scapă asta. Privește apoi teancul de pagini de pe noptieră. A promis să nu mi le ia până nu termin. În rest, evident, nu am ce discuta cu el și nici cu altcineva. De altfel, nu sunt singura persoană din salon care scrie. La geam e patul Laviniei (Lavița, cum își spune singură), care mâzgălește cu febrilitate, opt ore pe zi, scrisori de dragoste către un oarecare Doru. Textul lor e foarte spațiat pe paginile roze, portocalii, albăstrii sau violete, așa încât rămâne loc destul pentru desene. Lavița, cu limba scoasă de-un cot, ca un copil mic, desenează cu creioane colorate flori, prințese cu ochi mari și nasul format doar din două puncte negre, porumbei și inimioare. Până și plicurile în care își pune scrisorile seamănă cu niște automobile pictate de artiști pop. Lavița transformă și cearșafurile, imediat cum se schimbă paturile, în mari scrisori adresate lui Doru. Pe pânzele de in scrie cu creion maro, desenând niște litere caligrafice de zece centimetri înălțime fiecare și umplând spațiile albe cu desenele ei colorate pueril. Patul îi e fistichiu și pitoresc, cum doarme înfășurată în paginile unei scrisori uriașe. Chiar lângă ea stă Paula, o fată cuminte și cu bun-simț ziua, dar pe care o urâm cu toatele pentru că ne strică somnul în fiecare noapte. Paula vorbește noapte de noapte, în somn, cu mama ei. Țipă, se agită, îi aduce aminte cum se purta cu ea când era mică. Trăiseră doar ele două într-un demisol, o femeie fără bărbat și o fetiță care trebuia să suporte toate isteriile mamei sale, pe care o oprise de câteva ori, în ultimul moment, să nu-și taie venele cu lama. Și azi-noapte Paula a tot delirat, patul Mirei și Altamirei a tot scârțâit, surorile de serviciu au tot deschis ușa lăsând să-mi bată în ochi lumina de pe culoar. Noaptea de nesomn îmi dă acum o anume frenezie, care mă face să am chef de scris. Îmi reiau deci manuscrisul, profitând de siesta colegelor, care citesc sau își pilesc unghiile.

Acum câteva zile, pe când povesteam cum Gina adormise cu ochii deschiși, în care văzusem reflectat propriul ei chip în loc de al meu, am retrăit acel moment de spaimă înghețată. Am simțit nevoia să revăd, să *știu* din nou și din nou să nu înțeleg. M-am ridicat de la birou și am smuls cu disperare husa de pânză de pe oglindă. Am privit. Apoi am început să țip. Am luat de pe birou mandarinul de celuloid și-am dat cu el de pământ. Când au intrat bătrânii în cameră (Maricu și Tanicu și apoi Penelopa, livizi, cu saliva curgându-le pe bărbii de spaimă), m-au găsit tăvălindu-mă pe jos, târând după mine toate covoarele, înfășurându-mă în draperiile de purpură pe care le smulsesem de la geamuri. Pe jos erau împrăștiate cărțile aruncate din bibliotecă și bibelourile de pe pianină. Nu mă puteam calma. Cu cât încercau mai mult să mă mângâie și să mă liniștească, cu-atât mă agitam mai tare, lacrimile udându-mi toată fața și picurând pe parchet. Conștiința mi se întunecase și am simțit doar ca prin vis cum doi bărbați în alb mă ridică și mă transportă până la mașina salvării din stradă. Drumul de zece minute până la spital mi s-a părut, nu știu de ce, extrem de lung. Aici, bătrânii ei m-au vizitat în fiecare zi, cu zâmbete de-o falsă veselie, aducându-mi borcănele de orez cu lapte și scorțișoară, portocale și suc de lămâie. Au trecut pe aici și mama ei cu bărbată-su. Maică-sa îi seamănă până în cele mai mici amănunte, dar cu o doză mai mare de frivolitate sporovăitoare: o minte de vrăbiuță, gata oricând să povestească lucruri nostime. Faptul că m-au adus într-un salon de femei m-a tulburat la început, dar m-am obișnuit destul de repede. Mi-e cam frică de pasivitatea cu care am început să accept situația, dar până și frica asta e, de fapt, mai mult ceea ce *ar trebui* să simt decât ce simt cu adevărat (cu adevărat simt o dorință de a râde cu lacrimi, totul mi se pare un carnaval, o farsă comică). M-au așezat aici, între Elisabeta și o bătrână sălbăticită rău, cu pareză facială. Tanti Laura are un colț al gurii lăsat până la bărbie și clipește doar dintr-un singur ochi. Pe celălalt și-l închide cu degetul când vrea să doarmă. Din colțul lăsat al gurii i se prelinge continuu un fir de salivă. În rest, e o cochetă bătrână, fardată strident, care nu vorbește cu nimeni, stă mereu în capul oaselor, cu ochii într-o oglinjoară de buzunar, și zâmbește cu jumătate de gură. Părul violet i se răsfiră, ca un păienjeniș diafan, pe pernă. Mi-au trebuit câteva zile ca să mă obișnuiesc cu mediul, care m-a inhibat total la început. Curând mi-am dat seama că m-au adus la neurologie. Fetele au tot soiul de nevroze, pareze și isterii. Aici ne aflăm, mi-am zis, într-un fel de limb luminat până la transparență de auriul autumnal de afară...

Am ieșit din camera Ginei amețit, incapabil de vreun gând. În holul apartamentului era întuneric, bătrânii ei plecaseră de mult la culcare, iar televizorul din colț era înghițit de penumbră. Singura lucire metalică, unsuroasă, rembrandtiană venea de la marginea unei mari tăvi de aramă de pe măsuță. Am ieșit în stradă și, cu toate că era aproape douăsprezece noaptea, am mers pe jos până acasă, prin zăpada apocaliptică, cu greu împinsă în troiene de insectele metalice ale mașinilor de deszăpezire. În farurile lor orbitoare, albastre, zăpada cădea și cădea, părând că vrea să acopere odată lumea. Mănușile mi se udaseră și cruste moi, înghețate, îmi pătrunseseră și în ghete. Pe când treceam prin fața vitrinelor luminate, cu manechine încremenite pe schiuri, purtând pulovere și canadiene la modă, în lumina roșie și verde, fluorescentă, am văzut de departe înaintând înspre mine o pereche îmbrățișată. Erau elevi de liceu, căci purtau în mâini serviete. Când s-au mai apropiat, am fost mirat de asemănarea fetei cu Gina: același mers țopăit, pe tocuri interminabile, aceeași haină de blană. Căciulița de vulpe cu luciu roșcat pe care-o purta fata era și ea asemănătoare cu a Ginei. Am simțit că-mi pierd cumpătul când am înțeles că spre mine se îndrepta Gina cu un băiat, ținându-și mâna în buzunarul lui și râzând în hohote. L-am privit și pe el, când ajunseserăm practic față-n față. Avea o față prelungă și palidă, cu ochi adânci în orbite, cu o mustață abia răsărită, ca o umbră cafenie sub nările prelungi. Ne-am privit o clipă în ochi înainte ca ei să treacă mai departe, îndreptându-se spre strada Ginei: acel tânăr eram eu.

De atunci am fost de multe ori la Gina, care a părut pentru o vreme să fi uitat definitiv de Silviu. Iarna a trecut pentru noi în nebunia camerei ei, unde era de fiecare dată altfel, unde o nuanță emoțională diferită de orice trăisem până atunci mi se revela de fiecare dată când o mângâiam, mergând din ce în ce mai departe. Într-o seară, ea își adusese din altă cameră vreo douăzeci de rochii vechi, rămase de la bunica și străbunica ei, galbene ca șofranul, cu șaluri împodobite cu franjuri de mătase, cu centuri brodate cu fir de aur. Își pusese cercei cu diamante și probase apoi, în timp ce beam un soi de cocktail de portocale și Havana Club, toate acele rochii în fața mea, învârtindu-se ca o sfârlează. Cu rochiile acelea grele pe ea, cu o broboadă rusească pe cap, arăta ca o păpușă din cele care intră una într-alta – sau, cum mi-a trecut atunci prin cap, ca Grușenka din *Karamazovi*. În altă rochie, cu talie foarte înaltă, pornind chiar de sub sâni, cu decolteu frumos desenat, și cu o pălărie largă, legată sub bărbie cu o panglică lată de un albastru decolorat, Gina aducea cu Adela. Dar în rusoaică îi stătea cel mai bine, din cauza râsului ei viclean și-a ochilor dulci fără dulceață, dulci la un mod aproape cerebral. Ne amețiserăm bine când ea a trecut după ușa șifonierului ca să-și pună un furou adus „de la Paris“ de mama ei. Când mi-a dat voie să mă uit, nu mi-a venit să cred. Furoul era negru și lucios, cu dantelă neagră. Îi ajungea până mai sus de pulpe, așa încât i se vedeau chiloțeii *cache-sexe*, tot de mătase neagră. Ținuta asta senzuală contrasta cu fața inocentă, bună, copilărească a Ginei. Am luat-o în brațe și am întins-o pe covor. Ne mângâiam cuprinși de-un soi de furie deznădăjduită. Gâfâind, strângându-mă după umeri cu toată forța ei, ea îmi suspina la ureche: „Andrei, acum nu se poate, dar îți jur, Andrei, îți *jur* că am să fiu a ta...“ Eu îmi pierdusem capul cu totul, numai că mie îmi era poate mai teamă decât ei. Actul erotic mi se părea un rit îndepărtat, la care nu-mi venea să cred că voi ajunge vreodată. Mi-era teamă că instinctele nu sunt de ajuns, că nu voi ști ce să fac, cum să fac... Resimțeam amplificat complexul lipsei mele de experiență, știam că *eu* ar fi trebuit să fiu acela care să *știe*. Lucrul acesta mi se părea încă un obstacol care avea să mă despartă de Gina. Mai târziu m-am gândit că, dacă aș fi avut atunci o cât de mică experiență amoroasă, Gina ar fi fost chiar de atunci a mea și, poate (poate!) ar fi rămas a mea pentru totdeauna. Așa, ne iroseam întâlnirile din camera cu icoane pe sticlă în exasperări temătoare.

Și la școală eram prieteni buni, eram mereu împreună. Ne mutaserăm în aceeași bancă și legătura noastră era cunoscută de toți. Probabil că se bârfea pe socoteala noastră, pentru că, din instinct, toate colegele Ginei o urau, iar pe mine, deși mă respectau, mă mai credeau un biet monstrișor nimerit pe mâini rele și care aveau să mă strice și mai mult. Da, pe mine mă priveau cu milă și oroare, ca și când mi-ar fi spus: „Trezește-te odată, nefericitule!“ Pe culoarul liceului, Gina, ținându-mă de braț, înduioșător de mică în sarafanul ei, îmi povestea visele ei labirintice, cu fluturi multicolori lopătând prin temple de marmură, sau se alinta rugându-mă să merg să-i cumpăr un covrig. De multe ori îi vedeam în ochii translucizi, în penumbră, atâta tristețe, încât mă posomoram și eu, simțind că întreaga mea viață cu ea este clădită pe nisip, că tot ce ne leagă e iluzoriu. Atunci nu mai scoteam o vorbă toată ziua, iar ea, chițcăind și trăgând de mine („Hai mă Andrei... hai, nu fi...“) încerca să mă facă să râd. Sau îmi desena repede o floricică pe caiet, sub care scria într-o fracțiune de secundă: GINA. Și povestea noastră continua, în ciuda sentimentului meu, care apăruse încă din acea vreme, că nu o voi putea păstra și că ar fi trebuit să ne despărțim de atunci, pentru că mai târziu avea să fie mult mai rău. De câte ori o vedeam mai plictisită, mai fără chef, de câte ori mă expedia când ajungeam, seara, la poarta casei ei, aveam sentimentul că totul s-a terminat, că ea și-a găsit alt prieten, că vrea să scape de mine. Dar ea revenea mereu, în ciuda purtării mele de multe ori violente (nu vorbeam cu ea câte o zi întreagă, fără nici un motiv, până venea lângă mine și ochii i se umpleau de lacrimi, ba, uneori, din impulsul sinucigaș de-a termina mai repede, îi spuneam direct să mă lase în pace), și cred și acum că, în acea perioadă de la sfârșitul trimestrului, ea a ținut cu adevărat la mine.

Dar în primele zile din vacanță nu ne-am văzut. Iarna se potolise și țurțurii de gheață se topeau sub un cer luminos, albastru scânteietor. Zăpada se duse și ea în câteva zile și pavajul șoselei Ștefan cel Mare începu să apară de sub stratul de murdărie tulbure. Stăteam după-amieze întregi la fereastră, lângă calorifer, priveam Bucureștiul și mă gândeam la ea. La telefon îmi spusese că e bolnavă, că are gripă, apoi, zilele următoare, răspunsese numai bunică-sa, care nu mi-o dădea la telefon, spunându-mi că nu se poate ridica din pat sau că face baie și că o să-mi telefoneze ea peste o oră. Dar seara trecea și Gina nu-mi dădea telefon. E ciudat că totuși nu mă îndoiam de ea. Mă obișnuisem prea mult ca ea să fie sinceră față de mine. Ceea ce mă făcea să simt o durere tot mai mare era faptul că vedeam cum se micșorează șansele să petrec revelionul cu ea, la niște prieteni care ne invitaseră. O văzusem de atâtea ori, în imaginație, ciocnind cu mine paharul de șampanie, la lumina tremurată a lumânărilor, și apoi sărutându-ne la miezul nopții... Îmi și făcusem, în secret, primul costum de comandă, cu vestă, și eram mândru de felul în care arătam. Nu știam să dansez, dar soră-mea mă învățase câțiva pași și, în momentele mele de entuziasm, mă gândeam că aș putea face față cât de cât. Mă pregăteam să fiu alt om, să-i arăt că mă schimbasem, că puteam fi și un băiat „de viață“, nu numai un șobolan de bibliotecă.

Pentru că în acea perioadă, prin influența Ginei, începusem să deschid ochii, să privesc mai cu atenție lumea din jur, și-mi dădeam seama din ce în ce mai bine ce viață ștearsă, anacronică duceam. Priveam ore întregi, la ea acasă, reviste masive de modă, *Neckermanuri* și *Burde*, cu pagini grele, lucioase, pline de imaginile unor femei elegante. Mă întrebam dacă există bărbați care se bucură de acele buze, de corpurile lor, dacă există undeva interioarele de nuc și catifea în care o astfel de pereche își bea J&B-ul și se iubește. Aș fi vrut să am motocicletă, ca acel Silviu, să am combină AKAI cu boxe rotunde, metalice, cum văzusem la un coleg, aș fi vrut să duc o viață frumoasă și ușoară, cum intuiam că arăta viața pentru care se pregătea Gina. Începusem să sufăr pentru înfățișarea mea, care mi se părea jalnică, pentru faptul că nu am bani, că n-o pot invita pe Gina la un bar din centru, că nu pot pleca pe munte cu ea. Dar, în primul rând, îmi uram mentalitatea de visător neglijent care, știam, mă va împiedica întotdeauna să duc o viață așa cum aș fi dorit. Mi se strângea inima de câte ori Gina îmi pomenea de iernile ei la schi sau de veșnicele ei canaste (mai nou, învăța bridge și începuse să piardă serile la cluburi de bridge, cel puțin așa îmi spunea bunica ei la telefon), pentru că știam că mirajul ăsta al distracțiilor snoabe o depărtează de mine iremediabil. Pe atunci nu mai puteam să citesc o carte fără să identific personajele cu mine și cu ea. Așa am citit, de pildă, *Ultima noapte de dragoste...* și *Jocurile Daniei.* Amândouă îmi spuneau, mai mult, îmi demonstrau aproape matematic, că nu voi rămâne cu ea, că ea se va lăsa, încetul cu încetul, atrasă de viața pentru care era făcută și-n care eu aveam loc, cel mult, ca o amintire amuzantă din junețe (parcă o auzeam, imaginându-mi o întâlnire de-a noastră de peste ani: „Ce penibil erai...“). Voiam totuși să încerc, dacă nu să trăiesc, măcar să mimez acest *way of life*, pentru că teama de-a nu o pierde era mai puternică decât propriile mele obișnuințe, decât însăși nevoia de a-mi păstra personalitatea. Aș fi vrut din toată inima să mă adaptez ei, să mă las modelat de ea, s-o las să „pună mâna pe mine“ și să mă facă „un băiat de viață“. Din cauza asta ajunsesem să socotesc revelionul ca un fel de punct de plecare pentru un fel de-a fi în care trebuia să-mi și să-i dovedesc că pot fi așa cum își dorește ea.

Pe 29 decembrie, când i-am telefonat iar Ginei, cum făceam în fiecare seară, bunicul ei mi-a spus că plecase din București la niște rude care o invitaseră să petreacă împreună Anul Nou. Bătrânul părea ușor stânjenit și era clar că nu mințea cu plăcere. Știam că nu are rude în provincie, așa că ori rămăsese în oraș, ori plecase la munte, în orice caz *cu cineva*. Gina avea să ciocnească paharul de șampanie și să se sărute cu altcineva la lumina tremurată a lumânărilor. Nici măcar după acel telefon nu am putut să cred, nu am putut să-mi imaginez că este posibil. De revelion am rămas acasă. Părinții mei nu pregătiseră nimic deosebit: un litru de vin și atât. De la ora nouă au deschis televizorul și au încremenit în fața lui. Soră-mea era invitată la niște prietene, așa încât casa, meschină ca întotdeauna, era parcă mai rece ca oricând. La miezul nopții am stins luminile și, cu figurile albăstrite de ecranul TV, ne-am pupat și-am băut din vinul prost, de la Alimentara. Apoi m-am îmbrăcat și am ieșit să iau puțin aer. Nu mă putusem stăpâni să nu mă gândesc la ea imediat după ultima secundă a anului trecut și mă gândeam mai departe la ea în timp ce mergeam de-a lungul șoselei Ștefan cel Mare, întunecată, înghețată, luminată stins de lămpile portocalii, ca un adevărat culoar de infern. De la colțul blocului, am cotit pe Aleea Circului. Fulguia, foarte rar, dar pe jos zăpada ajunsese până la genunchi, înotai, pur și simplu, în ea. Boschetele de tuia și brazii de la colțurile aleii abia mai rezistau, cu crengile curbate de zăpadă. Putea fi Siberia, dacă pe margini n-ar fi licărit sute și sute de dreptunghiuri colorate, pâlpâind în ceață: ferestrele blocurilor cu patru etaje care se înșirau până la construcția, încă ascunsă în ceață, a Circului. Priveam prin ferestre, ca un copil sărac dintr-o povestire sămănătoristă, brazii falnici încărcați cu steluțe colorate, pâlpâitoare, cu jucării și bomboane de salon, cu globuri sofisticate și beteală. Vedeam zvâcnirile verzi și roșii ale vreunei orgi de lumini cuplate la o stație din care vibra muzica. Vedeam câte un muc de țigară, roșu fosforescent, căzând dintr-un balcon întunecat. Cu ochii în lacrimi, îi vorbeam tot timpul, sperând să mă audă, așa cum îi vorbisem altădată lui Lili. Vorbeam chiar cu voce tare, scoțând aburi în aerul care mirosea a gheață. Am luat-o printre brazii înzăpeziți și, după o încâlcire de alei, am ajuns la panta care cobora spre lac. Aici, în vale, ceața devenise și mai groasă. Din loc în loc, câte un bec cu neon îi mai spărgea masivitatea. Era umezeală și frig, dar nu-mi păsa. Curând am distins sălciile care împrejmuiau ovalul lacului înghețat. Acolo era capătul. Am pășit pe gheața acoperită de zăpadă moale. Abia îmi vedeam mâna întinsă prin pâcla de aici. Am mers mult, cu pași mici, pe gheața lacului, apoi, năpădit brusc de-o undă de durere, m-am ghemuit și am îndepărtat cu mâinile înmănușate stratul de zăpadă. Dedesubt, gheața era netedă și neagră. Plutea o tăcere de planetă moartă. Nu se vedea nimic nici la doi metri. Eram singur în mijlocul lumii înghețate. Fermecat de acea lume nouă și stranie, uitasem de Gina și de orice. Privind adânc sub gheață, am putut vedea, încurcat în mătasea-broaștei, un copil înecat. Era blond și avea fața verde ca smaraldul. Nu am putut să-l privesc prea mult timp, căci deodată am auzit un mic zgomot sacadat. Am simțit că asud brusc și că inima mi se dizolvă, pur şi simplu, în torace. Am încremenit și mi-am încordat privirea spre locul de unde venea zgomotul. Era un zgomot de paşi, un tocănit de tocuri de damă pe gheaţa cristalină. Ştiam că înspre Circ zăpada fusese curățată de pe gheață pentru patinaj, așa că omul care se apropia trebuia să vină pe acolo. După un timp, tocăniturile încetară, înlocuite de un zgomot înfundat, aproape imperceptibil. Într-un loc, ceața începu să se coloreze cu un strop de cafeniu, la început palid, apoi mai accentuat. De fapt, era discernabilă mai curând mișcarea, la câțiva metri, a unui corp nedefinit. Când a putut să mă zărească, ființa s-a oprit și ea, a ezitat, dar s-a îndreptat spre mine, ieșind tot mai mult din ceață. Când a fost la un pas de mine, fumuri și pâcle aburii i se roteau încă în jurul trupului. Era o femeie brunetă, la vreo treizeci de ani, cu ochii puternic machiați, prelungiți cu o coadă de dermatograf negru unsuros. Purta o haină de blană cu glugă și cizme cenușii. Ne-am uitat unul la altul ca două ființe aparținând unor regnuri diferite. Niciodată nu mi s-a părut mai stranie împărțirea oamenilor în bărbați și femei. Era o femeie și mi se părea monstruoasă, aducătoare de moarte. Nu era făcută la fel ca mine. Între noi nu era posibilă nici o comunicare, de parcă am fi fost făcuți din altfel de materie și am fi respirat fiecare alt amestec de gaze. Mă privea cu o expresie cu totul impenetrabilă, ca și când ar fi exprimat un sentiment nou, necunoscut mie. Știu că ar fi vrut să-mi spună ceva, dar cuvintele în acea liniște ar fi fost mai mult decât impudice. Deodată, femeia a început să plângă urât, ca un copil, urlând, sughițând și suspinând. Se aruncă pe umărul meu, cutremurată de plâns. I-am întors, jenat, fața spre mine: era schimonosită toată, iar rimelul i se întinsese, cum se frecase la ochi, pe obraji și până și pe buze. Am șters-o cu batista mea, pe când ea se ținea din toate puterile de brațul meu, suspinând și gemând. O târam spre marginea lacului, când s-a oprit brusc și m-a silit să mă-ntorc cu fața spre ea. M-a privit în ochi. Vedeam că se concentrează, ca și când ar fi vrut să pătrundă în creierul meu și să-și lase acolo mesajul teribil. Nimic însă nu răzbătea până la mine. Nu înțelegeam decât că e, poate, o femeie părăsită, care ieșise ca și mine în iarnă. Am lăsat-o pe Aleea Circului și, înghețat bocnă, m-am întors acasă.

În toată acea vacanță de trei săptămâni, Gina n-a mai dat nici un semn de viață. Eu nu i-am mai dat telefon. Orgoliul nu-mi mai permitea să fac primul pas. Serile sufeream câinește, dar dimineața nu era atât de rău: mai ieșeam prin oraș, mai mergeam cu câte un prieten la „Studențesc", la un ping-pong, sau în centru, la vreo expoziție. Citeam foarte mult, șapte-opt ore pe zi, și-mi umpleam jurnalul cu fragmente delirante de versuri și cu note de lectură, între care mai intercalam fragmente de vise și fraze scurte despre Gina. O visam aproape în fiecare noapte. Era ceva nebunesc în (totuși) liniștea mea în privința ei. Nu puteam să cred că nu se va întoarce la mine. Scriam, mi se pare, pe zece ianuarie:

„Viață orientată spre exterior. Nu mai regăsesc decât cu greu drumul care duce spre centru, spre mine. O proză volatilă dublată de senzația de incapacitate, de indolență, crize emotive declanșate pe un fond indiferent, atenție difuză.

Citesc *Thanatos* de Biberi și *Visul* de Popoviciu. Am terminat *Orlando* de Virginia Woolf.

Din când în când îmi amintesc și de Gina. S-a dus, și nu se știe dacă va mai fi ceva între noi. Poate chiar mâine, poate niciodată. Sentimentele mele față de ea, încetând să mai fie de dragoste, au devenit de simpatie aproape duioasă, cu striații de resentiment. Am ajuns la vechea și sănătoasa concluzie: nu i-aș putea face față și, dacă prin absurd am relua povestea asta, s-ar termina la fel. Prefer să fiu lângă ea în poeme, în vise, în amintiri, acolo unde imaginea ei este estetică și inofensivă. Dacă aș ști că mai există vreo șansă ca ea să mă iubească, aș risca, dar e absurd. E adevărat totuși că fără ea nu sunt nimic.

Am visat-o azi-noapte. Eram acasă la ea, în holul mare spre care dau toate camerele. Nu cred că mai era cineva, și în cameră plutea un aer roșu-închis, o înserare de o tristețe dizolvantă. Pe perete, o ușă uriașă, de cel puțin cinci metri înălțime, stacojie și umflată de bătrânețe. Eu stăteam pe pervazul unei ferestre și mă uitam în susul străzii după Gina, care întârzia. Afară era la fel de trist: același aer roșu prin care treceau tramvaiele ca printr-o ceață. Ușa scorojită mă obseda. Când mi-am dat seama că Gina nu mai vine, am plecat acasă. Am ajuns, am descuiat și am rămas surprins: mă găseam tot în holul acela, iar pe peretele din fața mea se desena aceeași ușă imensă, stacojie, de lemn coșcovit."

Îmi urmăream sentimentele cu atenție: mă bucuram și în același timp sufeream dacă observam o scădere a pasiunii mele pentru Gina. Dimineața aș fi vrut s-o iubesc în continuare, uitam gestul ei, nu aveam în minte decât figura ei din momentele noastre bune. Dar seara, sub presiunea suferinței fiziologice, înnebunit de bătăile inimii, de durerea intensă, care-mi îngusta conștiința, mă gândeam că aș fi vrut să n-o fi cunoscut niciodată. Îi doream moartea, dispariția definitivă din creierul meu. Totuși, până și această idee mă făcea să sufăr – că nu-mi închipuiam cum aș putea să supraviețuiesc fără să mă gândesc, măcar, la ea. Așteptam începutul școlii și reîntâlnirea inevitabilă, mă întrebam cine a devenit. Pentru că noaptea nu puteam să dorm, mergeam la fereastră, după draperie, și privind luna de pe cerul limpezit îmi imaginam la nesfârșit reîntâlnirea noastră.

Prima zi din trimestrul al doilea a fost dramatică pentru mine. Gina nu a venit la prima oră și am crezut că poate nu va veni deloc. Deși eram emoționat, am intrat și eu în cercul băieților, care spuneau bancuri și continuau păsăreasca lor despre discuri. Cu o foaie jumate puteai să cumperi orice disc indian. Mera, urât și sclivisit, cu dințișori de crocodil, avea de vânzare doi „Rollingi" și un *Santana*; Bumbac adusese cu el, într-o pungă pe care scria *King Size*, o cutie cu trei discuri de Harrison. Pe cutie era fotografiat probabil Harrison însuși, cu o barbă până în piept și înconjurat de pitici monstruoși. Dădea acest „triplu", cum îl numea, cu patru foi. Nu uita să spună niciodată, când făcea oferta asta cuiva, că pe primul disc este și *My sweet lord*, cuvinte magice, la care se aprindeau ochii tuturor. Dar cea mai mare senzație a făcut-o Radu G., un coleg cu figură de armean, cu sprâncene groase ca pictate de Baba, și care se ocupa intens de „muzici": el venise cu un album roșu, lăcuit sclipitor, pe care era o fotografie reprezentând sute de personaje așezate într-un grup ca un polip gregar, în fața cărora se aflau patru tineri într-un fel de uniforme vechi, cu ceaprazuri. „Maaamă, bătrâne, ziceau toți, *Sgt Pepper's*!" Și apoi, ca niște nebuni, începeau să mimeze o formație muzicală. Unii se crăcănau cât puteau, își îndoiau genunchii, se lăsau pe spate și, mișcându-și mâna stângă pe un grif imaginar, lovind cu degetele mâinii drepte niște corzi imaginare, scoteau din gură sunete stranii, care voiau să imite *fuzz*-urile de chitară. Alții băteau pe bancă un ritm asurzitor. Toți aveau în acele momente o mimică exaltată, toți știau ce cântă, pentru că ei cunoșteau discuri întregi pe de rost, notă cu notă, așa că dacă unul începea câteva măsuri dintr-un cântec, ceilalți le continuau imediat, cu o plăcere extraordinară. Când am văzut, peste câtăva vreme, *Blow-up*, meciul de tenis imaginar din ultima secvență mi s-a părut mai puțin reușit decât acea mimare colectivă, trăită extraordinar, a unei formații rock. De altfel Radu G. și Mera aveau chitare electrice și se pregăteau să-și facă o formație. Și acum, în pauză, vorbeau despre o pedală „oa-oa" pe care voiau s-o adapteze la chitara solo a lui Radu. Profesoara de chimie ne-a întrerupt discuția, la care eu asistasem cu destulă invidie și cu sentimentul, reînnoit, că nu sunt bun de nimic, că nu pricep nimic din viață. Aproape în același timp cu profesoara s-a strecurat pe ușă, ca un șoricel, și Gina, zâmbind cu gura până la urechi. Era atât de amuzată, încât unul dintre dințișorii ei inegali îi ieșea dintre buze, dându-i un aer malițios, de vrăjitoare drăguță. În sarafanul bleumarin, cu un lănțișor fin de aur care se vedea prin gulerul bluzei albastre, părea și mai mică, aproape cât o vrabie. S-a trântit în banca mea, mi-a aruncat un „bonjur" și s-a apucat să-și scoată cărțile din servietă. Eu nu i-am răspuns nimic, dar nici n-am fost în stare, toată ora, să urmăresc ce se întâmpla la tablă. O priveam cu coada ochiului. Stătea dreaptă, afectată, cu toată feminitatea ei scoasă în evidență, și rânjea permanent, ca un copil răsfățat când știe că a făcut o boacănă. Mă scotea din sărite că se purta „normal", ca și când am fi fost doar doi colegi și atât, ca și când n-ar fi fost niciodată nimic între noi. În pauze mă mai întreba ce avem ora următoare, apoi se amesteca printre fetele care se strânseseră lângă calorifer și sporovăiau vesele. Curând se auzi numai vocea ei spartă fabulând despre volane și mode, puternică de parcă s-ar fi adresat unor bătrâni surzi.

După ore, Mera ne-a chemat pe la el, pe mine și pe alți câțiva prieteni, căci părinții lui nu erau acasă. În afară de mine mai veneau Manea, un ins cam grobian, fiu de chelner, poreclit de profesorul de engleză *little tiger* din cauza părului roșu-portocaliu și alurii feline, Radu G., apoi o colegă prietenă cu Mera, pe care o chema Mălina și la vederea căreia toți începeau să cânte din *Creedence*: *Molina, where you're going to?*, Mortul și prietena lui, Sanda, zisă și Calceola Sandalina, după numele unui foraminifer. Dar Sanda (Sanda era numele ei de familie) era bună prietenă cu Gina, așa că, neinvitată de fapt, Gina s-a luat și ea după noi. Oricum, gașca era încântată, căci simțise că lucrurile nu sunt în regulă între mine și Gina și sperau că vor asista la vreo scenă tare. Eu mă țineam cât mai departe de ea și-mi dădeam silința să discut însuflețit cu băieții, mai ales că venise vorba despre filme și aici eram tare. Văzusem la Cinematecă *Eclipsa* lui Antonioni și mă entuziasmase scena în care Monica Vitti se săruta cu Alain Delon printr-un geam de sticlă. Tot grupul nostru, care ieșise de-acum în bulevard, a intrat mai întâi într-o autoservire, de unde am luat două sticle de votcă. Fetele au reușit să stârnească acolo indignarea casieriței, râzând și țipând tare, cine știe de ce. Toate erau nostime, fâșnețe și le plăcea să-și arate dinții și gingiile, să se prostească, să scoată limba. Am luat-o pe o străduță laterală, cu mașini parcate pe ambele borduri, și am ajuns în fine acasă la Mera. Stătea într-un apartament modern, cu mobilă de lemn și aluminiu, cu lustre de sticlă mată, gălbuie. Biblioteca ocupa un perete întreg și, într-un spațiu special, avea un superb pick-up japonez, cu plăcuțe de metal pe marginea tamburului și cu o mulțime de potențiometre nichelate și de luminițe. Ne-am așezat pe unde am nimerit, încercând să nu dăm jos de pe măsuțe și servante vazele delicat lucrate și alte obiecte ciudate: un dagherotip, un lornion care se plia lentilă peste lentilă, niște păpuși rusești... Băieții s-au repezit la secțiunea pentru discuri a bibliotecii, unde se aflau cel puțin două sute de bucăți, atât muzică clasică, în mari cutii elegante, cât și discuri rock jerpelite și lipite peste tot cu scotch gălbui. Mera a mai adus niște saleuri, apoi a pus la maximum o muzică insuportabil de violentă și ne-am apucat de votcă. Aproape că trebuia să strigăm ca să ne auzim. Cu toate astea, prindeam din când în când câte ceva din ceea ce povestea Gina în celălalt colț al camerei. Se trăseseră deoparte, ea și Sandalina, și râzând, emoționată totuși, dar afectând mereu aerul de vampă, Gina îi vorbea despre „reveillonul" ei: fuseseră în două case în noaptea aceea; se pupaseră tot timpul pe drum; dansaseră la nebunie, până căzuseră pe jos... Încercam să aud mai mult, deși tot ce auzeam îmi făcea rău, simțeam că nu mai pot sta pe loc, că nu mai pot suporta. Îmi turnam permanent votcă în pahar. De la un moment dat nu m-am mai putut controla și, în timp ce unii se ridicaseră să danseze, eu am început s-o fixez tot mai insistent pe Gina, care se prefăcea că mă ignoră. Cred că o priveam ca un dement, căci, înainte să-mi pierd luciditatea cu totul, am observat uitătura speriată a Sandei. Din acest moment, mi-au rămas mai mult senzații decât amintiri. Mi-au povestit mai târziu că m-am apucat să mă plâng băieților de felul în care se poartă Gina cu mine, să o numesc în toate felurile, iar apoi, clătinându-mă și vărsând votcă din pahar, m-am apropiat de ea, i-am luat mâinile și am delirat vreun sfert de oră despre cât de mult o iubesc. „Repetai întruna ca un țicnit: «Ești totul pentru mine... ești totul pentru mine!» Erai mai palid decât Mortul. Nu mai puteam să ne înțelegem cu tine. O asaltaseși pe săraca Gina, adică pe dracu' săraca, scorpia dracului, care-a încercat să-ți spună ceva cu delicatețe, dar tu nu ascultai nimic, părea că tot ce conta pentru tine era să te umilești cât mai mult în fața ei, la un moment dat îți frecai obrajii de genunchiul ei..." „Dragă, erai îngrozitor, n-aveam ce să-ți fac, dacă ai fi fost treaz aș fi încercat să-ți explic, dar așa n-avea nici un sens." „După ce a plecat Gina (tu nici n-ai observat când a plecat, te uitai nedumerit după ea, erai al dracului de simpatic) și după ce au plecat și ceilalți, m-am pomenit cu tine în bucătărie, aducându-mi cu ochii aproape închiși, pe o tavă, ceșcuța de cafea. Mă mir că nu ți-a căzut. Te-am ajutat să te îmbraci. Mi s-a părut că te-ai mai trezit nițel, altfel nu te-aș fi lăsat să pleci." Țin minte cum am ieșit în aerul înghețat, de ianuarie, cum am așteptat troleibuzul în stație și cum, când a venit, am căzut grămadă în zăpadă, încercând să mă prind de bara mașinii. Acasă nu era, din fericire, nimeni. M-am trântit pe pat în uniforma de elev și am adormit. M-am trezit pe întuneric și la început m-am speriat. Apoi mi-am adus aminte de Gina. Într-o reverie de vreo oră, ascultând distrat zgomotul tramvaielor de pe Ștefan cel Mare, mi-am imaginat amănunt cu amănunt tot revelionul Ginei, până am simțit că mă sufoc. M-am spălat pe față și apoi, privind pe fereastră, mi-am promis că sub nici un motiv nu se va mai întâmpla așa ceva. Nu puteam să mă autodistrug astfel pentru... cine? Mi-am luat jurnalul și am scris cu litere strâmbe și cu multe ștersături: „Dezamăgit de Gina, de imposibilitatea noastră de-a exista împreună. Ea nu vrea asta, îngheață tot ce poate fi afectivitate, înlocuind-o cu o simplă afectare. E o ființă inferioară, nu îi poți cere să-și depășească condiția de demimondenă iresponsabilă, egoistă și nesărată. Bănuiesc că disprețul și ura sunt reciproce. E o junglă." Mă așteptam să-mi dea un telefon, doar mă părăsise într-o stare jalnică, dar nu mi-a telefonat nimeni în seara aceea. A doua zi dimineață mă întrebam cum o să mai pot merge la școală, cum voi înfrunta mutrele lui Mera, ironiile lui *little tiger*, privirile aluzive ale Sandei. La ea nici nu voiam să mă mai gândesc. Dar de data asta colegii s-au purtat față de mine absolut OK, în afară de faptul că au difuzat peste tot întâmplările penibile de la Mera. Nu și-au bătut însă joc de mine, dimpotrivă, au început să mă privească parcă mai atent, cu un plus de considerație. Mai ales compasiunea fetelor pentru mine a devenit mai mare ca oricând, toate aveau ce aveau cu Gina. O amică de-a mea, poate fata cea mai inteligentă din clasă, Loreta Bedighian, a stat peste câteva zile de vorbă cu mine pe culoarul liceului, când ne nimeriserăm amândoi de serviciu la intrare. Îmi spunea că tot ce face Gina e numai un spectacol, că îi place să fie privită, să fie în centrul atenției, oriunde s-ar afla. Ciudat că toți o vedeau numai sub aspectul ăsta frivol. Chiar și acum, când eram atât de pornit împotriva ei, simțeam că nu pot fi de acord cu aceste, în definitiv, defăimări ale Ginei. Eu știam cât de fermecătoare, de bună și chiar de inteligentă putea fi ea uneori, știam că, printre zeci de prostii, putea să aibă câte o replică uimitoare, știam cât de obsedată e de moarte, de îmbătrânire. Firește, sufeream și-o uram pentru că aparținea altcuiva (mă întrebam dacă e tot cu Silviu sau cu altul), dar tocmai prin asta ea mi se părea o ființă și mai complexă. Mi se părea și mai dezirabilă, pe măsură ce se îndepărta. Deși mă mutasem din bancă, deși eram hotărât să nu mai am de-a face cu ea, legătura noastră nu s-a rupt nici atunci. După câteva zile, Gina mi-a dat din nou telefon. Nici nu mi-a venit să cred când i-am auzit vocea în care bănuiai un râs vinovat. Am închis telefonul, dar a doua zi s-a apropiat de mine în fiecare pauză. Zâmbea, afurisita, cu năsucul ei bont și botul de liliac, afurisit de frumoasă, cu părul ușor ondulat, culoarea lemnului de stejar. Stătea lângă mine fără să zică nimic, privindu-mă doar, apoi mă lua de un deget sau de-o șuviță de păr, cu prefăcută teamă și timiditate. Eu plecam imediat în altă parte, dar nu puteam să nu zâmbesc când o vedeam apropiindu-se. „Ce scorpie sunt!" – îmi șoptea câteodată. După vreo săptămână vorbeam din nou, dar amândoi evitam intimitățile. O conduceam iar spre casă, stăteam iar cu orele în camera ei, ne mai sărutam uneori, dar oarecum distrat, fără participare. Ea îmi arăta albume cu poze de-ale ei din copilărie – o fetiță neobișnuit de dulce, cumva retro, poate și din cauza îngălbenirii fotografiilor – sau îmi proiecta diapozitive pe perete, care erau tot fotografii de-ale ei, în culori. De ce ieșea atât de tristă în toate pozele? Chiar când râdea din toată inima, chiar când era cu adevărat fericită și amuzată, iradia tristețe. Nu, Gina nu era doar o „demimondenă", cum scrisesem în jurnal. Nici n-aș fi putut să iubesc o demimondenă. Fusese crescută rău, avusese tot ce-și dorea, dar rămăsese o ființă neliniștită, predispusă, dincolo de aparențe, la suferință și neîmplinire. Unul dintre diapozitivele pe care, în camera întunecată, le proiecta pe perete (eu în semiobscuritate, cu obrazul lipit de al ei) o reprezenta în curtea Muzeului Satului, unde se ducea des, bunicul ei ocupându-se de folclor. Surprinsă în plan american, îmbrăcată într-un taior verde deschis, cu clipsuri verzi smarald la urechi, Gina privea cu franchețe direct spre noi. Poate mărimea naturală în care imaginea ei se proiecta pe perete, sub primul șir violet de icoane pe sticlă, mi-a inspirat gestul neașteptat: m-am ridicat de pe sofa și m-am așezat lângă perete. Imaginea Ginei se proiecta acum pe fața mea, chipurile noastre se amestecau. Cu ochii licărindu-i în întunericul de lângă becul strălucitor al diascopului, Gina îmi spuse amuzată că așa ar putea arăta copilul nostru. Apoi scoase diapozitivul și mă lăsă orbit în mijlocul dreptunghiului gol de lumină.

Îi spuneam de multe ori că o iubesc, dar ea părea atunci nemulțumită, așa că până la urmă n-am mai avut acest curaj. Pierdusem orice inițiativă, dacă o avusesem vreodată. Trebuia să fac orice voia Gina, necondiționat. Ea lua bilete la teatru, ea propunea să mergem la film, iar dacă intram într-o cofetărie sau, odată cu venirea primăverii, la o braserie, nu mă lăsa niciodată să plătesc pentru amândoi. Întotdeauna refuza orice aș fi vrut eu să facem, chiar lucrurile cele mai normale. Ne vedeam acum uneori și duminica, dar numai când avea ea chef. Dacă eu propuneam ceva pentru duminica următoare, era inițial de acord, dar puteam fi sigur că sâmbătă seara o să primesc un telefon de contramandare. Bineînțeles că uneori nu mai suportam dependența asta pe care mi-o impunea și deveneam violent, plecam de lângă ea chiar în mijlocul străzii, îi spuneam cuvintele cele mai jignitoare, ca să se termine odată toată mizeria pe care-o simțeam acumulându-se între noi. În acele momente însă, ea, până atunci rece și disprețuitoare, începea să plângă, să-mi spună că nu vrea să ne despărțim, că ține la mine mai mult decât la oricine altcineva. Nu eram în stare să rezist acestei presiuni emoționale și cedam întotdeauna, cu un sentiment de vinovăție. Dar odată ajunși aici, ciclul se relua, disprețul ei, nepăsarea și plictiseala pe care le arăta față de mine devenind iarăși ingredientul de bază al legăturii noastre. Totul era cu-atât mai dezolant cu cât așteptasem primăvara ca pe o renaștere după infernul iernii. Lăsasem baltă paltoanele grele și, sub soarele umed și strălucitor, învârtejiți în mirosul acela de cruditate, până și lepra atelierelor de pe Venerei, și galbenul de closet al școlii Silvestru ni se părea că au farmecul unei lumi noi și curate. Din curți auzeai tropot de copite, iar granitul lucios al caldarâmului începea să reflecte strâmb albastrul cerului. În locul beznei prin care-o condusesem toată iarna pe Gina spre casă, acum înaintam amândoi printr-un crepuscul dens, cu miros de iarbă și calcar vechi, cu ferestre purpurii și cornișe albastre. Și tocmai acum, când, purtându-și duminica bluzițele ei pastelate și fustele ecosez prinse cu un mare ac de siguranță cu piatră striată, Gina era atât de feminină, acum când ne plimbam pe traseele noastre de pe Pitar Moș, Bulevard, Piața Cosmonauților și când eu mă simțeam mai capabil să uit și să iau totul de la capăt, ea devenea mai rece, de nerecunoscut. Părea că tot ce face este numai rutină, și o rutină tot mai relaxată. Numai după ce bea ceva începea să devină mai afectuoasă, ceea ce mă jignea și mai mult. Scriam prin aprilie: „Găsesc tot mai puține lucruri care merită să fie scrise. Aseară, pe ploaie, cu o Gina agasată după mine, purtându-și masca aceea de vampă dezinvoltă pe care i-o cunosc atât de bine, am colindat barurile pline (de unde le cunoaște ea pe toate: hai la Union, hai la Capșa, hai să încercăm la Salonul spaniol...?), am așteptat jumătate de oră la Continental ca să ni se spună că nu se servește nimic fără mâncare (Gina răsturnând solnița, eu reproșându-i destule), apoi, la Muntenia, bere neagră, dulce, muzică, eu trăncănind despre orice, din ce în ce mai surescitat, ea făcând mutre, umblându-i ochii spre indivizii aceia cocoșați peste măsuțe umplute cu pahare, sticle, brichete, mâini cu țigări, și apoi iarăși prin ploaie, ea îmblânzită sub umbrelă, ținându-se cu amândouă mâinile de brațul meu, alintându-se, apoi în hol (*Never change your love*) și apoi, stând alături, în fund, pe treptele scării, discutând *exquisite* de serios despre dragoste, apoi lovitura în plex, pe neașteptate: «Știi, sunt amorezată...» și eu crezând mai întâi, crezând neîncrezător și sperând fără să pot spera, că se referă la mine, dar după un moment: «Azi am băut pentru divorțul nostru, OK? Știu cine va fi viitorul...» La care, deși știam că vorbea serios, am încercat să iau totul în glumă. I-am luat fața în palme. Avea aerul acela de viclenie somnoroasă: *je m'en fiche*. Am privit-o în ochi, concentrându-mă cum n-am făcut-o niciodată. Am silit-o să rămână așa câteva minute bune."

Până la catastrofă nu-mi mai amintesc decât o singură scenă, când, în vacanța de primăvară, ne-am mai văzut o dată. Ne dăduserăm întâlnire în Grădina Icoanei, dimineața. Aerul era rece și cerul foarte albastru printre copacii încă dezgoliți. A venit îmbrăcată într-un poncho de lână colorată, peste blugii ei care-i acopereau vârfurile pantofilor. Ne-am așezat pe o bancă de lângă bordura de piatră care desparte parcul de strada Pictor Verona. În parc nu era nimeni, doar mai departe o femeie în vârstă, cu un cățel cafeniu, cu vestuță, după ea. O țineam pe Gina după umăr, iar ea, blândă și delicată, știa că sunt ultimele clipe ale unei legături în definitiv frumoase și savura acea melancolie a sfârșitului. I-am vorbit liniștit, i-am spus încă o dată că nu pot renunța la ea, că o iubesc foarte mult. Ea mi-a răspuns că putem rămâne prieteni și că prietenia e un sentiment mai frumos decât dragostea și așa mai departe. Că ea însăși nu este fericită, că simte că e într-un mare pericol. „Cred că el vrea de fapt doar să se distreze cu mine. Îi cam plac femeile." Și o simțeam că trăiește cu adevărat panica pe care-o arăta când spunea asta. Am stat câtava vreme privind absenți spre afișele teatrului Bulandra, spre câinele care alerga de colo până colo printre copacii negri, până când ea mi-a spus să o sărut. Buzele ei aveau gust de parfum din cauza rujului. I-am spus, mângâind-o, să nu-mi mai pomenească niciodată de Silviu, la care ea s-a blocat, apoi a început să râdă cu lacrimi: „Silviu? Ești cam în urmă cu politica. Pe prietenul meu îl cheamă Șerban... Uite-l aici." Și, desprinzându-se de mine, atât de amuzată încât uitase că trebuia să se poarte delicat, își trase de sub bluză un lănțișor de aur cu medalion, îl deschise cu unghia și-mi arătă o mică poză alb-negru, fața unui tânăr slăbuț, cu părul blond, tuns scurt. Era prima dată când aveam o dovadă sigură că ea are un prieten. Până atunci, deși în mod rațional știusem asta tot timpul, sperasem totuși ca ea să fi exagerat, să fi vrut să mă facă gelos. Abia acum mă vedeam marginalizat în lumea ei, insignifiant, și nu am putut să nu-mi arăt revolta, umilința și durerea. M-am străduit s-o jignesc cât mai tare, s-o fac în toate felurile, până ne-am ridicat amândoi fără nici un cuvânt și am plecat în direcții diferite. Am izbucnit în plâns în stația de troleibuz de la biserică, fără să-mi pese de cei care se uitau la mine. Am plâns pe tăcute în troleibuz, cu lacrimile curgându-mi din ochi direct pe canadiană, iar acasă, în fața mamei, am făcut o adevărată criză isterică. M-am aruncat pe jos în hol și-am plâns ca un copil, cu gesturi de furie disperată, cu mocheta adunată în jurul meu. Mama a încercat să mă potolească, blestemând-o pe „ticăloasa de Gina, care i-a adus băiatul în halul ăsta..." Abia după vreo jumătate de oră am fost în stare să stau liniștit pe scaun, dar nu puteam mânca nimic. Mi se părea că va trebui să mă distrug, că nu mai trebuia să exist. Abia mai puteam să respir. După vreo oră, ea mi-a dat telefon. Și-a cerut iertare, ceea ce m-a făcut să mă simt brusc mai bine. Dar de data asta fără să mai sper nimic, dimpotrivă, știind că era absolut necesar s-o uit, că ori o uitam, ori nu supraviețuiam. Cred că în acea noapte am visat din nou parcul infinit, cu alei aburoase, crepusculare, intersectându-se până la orizont, cu monumentul uriaș, mai mare decât orice pe lumea asta, de cărămidă ancestrală. Am urcat din nou în cupolă pe scara spiralată, cu trepte ciobite, și-am pășit iar pe dalele de marmură, infim sub cupola plină de ecouri și umbre. Mă simțeam nesfârșit de singur, în creșterea aceea monstruoasă, de aluat, a corpului, și vedeam tot mai aproape fereastra circulară, ca un soare purpuriu, din vârful cupolei. Am crescut, chircit, până am simțit cu coatele, cu șoldurile, cu creștetul, pereții moi și elastici ai bolții. Și brusc, într-o încordare și-un țipăt ca de sfâșiere, am străpuns cu capul fereastra bolții și m-am trezit deodată afară. Înaintam pe o crustă de gheață în care se reflectau stelele, pe suprafața unei oglinzi infinite, pe muchea de sticlă a lumii. Gerul vâjâia pe lângă mine și se învârtejea apoi înspre stele, până prinseră și ele pojghițe și ace de gheață. Dar singurătatea era mai pătrunzătoare ca frigul. Din cețurile ei se desprinse o siluetă care veni către mine, călcând pe luciul oglinzii cu tălpile goale. Era o femeie, dar imaginea ei în oglinda de dedesubt era a unui bărbat. Se apropie de mine și-mi luă fața în palme. Mă privi adânc în ochi, de parcă viața ei ar fi depins de ceea ce trebuia să-mi spună. Încercam și eu s-o ajut, s-o înțeleg, îmi goleam creierul pentru ca ea să poată intra acolo. Știam că nu e nimic de sperat, că ea este o femeie și că de aceea n-am s-o pot înțelege niciodată.

S-a făcut vreme urâtă. Azi-noapte n-am putut dormi de fulgere și trăsnete. Și nici măcar nu avem draperii la geamuri. Când se umplea toată camera de albastrul acela electric, pâlpâitor, și când urma trosnetul ăla care parcă îți dezghioca oasele, toate fetele începeau să zbiere atât de rău, că până la urmă a venit sora de gardă și a stat cu noi, spunându-ne povești și cântându-ne ca în *Sunetul muzicii*. Mira și Altamira se strângeau în brațe și se uitau speriate împrejur, obraz lângă obraz, ca niște pui de maimuță, iar Lavița, în patul ei multicolor, cu cearșaful în cap, urla ca o hienă. Pe cearșaf desenase până și un timbru de vreo jumătate de metru lungime, cu zimțișori în regulă, și care înfățișa biserica de lemn din Muzeul Satului. Normal că Elisabeta, a cărei stare cred că se înrăutățește din ce în ce mai mult, a găsit cu cale să cadă iar și să facă spume la gură tresăltând ca o apucată, așa încât sora a aprins lumina, i-a pus o pernă sub cap și i-a apăsat mâna peste gură și nas, ținând-o strâns vreo treizeci de secunde, până convulsiile s-au mai rărit. Iar azi, dimineața, când a intrat sora cu căruciorul cu medicamente, Elisabeta, cu ochii goi, a înghițit tranchilizantele și s-a proptit din nou între perne. Nu i-au dat micul dejun, ceea ce ne-a trezit suspiciunea, și când a intrat medicul împreună cu alte două surori, una dintre ele ducând o cutie de metal nichelată, am înțeles că se pregăteau să-i facă Elisabetei acel lucru îngrozitor, pe care-l știam numai din povestite, care se numește puncție lombară. Nimic nu le speria pe fete mai tare decât cuvintele astea. Paula și Maia, o femeie la cincizeci de ani, cu enurezis și automatism ambulatoriu nocturn, povesteau, fiind ele mai vechi în salon, despre o bolnavă căreia îi înțepaseră sub ochii lor măduva spinării și îi paralizase partea de jos a corpului. Dacă îți mai suflau și aer în creier, pentru encefalogramă, rămâneai cu niște dureri de cap, ziceau ele, de-ți părea rău că-l ai pe umeri, până se resorbea tot aerul. Ne uitam de aceea cu groază și fascinație la martiriul Elisabetei, care, dopată, nu părea să înțeleagă ce se întâmplă. O soră i-a scos pijamaua, lăsând-o cu sânii goi, în capul oaselor, pe patul de țeavă albă, iar apoi, presându-i bărbia în piept, i-a arcuit spinarea, ținând-o bine de umeri și de ceafă. Vertebrele, ca niște noduri de piele lucioasă, și coastele alungite ieșiră în evidență pe sub pielea gălbuie, ceea ce te făcea să te gândești la un spate masculin, cumva dizgrațios. Mai jos de jumătatea spinării era locul vizat, pe care medicul îl pipăi cu o mișcare rapidă, iar sora îl umezi cu o bucată de vată muiată, cred, în iod. Apoi, din cutia sterilizată, de sub un petic de tifon, scoase o seringă lungă și îngustă, cu pistonul împins la maximum în interior, la care atașă un ac lung și gros ca o croșetă, cu vârful retezat oblic. Mi s-a părut straniu să nu văd nici o urmă de sadism pe fețele lor, ei, care se pregăteau să chinuie, care-o făceau cu o răceală inumană. În toate picturile cu martiri și mucenici, cu trupurile împănate cu săgeți trase din apropiere, cu sâni retezați și așezați pe tipsii de aur, cu capete duse la subțioară de trupul decapitat, cu mațe trase afară din burtă și înfășurate pe mosorul uriaș, cu fecioare tăiate în două, din creștet până la brâu, cu ferăstrăul, călăii sunt hidoși, emaciați, rânjind și juisând la vederea suferinței. Au bube, lepră, astigmatism, unghii căzute: se știe foarte bine cine de ce parte este. Dar acum – iat-o pe Elisabeta, urâtă, epileptică, nespălată, în mâinile ființelor gingașe și docte, în halate albe, mânuind totuși instrumentele diavolului, în măsura în care provoacă panică și durere. N-am crezut niciodată că dentiștii, chirurgii și alții de soiul ăsta te torturează pentru binele tău: e rău tot ce e durere, fizică sau morală, rău și umilitor. Sora mai planturoasă, cu niște umbre verzui pe sub halat, după care puteai bănui furoul, apucă seringa, îi îndreptă acul spre acel spațiu dintre vertebre, care lucea de iod de parcă ar fi fost scuipat, și înfipse opintindu-se acul în piele. Se opri o clipă, apoi îl împinse din nou, până se auzi un mic trosnet. Elisabeta gemu într-un fel ciudat, aproape senzual, și apoi începu să suspine. Sora detașă repede acul de seringă, tocmai când din capătul umflat al acestuia începu să țâșnească, în stropi aurii, lichidul cefalorahidian, pe care îl colectară într-o eprubetă scânteietor de curată. Fata gâfâia și gemea din ce în ce mai tare, până când, la scoaterea, tot cu efort, a acului, țipă răgușit. O mai ținură arcuită câteva minute, cu un tampon de vată udă apăsat pe locul înțepăturii, apoi o întinseră încet pe spate, trăgând pijamaua pe ea. Nu trebuia să miște capul cel puțin douăzeci și patru de ore. Cele mai multe dintre bolnave nici nu se uitaseră, Lavița plânsese să se omoare cu fața în cearșafuri, Paula stătuse calmă cu fața la perete. Doar eu și cucoana aceea cu pareză facială priviserăm totul, eu răsucindu-mi pe deget, cu destulă nervozitate, buclele, ea cu o expresie de arlechin, zâmbind cu o jumătate de față și plângând cu cealaltă, clipind dintr-un singur ochi. Cu asta m-am distrat toată noaptea și dimineața...

Doctorul a trecut adineauri pe la patul meu și m-a întrebat dacă am terminat de scris. Of, Doamne, încă nu. Ce cuprind paginile astea pe care le-am înșirat pe noptieră și pe cearșaf? Sunt ele opera mea, sau opera ei? Mai pot discerne ce e al ei de ce e al meu? Iarăși mi-e frică. Pierdut în peisajul creierului ei, călcând pe terenuri nesigure, prin zone roze și sidefii, afundându-mă în văile circumvoluțiunilor ei, în râpele vestibulare. Afundat pe cărări înguste în pădurea obscură a paleoencefalului ei, oglindindu-mă în apele epifizei (dar văzând pe cine?), trecând pe deasupra bolgiilor cu amintiri care urlă în smoală topită, sucindu-mă sub ploi cu fulgi de foc, suind purificat în mezencefalul plin de reptile și de păsări cu dinți, pierdut acolo, printre ferigile arborescente. Și sus, explorând cele șase straturi extaziate ale neocortexului, pictate cu chipul Ginei deformat ca un fetus peste emisfere: frunte turtită, gură cu buze groase și limbă enormă, trup minuscul, dar mâini cu degete cât tot corpul, rășchirate grotesc. Și pretutindeni conclavul viermilor, insectelor, reptilelor, mamiferelor, adunările de gală ale ramapitecilor, australopitecilor, pitecantropilor, apoi oamenii de Cro-Magnon, romanii, celții, dacii, slavii, tătarii, străbunicii, bunicii (Maricu și Tanicu), părinții, rudele, prietenii, eu însumi întâlnindu-mă cu mine însumi acolo, în creierul ei, și nici un Virgiliu și nici o Beatrice și nici o mântuire și nici o urcare spre stele. Rătăcesc prin labirintul minții ei, trag de pârghiile prin care se rotesc ochii ei, apăs pedalele prin care se mișcă genunchii ei. Îmi privesc degetele micuțe și moi, cu unghiile deja cojite. Cu ele am ținut pixul. Deci – cine a scris?

Nu mai am mult. În câteva zile termin. Și apoi voi lăsa teancul ăsta de pagini pe masă, căci n-am mai multă pudoare decât Lavița. Poate să citească oricine, poate să-și închipuie oricine orice. Poate să se găsească orice motivație, orice interpretare acestei acoperitoare de oglindă, acestui text, acestei texturi, acestei textile. Acestei cârpe reușite numai dacă prin ea nu se vede nimic. Nu vreau s-o țes la infinit, nici să destram noaptea ce lucrez ziua, dimpotrivă, mă apuc chiar acum să duc lucrurile mai departe, să intru în vizuina dragonului, sau gânganiei lui Kafka, sau îngerului cumplit al lui Rilke (sigur că el, într-un fel sau altul, mă va avea). Dar să scriu, în fine, că după despărțirea de Gina, după scena aceea urâtă din Grădina Icoanei, n-am mai vorbit cel puțin trei săptămâni, sau poate chiar o lună întreagă. A fost pentru mine o perioadă neagră, din care nici acum nu știu cum am ieșit. Nu mai puteam să citesc, să învăț, tocmai atunci, când examenul de bacalaureat și mai ales cel de facultate se apropiau. Îmi pierdusem firea, nu mai știam ce să fac ca să supraviețuiesc. Nu mai suportam nici să mă plimb singur pe străzile orașului, cum făceam altădată ca remediu pentru singurătate, nici să joc ping-pong sau să văd filme. Câțiva colegi mai apropiați (căci de prietenie nu putea fi vorba) au simțit nevoia mea de ajutor și s-au străduit să mă scoată din erotopatia asta. Ea se opaciza față de mine văzând cu ochii, ca și când ar fi prins o crustă sidefie, indescifrabilă. Nu-mi mai dădea nici o atenție la școală. După primele săptămâni din trimestrul al treilea m-am mutat iarăși din banca ei, fără ca ea să reacționeze în vreun fel. Era foarte schimbată, ca și când s-ar fi maturizat cu câțiva ani. Căpătase în ținută un soi de mândrie și sfidare. Arăta acum că nu mai șovăie, că, în fine, știe ce vrea, e matură și puternică. Nu se mai alinta în timp ce vorbea cu colegele, ci, în tot ce spunea, avea o anume suficiență enunțiativă, semn al experienței, după părerea ei. Era femeie, nu mai avea timp să-și pună întrebări, să mediteze, ea *știa*. Din cauza acestui „stil înalt“ pe care-l adoptase, probabil că pe mine nici nu mă mai observa, ea făcuse saltul și se afla printre cei puternici, pe când eu mai căscam niște fălci spasmodice în apa stătută a adolescenței. Dacă aș fi avut o putere mai mare de-a suporta, probabil că, după terminarea liceului, nemaivăzând-o, aș fi reușit s-o uit, deși nu-mi imaginam – și nu-mi imaginez nici acum – cum ar arăta lumea mea fără Gina. Din păcate, n-am fost în stare să stau liniștit și m-am apucat într-o seară să-i scriu. I-am scris șaisprezece pagini și m-am dus să-i pun eu însumi scrisoarea în cutia din holul casei. Nu mai intrasem în holul acela cu trepte de piatră albă de o grămadă de vreme. Traseul nostru, strada Venerei, unde atelierele leproase începuseră să fie demolate, Moșilor, unde de asemenea se lucra ceva, apoi Eminescu, Toamnei, Viitor, pe unde o conduceam spre casă în iarnă și pe unde mă întorceam apoi cu mâinile în buzunare, mi se părea o zonă vie, psihică, diferită de străzile anonime ale plasei de păianjen bucureștene. Căci acolo pândise însuși păianjenul, și firele mai păstrau vibrația membrelor păroase și căldura burții palide, sferice. Știu că am făcut o prostie scriindu-i, dar a fost un gest pornit dintr-o logică subliminală, afectivă, cu atât mai puternică. Am făcut ceea ce se impunea să fac în acea situație. Nu era o scrisoare lacrimogenă, tonul era trist dar uscat, reținut, uneori ușor cinic. Nu mai țin minte nici un rând din ea, dar știu că în linii mari îi arătam cât de rău îmi părea că nu s-a putut să rămânem împreună și cât aș fi vrut să pot pătrunde în creierul ei, în nervii ei, în venele ei, în toate celulele corpului ei, ca să pricep odată cine este ea, ca să pot odată comunica total cu ea. Mi-a dat telefon seara târziu, peste două zile, foarte emoționată. Mi-a spus că-mi citise „scrisorica de amor". „Dacă ai fi știut cum să mă iei, dacă ai fi știut să mă joci puțin... Eu am ținut foarte mult la tine, dar nu aveam ce face, tu nu pricepeai nimic... Dar acum aș face orice pentru tine, cere-mi ORICE..." I-am spus că nu mai vreau să-i cer nimic și că acea scrisoare nu avea nici o legătură cu ea, ci mă privea numai pe mine, nici nu mă interesa s-o citească. Tremuram în timp ce vorbeam la telefon, dar am reușit să fiu rece, căci acum o cunoșteam.

Iar a doua zi (pe ce dată a fost nici nu vreau să-mi amintesc, nici nu are sens, căci de-atunci a devenit absurd să mai vorbești despre timp) s-a întâmplat totul. Gândindu-mă acum, intens, îmi dau seama că de dimineață, de când m-a trezit un soare de-a dreptul insuportabil, ceva nu era în regulă. Mama spălase perdelele și draperiile de la geamul triplu, panoramic, al camerei mele, care era străbătută acum în toate direcțiile de razele apoase, luminoase ca o apoteoză, ale răsăritului. Nici n-am putut deschide ochii în primul moment de atâta lumină, am mai întârziat câteva minute în văile cu turbă, gaze de mlaștină și roua-cerului ale viselor întortocheate dinspre zori. Am alunecat o vreme pe un tobogan umed, de o mucozitate roșcată, cu mari excrescențe albastru-transparente, am înotat cu mișcări de delfin printr-un lichid gros ca gelatina, care se densifica din loc în loc în desene aurii de degete, omoplați, vertebre, buze, cutii craniene, venele și arterele antebrațului, sistemul limfatic, o structură a rinichiului, totul scânteind orbitor și dizolvându-se imediat după închegare. Un pavilion al urechii, un mușchi orbicular, o măsea cu patru rădăcini ascuțite, o față schimonosită urlând ca în ziua de apoi. Pluteam în acel lichid fantomatic, prin culoarul alunecos, până am ieșit la larg și, în sala plină de gelatină, în centru, am zărit marele soare crepuscular, sucindu-se lent, ca un gălbenuș sângeriu de ou. M-am azvârlit cu capul înainte și i-am străbătut membrana, afundându-mă într-o imensă, indicibilă strălucire...

La școală, după-amiază, ea a venit din nou la mine. De atâta vreme nu ne mai „conversasem", cum zicea, încât aproape că nici nu mai făceam legătura între ea, așa cum era în realitate, o fată de optsprezece ani, și felul în care apărea în mitologia mea, femeia imensă, fără contururi precise, neobiectuală, mai curând un câmp de forțe care-mi ordona lumea interioară. Într-un fel o uitasem, zicând mereu, fără gând și fără sunet, *ea*, pe Gina nostimă și rânjită, o fetiță printre alte fetițe dintr-a douăsprezecea. Am discutat fleacuri, în fiecare pauză, iar după ora a doua ne-am mutat din nou în aceeași bancă.

În timpul orei de istorie ne-am apucat să scriem versuri, „un vers tu, unul eu“, cum făceam în vremurile bune, și ne-am amuzat atât de tare, încât era să fim dați afară amândoi. Era un armistițiu, nu-mi făceam nici o iluzie, încercam doar să verific, precum Kierkegaard, dacă repetiția e posibilă. Iar Regine Olsen a mea părea să mă lase să cred asta, desigur tot de dragul jocului. Pe seară (dar acum era lumină ca în miezul zilei și pe cerul albastru, încremenit, nici un strop de roz nu se răsfrângea încă în sideful norilor) am condus-o din nou înspre casă, cu inima din ce în ce mai grea, pe străzile liniștite, sonore, ale traseului nostru. Din loc în loc se deschidea câte-o piațetă pustie, cu un rond de flori sau o bisericuță în mijloc. Câte o fetiță în rochie albastră izbea de perete o minge vărgată, multicoloră, apoi se oprea și ne privea cum treceam pe lângă gardurile cu țepușe de fier forjat. Nu sperasem să mai intru vreodată în camera ei, cu cele două rânduri de icoane pe sticlă de jur împrejur, cu pianina aburită, scrinul pictat și draperiile stacojii, lucioase, ale geamului îngust și înalt până la tavan. Chiar și-n preajma verii, lângă soba de teracotă rece, mi se părea că acolo este mereu înăbușitor de cald, că spațiul este elastic și că se strânge în jurul meu și-al ei. Uneori ne simțeam ca doi gemeni strânși unul în altul într-un uter colorat halucinant, lipsit de deschidere, gemeni cărora orice naștere le este de la început refuzată. De altfel, atât Gina, cât și eu suntem născuți în Gemeni, în iunie, la câteva zile unul după celălalt. Mă uitasem prin nenumărate horoscoape, vulgare de tot sau cu pretenții științifice, și toate erau de acord într-o privință: nici o legătură de dragoste nu poate dura între doi gemeni, care își sunt suficienți sieși și au nevoie de o zodie foarte puternică, Taur sau Scorpion, care să-i poată smulge acestui narcisism. În acea zi însă nu mă gândeam nici pe departe la implicațiile astrologice ale legăturii mele cu Gina. Ea stătea din nou lângă mine pe sofa, mâncându-și cu lingurița minusculă de argint dulceața de nuci verzi de pe farfurioară și îndemnându-mă, ca altădată, să beau din paharul de cristal vinul ușor, în care se simțea aroma de scorțișoară. Repetiția era posibilă: Gina era din nou fetița alintată pe care o știam, cu ochi galbeni și ten lucios, cu buze pe care nu citeai decât o veselie castă. Am stat de vorbă până s-a întunecat, eu înfășurându-mi părul ei pe deget, ea povestind și râzând, jucându-se cu degetele de la mâna mea stângă. Era ca și cum toate prezențele mele în camera aceea, încă din toamnă și până acum, s-ar fi depus una peste alta ca niște straturi succesive de lac dens și policrom, așa încât lumea noastră devenea, cel puțin pentru mine, din ce în ce mai reală, până la realitatea de dincolo de real a halucinației. Fiecare moment cu ea era *toate* momentele cu ea, fiecare lucru pe care îl priveam se suprapunea peste *toate* amintirile mele despre acel lucru, până când nu mai puteam identifica obiectele reale printre zecile de suprapuneri. Vocea ei se suprapunea peste vocea ei de data trecută, și aceasta peste cea de data trecută, și aceasta peste cea de data trecută. Ajungeam să nu mai știu dacă e toamnă sau primăvară, dacă am venit a doua sau a douăzecea oară în camera ei. Nu mai știam a câta oară am lăsat-o pe spate pe sofaua cu pernuțe fantezi, a câta oară i-am mângâiat sânii și mi-am trecut mâna peste spatele ei cu omoplații abia discernabili sub pielea caldă, uscată și alunecoasă, sub care simțeai un strat elastic de grăsime, a câta oară am tras de tricoul ei și i-am împins înspre mijloc, boțindu-i-o în cute suprapuse, fusta ecosez.

Când mi-am împins degetele mâinii drepte sub dunga de sus a chiloțeilor ei, afundându-mi-le în părul aspru și cârlionțat... Dar ea se ridică în capul oaselor, îmi luă obrajii în palme și-mi spuse, cu acea expresie contractată, imperioasă, că vrea să facă totul pentru mine. „De data asta vreau, înțelegi? Dar nu aici. Hai cu mine să-ți arăt ceva." Ne-am ridicat, îmbrățișați, și Gina mi-a arătat o ușă stacojie, cu clanță de fier forjat, aflată între dulapul de haine și pianină, ușă pe care nu-mi amintesc s-o fi remarcat până atunci. Gina a deschis-o și-am pătruns amândoi într-un coridor îngust, cu pereții de piatră umedă, neregulați, ca ai unei grote. După ce a închis ușa nu s-a făcut întuneric total, deși nu exista nici o sursă de lumină. Distingeam bine contururile și culorile, iar silueta Ginei, cel puțin, cum mergea la doi pași înaintea mea, o vedeam ca la lumina de zi. Fiecare fir de păr al ei răspândea un luciu auriu. Ea își întinsese o mână spre spate, ca eu s-o pot apuca de degetul arătător, și înaintam astfel în spațiul strâmt. Nu m-am întrebat nici un moment unde duce culoarul, mă lăsam purtat de o ciudată fascinație. Din când în când coboram câteva trepte tăiate grosolan în aceeași stâncă umedă. Frigul de pivniță începea să se simtă ca un curent care ne înfoia părul și ne făcea pielea de găină pe brațe. Pe jos, terenul începea să devină cleios și, prin băltoace, se vedeau tot felul de resturi aruncate: păhărele de plastic în care fusese înghețată, cutii sparte de chibrituri, hârtii cerate cu coji de parizer, bucăți de vată murdară. La o cotitură a culoarului am zărit două biluțe roșii, legate cu elastic, din cele cu care își prind fetițele părul. Cu cât culoarul devenea mai întortocheat, cu pereții de pe care acum se scurgea apa în șuvoaie groase, irigând florile palide de licheni și mușchiul pârlit din care, la trecerea noastră, fugeau un fel de căpușe, cu atât aceste reziduuri se înmulțeau: fire de lână colorată, fotografii rupte în bucăți, bilete de tramvai, brațe de păpuși de cârpă, metri întregi, jilavi, de hârtie igienică. Un cub, pe o față a căruia se vedea o coadă de curcan, iar pe alta un uger de vacă. Corzi de chitară, ruginite și destrămate. Gina se întorcea din când în când spre mine, cu un zâmbet senzual și fățarnic. Aerul se densifica, iar prin bălțile care ne ajungeau acum până deasupra gleznelor înotau protei orbi cu pielea transparentă și mânuțe de om. Deasupra noastră auzeam clar zgomotul circulației, tramvaiele huruind și apoi îndepărtându-se, mașini ambalând motoarele. Fundațiile Bucureștiului își prelungeau din loc în loc până în culoarul nostru câte un cofraj de beton din care ieșeau fire îndoite. Uneori culoarul se bifurca, și până și Gina se oprea încurcată, întorcând înspre mine ochii nedumeriți. Apoi zâmbea triumfător, arătându-mi, la câțiva metri mai încolo, pe unul dintre coridoarele îngemănate, vreun cocoloș de gumă roz de mestecat sau o jumătate de pateu cu brânză, acoperit de puful mucegaiului. O luam pe acolo, afundându-ne tot mai departe pe sub orașul ce plutea ca un nor peste capetele noastre. După ce merseserăm o vreme prin apa până la genunchi, plină de larve care ni se agățau de picioare, urcarăm câteva trepte și drumul deveni mai drept și mai uscat. Ținând-o pe Gina de deget, așa cum, în copilărie, o ținusem pe Marcela de fustiță, când ne jucam de-a trenul, am străbătut ultima porțiune a culoarului care urca în pantă lină, la capătul căreia se vedea o ușă stacojie, mai mare decât aceea din camera Ginei. Înainte să o deschidă, Gina se opri și se propti cu spatele de lemnul umed. Am îmbrățișat-o și am intrat astfel, aproape prăbușindu-ne, în sala plină de întuneric spre care dădea ușa.

În beznă luceau stins, verzui, mari suprafețe de sticlă, în spatele cărora întunericul parcă se coagula în forme indistincte. Gina închise ușa și pipăi peretele din dreapta, unde se afla un panou electric. Ridică o mică manetă în formă de furcă și începu să se facă din ce în ce mai multă lumină, deși nu se zărea nici aici vreo sursă. Pur și simplu, încetul cu încetul, tot ce puteam vedea căpăta de la sine formă și culoare, din ce în ce mai vii și mai precise, de parcă fiecare punct al spațiului ar fi fost propria sa sursă de lumină. Curând, tot șirul acela de săli, de-a lungul cărora se înșirau vitrinele pline, deveni vizibil ca sub niște neoane puternice. Cunoșteam locul atât de bine! Când eram copil și chiar mai târziu venisem aici de zeci de ori, acesta mi se părea locul cel mai fascinant, centrul enigmatic al lumii. Ce-i drept, în sălile de la subsol nu zăboveam prea mult timp, grăbit să le străbat ca să ajung sus, la animale și păsări, la scheletele uriașe și la peștera plină de lilieci. Cadavrele palide din borcanele de spirt, ființele împăiate, cu ochi de sticlă, cu unele cusături vizibile, toată această necropolă a muzeului Antipa mi se părea un ghemotoc de vis în miezul banal al cosmosului. Părea, în acele momente, foarte normal ca odaia Ginei să comunice cu muzeul Antipa. De fapt, încântarea produsă de surpriză a fost atât de mare, încât, deși am continuat s-o țin pe Gina de deget și să-i zâmbesc, aproape că uitasem de ea. Eram singuri în tot muzeul, puteam să-l vedem cum nu-l văzuse nimeni niciodată! Ea mă trăgea după ea cam nerăbdătoare, dar, tot timpul cât am rătăcit prin muzeu, nu m-am putut opri să nu privesc cu aviditate exponatele. Căci în prima sală, licărind în toate culorile posibile, pe rafturile vitrinelor negre sau pe măsuțele acoperite cu sticlă, se aflau bucăți de materie solidă, bulgări și plăci minerale. Am văzut silvanitul, cinabrul roşcat, blenda cu galenă şi blenda cu mică, în bolovani concavi, bismutul, sulful galben, ca nişte bucăţi de zahăr cubic peste care ar fi urinat cineva, gneisul striat, gresia. Zone speciale erau rezervate pietrelor semipreţioase, cu luciu mat sau limpezi ca apa: aventurinul verde translucid, cum erau înfăţişate pe harta lui Piri Reis mările Chinei, agatul cu o mie de culori, de la cafeniu sticlos la roşu sticlos şi de la albastru sticlos la portocaliu sticlos, calcedonia azurie, cuarţul ochi-de-tigru, pe care cine îl vede moare în acelaşi an, piatra de Mokka, de o culoare necunoscută, fără nume, sardonixul, heliotropul zis şi matostat, malachitul de culoarea otravei, serpentinul şi prasopalul stând sumbri unul lângă altul, emanând singurătate. De o mie de ori mai mari, formate (pentru cine?) în mari bule subpământene, zăceau pe sticla groasă geodele de cuarţ şi aricii violeţi ai geodelor de ametist. Pietrele preţioase, lustruite, cuminţi, falsificate, păreau nişte indivizi anodini, civilizaţi, alături de aceste divinităţi ale unui *mundus subterraneus* dezvăluit de ştiinţa lui Athanasus Kircher. Opalul, safirul, turcoaza, berilul şi turmalina încercau să rivalizeze cu marile diamante imitate din sticlă ieftină: Marele Mogul, Koh-i-noor-ul mare şi cel mic, fascinanta „piatră a lunii" numită şi diamantul Stewart, imensul Cullinan, mai mare ca o minge de tenis, Piatra Sudului.Vedeam faţa Ginei reflectată în toate vitrinele. Se prinsese şi ea în joc şi ne străduiam să găsim lucruri cât mai ciudate. O luasem de mijloc şi îi prindeam uneori uşurel cu buzele lobul urechii, dar ea mă trăgea mai departe printr-un paradis taxinomic. Am străbătut repede culoare întunecate în care se deschideau ferestrele dioramelor mici, înfăţişând, prin mulaje vopsite grosolan, viaţa în cambrian, silurian, devonian (doar nişte forme subacvatice, greu de identificat, un soi de moluşte cu cochilia conică, nerăsucită, și cu tentacule la bot, apoi un soi de știuleți de porumb de un galben nenatural, prinși de fundul oceanului cu pedunculi subțiri), carbonifer, permian, triasic, jurasic, cretacicul cu reptilele lui caraghioase (Gina se strâmba de râs privind „marele“ Tiranosaurus rex, de vreo cincisprezece centimetri înălțime), miocen, pliocen, cuaternar (mamuți înzăpeziți în peisaje apocaliptice, față de care Antarctica e un joc de copii). În culoarul cu fosile Gina n-a fost cuminte: a deșurubat o piuliță cu care era prins genunchiul cerbului uriaș, al cărui schelet era dominat de niște coarne galbene, mucede, ca de ipsos, s-a cățărat pe cupola pietrificată a mamiferului cu carapace și-a încercat să deschidă geamul în spatele căruia, ca un fel de struț scheletic, se afla diornisul. Lângă ghearele lui, în nisip, se rotunjeau două ouă fosilizate. Geamul vitrinei glisă într-o parte și Gina ridică în brațe, abia putând să-l țină, un ou cât o minge de rugby. M-am repezit să i-l iau și să-l pun la loc, dar cum ea se întorsese cu spatele și chițcăia ca un șoarece, i-am tras mâna și oul a căzut pe dalele de ciment cu un sunet înăbușit, de pietroi. Oul se crăpă și, pe când îl rostogoleam la loc pe nisip, am văzut cum din crăpătură se scurgea un fir subțire de sânge întunecat. Am tras geamul și am fugit de acolo. Ne-am mai venit în fire holbându-ne și chicotind la dioramele cu oamenii primitivi, negri, chirciți și goi în jurul vreunui foc de vreascuri. Deși erau goi, atributele virile ale oamenilor de Neanderthal sau de Cro-Magnon lipseau aproape cu desăvârșire, în schimb femeile se puteau lăuda cu niște săculeți mamari de toată frumusețea pe pieptul costeliv. Nu era greu de înțeles matriarhatul. Subsolul se termina cu peștera artificială, migălită în ceară, cu lilieci mumificați atârnând de pereți. La cotitură ne-am oprit și ne-am sărutat. În lacul limpede, plin de reverberații, apa picura dintr-o stalactită cu țeavă de metal în interior. Am urcat scările spre parter. Tot holul era plin de lumină. Prin geamurile înguste ale intrării se vedea, în noapte, scânteia albastră a vreunui troleibuz. Îmi trecu prin cap că lumina din muzeu trebuie să se vadă afară prin toate ferestrele, dar Gina mă trase mai departe, ca și când ar fi avut un traseu și un orar de la care nu trebuia să se abată.

Intram în marea nebunie a nevertebratelor. Saloane întregi de vitrine cu monștri. Diavoli și îngeri de carne palidă, conservați în borcane cu spirt. „Greața sau moartea e cea care vine?" Gina se înfioră. De fapt, primele vitrine conservau exemplare mai curând grațioase: spongieri ca niște horbote albe, tubulare, sau ca frunzele agitate ale unei alge, sau ca un pahar, mai curând un potir, un Graal de buret cu piciorul de jumătate de metru. Celenteratele etalau meduze în borcane turtite, ființe halucinante, văluri verzi peste văluri roz peste văluri albastre, și corali: mărgeanul în pomișori strâmbi, de piatră lucioasă ca plasticul, gorgonia ca o creangă lălâie plină de sânge și de încă ceva azuriu, madrepori albi și sferici ca niște bulgări de sare. Când am trecut pe lângă viermi, Gina s-a prefăcut că varsă, deși unii erau deosebit de frumoși: purpurii și de culoarea ambrei, cu nenumărate falduri și ondulații. Moluștele aveau ca vedetă uriașa caracatiță, palidă și grețoasă în borcanul ei gros cât o conductă de canalizare; alături se afla nautilul cu cochilia sa portocalie striată cu negru, cu mănunchiul său de tentacule pornind chiar din ochi. Și apoi nenumăratele insectare, prin fața cărora am trecut scoțând tot felul de exclamații, de parcă am fi inspectat fauna stranie de pe altă planetă. Cum erau posibile atâtea forme hidoase ale materiei? Mai întâi termitele, mișunând în cuibul lor sferic, de vreun metru grosime, apoi viespile, unele negre și lungi cât un deget, *Vespa crabo* cea aurie, cicadele ca niște muscoi urâți și călugărițele care-și mănâncă bărbații. Gina se opri încântată în fața fluturilor exotici, care îi apăreau atât de des în vise (și eu am visat de mai multe ori, de atunci, fluturi uriași, multicolori), și-mi arătă niște exemplare cu aripile mai mari decât o palmă de om, de un azuriu electric sau un galben palid, mătăsos, terminate în coadă de rândunică sau în capete de cobră: viermi cu aripi somnoroase. Unii erau pufoși ca plușul, alții translucizi ca sticla. Gina deschise un insectar și scoase, înfipt în acul său, cel mai mare fluture, țin minte că se numea *Polyphemus*, și și-l prinse în piept. Se întoarse apoi cu fața spre mine ca s-o admir. Pe sânul ei stâng, pe care îl acoperea în întregime, fluturele începuse să bată ușor din aripi și să se împingă cu picioarele în tricoul ei, ca să se desprindă din ac. Gândacii uriași, de forma semințelor, dar grei de un sfert de kilogram, cu tot felul de coarne și mandibule, nu prea ne-au interesat. În schimb ne-am desprins cu greu de marea vitrină unde, în toată monstruozitatea lor, zăceau, cu labele întinse, păianjenii. Ciudat că aceste fețe ale groazei n-au apărut niciodată în tablourile medievale despre ispitirea Sfântului Anton, despre gurile infernului, sau ca întruchipare a diavolului în centrul iadului. Pe lângă el, dracul cu coarne și copite e ridicol. Și ce nume aveau, cum se înșirau în borcanele lor: toate sugerau, în înțeleapta latină, cutremurarea, oroarea. Unii erau groși, cu corpul vânjos și picioare scurte, cu gheare vizibile, alții întindeau căngi roșii ca muiate în sânge. Unii erau subțiri și uscați, ca tarantulele, cu burți negre sau palide, cu cruci sinistre sau pete purpurii, ca de seringă; alții sferici, cu firele picioarelor de zece ori cât corpul. Printre ei, păianjenul păsărar, cât o broască mare, negru și păros ca un sex grotesc, era însăși groaza. Gina abia dacă-și mai putea muta privirile de pe corpul acela cu cheliceri la fel de păroși, împinși în față. Își rășchiră degetele mâinii stângi și le lipi de sticla rece a vitrinei, suprapunându-le peste labele păianjenului. Pe sticlă rămase conturul de abur al mâinii ei. Scorpionii erau mai ușor de suportat. Erau identici, de la cei imperiali până la cei care ar fi încăput într-o cutie de chibrituri: chihlimbarii, semitransparenți, doar cu o dungă neagră-verzuie străvăzându-se prin crusta de opal: drumul otravei, care străbătea segmentele cozii și ajungea la ghimpele din capăt. Cleștii mari nu provocau oroare, erau cleștii inofensivului rac. Am trecut repede, ca și când oprirea la păianjeni ar fi fost excesivă și ne-am fi aflat în întârziere, pe lângă crustacei (un homar cât un iepure de câmp, crilul roșu într-un borcan), miriapode și scolopendre, am zăbovit puțin să admirăm stelele de mare, ofiuride cu brațe lungi și încolăcite și stele în cinci colțuri, ca de coral, acum cuprinse de paloarea morții. Mai mult priveam la Gina, răsfrântă în vitrinele verzui. Era din ce în ce mai stranie, mai transfigurată. Zâmbetele ei deveneau mai stereotipe, ca un fel de promisiuni, de insinuări pe care nu le înțelegeam până la capăt. Mă remorca mai departe de un deget și, uneori, când zăboveam mai mult, se aduna lângă umărul meu, mă trăgea și mă împingea până mă urnea din loc. Cu câtă plăcere hălăduiam printre peștii cu pielea plesnită, vopsiți artificial, din sala peștilor! Rechinii, narvalul cu dintele de doi metri care crease legenda inorogului, diavolul de mare, rombic, de patru metri pe diagonală, ca un zmeu de piele neagră, neîncăpând în vitrine, erau așezați deasupra lor. Iar înăuntru, în zeci de cilindri de sticlă, putrezeau în zeamă albăstruie pești palizi, cu ochi bulbucați: peștele-balon, peștele-arici, peștele-lună, rândunicile de mare cu aripi ca ale păsărilor, roșcate, cu striații portocalii. Salomâzdrele și broaștele, de la brotăcel până la râioasele cu ochi omenești și la marea broască neagră de Titicaca, cântărind un kilogram, nenumăratele reptile: hatterii, varani, cameleoni (dar cu culorile duse) păreau ieșite din tratatele de demonologie, din *Maleus Maleficarum*. Veninul mustea în aceste ființe de coșmar. Gina fugi repede spre cutiile de sticlă în care, încolăciți pe trunchiuri de copac, așteptau pitonul și anaconda. Intră în cutie și, cu un gest care m-a surprins, își lipi obrazul de trupul gros și solzos al șerpilor uriași. Luă capul triunghiular al anacondei în palme și îl privi concentrată. Chiar și de sticlă fiind, ochii roșii, limpezi, ai reptilei erau fascinanți. De data asta a trebuit s-o trag eu pe Gina mai departe, printre șerpii veninoși și crocodilii turtiți, cu burțile moi, tolăniți pe mari postamente de scândură. Gavialul avea un bot lung și subțire, ca de rață, cu dinți de ferăstrău. Roșu ca mărgeanul, cu inele late, negre, șarpele surucucu se încolăcea în vitrină alături de cobra cam famelică și viperele cu și fără cornițe. Broaștele țestoase de la ieșirea din sala reptilelor erau, desigur, cele mai „prezentabile“ ființe din acel iad. Țestoasa de supă, țestoasa-elefant și careții de mare, în posomoreala lor gerontofilă, ne amuzară un pic, dar Gina se cam bosumflă fiindcă, așezate pe-o dungă, nu puteau fi călărite.

La parter se aflau doar puține mamifere, în sălițele care prelungeau culoarul reptilelor, și mai cu seamă mamiferele primitive: câinii zburători din Java, cu aripi de piele neagră și lucioasă ca dată cu cremă de ghete, susținute de oscioare pneumatice și cu gheare la umeri, bineînțeles marsupialele: cangurii tronconici, mai mici decât ai fi crezut, lupul cu pungă și alți australi excentrici. Castorul rânjit, gata să-ți facă triunghiul masonic în palmă dacă i-ai fi strâns laba, furnicarul fără Dali și porcul spinos, mai mult spinos decât porc, se strâmbau în vitrina din stânga, arătându-și cusăturile și suturile retușate artificial. În dreapta era neamul cilindric al cârtițelor, sobolilor, orbeților și aricilor, mâncători de râme și pupe lăptoase. Și astfel, prin aceste furci caudine ale strămoșilor cam dubioși, puteai intra în marea sală a mamiferelor adevărate, în cuști de sticlă, grupate în perechi ca în Arca lui Noe și gravitând în jurul enormelor schelete, unul galben-rozaliu, cu colți întorși, ca de morsă, al Dinotheriului, celălalt mai mic, vânăt, al Mastodontului. Lăsând în urmă o trenă de lupi, vidre, vulpi, leoparzi, irbiși, antilope, porci mistreți, girafe, hipopotami, viezuri, urși albi, foci, lei, bizoni, facoceri, pisici sălbatice, toate cu blănuri vălurite, de culoarea pământului sau a zăpezii, sau chele, cu pieile groase de trei degete, toate alergând încremenite pe labe boante sau gracile, toate cu mutrițe familiare sau fălci mizantropice sau expresii de frică și perplexitate, mici cât un ghemotoc sau înalte până la tavan, cu pete de camuflaj, cu dungi sau monocrome, toate cu ochi de sticlă, cumva inocenți, o cascadă de nasturi de sticlă, Gina alergă să se așeze dedesubtul Dinotheriului. Tocmai la doi metri deasupra capetelor noastre începeau să se rotunjească coastele gălbui, oasele boante ale coloanei, să atârne țeasta mare cât amândouă corpurile noastre la un loc. Între picioarele monstrului, groase ca stâlpii, priveam șurubăria și tijele discrete care-l țineau în picioare. Uriașul cu picioare de lut. Ea nu mi-a zis nimic, a fost un fel de telepatie faptul că ne-am apucat, îndârjiți, de treabă. Mă întreb și acum, printre multe alte lucruri, ce ne căşunase pe biata fantoșă de cinci metri înălțime. Cred că am muncit vreo jumătate de oră, slăbind piulițe, scoțând șuruburi și răngi, până ce bătrânul schelet s-a prăbușit în genunchi. Nu voiam nimic mai mult. Triumfători, ca niște cornaci indieni, ne-am cățărat de-a lungul coloanei vertebrale până pe țeasta lui și ne-am așezat acolo, pe osul tare și neted, privind cu dispreț mortăciunile împăiate din jur. Dinspre ele mi s-a părut o clipă că venea un vuiet de revoltă, ca și când toate blănurile sutelor de specii s-ar fi zbârlit deodată. Aici nu mai era nimic de făcut. Trecând pe lângă diorama din perete, cu elefantul de mare și o focă, în peisaj arctic, am suit la etaj pe scara străjuită de tot felul de coarne și țeste. Aici, în galeria pătrată din jurul sălii Dinotheriului, aerul era plin de păsări. Toate întorceau ochii rotunzi după marele fluture catifelat din pieptul Ginei, care încă mai fâlfâia din aripile moi. Dar altfel rămâneau nemișcate, fiecare pe bucățica sa de lemn. *Sunt mani tucani și lari ilari* îmi venea în minte, privind toate acele ciori vopsite, cu paiele ieșind prin câte-o crăpătură, cu ciocurile șui, butucănoase ca ale tucanilor și ale păsărilor-rinocer, în formă de ac, ca ale păsărilor colibri, unele cât bondarii. Penajele erau și ele răsuflate, decolorate: ce fusese odată albastru de Prusia și verde ca smaraldul în cozile păunilor, ruginiu-vulpe în ale fazanilor, ce fusese curcubeu în penajul papagalilor și al păsării-paradisului devenise acum același maroniu pe cenușiu sau fusese atât de strident retușat încât ți se părea că privești acele poze de nuntă colorate cu creionul sau obrajii înșelător îmbujorați ai ofticoșilor. Hotărât, nu ne plăceau, așa că am intrat pe filiera glorioasă a antropogenezei, reprezentată de câteva săli înguste cu vitrine și diorame reprezentând maimuțe, de la prichindeii macaci și cercopiteci, umblând cu cozile îmbârligate după portocale, fețe omenești pe corpuri de pisică, până la babuinii, mandrilii, urlătoarele, maimuțele cu fundul roșu (vizibil chituit și vopsit ulterior), pavianii, seminții pigmee, cu nasuri prelungi ca niște târtițe. Gina, firește, se amuza la culme, la un moment dat desprinse din brațele mămicii sale un pui de cimpanzeu cu figură comic-amenințătoare și-l legănă ea însăși la piept, mângâindu-l pe freză. Trecu mai încolo, unde bătu pe umăr, camaraderește, o mare gorilă, mascul urât ca dracul, cu o față abrutizată, de recidivist. Apoi se așeză în fața lui și-l lovi cu pumnul în piept: „Tarzan." Apoi se lovi pe ea: „Jane." Apoi iar: „Tarzan." „Jane." „Tarzan." „Jane." Eu râdeam așa cum fac de obicei, fără zgomot, înecându-mă. Urangutanul roșu, cu labele lungi ca ale lui Popeye Marinarul, avea însă o față melancolică de clovn alb, amorezat *sans espoir* de-o Colombină sortită altcuiva. Apoi însă ne trecu cheful de râs.

Intraserăm într-o sală rotundă, care încerca să prezinte procesul ontogenezei, mai întâi paralel, la pești, reptile, păsări și mamifere, apoi la om. Pe lamele scufundate în alcool se prezenta evoluția unui embrion de la fazele abia vizibile cu ochiul liber: morulă, blastulă, gastrulă, până la diferențierea organelor. În evoluția lor, embrionii treceau prin faze arhaice, le apăreau branhii, caractere reptiliene, formațiuni atavice care mai târziu se resorbeau, o adevărată metempsihoză, o Karma, o roată nesfârșită a existențelor. Pe un perete era un mulaj secționat prezentând poziția copilului în uterul unei femei gravide. Mi-am amintit de atrocitățile războaielor cu tătarii: pruncii smulși de vii din pântecele mamelor. Mai încolo, pe tot peretele, erau înșirate pe o poliță zeci de borcane în care pluteau fetuși cu malformații: macrocefali sau acefali, prunci cu un singur ochi central, cu o singură nară deasupra buzelor, cu trei picioare dintre care unul fără labă, cu palmele minuscule ieșind direct din umeri, fără brațe, ca niște aripioare. Ce ciudați erau, zbârciți și galbeni-pal, galbeni-moluscă, pieile prea lungi atârnând pe ei! Ce priviri lenevoase aveau în ochii cu pleoapele jupuite! Păreau înțelepți și oarecum satisfăcuți de faptul că nu apucaseră să trăiască. Ceva între broaște și genii, cu neputință de privit în carnalitatea lor cinică. Și ei ne fixau parcă, ne petreceau cu privirea, fluturându-și în lichidul greţos cordoanele ombilicale. Gina îi privea nu cu oroare, ca mine, ci cu un fel de liniște și resemnare, cum ai privi mobilierul urât din casa în care ai locuit toată viața și pe care nu ți-a trecut prin cap să-l schimbi. Am străbătut acea sală, privind atent fiecare avorton în parte. Așa cum făcuse cu șarpele, Gina își lipi palmele de pereții curbi ai unui borcan și privi adânc în ochi, cu o concentrare dureroasă, unul dintre acei gnomi palizi. Am intrat apoi, printr-o ușă strâmtă, pe care n-o remarcasem, într-o cămăruță ca de mansardă, un „dulap" ca acela în care locuia Raskolnikov, cu afișe jupuite pe pereți, cu o sofa veche care ocupa mai mult de jumătate din spațiu, cu un mic raft de cărți pe care se aflau hârțoage vechi dintre care îmi amintesc *Cartea tibetană a morților, Fiicele focului* de Nerval, *Netocika Nezvanova* de Dostoievski și un album de William Blake, cu planșele la *Cartea lui Urizen*. Una dintre aceste planșe fusese smulsă din album și prinsă cu pioneze pe ușa de lemn: înfățișa o femeie îngenuncheată, văzută din spate, privind într-o fântână. Deasupra ei, uriaș, strălucea un soare negru. Ne-am așezat pe sofa, iar Gina scoase de sub pat o cutie de pantofi plină cu tot felul de lucrușoare: globuri de pom de iarnă, păpuși cu capetele turtite, poze foarte vechi, bilețele și ilustrate, o seringă ruginită, un stetoscop. „Când eram foarte, foarte mică, am descoperit drumul care duce aici. Aici aduceam tot ce mă bucura, tot ce-mi plăcea: păpușile mele, cadourile de la rude, aici veneam cu prăjiturile ca să le mănânc în liniște. Cred că n-am scăpat o noapte în care să nu mă plimb prin muzeu, singură printre animalele mele. Așa-mi închipuiam că se plimba fata moșului din poveștile Penelopei printre acei balauri ridicoli. Le cunosc pe toate, e un farmec care le cuprinde pe toate și pe mine. Dar cel mai mult îmi place în această cămăruță, aici, adânc, adânc, adânc de tot. Aici mă simt eu însămi." În timp ce vorbea, Gina, de mult transfigurată, devenise pur și simplu alta, o vrăjitoare ciudată, o călugăriță cu mâinile împreunate extatic. Am luat-o în brațe și am culcat-o pe sofa. Am făcut amândoi dragoste prima dată în viața noastră. Nu dintr-o pudoare, care nu-și are locul în paginile astea, voi spune prea puțin despre acele gesturi, acele senzații, ci pentru că, de fapt, n-am avut nici un moment conștiința a ceea ce mi se întâmpla. Ea, deși complet goală, deși mai vie ca oricând, părea a avea un contur infinit, ireal. Era, pe rând, o gură cu pielița buzelor fadă, un sân mic, valuri de păr răspândit pe pernă, o respirație agitată. Când am intrat în ea, toate aceste impresii mozaicate s-au topit parcă și-au început să curgă, moi ca plastilina și la fel de colorate și cu același miros aproape, de sământă de in. Am avut brusc sentimentul totului. Era o lumină palidă, o tensiune fără limite, o intuiție fără comunicare. Am stat o clipă suspendați și apoi, ca șopârlele dimineața, ne-am dezmorțit încetul cu încetul, revenind la viața noastră limitată.

M-am trezit transformat, transferat în Gina. Mi-e imposibil să mai amân descrierea, trăirea momentului ăstuia, indescriptibil și de netrăit. Zăceam pe spate și mă priveam în pupilele ființei difuze aplecate asupra mea: vedeam acolo fața Ginei, ușor deformată de sfericitatea ochiului. Când conul conștiinței mele s-a mai extins, mi-am dat seama că acea ființă avea trăsăturile mele și mă privea cu nesfârșită teroare. Mi-am privit corpul, care era corpul femeii pe care-o iubeam: aveam brațele ei, sânii ei, părul ei, șoldurile, picioarele ei. Aveam pielea ei și oasele ei, iar pe buze gustul de eter al rujului ei. La o ureche mai aveam un cercel verde-smarald, de-al ei, iar celălalt sclipea în pat, între noi, printre hainele mototolite. Iar ea eram eu, corp lung și uscățiv de bărbat, piept costeliv, șolduri înguste, sexul ca un vierme între pulpele păroase, și mai ales ea avea fața mea, ochii mei, fălcile mele prelungi, mustața mea deasupra buzelor senzuale și suferinde. Eram eu aplecat asupra mea cum nu mă văzusem niciodată, nici măcar în vis, de parcă aș fi ieșit din corpul meu după moarte și m-aș fi contemplat din toate unghiurile. Schimbarea ei în rinocer sau în insectă nu ar fi fost mai cutremurătoare. Ne-am privit mult, cu oroare, fără să ne vorbim sau să ne atragem. Eram prea obosiți și năuciți ca să mai gândim. Ne-am îmbrăcat mașinal, încurcând hainele, schimbându-ni-le de câteva ori. Gesturile ne șovăiau, mișcările se bâlbâiau, mâna rata apucarea. Ne priveam ca niște ființe din lumi diferite, bazate pe cu totul alte chimii, biologii, psihologii. Deodată, cel din fața mea se aruncă pe pat, cu fața în pernă, și începu să plângă violent, icnind și sughițând. Dădea cu pumnii în pernă și se sucea ca posedat în toate părțile. Dar printre accesele sale de plâns, începu să se distingă un alt sunet. Venea de dincolo de ușa de lemn și semăna cu un freamăt, o întretăiere de zgomote slabe: fâșâituri, cârâituri, un sâsâit ca de măturici sau de maracase. La auzul său, cel de lângă mine (îi zic așa pentru că nu puteam crede că „acela" e Gina) tăcu, apoi, cu o expresie de perplexitate, mă înșfăcă de mână și mă târî cu o forță nebănuită afară din cămăruță. Călcând pe podea, am strivit cu tocul pantofiorului uriașul fluture, care mai bătea încă din aripi zdrențuite.

Zgomotul acela de junglă, înăbușit, se amplifica de la o clipă la alta. Ieșiți în sala fetușilor, i-am văzut cum deschiseseră larg ochii și făceau gesturi bizare în borcanele lor verzui. Unul dintre ei reușise să se cațere pe marginea cilindrului și de acolo se pregătea să sară pe podea, târând după el un cordon ombilical de jumătate de metru. Aș fi paralizat de groază dacă Andrei nu m-ar fi târât repede afară. A urmat o goană istovitoare. Sălile se deșteptau. În vitrine începea mișcarea, se căscau boturi și se roteau ochi. Păsările începuseră să cârâie și să țipe, bătând din aripi ca să se desprindă de bățul de care erau lipite, ceea ce stârnea un praf înecăcios, cu miros de vopsele și zegras. Am coborât scările în fugă, urmăriți de țipătul sfâșietor al păunilor, și-am străbătut alergând sala de la parter. Scheletul Dinotheriului, cu oasele lui cât trunchiurile, făcea eforturi uriașe să se ridice în picioare din nou, ceea ce umplea sala de trepidații. În jur, în toate cuștile de sticlă, animalele, erbivore și carnivore, începuseră să se întindă, ca după un somn lung. Leoparzii își unduiau coada și mârâiau, antilopa gnu bătea din copită, girafa își întinsese înainte gâtul pătat. În diorama cu „Viața în Antarctica" uriașul elefant de mare, cu colți de trei ori mai mari decât ai morsei, răgea deja, cu grăsimea tremurându-i sub pielea lucioasă. Fugeam disperați și auzeam în urma noastră cum plesneau vitrinele. Ne-am repezit la subsol, unde era o viermuială înspăimântătoare. Aerul era înțesat de fluturi multicolori, lăcuste, cicade, cărăbuși, lilieci, câini zburători. Un pește zburător evadase din borcanul său și săgetă sala izbindu-se de un perete. Gândacii uriași, coropișnițele, păianjenii și scorpionii mișunau pe podea, alcătuind un covor viu de oroare. La fiecare pas striveam cu zecile. Viermii se târau la un loc cu cobrele, pitonul începuse să-și desfacă inelele de pe trunchiul lui de copac, iar crotalul clinchetea amenințător din coadă. Toate aceste ființe păreau încă amețite, dar își reveneau văzând cu ochii. Ca niște inimi leneșe, meduzele pulsau în spirt, iar peștii grei, de poate zece kilograme, se zbătuseră până răsturnaseră cilindrii și acum izbeau cu cozile ude dalele podelei, căscând din fălcile dințate. Gâfâind, am ajuns în fine în sala mineralelor, care aruncau umbre colorate pe pereți. Am găsit maneta de unde aprinseserăm lumina, dar nici urmă de ușă! Și fusese acolo, ușa stacojie care dădea spre coridorul subteran. Am pipăit toți pereții, aproape plângând de disperare, dar fără rezultat. Trebuia să ieșim pe poarta muzeului. Dacă era încuiată, eram pierduți. Ne-am întors din drum înfruntând valurile de insecte, care acum erau vioaie și agresive. Era limpede că nu mai roiau la întâmplare, ci se îndreptau toate împotriva noastră: scorpionii își înfigeau ghimpii cozii în pielea pantofilor noștri, fluturii ne izbeau peste față ca să ne amețească, furnici roșii începuseră să ni se cațere pe picioare. La parter, toate animalele, acum răgând, mugind și fornăind și chițcăind și lătrând, se îndreptau asupra noastră, ca un zid de colți și coarne ascuțite. Eram izgoniți. Abia am nimerit poarta muzeului. Ni s-a părut o veșnicie până am deschis-o și ne-am strecurat în aerul răcoros al nopții de-afară. Când am trântit-o apoi în urma noastră, am auzit ca un cutremur valul de animale, păsări, reptile, insecte izbindu-se de ușa grea, ferecată. Am coborât treptele de la intrare. Piața Victoriei, luminată slab de câteva becuri portocalii, era pustie. Doar foarte departe se zărea un milițian mergând încet, plictisit. Era o noapte frumoasă, cum numai vara pot fi nopțile. Ne-am luat de mână și ne-am privit în ochi ultima dată. Nu trebuia să vorbim. Știam că totul este pierdut, că de-acum încolo va trebui să ne descurcăm fiecare cum va putea. Am plecat spre casele unde ne purtau noile picioare, noile trupuri. Nu aveam să știm niciodată ce era de făcut decât *făcând*.

Asta-i tot. Nu mai știu nimic despre Gina. Cine mai este, cum mai poate supraviețui. Nu știu și nu vreau să știu. Nu o mai recunosc în acel corp străin pe fata care a fost obsesia și nebunia mea timp de un an de zile, poate ultimul al vieții mele. A încerca să trăiesc mai departe în aceste condiții pare o absurditate. Mi-am apărat conștiința de vederea trupului ei acoperind oglinzile cu textura înșelătoare a pânzei. Dar nu mă pot apăra de sinele ei, care mă agresează pe mult mai perfidele cărări psihice. Monstrul mă are, s-a cățărat pe mine cu labele lui și mă ține strâns. Mă contopesc cu el clipă de clipă, ca damnații din bolgia hoților. Chiar și gândurile astea, mă întreb, sunt ale mele sau ale ei? De unde provine edulcorarea multor pagini din confesiunea mea? Stilul cam patetic, care nu-mi stătea în fire? Nu cumva sunt otrăvurile fiarei, sucul prelins din gingiile ei? Am greșit apucându-mă să scriu, să trag această prelată, să joc această psihodramă cu stalul și lojile goale. Pentru cine am scris comedia asta? Ești tu, acum, lângă mine? Poți tu, acum, să mă ajuți? *Poți*?

Din păcate, lângă mine, acum, uitându-se languroasă peste umărul meu, e doar Lavița, care așteaptă să i se schimbe cearșafurile. Până atunci își scrie mai departe scrisorile de dragoste, cu carioca divers colorată, chiar pe corpul ei, pe care l-a umplut, peste tot unde a ajuns, cu litere și desene naive. Acum își scrie pe piept, cu cerneală verde: *Te rog sămi scri și tu*, iar alături mâzgălește un cap de fată cu păr maro și ochi albaștri și gură roșie. Iată cum stăm. În orice caz, va trebui să ies de-aici, unde nu fac decât să amân la nesfârșit lupta cu fiara. Obsesia mea nu se lasă exorcizată, nu redevin eu scriind și nu vreau, Doamne, nu vreau să rămân așa. Amân de aceea orice hotărâre până mă voi întoarce, oarecum, în „lume“. Acolo am să văd ce-o să fac și mai ales *cum* să fac. Foile astea, adunate în vraf pe noptieră, sunt un eșec mai mare decât ceea ce povestesc. Chiar în seara asta le voi arde, am decis să nu le mai las medicului și nimănui altcuiva, pentru că dacă ei le-ar citi n-aș mai scăpa niciodată de-aici, sau poate aș ajunge în limburi mai rele. Voi simula, cu scârbă, normalitatea, voi fi o Ginuță cuminte, gata să-și fericească bunicuții, revenită la gânduri mai bune după o ieșire isteroidă.

De ce mai scriu și rândurile astea, dacă tot știu acum că voi distruge totul? De ce mai formez, iată, o literă și încă o literă? Nu cumva ca să-mi mai plătesc o gură de aer și încă una?

Nu, trebuie să se termine odată. Gata. Am terminat.

Scoase din țâțâni ușa cu oglindă a șifonierului și-o aruncă pe jos. Un trosnet înfundat îi dădu de știre că oglinda se crăpase căzând cu fața în jos pe podeaua de unde strânsese covorul. Acesta zăcea, făcut sul, de-a latul sofalei, peste pernuțele fantezi de catifea și mătase portocalie. Trase pianina, care avea rotile, până în mijlocul camerei și sprijini de ea covorul persan. Muncindu-se groaznic, ridică sofaua în picioare și o propti și pe ea de pianina lucioasă. Se potrivea perfect între suporturile din bronz, pentru lumânări, sudate de capacul pianinei. Se opri să respire și își trase mâinile pline de praf peste tricoul galben care-i acoperea sânii. Merse la fereastră. Strada Venerei lucea stins, cu pietrele din caldarâm aruncând scântei purpurii, sub un amurg greu de toamnă. Salcia, cu o creangă foarte lungă, ajungând până la marchiză, vibra în adierile ușoare de vânt. La întretăierea a două crengi picotea o pisică portocalie vârstată cu un ruginiu întunecat. Lăsă geamul deschis, dar trase draperiile de damasc stacojiu. În cameră se lăsă o semiumbră roșiatică. O rază de lumină, trecând printre draperii, lovea colțul lustruit al bibliotecii, acolo unde se afla micul crucifix metalic, care luci brusc cu flacără albă. Începu să scoată cărțile din bibliotecă și să le așeze, după oarecare gândire, pe podea, împrejurul pianinei și sofalei. Scoase marele Baltrušaitis din cutia sa de carton și citi dedicația: „*Ginei, cu dragoste, ca să-și amintească faptul că, sub rococoul obscen al lumii noastre și cărnii noastre, oasele noastre sunt gotice și spiritul nostru e gotic. Andrei, feb. 197...*" Răsfoi puțin paginile pline de himere. Puse cartea jos, alături de celelalte. Mimă brusc un chitarist dezlănțuit, aplecat pe spate, strângând spasmodic cu stânga griful chitarei. *Into the fireeee!* țipă stins și începu să râdă. Așa-zisa bibliotecă nu era decât un singur corp lăcuit, negru, așa că, fără cărți, era ușor de urnit, și el, spre mijlocul încăperii. Dar obosea foarte repede și trebuia să facă pauze lungi după fiecare mobilă deplasată. Noroc că nu mai erau prea multe în odaia aceea, care începuse să pară și mai înaltă, cu candelabrul din plafon înălțându-și parcă tot mai sus țurțurii clinchetitori. După ce trase și împinse biblioteca, apucă fotoliul larg, minunat învelit în satin cu floricele verzi-pal pe fond roz-pal, îl întoarse cu picioarele-n sus și-l propti de sofa, sprijinindu-l cu capătul ușor strâmbat al covorului. Deschise apoi larg ușile *secretaire*-ului, cele pe care era pictată scena renascentistă deasupra căreia scria cu frumoase caractere latine AMOR OMNIA VINCIT. Le scoase din balamale și le aruncă neglijent pe podea. Înăuntru, pe policioarele mirosind a santal, se aflau nenumărate sticluțe policrome, transparente sau mate, strunjite din cristal scânteietor sau modelate din sticlă moale. Lichide gălbui sau verzui ca veninul își fluturau ușor pânzele în interior. Apucă una dintre ele. Citi caligrafia sofisticată, aurie, de pe medalion: *Soir de Paris*. Se ridică în picioare și, ținând-o în pumn ca pe o grenadă, o izbi brusc de podea. Parfumul gingaș explodă în sute de cioburi, lăsând o pată udă, cu stropi prelungiți în toate direcțiile. Mirosul senzual umplu camera. Rând pe rând, fiecare sticluță avu aceeași soartă. Le citea denumirile: *Sensation*, *Fidji*, *Magie noire*, iar apoi le trântea cu toată forța pe podea, acoperindu-și ochii cu brațul stâng, ca să nu-i sară cioburi. Ultimele două-trei sticluțe de colonie și jumătatea de litru de spirt albastru, medicinal, pe care o găsise într-o despărțitură, își luă seama și nu le mai sparse, în schimb le deșertă conținutul peste mobilele îngrămădite în mijlocul casei, murmurând: „Toarnă pe covor parfumuri tari, / Adu roze, pe tine să le pun" și râzând iarăși cu poftă. Merse la fereastră și închise geamurile, lăsând draperiile trase. În cameră mirosul devenise mai real decât obiectele, ridica în aer fumuri dense, aproape vizibile. Călca prin băltoace de parfum franțuzesc, zdrobea cu talpa tare a saboților cutiuțe de creme și tuburi de fond de ten. O amețeală voluptuoasă îi impregna corpul deja obosit. Îi venea să se culce și să adoarmă ca un Des Esseintes în paradisul său artificial. Dar știa că va avea vreme destulă de somn. Suindu-se pe taburet, începu să desprindă de pe pereți, una câte una, minunatele icoane pe sticlă, cu lumile lor roșii ca sângele și aurii și albastre-azur. Sfântul Gheorghe, pe calul său înaripat, cu față de om, străpungea cu sulița ridicola reptilă verde, redutabilă doar prin faptul că scotea din bot două-trei limbi firave de foc. Un Isus scheletic își arăta rana din coastă, de unde urca spre înalt o tulpină răsucită de viță-de-vie, plină de ciorchini vineți și cârcei ca tirbușoanele. Maica Domnului adormea sub un macat purpuriu, vegheată de îngeri cu aripi și nimb de aur. Lazăr, înfășurat în bandaje ca o mumie, se ridica în capul oaselor în cutia verzuie a mormântului, pe când Isus îi arăta un pergament răsucit pe care scria, probabil, „Scoală-te și umblă". Arhanghelul Gavril, împlătoșat, cu lancea sprijinită de umăr, purta și el un astfel de pergament. Fiecare icoană, desprinsă din perete, lăsa în urmă un dreptunghi palid, pe care se umflau pânze subțiri de păianjen. Lemnul ramelor, putred, era străpuns de mii de găuri de cari. Coborî mai întâi primul rând de icoane, apoi și pe cel de-al doilea, în total cel puțin cincisprezece, șaisprezece. Coborî aproape prăbușindu-se de pe scăunel. Aerul devenea cu neputință de respirat. Râdea în prostie, cu lacrimi mari țâșnind din ochii iritați de eter. După ce stătu o vreme cu spatele proptit de perete, începu să aranjeze icoanele printre cărți, în jurul mobilelor. Totul începea să arate cum trebuie.

Mai rămânea șifonierul. Clătinându-se, își înfundă mâinile până la umeri în rafturile lui și începu să scoată brațe întregi de lenjerie de corp, de bluzițe, tricouri, pantaloni ecosez, fuste din cele mai diferite materiale, furouri lucioase și foșnitoare, vestuțe de discotecă, cutii întregi cu dresuri și șosete galbene, vărgate, stacojii, câteva perechi de blugi originali, unii nou-nouți, alții deja tociți, rochițe vaporoase de pânză topită, basmale negre cu bănuți aurii. Le așeză, bătându-le cu palmele, pe capacul pianinei, până când acesta, între celelalte mobile mai înalte, începuse să semene cu un culcuș îmbietor, policrom, de o moliciune delicioasă. Apoi, din despărțitura cealaltă a șifonierului, scoase umerașe întregi de rochii de seară, unele vechi, brodate migălos, groase ca brocartul, altele de mătase ușoară, apoi câteva haine și căciulițe de blană. Era cojocul alb, cu înflorituri negre și roșii, pardesiurile, cel galben-citron și altul crem, o altă blană de vulpe, pe care Gina nu o purta la școală, și trei canadiene lungi și pufoase, cu glugă. Dedesubt își ținea câteva dintre nenumăratele ei perechi de pantofi, desigur cei mai prețioși: minusculi, de piele lucioasă, unii cu mici aplicații metalice. Scoase tot și înșiră pânzăria peste edificiul insolit din mijlocul camerei, peste tot unde putea fi agățată. Renunță să mai târască și șifonierul, căci nu ar fi fost în stare, mai ales cu această infinită somnolență în oase.

Totul era gata. Odaia arăta ca și cum ar fi fost pregătită pentru zugrăvit. Râdea isteric, în hohote, târându-se de-a lungul pereților goi și minunându-se de ecoul râsului în camera devastată. Abia se mai ținea pe picioare. Apucă rochia galbenă, cea mai grea și mai încrețită, și și-o trase peste cap. Îi încheie neglijent șnururile de la gât și de la încheieturile mâinilor. Fusta îi venea până la glezne. Își trecu palmele peste sâni, peste șolduri, își mângâie privind în gol părul lung, care-i cădea în bucle pe umeri. Se îndreptă spre marea sobă de teracotă și scoase de după ea bidonașul pregătit din vreme. Stropi bine toată acea îngrămădeală de mobile și țoale și apoi, întorcând capul ca să nu inhaleze vaporii lichidului galben-brun, își turnă și pe rochie. „Asta-i tot“, strigă. „Tot, tot!“ Îi venea să verse și chiar vomă într-un colț de odaie. Dar reuși să-și păstreze pentru încă un timp luciditatea. Mototoli un ziar de pe jos și se urcă, strecurându-se pe sub covorul făcut sul, pe capacul pianinei, culcușindu-se în stratul gros de haine parfumate. Aprinse cu bricheta ghemotocul de ziar și-l aruncă dedesubt, pe podea, între pianină și sofa. Când auzi trosnetul flăcărilor, se întoarse cu fața în jos, cufundându-și obrajii în valurile de pânzeturi amețitoare.

Adormi instantaneu.

Rem

Cortázar, un Márquez ferfenițit (*Erendira*, ediția cea mare), *Manuscrisul de la Saragosa* în legătură țeapănă de carton stacojiu, vreun metru de „Romanul secolului XX“ și mult mai lungi șiruri pastelate de „BPT“-uri și „Univers“-uri, cărți lucioase, alb-negre, din „Biblioteca de artă“ (ochesc îndată *Înțelepciunea formelor* de Sendrail, *Arta fantastică* de Brion și tot soiul de alte pălăvrăgeli despre gotic, manierism, baroc, rococo și artă modernă – care ar fi toată de sorginte gotică, manieristă, barocă sau rococo). Grele, de consistența și aproape de dimensiunile unor planșete de desen, albumele de artă curbează un raft întreg, unde zac oblic, lăcuite din belșug, mirosind a chimicale. Doar unul este întors puțin încoace. Poți vedea pe coperta lui un fel de rulotă de lemn, cu ușile date în lături, într-un peisaj de clădiri roșietice, cu bolți și creneluri care se pierd în perspective nesfârșite. Cred că e în amurg, dar nu prea târziu. Umbra unei fetițe care se joacă cu cercul se lungește pe macadam. Din celelalte albume vezi doar cotoarele, cu numele albe, clar tăiate, ale pictorilor: Tintoretto, Guardi, Da Vinci, Degas, Harunobu, Pontormo, Mantegna. Pe alte rafturi – poezie cât vezi cu ochii: colecția vărgată și pestriță „Cele mai frumoase poezii“ (cât i se potrivește cafeniul lui Eliot, verdele țipător poeziei americane, cărămiziul lui Iannis Ritsos! Nici nu ți-i poți închipui altfel), colecția „Orfeu“ în coperte de sugativă, albastre-cenușii (aici să-l amintim pe bunul Dylan Thomas – „Și cum eram tânăr pe sub crengile de măr...“), în fine colecția pătrățoasă dar estetică „Poesis“, cu negrul sumbru al lui Wallace Stevens și verdele adânc al lui Rimbaud. Un perete de cărți, până în tavan, pe niște rafturi aproape invizibile. O învălmășeală armonioasă, un kosmos. Ești filozof? Treci în toga ta crem, cu un dreptunghi azuriu pe cotor, unde îți este trecut numele și ce ai scris. Ești eseist? Locul tău e acolo, între Petros Haris și Camus, și trebuie să îmbraci straie cernite. Ești politolog, atomist, biolog cu ceva idei originale, sociolog, antropolog? La „Idei contemporane“. Ai dreptul să-ți alegi culoarea, de la galben ca lămâia până la violet ca panseaua. Ești ceva nedefinit, romancier necunoscut sau prea cunoscut, pedagog? Volum separat, cu toate avantajele și dezavantajele. Ești inginer constructor, profesor de rezistența materialelor, cazangiu, matematician? Regretăm. Doamna care locuiește în garsoniera aceasta nu te va cumpăra niciodată.

O garsonieră minusculă, spre marginea Capitalei. Ajungi aici schimbând mai multe autobuze și încâlcindu-te pe străduțe cenușii. Scara blocului are pereții vopsiți în verde pal și miroase a gunoi. Câte un asparagus complet ofilit într-un ghiveci, pe un suport de fier forjat, câte o poză scorojită, înfățișând mânăstirea Voroneț, câte un leandru într-o cutie de lemn de sub care ies gândaci mititei de bucătărie, cam asta vezi pe coridoare, la capătul șirurilor lungi de uși numerotate, pe care ți le închipui neobișnuit de subțiri. Bloc de garsoniere confort trei. Camera ei este însă îngrijită și frumoasă. Sub rafturile nesfârșite (acum văd niște tratate mari, greoaie, de oncologie, o carte despre adenopatii, alta cu titlu purpuriu, agresiv: *Leucemia*) se întinde o sofa dublă, acoperită cu o cergă lățoasă, roșie, care pare extrem de călduroasă. Ar fi și cazul. Căldura trebuie să ajungă greu aici, la periferie. Pe jos, surpriză: gresie! Iar peste ea, două blănițe cenușii de iepure. Pe lângă sofa abia ai loc să treci. Totuși, în acel spațiu îngust se mai înghesuie și o măsuță, pe care se află un coș cu mere și o scrumieră. Sub măsuță sunt ziare și reviste, mai ales *Luceafărul*, *Orizontul* și, dedesubt, un număr îngălbenit din *România literară*. Lângă fereastră, în stânga, o nișă cu o chiuvetă și un rudiment de masă de bucătărie. Imediat lângă ușa de la intrare, baia cu WC și dușul. Pe pereții odăii, frumos zugrăviți, câteva goblenuri în culori degradé: un apus de soare, o fetiță cu gâscă și o femeie citind o scrisoare la fereastră (copie, probabil, după Vermeer). Firește, le-a cusut ea însăși când era mică.

Camera e deocamdată goală, dar o simt venind. Firul care mă leagă de mașinile ei cu numere imposibil de ținut minte (trei sute șaizeci și cât? o sută douăzeci și cât?), de străzile ei mărginite de școli și ateliere, vibrează. Îmi întind labele transparente prin cameră. Tremur de poftă, de așteptare. Pândesc la geam, apoi, cu agilitate, sar la ușă. Mă strecor printre cărți, lăsându-mi afară doar căngile de pe care picură veninul. Fojgăi prin baie și cotrobăiesc prin oalele din chicinetă. E vechea foame, vechea pândă, care nu se mai termină. Pe un fotoliu, la capătul dinspre ușă al patului, un dosar legat cu șiret. Alături, un minitelevizor, cu ecranul cât o carte poștală și antena lungă, nichelată. Zace pe-o rână. Deschid dosarul, să treacă timpul cât mai repede. Este un zodiac xeroxat pe foi groase de hârtie. Zodiile sunt reprezentate prin viniete șterse, sofisticate. Încep să citesc la întâmplare despre domnii născuți în zodia Gemenilor, dar mă plictisesc repede și leg la loc șireturile dosarului. Mă mai uit în jur și privirile îmi cad pe un vraf de discuri, așezat pe o policioară. Scot unul care are pe copertă fotografia mare, color, a unui tânăr ținând de coarnele răsucite un berbec imens și mițos. Chiar atunci aud pași pe culoar, o cheie se răsucește în broasca yale și intră ea.

Aduce în blana de vulpe mirosul de zăpadă de-afară. Are încă ace de gheață în sprâncene, iar căciulița de lână tivită și ea cu blană de vulpe e albă de zăpadă. Tropăie la intrare cu cizmele scurte în care și-a vârât pantalonii tricotați, strânși pe picior. Își scoate mănușile, apoi haina de blană, scurtă până la șolduri, și rămâne într-un pulovăr de aceeași culoare cu pantalonii: un cafeniu închis. Își smulge și basmaua colorată de la gât, cu desene turcești, foarte fine, și-și scoate cizmele cu fermoar. Mă uit mai bine, ca să v-o pot descrie. Pare să aibă vreo treizeci și cinci de ani. Nu are o față frumoasă, ci mai curând ciudată. Acum e rumenă din cauza frigului de afară, dar altă dată e palidă ca moartea. Iar uneori e roz în obraji ca fetele de ipsos din vitrine, căci folosește un fond de ten neobișnuit, roz-bonbon, care contrastează cu trăsăturile mai curând severe ale feței ei. Și acum are ochii încondeiați cu prea mult negru și prelungiți cu o codiță unsuroasă. Gura ar fi frumoasă fără umbra de mustață, destul de vizibilă. Cu pomeții ieșiți în afară, cu părul scurt și curbat în dreptul urechilor, cu gâtul cam țeapăn, deloc lipsit de un fel de maiestate inutilă, seamănă cumva cu o figură bizantină dintr-un mozaic dogmatic și migălos. Nu stă nici o clipă locului, altfel descrierea mi-ar fi ieșit mai bine. Cred că esențialul l-am spus. Acum își trage pulovărul peste cap, așa că-i pot desluși mai bine corpul, neobișnuit de frumos, aproape adolescentin. Doar gușa aproape dublă și un mic val de grăsime deasupra șoldurilor atentează la grația acestui corp. Pentru cine nu caută nod în papură, este numai bun de ținut în brațe. La gât poartă un lănțișor cu cruciuliță, care acum i-a ajuns la spate, între omoplați, iar pe degetele într-adevăr cam uscate și pieloase – o mulțime de inele cu peruzea, culoarea ei zodiacală. Acum s-a așezat pe cerga lățoasă și își scoate pantalonii, rămânând în ciorapi de culoarea cafelei cu lapte. Își trage peste cap și helanca neagră, de sub care apare o bluză de bumbac. Se ridică și scotocește printr-un dulap minuscul pe care acum îl observ și eu. E un prilej să-i admir încă o dată silueta gracilă, cu nimic mai prejos decât a oricărei puștoaice. Scoate prosopul și intră în baie, care are pe ușă o aplică de plastic alb-gălbui înfățișând un copil pe oliță. Se aude, după un timp, zgomotul dușului, care nu va dura prea mult, fiindcă bănuiesc că nu e apă caldă, după cum bârâie și chicotește Svetlana. Căci o cheamă Svetlana, nume care în primul rând nu i se potrivește deloc și apoi mai și sună cam bizar, nu prea comod pentru ce-mi trebuie mie. I se zice însă Nana, și cum cei care îi spun astfel fie că nu l-au citit pe Zola, fie că nu le pasă, totul reintră în normal.

Mă învârt prin odaie, din ce în ce mai surescitat. Labele, ghearele, pântecele meu transparent umplu camera, care sticlește tot mai stins în amurgul de iarnă. În baie a încetat de mult dușul, dar ea nu iese. Se aude din când în când un zgomot de sticluță pusă pe etajeră, apoi alte vibrații mai înăbușite, greu de descifrat, apa de la robinet și sunetele spălatului pe dinți. Nu mai am răbdare. Mă strecor pe sub ușă și iată-mă la câtiva centimetri de ea. E goală până la brâu și, cu părul zbârlit în toate părțile, vopsit în acel negru artificial, ca al vameșului Rousseau, își arată, în sfârșit, vârsta. Fața demachiată, pe care acum începe să și-o machieze din nou, are ceva de mascul spân, asiatic. Sânii, minunați, sunt partea cea mai tânără a corpului ei. Cruciulița s-a agățat de vârful unuia dintre ei și sclipește acolo, pe perna caldă a mușchiului. Atâta s-a fâțâit, atâta și-a uscat părul cu foenul, atâta și l-a pieptănat în oglinda murdară la un colț și cu un șurub căzut, că, iată, s-a și făcut șase fără cinci și el trebuie să pice dintr-un moment în altul. Deslușesc pe fața ei, chiar sub praful piersiciu al fardului, o paloare care nu ține de nuanța feței, o paloare a trăsăturilor, aș zice, o paloare psihică. Îi e puțin rău, se vede, e șocată. Ar trebui să fie emoționată și chiar bucuroasă, dar e ceva în viscerele sau în țeasta ei care a întors-o pe dos. Buzele îi sunt țepene și triste. „Având zâmbetul fățarnic / Pe-a ei buze de coral." Buze de orientală tristă, de creolă tristă, de idol trist.

Iese din baie și începe să se îmbrace. Mi se pare neinteresant, de altfel sunt și în criză de timp, așa că părăsesc garsoniera, ies pe ușa blocului și mă târăsc, hidos, translucid, cu labele mele păroase ocupând tot trotuarul, pe ulițele gloduroase, întunecate, ninse din preajma blocului ei. Câțiva trecători se plimbă încoace și-ncolo prin înserare, dar el nu e. Merg mai departe, dau de șosea și cobor de-a lungul ei, pândind fiecare autobuz care, roșu și greoi ca un cărăbuș, înaintează printre nămeți, murdar până la geamuri de stropi de zăpadă cafenie. Îl simt, în sfârșit, într-o mașină și mă arunc și eu, din mers, în mijlocul babelor, liceenilor, muncitorilor înghesuiți între care, stând aproape într-un picior și ținându-se cu mâna înmănușată de bara învelită în plastic cenușiu de la geamul șoferului, se află el. Să-i tot dai acestui tânăr vreo douăzeci și patru de ani. Este destul de înalt, blond, cu șuvițe neobișnuit de lungi ieșindu-i de sub căciula de blană. Firișoare aurii de barbă și mustață abia dacă reușesc să-i înăspreească fața copilăroasă. Cruzimea pe care linia gurii și a bărbiei o arată nu este însă una răutăcioasă, ci întunecată, melancolică. Ceva te face să crezi că, dacă ar putea să scoată dintr-o casă incendiată fie un copil în scutece, fie o pictură de Giorgione, ar scoate fără să șovăie pictura. S-ar putea ca în realitate să nu fie însă decât un puști cam spălăcit și debusolat, care de câteva zile trăiește cu o femeie cu unsprezece ani mai mare decât el. Mă grăbesc, oricum, să-mi fac loc pe sub pielea lui, să alunec prin capilarele lui, să înot în sângele lui, prin artere din ce în ce mai largi, printre ostroavele hematiilor și aricii albi, cu mii de degete, ai leucocitelor, până ajung, odată cu toate marnele și aluviunile lumii, în delta imensă a creierului său, unde mă culcușesc confortabil, strângându-mi ghearele pe lângă corp. Cu fiecare metru pe care-l face mașina în direcția camerei în care Nana așteaptă, foamea mea crește, pofta mea insațiabilă se apropie de apogeu.

Fir-ar să fie, neroada asta nu putea să urce decât cu papornița în mașină și să mi-o proptească sub picioare. Noroc că la a doua cobor. E prea departe, trebuie să merg, pe gerul ăsta, în condițiile astea mizerabile, până la capătul pământului. Și n-am chef să mă îmbolnăvesc doar ca să par în fața ei irezistibil. Nu-mi convine, iarăși, că Nana s-a cam prins, sau așa pare, or mie nu-mi trebuie complicații. Totuși, are ceva interesant, cred că în primul rând vârsta, care mă face ca în relațiile cu ea să mă simt ușor stânjenit, vinovat, să roșesc puțin, ceea ce-mi place. Să aibă parte de o femeie matură trebuie să fie visul oricărui puști. Dar cu mine e altceva. Ea mă interesează mai puțin ca inițiatoare în erotism, cât pur și simplu ca suflet și gândire și memorie de femeie coaptă, de femeie adevărată. Elevele sau studentele nu sunt, de cele mai multe ori, decât niște mâțe închipuite, învăluite, e drept, în lumina de ambră a ochilor și într-un fel de nonconformism năuc. Fără trecut, sau fără să și-l conștientizeze încă, anexe de discotecă al căror erotism, când există, e unul pur social și estetic, ele strepezesc imaginația ca niște fructe încă necoapte. Cele mai multe nu se coc niciodată: le dispare șarmul și se adaugă mulțimii de neveste cumsecade, cu o sinceră vocație a normalității. Inginerași, vaporeni, contabili – *ei* se aleg cu mândrețele de tigrese care unduiesc sub flacăra stroboscoapelor, sub peticele amețitoare de lumină emise de globul cu oglinjoare.

...Junele tânăr care cugeta astfel, închizând când un ochi, când altul, se dă jos din autobuz în bezna cartierului Dămăroaia și o ia agale spre pătrățelele (slab) luminate ale blocurilor. Vei crede că, gândind despre fete, vorbesc despre niște struguri prea acri pentru mine, și ai dreptate. De fapt, ca să fiu cinstit, nu prea am avut de-a face cu fete din alea sculpturale și înțolite ca lumea despre care vorbeam. Prima mea femeie am avut-o la douăzeci și doi de ani și era tot o „babă“, de vreo douăzeci și nouă. Apoi a mai picat câte una din timp în timp. Dar am necaz mare pe adolescentele astea zălude, care te lasă, te lasă până nu te mai lasă. Am pierdut vremea degeaba, luni de zile, pe lângă una dintre ele, așa că sunt sătul. N-am încercat niciodată să trăiesc timp mai lung, pe bune, lângă o femeie. Nana e pentru mine o șansă neașteptată: pot dormi la ea, ceea ce n-am făcut niciodată, cu nimeni. Cred că vin aici pentru a patra sau a cincea oară de când am cunoscut-o la ceaiul ăla insipid de la Șerban. Nana e vară-sa, și se învârtea și ea prin bucătărie. A mers ușor. *Odată am avut o fată ori, mai bine zis, ea m-a avut pe mine. Mi-a arătat camera ei: nu-i așa că-i plăcută? Lemn norvegian...* Dar, cum spuneam, e mai rău că stă departe, că n-o poți scoate în lume. La film sau la teatru mai poate crede lumea că ești cu maică-ta, dar între prieteni? Toți își vor bate joc. Sigur, sunt rău, dar asta-i situația. Profit, asta-i situația. Sper că nu vom face decât să profităm amândoi un timp unul de celălalt, fără probleme, fără încurcături. Uneori mi-o și imaginez în chip de Ingrid Bergman, aplecându-se peste uriașa balustradă a scării în spirală și strigându-mi mie, Anthony Perkins, de mult plecat: „Dar sunt bătrână! Sunt bătrână! Sunt bătrână!" E perspectiva care mă îngrijorează cel mai mult, uite, abia îmi închipui figura ei de animal mic, bătut fără vină, și mă și simt întors pe dos de milă. Cred că n-aș putea părăsi niciodată pe cineva dacă aș ști că suferă pentru mine, oricine ar fi, oricum ar arăta. Sper totuși că o să fie OK.

Aha, în hol e deja mai cald și măcar nu-ți mai intră fulgii ăia în ochi. Urc scara mizerabilă. De ce dracu pute mereu a crematoriu? Iată și ușa ei albastră-vânătă, cu vizor. Bat, și tu îmi deschizi și, ca întotdeauna, mă lași cu gura căscată, pentru că aștept, cu oarecare neplăcere, să-ți văd figura, și când colo tu arăți minunat, ai un zâmbet care-ți ridică și mai mult pomeții, iar linia sprâncenelor tale e mult mai puțin circumflexă și autoritară decât mă așteptam. Capul tău e drept și mândru, iar ținuta lui, ușor virilă, îți dă acea ambiguitate care mă fascinează. Mă ajuți să-mi scot hainele groase, cu dâre de zăpadă pe la încheieturi, și rămân în puloverul meu roșu, pe gât. Mă așez pe pat, pe cerga roșie, așa încât camuflajul e perfect. Sunt ușor emoționat, căci nici o tipă nu s-a gătit vreodată pentru mine ca tine, Nana. E în tine un amestec de tandrețe, duioșie și timiditate care îmi dă curaj. Mai e și altceva, dacă te privesc atent. Îți mângâi părul și te întreb de ce ești tristă. Nu e chiar tristețe ceea ce observ, e altceva, dar așa se întreabă. Eziți puțin, apoi îmi povestești. Ai o voce neplăcută, de profesoară pedantă, cu un respect nemărginit pentru corectitudinea exprimării.

Vorbești ca din carte. Dar de-acum te știu. Peste o oră-două, o să lași baltă distincția asta artificială și chiar o să te pisicești de tot. Abia așa ești simpatică. Dar până la pat mai avem. Vom sta țepeni și vom conversa pe teme literare. Deci îmi spui că te întorceai de la serviciu (nici acum nu știu prea bine ce învârți, o chestie cu cifre, cifre și iar cifre, un institut cu multe inițiale) și tocmai așteptai mașina într-o stație înzăpezită. Asta acum o oră jumate, două. Aproape că nici nu puteai privi în direcția din care trebuia să vină mașina, căci din partea aia veneau și rafalele de zăpadă care te orbeau. Pe stradă, în amurgul care începea să se lase, prin fața celor care așteptau ca și tine, se plimba, cu coada între picioare, o potaie. Blana gălbuie era presărată cu zăpadă, iar firele de pe picioarele din spate se prinseseră în țurțuri unele de altele. Avea botul negru și se uita țintă în ochii câte unui trecător. Se învârtea de colo-colo, dar numai către mijlocul străzii. Părea înțepenit de frig. Și brusc, o mașină a apărut din aerul întunecat și l-a izbit din plin, făcând un zgomot ca de tobă lovită cu ceva greu: zdup! Incredibil cât de tare a putut să țipe câinele ăla. Nu era nici chelălăit, nici lătrat, nici urlet, era durere pură, țâșnită dintr-o bucată de carne. Un chiuit, ai zice, necâinesc, așa cum zici uneori „urlet neomenesc". Mașina a dispărut, iar câinele a rămas în mijlocul străzii, învârtindu-se repede în jurul cozii, țipând la fel de tare și târându-se doar pe labele din față. Cele dinapoi paralizaseră, inerte. Țipa continuu, până când s-a apropiat o altă mașină, din aceeași direcție. L-a lovit din nou, de data asta luându-l pe dedesubt și aruncându-l înapoi cu burta-n sus. Urletul animalului, tot timpul (o secundă sau două) cât s-a aflat sub mașină, a depășit orice limită a suportabilului. Câteva femei își ascunseseră fața în palme, una își proptise capul de un copac, iar bărbații strigau după mașină. Cățelul s-a târât până pe trotuar și s-a lungit pe burtă lângă gard. Nu mai scotea nici un sunet, doar căsca din când în când botul negru. Ți-a venit imediat după asta autobuzul și, în înghesuială, era să ți se facă rău. Cred și eu, tu doar mi-ai povestit – și pe mine m-a apucat tremuratul. Îți iau mâna și-ți privesc inelul cu peruzea. Îmi place să mă port frumos cu tine, cu altele sunt imposibil. Te ridici și scoți din poșetă un pachet auriu de cafea în care zuruie boabele. Cafea austriacă, unii spun că e cea mai bună, alții că e cea mai proastă. O pui în aparatul de râșnit, potrivești deasupra capacul de plastic transparent și în timp ce motorașul începe să vibreze ții mâna deasupra lui. Îmi pun și eu mâna peste mâna ta. Te iau după mijloc și nu mai vreau să fiu cuminte deloc. Știu că avem toată noaptea înainte și că trebuie cumva gradate lucrurile, pentru că altfel poate fi urât, jignitor, dezgustător, dar mă tem că n-am destul de multă experiență ca să pot aștepta. Când sunt cu tine, care mă atragi așa de mult, îmi vine să las baltă conversația (și așa nu mai am nimic în minte) și să te iau în brațe. Încerc, ești și tu destul de dusă pe altă lume, dar ar trebui să dai drumul la capac și toată cafeaua s-ar risipi prin cameră. Mă potolesc și, în timp ce pui apa la fiert, stăm de vorbă, calm, despre ultimele noastre lecturi. Tu citești o carte obscură, ai luat-o mai mult pentru titlu și ai plimbat-o în poșetă pe la serviciu. Cartea se numește *Adâncuri* și ți-ai imaginat că nu poate fi decât profundă. Sigur că e vorba despre adâncurile insondabile ale unei femei. Îți spun sarcastic că, de obicei, autorii care scriu despre aceste adâncuri nu prea au cu ce să le sondeze. Eu am terminat, de fapt am înghițit două cărți pe care mi le-ai împrumutat săptămâna trecută. *Nouă povestiri* de Salinger (toate sunt excelente, dar mi-a plăcut cel mai mult *Omul care râde*, pentru că am avut și eu un prieten care, când eram mic, îmi povestea tot felul de minuni. Îl chema Mugurel și se apuca să-mi spună că au fost mai mulți Hitleri. În fiecare episod, un soldat de-al nostru mai omora câte unul) și *Nuncle* de John Wain, nu nemaipomenită, dar pe alocuri, vorba ta, „adâncă".

C-o fi, c-o păți... *Coffee*. O sorbim din ceșcuțele tale cu dungă bleu. Am început să tremur, nu mai am răbdare. Dar, vai! trebuie să mai aștept. Fiindcă iar mă chinuiești cu zodiacul tău, numai când îl văd mi se face părul măciucă. Ții neapărat să vezi dacă așa și pe dincolo. Cum sunt eu în afaceri, în dragoste, ce fel de inteligență am, de ce boli să mă feresc. Doamne, o femeie e în stare să te scoată din minți o noapte întreagă. Sigur, în timpul ăsta nu stau degeaba, te mângâi cu amândouă mâinile. Dar rezultatul e doar că uneori citești mai răgușit, alteori te oprești și închizi ochii. Pierzi șirul, dar nu te lași deloc. Până la urmă nu ajungi la nici o concluzie. Mă recunoști în unele pasaje din zodiac, dar altele nu mi s-ar potrivi în nici un fel. Renunți și ne apucăm să facem patul. Apoi ne dezbrăcăm (tu, ca întotdeauna, te schimbi în baie și apari, pudică, în capotul cu flori stacojii pe sub care, spre mereu reînnoita mea dezamăgire, nu mai porți nimic). Eu sunt de mult sub imensa pilotă când intri și tu în pat și te lipești imediat de mine.

Aici, drag cititor, mă tem că, fără să vreau, îți voi da o grea lovitură. Și anume, n-o să-ți povestesc și n-o să-ți descriu nimic din ceea ce văd că se întâmplă în patul dreptunghiular pe care acum, ieșit din creierul cam încins al lui Vali – am uitat să-ți spun că așa se numea tânărul blond cu barbă aurie – îl văd în întreaga sa desfășurare, cu formele sale de relief, craterele și seismele sale. Stau cocoțat pe raftul cel mai de sus al bibliotecii, frecându-mi burta de *Muzeul negru* al lui Mandiargues. Îmi agit stângaci lăbuțele, care-mi ajung până la lustră. Îmi văd victima înțepată, paralizată, deja incapabilă de orice rezistență. Totuși vie, cu memoria întreagă, gelatinoasă, numai bună să fie ingerată. La sfârșitul nopții, din această femeie care acum are fața contractată de plăcere (sau paralizată de suferință?) va mai rămâne doar o carapace uscată, legănându-se în plasa mea scânteietoare. Dar nu-mi place să mă ocup de aspectul tehnic al capturării și înjunghierii. Aceste aspecte presupun că le cunoști foarte bine din propria ta experiență. Îți pot sugera ca acum, când ai ajuns la aceste rânduri, să închizi pentru cinci minute ochii și să-ți rechemi în minte toate detaliile celei mai frumoase (sau ale ultimei) nopți de dragoste pe care ai trăit-o...

Deschide acum ochii. Acum totul e în ordine. Dacă nu mă apuc să înfățișez cele două frumoase nudități, și n-o s-o fac, pentru că a venit ceasul poveștilor, nimic nu-ți va jigni, cititor ipocrit, comandamentele morale. Ea stă acum în poziția convențională, inevitabilă: cu capul pe pieptul lui, iar el o ține după umăr. Mă grăbesc să mă instalez din nou în lobul său parietal stâng, acolo unde cea mai mică leziune provoacă afazie, agrafie, alexie.

Când îți treci palma peste ecranul de sticlă al televizorului, imediat ce emisiunea s-a terminat și imaginea s-a stins, simți în degete mii de pâlpâiri și auzi trosnituri electrice neașteptat de violente. Dar dacă îți mai treci și-a doua oară mâna pe suprafața netedă, nu mai percepi nici o tensiune: ecranul a devenit inert. Tot astfel te mângâi eu acum, Nana. Sânii tăi, mușchii umerilor tăi – nu-mi mai spun nimic, ca niște obiecte asemenea scaunului sau suprafeței aspre a cearșafului. În același timp mintea ta, firea ta, ființa ta mai adâncă se ridică la suprafață ca și când din apa intens albastră a oceanului o insulă s-ar înălța, gata împădurită, cu animale, păsări, flori și libelule. Încetând să fii femeie, devii femeie. Ne apucăm de sporovăială. Asta o să facem până la opt dimineața. Niciodată de când sunt cu tine n-am putut închide un ochi toată noaptea. Ți-am povestit filme, ți-am spus bancuri și apoi am trecut la confesiuni amoroase. Îmi place la nebunie faptul că tu știi să asculți, că ești mereu atentă, deși nu te-am simțit mereu binevoitoare. Îți începusem noaptea trecută (acum cinci nopți) tâmpenia mea de poveste cu Maria, „Bloody Mary", cum te încăpățânezi tu să-i spui când te sâcâi prea tare cu ea. Acum vrei neapărat să știi dacă am fost până la urmă la ziua ei. Afacerea asta mă umilește. Dacă n-aș fi dat de tine, nu știu ce mă făceam. Pe Bloody Mary o cunoscusem acum un an și ceva și imediat se amorezase de mine. Mă știa din facultate, îmi citise niște povestioare prin reviste și mă considera, cum ținea mereu să-mi spună, un mare nu știu ce. N-am luat-o nici o clipă în serios. Era o fată-buldozer, umflată, cu ochii încercănați, cu un minunat păr negru. Țicnită până la Dumnezeu. Când se simțea fericită, era un spectacol: cânta și striga pe drum, mă strângea în brațe gata să-mi rupă oasele, mă mușca de obraz până la sânge. După întâlnirile cu ea, veneam acasă plin de vânătăi. Strânsese tot felul de nimicuri care ar fi putut aminti de primele noastre zile împreună: etichete de la sticlele de bere pe care le băuserăm, lăcrămioare uscate primite de la mine, o mică scobitoare de plastic cu figurină la capăt, de la masa pe care mi-o servise ea, ca la carte, o lumânare fantezi arsă pe jumătate, care amintea o seară petrecută la lumina ei, o mostră triunghiulară din materialul ecosez din care-și făcuse un taior purtat prima dată când mersesem cu ea la Athénée Palace și multe altele. Le lipise pe toate cu scotch pe un mare panou de carton în formă de M, pe care mi-l făcuse cadou de ziua mea. Era emoționantă și grotescă, în rozurile și vernilurile ei, te impresiona aspirația ei pătimașă spre altă lume decât cea din care provenea. Mă speriase cu nebunia ei pentru mine. Ne plimbam nopți întregi prin oraș. Dar lipsa ei totală de gust, kitschul exuberant al preferințelor ei (care mergeau spre muzică populară de proastă calitate și melodrame de doi bani), lipsa de tact care o făcea să intre strigând *hello everybody!* într-un salon de spital, crezând că astfel îi înveselește pe bolnavi, mă scoteau din sărite pe atunci, așa că după trei-patru luni i-am spus cu cinism că nu țin la ea și că trebuie să ne despărțim. Am lăsat-o în acea seară să plece singură acasă (la mama naibii, în Berceni) și, la trei noaptea, mi-a dat maică-sa telefon că nu ajunsese încă. M-am speriat, mi-am închipuit tot felul de prostii. Eram atât de agitat, încât spre dimineață m-am rugat ca un idiot: „Doamne, fă să nu ajung niciodată scriitor, dar să fie bine cu ea. Să nu i se întâmple ceva rău..." Mai mult nu aveam de oferit. A venit acasă pe la cinci dimineața. Bătuse străzile. (Aici tu faci o mutră atât de rea și de plină de o ipocrită milă față de mine, încât înțeleg cât te râcâie povestea asta. Ești geloasă pe Maria. Îmi spui: „Ești incredibil de naiv, Vali. Chiar crezi că s-a plimbat pe străzi toată noaptea?" Îți explic încă o dată că așa era firea ei, dar tu insinuezi mai departe că de fapt Maria fusese la cineva. De ce m-ar fi mințit însă că e fecioară? Nu, Maria nu era numai fecioară, era de-a dreptul feciorelnică, naturală și pură, în felul ei fără măsură, ca un copil. În privința asta n-am îndoieli. De atunci m-a mințit de multe ori, dar în privința asta nu mă pot îndoi de ea. Așa că păstrează-ți pentru tine sarcasmul, n-o cunoști.)

Apoi nu ne-am mai văzut multă vreme. Ne-am întâlnit pe stradă, întâmplător, toamna, în octombrie. Am trăncănit nițel și ne-am dus fiecare spre casa lui. Am ajuns tulburat, spre mirarea mea. Am simțit pentru prima dată că țin la ea, că-mi lipsește. A doua zi m-am dus de dimineață la facultate. Am așteptat-o să iasă pe culoar și m-am trezit cerând-o de nevastă. Eram foarte fericit, consideram afacerea ca și încheiată, căci știam că mă iubise și eram convins că nu s-a schimbat nimic și că întotdeauna totul depinsese de mine. Dar ea s-a ținut tare, deși nici nu mai vedea pe unde calcă. Îmi și închipuiam o viață de familie fericită lângă Bloody Mary. Peste vreo două zile ne-am văzut în parcul de lângă blocul ei. Îi adusesem o pară uriașă, zemoasă. Mușca din ea și făcea nazuri, tipa. Păi să mai vedem, păi să mai discutăm... Poate peste vreo doi ani... Desigur, în tot acest interval buldogița trebuia să rămână neatinsă ca însăși Imaculata Concepțiune, căci ea voia să-și merite cununița și celelalte angarale. Și eu, care crezusem că o fac grozav de fericită cu propunerea mea... Am lăsat totul baltă și ne-am despărțit furioși. Îi mai spusesem că trebuie să-și găsească un întârziat mintal care s-o ia în condițiile astea. Luni de zile i-am mai dat câte un telefon, din timp în timp, căci aveam remușcări. Îmi închipuiam că biata fată ar fi vrut totuși să fim iar împreună, dar că-i era frică, se speriase de purtarea mea. De vreo două ori m-a invitat pe la ea și s-a purtat nespus de scârbos. M-a primit cu geamurile deschise în toiul iernii, trebăluind cu tulpanul pe cap. Mi-a vorbit ironic și m-a expediat după nici o jumătate de oră, deși o oră făceam numai pe drum până la ea. Mi-a dat să mănânc cozonac acru, cred că turnase dinadins zeamă de lămâie în aluat. Era clar că mi-o plătea, că-și bătea joc, plecam de fiecare dată teribil de furios, hotărât să termin cu ea pentru totdeauna. Dar, ajuns acasă, iar mă înduioșam, nu eram în stare să accept evidența: ea își găsise pe altul și nu mai voia să aibă de-a face cu mine. Știam din tot felul de aluzii și ce e cu insul respectiv, un vaporean stupid care îi adusese blugi măsura cincizeci și opt, pentru dosul ei imperial, care-i băgase pe gât un casetofon nichelat, ca să asculte Frank Sinatra și Cleopatra Melidoneanu, care pica din când în când pe la ea și râdeau amândoi de scriitorașul pârlit care-o ceruse de nevastă. În vară, Mary lăsase nasul mai jos, trecuse și pe la mine, o dezbrăcasem. Să stai pe ea era o performanță de rodeo: se smucea în dreapta și-n stânga ca un mustang. După doar o zi însă, iar nu mă mai cunoștea: i se întorsese matrozul din America de Sud și era tare mândră. După o lună iar pleca vâslașul, iar trecea pe la mine sau mă aducea pe la ea, iar îmi plângea pe umăr de rupea pământul: că n-o să știu niciodată cât de mult m-a iubit ea etc. Când plângea, se roșea ca sfecla, arăta a nevastă de ardelean, mirosind a ceapă, îi curgeau șiroaiele din ochi, era ridicolă. Dar eu tot speram că povestea cu individu-ăla de pe mineralier e doar așa, o invenție a ei ca să mă atragă, speram că încă mă iubește și deveneam și eu languros și prostesc sentimental. Cum pica însă nava Mărășești sau Mărăști de prin Antile, cum sosea Popeye cu șiragul de mărgele de doi bani la ea, iarăși începeau sarcasmele. Am persistat în prostia asta un an și câteva luni, de necrezut. Amorul propriu, motorul paranoiei, este în stare să nege complet realitatea, să inventeze un teatru de păpuși în care el însuși e mereu prințul care vine cu condurul de argint și-n care Cenușăreasa îl așteaptă mereu, pregetând să trăiască cu argatul de la grajd, mai murdar, ce-i drept, dar mai sigur. Aici ajunsesem cu *the continuing story*. Vrei să știi acum (și cu câtă atenție fața ta bizară, mongolă, cu părul umed, se lipește de clavicula mea) dacă am fost la ziua ei, unde mă invitase în mod neașteptat după încă vreo lună de răceală. Fost. Fost, fir-aș al naibii... Am șters-o, ce-i drept, după vreo oră, într-o stare de perplexitate absolută. Nu mai știam dacă să râd sau să plâng. Marine Boy era prin Filipine, în schimb se adunaseră în casa buldogiței tot soiul de șmecherași, prieteni de-ai lui, cu porecle delicioase: Mielu, Șobo, Hahamu... Hahamului, din simpatie, m-am prezentat și eu: Bardamu. Era însă un tip dur, la care n-a ținut figura. Nici nu s-a uitat la mine când am dat mâna. De ce mă chemase, nu știu. Știu însă că m-a uimit cu desăvârșire aspectul schimbat al casei. Pe toți pereții, Mary agățase citate în grecește, copiate Dumnezeu știe de pe unde, toate în legătură cu marea, cu apa: *Thalassa! Thalassa!*, *Panta rhei* și alte minuni. Ca veioză avea o corăbioară cu pânze albicioase și cu bec în spate. Pe ușă, un afiș imens cu „Cumințenia pământului", care probabil că voia s-o reprezinte chiar pe ea. Pe lada studioului, într-un oval de țiplă – un țăran și-o țărancă din Cipru, el cu fustanelă și fes, ea cu ilic și nu știu ce în păr, kitsch mizerabil, din cele care zac și prin artizanatele noastre. Se asculta într-o tăcere religioasă Nat King Cole. Iat-o pe Cenușăreasa mea, pe femeia visurilor mele, cu care voiam să mă căpătuiesc, uite-o trăncănind despre kentane, uite-o vorbind despre cargouri, uite-o obsedată dacă Mărăști se întoarce pe zece sau pe cincisprezece. Uite-o extaziindu-se de un jeg de ilustrată în relief, primită din Valparaiso, înfățișând, ca pe cutiile de bomboane, o copilă cu bucle dulci și cu fustiță bleu, scurtă și creață, așteptând un tinerel chipeș care se apropie cu barca, trăgând strașnic la vâsle. Dacă mișcai poza, tânărul dădea din vâsle, iar dulcea sa iubită îi făcea cu mâna. Mi-era rușine, crede-mă, Nana, și-mi e și acum. De asemenea mi-e necaz, sunt trist că am ajuns aici, aș fi preferat să cred naibii că am ținut la o fată care să mă merite, cât de cât. Așa, e umilitor. Doamne, mă gândesc acum ce-ar fi însemnat cununia cu ea. Ce tămbălău, ce mizerie! Bloody Mary cu voal și lămâiță și buchetul de mireasă în brațe, țipând și gesticulând de fericire. Tarafurile reunite zdrăngănind la țambal, călușarii apărând de după un colț: hop-șa, hop-șașa! Chiote și voie bună și ea în capul mesei, năclăită de lacrimi, și mă-sa cu cocuri triple punând în fața fiecăruia plicul pentru bani. Și-apoi, spre dimineață, ducând buldogița în pat și chinuindu-te s-o dezvirginezi. Ai coborât puțin, stai acum cu obrazul lipit de mijlocul meu și mă ții de talie. După povestea asta, tăcem amândoi destulă vreme. Sunt înveninat, deși mult mai calm decât acum câteva zile. Tu... tu taci. Nu știu ce gândești. Becul din tavan luminează violent odaia asta halucinantă: vrafurile de cărți, măsuța cu coșulețul cu mere, goblenurile. Pe fotoliu, țoalele noastre, claie peste grămadă. „Ce subțire ești, ca o fetiță“ – spui până la urmă. Și apoi, fără legătură: „Ai observat ce am pe gât?“ Te ridici iar, până ce fața îți ajunge în dreptul feței mele. Îți privesc gâtul ușor ridat. Gâtul femeii îi arată cel mai bine vârsta, parc-am auzit pe undeva. Gâtul tău este un gât de femeie de treizeci și cinci de ani. Sub pernița de carne de sub fălci, pe o parte, ai într-adevăr o mică cicatrice, nu o tăietură, mai curând un pliu, o lipitură plastică. „Aici am avut o aluniță“, îmi spui. Doamne, ce cafeniu frumos în privirile tale. Dar acum acesta e singurul lucru frumos de pe fața ta. Bărbat cu ochi de femeie. Poate și cu gură de femeie. Pofta de tine mi-a revenit, îți prind cu gura buza de jos. Tu însă te-ai zăvorât după asprimea feței tale. Alunița aceea a trebuit să fie cauterizată, îmi explici. Și apoi dai drumul unor cuvinte încordate, întretăiate, de parcă ai suspina. Ți-a fost frică, foarte frică. Cu doi ani în urmă, toamna, te trezisești dintr-un vis îngrozitor, țipând. Ai aprins lumina și-ai zărit imediat pe pernă câteva picături de sânge. Ți-ai atins gâtul cu două degete. Te-ai uitat: sânge. Alunița îți sângera. Cum s-a făcut dimineață, ai și fugit la oncologie. Îl cunoșteai pe doctor, căci cu mult timp înainte mai fuseseși pe acolo. Crezuseși că-l ai la sân. Citiseși de atunci tot ce-ți picase în mână pe tema asta și ajunseseși la o fobie persistentă, chinuitoare. Știai că dacă alunițele sângerează sau își schimbă brusc culoarea, devenind violete, roze sau palide, poate fi un semn. Mai ales când ai anumite vise înainte. Există studii despre visele prevestitoare ale tuberculoșilor, cardiacilor, bolnavilor de cancer. „Dar ce-ai visat atunci?" – te întreb. Rămâi cu ochii în gol. „Îți spun mai încolo." Doctorul era cam excentric, îi murise nevasta și, bineînțeles, se zvonise că tocmai de cancer. Înainte să-ți vină rezultatul de la biopsie, tipul te-a cerut de nevastă. Încep să râd. De altfel, nu-mi place să te ascult sporovăind pe un subiect ca ăsta. Nu de alta, dar după aceea e cam greu, cam jenant să faci din nou dragoste. Rămâi insula de safir răsărită din mare. Povestește-mi altceva. Mi-ai spus data trecută că tu nu trăiești, ci viețuiești, știu că, mergând cu spatele pe culoarul memoriei tale, te împiedici, te zgârii, te învinețești, dar nu se poate să nu dai de niște locuri transparente, cele în care ești cu adevărat tu, și nu o biată femeie matură, o funcționară singuratică fără nici un viitor. Trăind sub pământ, la milioane de kilometri sub fundațiile orașului, în cubul acesta de lumină al garsonierei tale. Povestește-mi despre soțul tău.

Bravo, tinere! Începi să-mi placi. Ai înfășurat-o în fire mai tari ca lița. Ai momit-o cu stropul dulce de Bloody

Mary, care îi tremură și-acuma în stomac. Ai înțepat-o exact în ganglionul nervos. Deja o pot suge, deja o țin strâns cu cele opt picioare ale mele. Mi-am înfipt colții în carotida ei și simt în gură gustul de strugure al visului. Ce dulci sunteți unul lângă altul! Înainte să apuce să-ți mai spună ceva, începi iar s-o mângâi. Fața ei, care nu are nimic comun cu numele de Svetlana, se întoarce în sus, se extaziază fără poză, buza de sus i se zgârcește, lăsând să se vadă dinții rânjiți, te strânge cât poate, își iubește exterminatorul. Asta durează atât de mult, încât, drag cititor, mă simt dator să-ți umplu cu ceva așteptarea. Nu cred că ar strica să-ți mai spun câteva cuvinte despre Vali. Biografia lui este standard: grădiniță, școală generală, liceu, facultate. E în anul patru la Filologie și nici nu-i trece prin cap să se gândească la ce va fi mai departe. Dacă i-ar spune cineva că va ajunge profesor la o școală minusculă de la marginea marginii Capitalei, l-ar privi cu milă. La fel ar face și dacă i s-ar prooroci un mare viitor în lumea literelor românești. Deocamdată stă cu părinții, citește, citește și iar citește. Meseria lui este să se entuziasmeze. Scrie puțin. El va scrie, de exemplu, peste doi ani (deconspir acest lucru doar ca să vă faceți o idee despre posibilitățile lui ca nuvelist începător) prima povestire din acest volum, *Ruletistul*. Dacă, după un bun obicei de cititor, ați început cartea de-a-ndoaselea, puneți mâna și citiți chiar acum *Ruletistul*. E cel mai bun lucru pe care l-ați putea face în intervalul acesta în care cei doi se iubesc. Și, ca timp obiectiv, durează cam tot atât. De publicat, n-a publicat decât două-trei schițe în *Amfiteatru* și câteva poezii, destul de proaste, în *Echinox*. Nu-mi plac substanțele din care se filetează poezia: prea miros a eter, a ojă de unghii. Prea trebuie să mănânci din tine, ca Nastratin Hogea. Prozatorul adevărat mănâncă din alții.

Doamne, nu mă mai satur de tine. Ne-am desprins din nou. Te ridici și te duci la baie. Pe tine ai doar o cămașă bărbătească până la pulpe. Zgomotul apei de la baie îmi bruiază orice fragment de gând. Tu ești docilă, ești blândă în momentele noastre de amor, nu vrei să-ți impui personalitatea, nu ai inițiativa nici unui gest, dar răspunzi tandru și ferm tuturor gesturilor mele. Iau un măr din coșuleț și mă apuc să-l rod. Te întorci din nou lângă mine, cu cămașa ta ca o pânză de corabie. Stingi lumina și intri în pat. Ai mâinile umede și înghețate. Eu rod mai departe mărul pe întuneric și, brusc, te aud vorbind. Vocea ta înlocuiește obiectele camerei, atât de prezente până acum lângă noi, și din care nu a mai rămas decât cenușa.

Nu insiști, nici nu ții prea mult, asupra soțului tău. Spui că era alcoolic și că l-ai părăsit după șapte ani de căsnicie. Șapte ani de ghinion. Îți arunca romanele și cărțile de versuri pe geam. Până la urmă ai divorțat de el, acum cinci ani. Ții minte că divorțul s-a pronunțat cam tot pe vremea asta, prin decembrie. Ai suportat ciudat de greu șocul. În noaptea de Anul Nou te-ai simțit atât de singură, de fără sens în garsoniera ta de pe Ștefan cel Mare, prima în care te mutaseși, încât ai ieșit, chiar la miezul nopții, să te plimbi pe Aleea Circului. Ai coborât până la lac și acolo, într-o lume stranie, învelită în ceață, ai întâlnit un adolescent care stătea în genunchi și privea prin gheața groasă adâncul lacului. Ai început să plângi. Și-acum te înfiori când îți amintești scena aceea. El, grav, conducându-te până la șosea și lăsându-te acolo. Dispărând, încetul cu încetul, în ceață. Nu l-ai mai văzut niciodată, ca și pe soțul tău.

Te întreb când ai făcut prima dată dragoste și te simt zâmbind în întunericul dens. Îți ating fața cu degetele și într-adevăr zâmbești. Pufnim în râs amândoi. Îmi spui că n-are absolut nici o importanță când și cu cine ai făcut asta prima oară. Dar, dacă am răbdare, mi-ai putea povesti ceva cu mult mai interesant, și anume când te-ai sărutat prima oară cu cineva. „Păi poți să te săruți și altfel decât cu cineva?“ – te întreb în timp ce mâna mea continuă să-ți atingă, nu cu viteza, dar cu voluptatea unui orb, contururile feței. „Sigur“, îmi spui, și-ți simt buzele mișcându-se. Mă înhați cu dinții încetișor, de un deget. Apoi: „Când eram mică mă sărutam în oglindă.“ Pe urmă îmi pui o întrebare ciudată, cu o voce albă, reținută: „Ai auzit vreodată de *REM*?“ „Nu, nu cred, mormăi eu fără să fiu prea atent sau curios. Dar hai, spune-mi cum te-ai sărutat prima dată. «Zi-mi de lapona Enigel / Și Cripto, regele ciupearcă.»“ Iar tu, dragă Șah-Razada, începi povestea ta minunată. Insula de smarald se înalță acum la câteva mii de metri deasupra apelor, în care-și oglindește falezele. Doar o cărare duce până sus. Acolo se întinde o pajiște acoperită cu păpădii galbene, părăluțe și gura-leului sălbatice. Fluturi și libelule, cu ochi limpezi, imenși, se rotesc deasupra florilor. Mai încolo e un crâng de tineri copaci înfloriți. Încă de aici miroase a coajă de copac.

Am să-ți povestesc niște lucruri petrecute prin anii 1960 sau '61, când eram încă o fetiță, nu aveam mai mult de doisprezece ani. Locuiam cu ai mei pe Moșilor, într-o casă din acelea ciudate, cu al doilea cat ieșit în afară, cu două coloane subțiri străjuind intrarea, cu tot soiul de măști grotești, de ipsos, atârnate peste tot. Sus, chiar deasupra intrării, atârna balconul, la baza căruia se afla o țeavă de scurgere care ieșea, ca la sifoanele vechi, din ciocul căscat al unui vultur de metal. Balconul era minuscul, și totuși vara el devenea locul meu de joacă, reşedinţa mea aproape permanentă. Băteam acolo de pământ o minge mare şi vărgată cu portocaliu, azuriu şi roşu ca purpura sau mă uitam, minute în şir, printre zăbrelele acoperite de iederă, la capul vulturului, al cărui ochi, cioc cu nările umflate, precum şi fiecare fulgulet care-i acoperea creştetul erau cizelate migălos în metalul ruginiu. Când, după ore de legănat păpuşi şi de cântat de una singură, în plin soare, intram în casă, păstrând încă în ochi reflexele scânteietoare ale iederei, camerele mi se păreau sumbre ca nişte cavouri. După masa de seară ieşeam din nou să privesc stelele. Nu ştiu de ce, mi se pare că pe atunci erau mai multe stele pe cer decât poţi vedea acum. De asemenea, erau mai multe eclipse, în fiecare săptămână aproape era câte o eclipsă de soare, pe care-o priveam prin cioburile afumate pregătite din timp. Îţi aminteşti? Dar tu erai foarte mititel pe-atunci... Atunci erau şi zăpezi mai mari, iar în acel an, în vară, se arătase deodată pe cer o cometă cu şase cozi răsfirate care păleau în eter. O priveam din balcon cu nesaţ cum stătea încremenită, o pată alburie printre stelele galben-strălucitoare, cu mii şi mii de colţuri ascuţite. Din stradă, pe atunci pietruită şi mărginită de case ca şi a noastră, zugrăvite în tot felul de rozuri şi cărămiziuri, decorate în calcio vecchio, cu tencuiala dusă, cu geamurile acoperite cu storuri prăfoase, se auzeau ecourile dulcege ale cântecelor de pe atunci, care şi azi îmi stârnesc o nostalgie idioată: „Intră luna pe fereastră / Intră-n odăiţa noastră..." Dacă urcam în podul casei şi priveam prin luminator (de fapt, un fel de lunetă străjuită de încă două reprezentante ale poporului aceluia de gorgone de pe Moşilor, dintre care uneia îi lipsea un braţ: întindea spre stele doar un ciot de fier care susţinuse stucatura) vedeam, peste acoperişurile din jur, reclamele pâlpâitoare ale Bucureștiului, roșii și verzi, intense, aprinzându-se și stingându-se la intervale regulate. Era mai ales una de culoarea safirului, așezată pe un bloc din centru care astăzi nu mai există. Cum se stingea, strângeam și eu ochii și număram până la unsprezece. Când îi deschideam, trebuia să văd, chiar în acea clipă, reclama aprinzându-se din nou. Ea punea pe fața lucioasă a păpușii mele cu capul de carton o lumină azurie, care se stingea ca să facă loc unei umbre roșii, unor dungi și pete verzi. Stăteam în pod privind contururile negre ale orașului până îl auzeam pe tata bocănind pe scară. Urca, monstruos, o statuie enormă de carne roșie, care umplea ușa podului. Îmi era foarte frică de el cu toate că nu mă bătea, ci, dimpotrivă, mă lua în brațe și se apropia și el cu mine de ferestruica rotundă. Un cap mare de tot, un cap mai mic și unul și mai mic (capul de carton, cu cozi de ață cafenie, al lui Zizi, păpușa mea – căci îmi plăcea s-o ascult la difuzor pe Zizi Șerban), trei capete, șase ochi rotunzi se înghesuiau să privească stelele. Apoi coboram în hrubele noastre.

Foarte, foarte rar ieșeam din casă. Nu aveam prietene, și părinții mei erau foarte retrași. Mama, săraca, ieșea doar după cumpărături, iar tata doar până la slujba lui misterioasă, de unde ne veneau banii. Când se hotărau să mă scoată la plimbare eram fericită. N-o să uit niciodată când am fost cu tata la Orășelul Copiilor, în Piața Națiunii, aveam vreo patru sau cinci ani pe-atunci. Orășelul mi s-a părut imens. În mijloc se afla un brad până în ceruri, plin de becuri colorate, ghirlande de toate culorile, pachete mari de carton învelite în poleială aurie, purpurie, albastră, globuri cât un cap de om, beteală groasă ca mâna. În vârf, bradul avea o stea roșie în cinci colțuri care reușea să înroșească zăpada din tot Bucureștiul cu lumina ei. Pe alei se aflau oglinzi strâmbe și oameni înalți de vreo trei metri, făcuți din zăpadă artificială, în pieptul cărora se deschideau vitrine cu mașinării complicate. Se vindeau peste tot acadele răsucite, citronadă în sticluțe mate, frumos rotunjite. Erau cutii mari, având sub țiplă forme bizare din zahăr colorat, erau Moș Crăciuni de turtă dulce și alții adevărați, adunând din loc în loc copiii și spunându-le basme. Trecând prin labirint nu te puteai rătăci, pentru că pe fiecare panou găseai o săgeată care-ți indica drumul. O hardughie lungă și vopsită țipător adăpostea balena Goliat, pe care am văzut-o și noi, înghesuindu-ne în mulțime: un cilindru nesfârșit, vânăt, ca de ipsos vopsit, cu imense înotătoare de pește și, în gură, cu fanoane stufoase. Balene se mai numeau și lamelele flexibile de plastic pe care le purta tata în gulerul cămășilor. Le vindeau țiganii pe la colțuri. Dar cel mai frumos lucru din Orășelul Copiilor, în afară de brad, mi s-a părut racheta Vostok, în mărime naturală, în vârful căreia te puteai sui, ca într-un turn. Sus, într-o cabină, le vedeai pe cățelușele Strelka și Belka, făcute din pânză și lână creață. Apoi trebuia să cobori imediat pe partea cealaltă, căci veneau la rând și alți copii care voiau să vadă cățelușele, prinse în hamurile lor complicate, cu zeci de catarame. Tata îmi spunea că înaintea lor fusese în cosmos altă cățelușă, Laika, și că ea rămăsese pe lună. Mă uitam uneori la petele de pe cristalul fumuriu al lunii, când era senin, dar nu vedeam nimic acolo, oricât m-aș fi străduit. Mai încolo era și o lunetă pe trei picioare, mânjită în toate culorile. Tata a dat și acolo niște bani și m-am putut uita prin ea. Credeam că voi vedea stelele cu pădurile și florile și fetițele care se află pe ele, dar n-am văzut prin sticla rotundă decât mii de bucățele simetrice de sticlă colorată, care se aranjau în felurite imagini dacă roteai ușor țeava.

Păreau niște fulgi de zăpadă mari, scânteietori. Plecam plângând din risipa aceea de lumină și culoare, cum nu mai văzusem niciodată. Treceam pe lângă o clădire care avea deasupra un panou cu mii și mii de becuri, pe care defilau știrile, litere care fugeau către stânga, formate prin aprinderea și stingerea becurilor galbene. Oamenii, încărcați de cadouri, urmăreau minute în șir perindarea aceea de cuvinte. Ne-am întors acasă prin orașul dominat de luna plină, uriașă.

Nu aveam telefon, nici nu știam pe atunci că există așa ceva. Vizitele noastre pe la rude erau, de aceea, cât se poate de rare, fiindcă trebuia să picăm pe neașteptate, lucru de care mama se jena. De altfel, nu aveam decât câteva rude: fratele și sora mamei, la care se adăuga și nașa mea. Pe unchiul Lazăr îl vedeam foarte rar, o dată pe an poate, căci, divorțat, cam schimba femeile cu care stătea, ceea ce-o umplea de furie pe mama, care fusese prietenă cu nevasta lui. Până în ziua de azi, când a trecut de șaptezeci de ani, unchiul Lazăr și-a păstrat obiceiurile, ceea ce pare să-l țină în putere... La tanti nașa iarăși nu prea mergeam, căci era o femeie îngălată. În casa ei, copleșită de copii mici, anul și cârlanul, mirosea mereu a murdar, a stătut. Eu tot trăgeam să mergem totuși pe-acolo (stătea în Ferentari, undeva pe o uliță de țigani, întortocheată și gălăgioasă, cu o biserică galbenă, oribilă, și un closet public care puțea de la o poștă) pentru că, din întâmplare, nașa avea televizor, un TEMP 6 cu ecran minuscul, dar la care puteam vedea primele episoade din *Robin Hood* și filme pentru copii ca *Amnarul fermecat* și *Soldatul de plumb*, care mi-au plăcut foarte mult. Pentru asta îi suportam pe mucoșii în scutece croite din imprimeuri, cu botoșei mânjiți, care țineau să mă tragă de codițe și să mă necăjească în toate felurile. Cel mai des mergeam însă la tanti Aura. Drumurile până acolo și tot ce se întâmpla când mergeam la mătușa mea erau pentru mine niște aventuri ciudate, explorarea unei alte lumi. Lucrurile cele mai importante din viața mea s-au întâmplat acolo, la marginea aceea de București. Acolo, de altfel, s-a petrecut *singurul* lucru pentru care cred că am venit pe lume, pentru care am fost aleasă: intrarea în *REM*. Și tot acolo, fiindcă tot vorbeam de asta, m-am sărutat prima dată cu cineva... Mai târziu, după mai mult de zece ani, m-am și iubit prima dată cu cine mai știe ce ins, la sfârșitul cine știe cărei petreceri, dar nu atunci am devenit femeie, căci eram deja de mult, psihic vorbind.

Se întâmpla ca în vreo dimineață mama să intre în camera mea și să-mi spună că mergem la tanti Aura. Săream în sus de bucurie, mă îmbrăcam repede cu rochița de oraș, îmi trăgeam șosete albe, trei sferturi, și-o îmbrăcam și pe Zizi cu o rochie de catifea verde deschis, cu ape, care-o prindea foarte bine. Pe dedesubt purta chiloți de voal roz și furou de chembrică albă, era ireproșabilă. Ieșeam repede în balcon, în răcoarea galbenă a dimineții, și mă uitam la tramvaiele și mașinile care huruiau pe dedesubt. Uneori, printre ele, trecea și câte un camion tras de cai, cu tăbliile vopsite frumos în albastru sau verde, cu flori pictate, sirene sau cerbi. În urma lor, caii lăsau din când în când globuri gălbui de balegă aburindă. Mirosea a fum și a cal, deloc respingător. Până era și mama gata, până mâncam, se făcea ora unsprezece. Ieșeam în vacarmul străzii și o luam încet în jos, până la Obor. Îmi suceam gâtul după fiecare chioșc de răcoritoare, cu instalație de sirop și sifon, cu spirale umplute cu cremă și covrigi „Ia cu sare și cu mac / face bine la stomac". Când eram mică de tot, mă trânteam pe jos dacă mama nu-mi cumpăra ce voiam și țipam ca din gură de șarpe. Câte o bătrână se apropia, se străduia să facă o mutră fioroasă și-mi spunea: „Cine e fetița asta obraznică? Ia s-o bage baba în sac!“, la care urlam și mai rău. La radio, în fiecare zi, se transmiteau reclame, cântate pe mai multe voci, cu „Dropsuri bune și jeleuri / Caramele și drageuri“ sau „Limo-limo-limonada“. De la șapte-opt ani în sus abia, de când începusem să merg la școală, mă mai stăpâneam. Dar întotdeauna am fost o pofticioasă. Mă mir că nu m-am făcut ca o balenă.

Oborul era un loc fermecător. Mi-l amintesc și azi cu precizie, îl văd pur și simplu în fața ochilor. O intersecție simplă, nu foarte largă, dar cu un aer balcanic, negustoresc, cum nu mai găsești azi nicăieri. Dacă veneai de pe Ștefan cel Mare, te năpădea mulțimea firmelor de toate formele, dimensiunile, culorile, scrise pe sticlă sau pe lemn, cu litere de mână, caligrafiate frumos, sau cu cele mai variate caractere de tipar. Sobari, plăpumari, croitori, „Geamuri și oglinzi“, ceasornicari, „Pompe funebre“ (aici era mereu câte un coșciug proptit de ușă, căptușit pe dinăuntru cu valuri de satin), câte o cheie uriașă de lemn atârnată perpendicular pe perete și pe care scria YALE, câte un ceas de sticlă, mare ca acelea din gară, dar cu limbile pictate și cu numele proprietarului scris pe el. Pe stânga era un birt de unde ieșea veșnic un fum albastru cu miros de mititei. Mișunau în jurul lui bețivi, țigani îmbrăcați ungurește, cu femeile cu fuste crețe după ei, țărani purtând funii de usturoi și saci pe jumătate plini, cu iz de cânepă. Peste drum era magazinul de jucării „Scufița roșie“, pe care îl visam și noaptea. Era pentru mine un loc feeric. Cum ajungeam la Obor, o și târam pe mama înăuntru. Intram într-o încăpere lungă și scundă, mirosind îngrozitor a petrosin. Podelele erau cafenii-stacojii și lumina care se strecura prin vitrine era cu totul insuficientă. Abia când înaintai adânc în spațiul acela gol, dădeai de tejghea și de rafturile cu jucării. Mă uitam pierdută la păpușile de toate mărimile, îmbrăcate în bucăți grosolane de pânză. Cele mai multe erau de cârpă, doar cu capetele dintr-un fel de ipsos care se ciobea foarte repede și cu părul de ață neagră, galbenă sau cafenie. Erau totuși și păpuși de cauciuc, înfățișând niște negrese cârlionțate. Erau căluți albi, cu șa de pânză lăcuită, roșie ca flacăra, urși galbeni și cafenii, păsări mecanice de tablă. Mereu se aflau pe tejghea cinci-șase jucării care țopăiau, săreau, băteau toba, mașinuțe care înaintau prin frecare, rachete care scoteau scântei din coadă. Mama îmi cumpăra de obicei jocuri ieftine, ca acela în care trebuia să reconstitui scene din *Albă-ca-zăpada, Cenușăreasa, Crăiasa zăpezilor*, îmbinând bucățele de carton de forme ciudate. Mă plictiseam repede de ele pentru că învățasem să refac dreptunghiurile acelea și pe dos, fără să mai țin seama de desene, doar după formele cartonașelor. Îmi mai lua și cartonașe pentru cusut, desenate în culori și găurite. Nu aveai decât să treci acul cu ață prin găurelele alea, ață maro, albastră, verde, galbenă sau roșie. Conturam astfel ciobănașul cu oița sa, tractorul, băiatul și fata ținându-se de mână, stilizați frumos, fluturele. Mereu ieșeam plângând de la „Scufița roșie". Puțin mai sus, pe Mihai Bravu, se afla un mare Ferometal de unde se puteau cumpăra tablă, cuie, lanțuri, dar și vaze și pahare pe care erau lipite abțibilduri cu păsări multicolore. Mai încolo, după o odăiță minusculă în care, în vitrină, luminată puternic, o femeie grasă în verde remaia ciorapi de nylon, era o hrubă sinistră unde se vindeau pânzeturi de in și cânepă și covoare de iută. Acolo zăceau pe tejghele și în rafturi baloturi mari de pânză care miroseau puternic a naftalină, a fibră vegetală, a iută. Miroseau iute a iută. Pe un pilon era atârnată o oglindă, în care mă priveam: din penumbra deasă se uita la mine o fetiță speriată, cu fața deformată de apele cristalului. Vizavi, adânc înspre piață, se afla (e neschimbată și azi) hala. Dar pe atunci mi se părea monstruos de mare. Înăuntru era mereu frig. În timp ce mama cumpăra câte ceva de la țăranii înșirați pe la tejghelele de faianță, eu îmi suceam gâtul în sus privind mozaicul stins de pe un perete și forfota de la etaj, unde știam că se vinde miere. Despărțite de incinta halei, se aflau mai într-o parte culoarele nesfârșite ale măcelăriei. Mă fascinau jumătățile de porc, ciosvârtele de vită care atârnau de aproape fiecare cârlig, măcelarii în halate pline de sânge care nu mai prididеau retezând cu satârele țeste de miel, din care scoteau creierii lăptoși, sau tăind bucăți groase de mușchi. Jupuite, cu ochii holbați, ai căror globi erau plini de vinișoare, oile zăceau spintecate direct pe tejghea. Ca să ieșim, trebuia să trecem pe lângă butoaiele imense, puțind a zer, din care oameni nerași, cu mutre posomorâte, scoteau bucăți mari de telemea. Erau uzi până la coate de zeama aceea lăptoasă. Prin intersecția de la Obor fiecare trecea cum voia. Nu exista semafor, iar milițienii care se mai rătăceau pe-acolo erau ocupați mai curând să stea de vorbă cu infirmul care ținea cântarul de precizie sau cu vânzătorul de lozuri în plic. Era o viermuială ce mirosea a piele, a tutun, a cârpă, a balegă proaspătă, a mititei. Eu cu mama, îmbrăcate de oraș, luam tramvaiul, care abia putea înainta, sunând în disperare din clopoțelul său, printre căruțe și Pobede. Tramvaiele erau de lemn, cu multe rame exterioare, cu geamuri mici și un singur far în față, deasupra grătarului de metal. Odată cu ușile care se pliau scârțâind, unse din gros cu o materie neagră, de care mă mânjeam mereu, cobora o treaptă pe care puneai piciorul ca să urci. Dar era atât de înaltă, că mama trebuia să mă ridice în brațe ca să mă pot apuca de bara de alamă lustruită. Ne urcam de obicei prin față, căci era mai puțin aglomerat, așa că de multe ori nimeream chiar în spatele vatmanului, care în acele tramvaie n-avea cutiuța lui de tablă și geam ca acum, ci stătea pur și simplu pe un scaun din care ieșea buretele, în partea din față a tramvaiului, la grămadă cu călătorii. Îmi plăcea să mă uit cum sucește și învârtește de manivela nichelată, terminată cu o mare bilă metalică, pe care o clănțănea de-a lungul plăcii aurii. Pe placă scria ceva în nemțește. În vagoane, scaunele erau din șipci de lemn galben, lustruit, iar din plafon atârnau mânere ovale, de care se țineau cei care ajungeau până acolo. Când tramvaiul lua viteză și alerga clătinându-se pe șine, mânerele se izbeau ritmic de plafon: trosc-trosc, trosc-trosc, ceea ce-ți dădea, în amurg, o senzație de toropeală. În spatele remorcii, dacă te suiai acolo, puteai vedea o frână de mână, un fel de manivelă cu șurub, nichelată.

Mama se ținea de un mâner, eu mă legănam lângă ea și astfel defila prin fața noastră un oraș atât de frumos, de misterios, că abia ne încăpea în pupile. Dimineața orașul era învelit de-o auroră ca apa rece. Erau la modă zorelele care-și deschideau cupele albastre, cu vine violete, pe după aproape fiecare grilaj. La amiază tramvaiul era foarte aglomerat. Un țăranet vesel, cu băști, șepci și treninguri, iar femeile în fuste cu imprimeuri înflorate și broboade, umplea vagonul, râzând, făcând gălăgie, certându-se cu taxatoarea. Câte unul mai șmecher spunea cu voce joasă: „Biletele la control!“– și înghețai chiar dacă aveai bilet. Pe înserate, tramvaiul era aproape gol, taxatoarea dormea între stații cu capul pe mica ei tejghea, mama moțăia și ea pe scaun, cu mine în brațe, iar eu priveam norii purpurii, arzând deasupra caselor cu acoperişuri negre, în zigzag, neregulate. Aşa, clătinându-ne, ferindu-ne de beţivi, retrăgându-ne din preajma unei duhori de cort sau de usturoi, ajungeam până la Bariera Vergului, cu cinematograful Munca şi mai ales cu statuia coclită din mijlocul havuzului. Înfăţişa o femeie pe jumătate dezbrăcată din ulciorul căreia curgea un fir de apă. Statuie neagră, tristă, cu dâre verzi ca iarba. *Mai cocliţi ca şerpii fraţi / Din fântâni municipale.* Mai mergeam câteva staţii, trecând pe lângă fabrici cu coşuri uriaşe de cărămidă, cu mari maşinării unsuroase în curţi, pe lângă triaje de cale ferată cu vagoane melancolice, stacojii, ruginind în zăpadă, pe lângă gogoşerii unde se mai vindea încă bragă. De-a lungul străzilor se înşirau, suciţi, scorburoşi, duzi bătrâni, la sfârşitul verii plini de dude albe, viermănoase, sau negre-indigo, tecari în tecile cărora, cafenii, mirosind a crud, a dulce şi-a galben, zuruiau boabele, tei şi salcâmi. În fine, după alte câteva staţii coboram la Rond. Nu mai există astăzi în Bucureşti un loc ca Rondul. Era o piaţă rotundă, nu prea mare, parcă mereu ceţoasă din cauza molozului de culori pale, amestecate, care se desprindea din tencuielile caselor din jur. Rozaliu-verzuliu, vineţiu, praful acesta se învârtejea în piaţă şi ţi se depunea în dâre fine pe umeri, pe obraji. Casele aveau faţadele concave şi erau atât de scălâmbe, de ridicole, încât îţi stârneau o bună dispoziţie macabră. Lei de ipsos, cu laba pe o bilă, străjuiau intrarea în vreo tutungerie. Vulturi cu aripile întinse şi grifoni cu şira spinării noduroasă copleşeau luminatoarele. Acoperişurile aveau bulbi ovali de tablă, ca bisericile ruseşti. Coloane antice, unele prăbuşite, ciubucării complicate, monograme încârligate încadrau prăvăliile cu vitrine mizere. Pe toate gardurile erau scrise porcării cu cretă colorată. În centrul pieţei, strivind-o pur şi simplu, se înălţa statuia unui dorobanţ, pe un soclu care, doar el, era mai mare decât tot ce văzusem vreodată. Trebuia să-mi las capul pe spate ca să cuprind în întregime imaginea soldatului colosal, cu arma la picior. Cele mai înalte case erau mai scunde decât piedestalul statuii. Nori cărămizii îi înconjurau umerii. Era cu totul și cu totul de piatră. Cât timp eu căscam gura la el, de pe trotuar, mama intra în diverse dughene ca să cumpere câte ceva pentru sora ei și pentru vărul meu, Marcel. Lua de obicei lavandă foarte ieftină, care se vindea în sticle în formă de mașinuțe, câteva cutii de carton cu ciocolată Piticot sau bănuți aurii de ciocolată. Uneori cumpăra bomboane praline, în formă de păpuși, roz și cu umplutură de cafea. Alte bomboane, portocalii, erau pline cu miere. Când găsea (dar s-a găsit tot mai rar), mama cumpăra zahăr candel în bucăți zgrunțuroase. Îmi dădea și mie, pe loc, un sirop: apă foarte rece, cu miros de zmeură. De la Rond luam alt tramvai și coboram la a treia. Ajunseserăm în cartierul Dudești-Cioplea. Țin minte cum încercam să țin pasul cu mama, care mergea foarte repede. Din rochia ei se desprindea un iz de scrobeală, iar rujul cam țipător pe care-l folosea la ocazii din astea (altfel nu se farda niciodată), un ruj dintre cele mai ieftine, mirosea a lavandă proastă. Mie însă îmi plăcea, pentru că-mi amintea de mirosul parfumat al anumitor bomboane discoidale, roz, făinoase, numite „cerceluși". Pe Zizi o ținea în poșeta ei care imita pielea de crocodil. După multe ocoluri pe străduțe necunoscute, trecând pe lângă școli galbene și turtite, cu cercevele verzi la ferestre și cu acoperișuri maro, pe lângă centre de butelii unde era mereu coadă și centre de sifoane dominate de-o uriașă roată albastră în mișcare, intram, în fine, pe strada unde stătea tanti Aura.

Era o stradă lungă și dreaptă, cu garduri de lemn și fațade scunde de-o parte și de alta. Dacă treceam vara de-a lungul ei, o recunoșteam întotdeauna după mulțimea zmeielor de hârtie încâlcite în firele de telegraf dintre stâlpii de lemn unsuros. Multe zmeie erau făcute din hârtie albastră de împachetat. Altele însă erau pictate cu acuarele sau colorate cu creioane, așa că apăreau ca niște pete fistichii, arlechinești, pe cerul alburiu. *Privește la arlechini!* Trebuia să străbatem toată strada ca să ajungem la casa de cărămidă netencuită, pe care o știam atât de bine, penultima de pe stradă și, în acea direcție, penultima și din oraș. Dincolo de încă o casă chircită în fundul unei grădini se întindea câmpul plin de bălării dinspre comuna Dudești. Câmp, cât vezi cu ochii. Cât de ciudat mi se părea că o stradă se termină în gol în loc să dea în alte străzi!

Cum atingeam poarta, prin ale cărei șipci rare se vedea interiorul curții, cu camionul părăsit între straturile de arpagic, cu cireșul amar și cu mușcatele bătute, tufănelele și trandafirii de pe margini și, mai în spate, cu casa roșie, pătrățoasă, acoperită cu tablă, Chombe venea șchiopătând cât putea de repede în întâmpinarea noastră. Mie-mi era cam frică de el căci, pe când aveam vreo trei ani, mă mușcase de obraz. Era totuși un câine inofensiv, bătrân, cu urdori la ochi, cu picioare prea scurte pentru corpul lui gras, acoperit cu păr aspru, cârlionțat. Puțea mai pătrunzător decât orice alt câine pe care l-am văzut vreodată. Chombe lătra atât de tare, încât, în timp ce noi înaintam pe cărarea pavată cu cărămizi printre care se iveau flori-de-piatră pastelate, înainte să ajungem la intrare, ușa se deschidea și tanti Aura, cu mânecile suflecate, în halat de casă, cu un zâmbet larg, de bucurie exagerată, ne poftea înăuntru.

Un culoar lung și întotdeauna cenușiu și friguros ne conducea în sufragerie. În timp ce mama și mătușa stăteau de vorbă, eu mă uitam la peștele de sticlă din vitrină, la tablourile făcute din voaluri și mătase galbenă de pe pereți, înfățișând lebede plutind pe un lac albastru, dar mai ales îmi făceam de lucru la mașina de cusut. Scoteam din sertarele ei petice de pânză de toate culorile, cârpe cu înflorituri, bucăți de pluș vișiniu, cu care mă apucam să-mi înfășor păpușa. Venea imediat lângă mine Marcel, vărul meu, care se apuca s-o lege pe Zizi la ochi sau să-i înnoade mâinile de cârpă la spate. Se ferea râzând de palmele mele și, când nu mă așteptam, mă apuca de codițe. Era un mucos sâcâitor, dar foarte drăguț, dolofan, cu ochi cafenii. Uneori, când îl apuca dragostea pentru mine, fugea repede în camera lui și venea cu o cutiuță de Cavit 9. Mă servea cu o tabletă galbenă și parfumată, de consistența cerii. Puteam zăbovi așa, jucându-ne în colțul nostru de sub mașina de cusut, și-o zi întreagă. El își aducea mașinuțele paradite și-o plimbam pe Zizi peste tot, în remorcă. Se prefăcea că o răstoarnă până mă făcea să plâng de-a binelea. I se uita pe sub fustă. În acest timp, peste capetele noastre treceau conversația celor două femei, lătratul lui Chombe, melodiile dulcege ale Angelei Moldovan: „Lunca-i lungă, iarba-i verde / Ce-am iubit nu se mai vede.“ Cea mai veche amintire a mea se leagă nu de casa în care m-am născut, ci de casa asta, a mătușii. Aveam doi ani când am făcut revelionul la ei. Îmi aduc extraordinar de bine aminte. În sufragerie erau mese lungi și becurile erau învelite în celofan roșu. Totul, totul era purpuriu în cameră. Fețele oamenilor erau purpurii-scânteietoare. Pe masă farfuriile și paharele erau purpurii. Marcel avea să se nască doar peste patru ani, dar lângă mine stătea altă verișoară, de trei ani, Nineta, care mai târziu a făcut poliomielită și-a rămas cu un picior mai subțire. Pe atunci însă mi-o amintesc rânjind veselă și întinzând mâinile către cadourile care ni se puseseră înainte, pe masă: câteva bomboane și o căprioară de cauciuc, legate în țiplă. Și, cred, o ciocolată dreptunghiulară. Femeile gătite cu tot soiul de mărgele imitând perlele și bărbații în cămăși mi se păreau niște giganți. Priveam în sus spre fețele lor pierdute în lumina becurilor roșii. Erau neîndurători, terifici.

Dar vara nu stăteam în casă, ci imediat fugeam, cu Marcel după mine, în curte. Chombe, șchiopătând țeapăn, mirosind a câine plouat, se învârtea pe lângă noi, cu limba roșie scoasă printre colți. Călcam cu grijă printre straturile de legume și ajungeam la camion. De când știu eu casa și curtea lui tanti Aura, camionul acela vopsit în albastru, fără roți, zăcea acolo, în mijlocul micii grădini de zarzavaturi, scorojit ca vai de el, cu tabla îndoită. Pe capota cabinei dormea de obicei, încolăcită, Gigi, ultima reprezentantă a unei dinastii de pisici numite cu numele ăsta. Nu știu cum de suporta fierbințeala tablei, căci noi nici nu puteam pune mâna pe ea. Deschideam portiera și ne suiam în cabină, unde căldura zăpușitoare avea un damf de cauciuc încins sau de mușama fierbinte. Marcel se așeza la volan, iar eu lângă el. Când închideam ușa, lumea devenea mică, intimă, ai fi vrut să rămâi acolo pentru totdeauna. Bancheta cu pielea tăiată din care ieșea buretele, geamurile murdare pe care înțepeniseră ștergătoarele cu cauciucul fărâmițat, volanul de care trăgea Marcel și care, dacă-i dădeai drumul, revenea la loc, rotindu-se-n sens invers, dar mai ales mirosul acela, pe care-l simt și-acum, ne purtau într-o lume fără legături cu cea reală. Desigur, Marcel se imagina într-un camion de război, vânând la nemți cu grămada. Din când în când apăsa pe pedalele din podea, care declanșau, spunea el, mitraliera. Dar eu, mişcând înainte şi înapoi tija cu bilă de ebonită la capăt, eram departe de fanteziile astea. Îmi închipuiam că aş putea trăi toată viaţa în cabina aceasta, având grijă de Zizi şi spunându-i tot felul de poveşti şi de poezii. Bordul camionului era spart, desprins. Câte un cadran atârna de două fire izolate în fâşii de plastic galben, altul avea geamul spart şi îi puteam mişca acul indicator cu degetul. Doar cadranul kilometrajului rămăsese la locul lui, deşi vibra şi el în toate direcţiile, ieşit din şuruburi. De altfel, era singura piesă a camionului care mai funcţiona. După ce stăteam în cabină vreo oră, adică până ne plictiseam, kilometrajul se modifica, arătând dintr-odată altă cifră, din ce în ce mai mare, ca şi când efectiv am fi parcurs sute şi sute de kilometri. Pe Marcel nu-l impresiona amănuntul ăsta, dar eu îmi aduceam un caiet de matematică pe care notam cifra de la început şi cea care apărea la coborâre. Deşi niciodată nu-mi dădeam seama când anume se schimbă cifrele, ele nu erau aceleaşi. Degeaba pândeam cadranul minuscul până-mi dădeau lacrimile. Găsea el o clipă să se schimbe. Când ieşeam din cabină, cerul acela albastru, învolburat, de ţară, mi se părea uriaş. Soarele muia totul într-o apă galbenă. Umbrele erau negre şi precise. Ne suiam în remorcă şi-o luam pe Gigi de mijloc. Pisica era moale ca o cârpă, dar dacă o puneam în picioare se întindea brusc, cu ochii încă lipiţi de somn, îndoindu-şi spinarea ca un arc şi căscând o gură roză, atât de mare, încât ne tăvăleam de râs. Începea să se spele, apoi se trântea la loc pe capota încinsă. Doar seara se ducea după porumbei. După ce-l mai chinuiam puţin pe Chombe, după ce deschideam capacul motorului ca să vedem cuibul de viespi lipit acolo, printre ţevile şi elicea unsuroasă dinăuntru, ne suiam în cireşul amar care se înălţa drept şi neted în mijlocul straturilor de trandafiri. Din vârf puteam vedea toată partea aceea a orașului. În urmă, ulițele încâlcite, cu case ca de țară, cu câte-o antenă pe acoperișuri, și turla de tablă pricăjită, lipsită de demnitate, a unei bisericuțe. La orizont, ieșind dintre case ca un înotător dintre valuri, zăream statuia dorobanțului de la Rond, înspăimântătoare. Văzusem la cinema filmul *Godzila*, despre un monstru imens care distrugea un oraș. Așa arăta și statuia soldatului, acum albăstruie din cauza depărtării. Privind în direcția opusă, vedeam câmpul, arătura întinsă până la o lizieră de copaci, dincolo de care se ițea altă turlă de biserică, lucind în soare.

Cu toate astea, până în comuna Dudești, câmpul nu era cu totul lipsit de interes. Dimpotrivă, exista acolo, în mijlocul lui, un lucru care mă fascinase dintotdeauna, de când îl văzusem prima oară din vârful cireșului amar. La vreo sută cincizeci de metri de unde se sfârșea strada și începea câmpul, se înălța, chiar în mijlocul arăturilor, la prima vedere cu totul izolat și inaccesibil, un fel de foișor melancolic și bizar, o casă excentrică, stacojie, construită înainte de război pentru cine știe ce proprietar insomniac. Ai fi zis că e o culă oltenească, la fel de solidă, cu contraforți puternici și muchii ferme, îngustându-se la catul al doilea, dar terminându-se cu un turnuleț cilindric, crenelat. Lumina galben-verde a verii cădea atât de tăios peste edificiul acesta neașteptat, încât, dacă deschidea până la trandafiriu culoarea unuia dintre ziduri, îl înnegrea pe celălalt până la nuanța vișinei putrede. Abia pe la mijlocul turnului scânteia o ferestruică. Altele nu se mai vedeau, dar era posibil să existe pe partea cealaltă. Nici un pom, nici o altă umbră nu se mai zărea în preajma acelui foișor, în afară de o magazie de scândură, cenușie, aflată la câtiva metri depărtare. Cine ar fi zis că șandramaua aceea va deveni pentru mine centrul vieții, singurul loc pentru care merită să exiști? Când se întorc dintr-o „excursie“, heroinomanii au sentimentul că din lume au dispărut culorile, că trăiesc într-un film albnegru în care nu se întâmplă niciodată nimic, că timpul nu mai curge și că viața reală e doar un limb al morții. Sentimentul ăsta îl am și eu de când am fost în *REM*.

Mergând la tanti Aura o dată la două-trei luni, cunoscusem câteva fetițe de-o vârstă cu mine de pe strada aceea. Când auzeau că am venit (avea grijă Marcelino să dea o raită prin curțile lor și să le spună), apăreau la poartă, câte două-trei, iar eu fugeam repede să le-o deschid. Își aduceau și păpușile cu leagăne cu tot, cu plăpumioarele de satin, trusele medicale de jucărie, stetoscop și seringă de plastic, suzetele și zornăitoarele de bebeluși. Ne suiam în remorca mașinii și improvizam acolo o grădiniță. Dădăceam păpușile, le învățam să se poarte cuviincios, le dezbrăcam și le îmbrăcam. Când ne plictiseam, le lăsam acolo și mergeam în spatele casei, unde dădea ușa de la bucătărie. Acolo se afla o platformă de ciment, lustruită bine, cu latura de vreo trei metri, poate mai mult, unde vara, pentru că acoperișul ținea umbră, tanti Aura scotea o masă cu picioare în formă de X pe care se juca remy sau se mânca. Dar noi ne apucam să desenăm acolo, cu cretă colorată, șotroane complicate, labirintice, unele în forma clasică de om cu mâinile întinse în lături, altele ca niște spirale de melc. Fiecare căsuță o desenam cu cretă de altă culoare, culori pure, strâmbe, filiforme: roz pembé, azuriu și oranj, galben citron... Cifrele și numele din căsuțe le făceam cu alb sau cu purpuriu, după cum erau binefăcătoare sau nefaste. Țin așa de bine minte cum se reflectau în luciul platformei norii alburii care treceau pe deasupra... Stăteam ghemuite câte o după-amiază întreagă. În timp ce una dintre noi juca, aruncând cu ciobul în căsuța numerotată, celelalte se apucau să deseneze prin colțuri case cu perdeluțe la fereastră, cu garduri galbene care aproape că nici nu se vedeau, cu pomi ca niște dreptunghiuri maro din care porneau ramuri cu mere roșii. Mai desenam prințese cu ochi albaștri, cu cozi împletite și fuste lungi, colorate fantezist. Foloseam culoarea fisticului pentru frunzele trandafirului pe care-l țineau între degetele lor portocalii. Gemenele, Ada și Carmina, desenau monstruos, le făceau picioarele scurte și butucănoase, iar mâinile până mai jos de genunchi. Amuzant era însă să stai să le privești cum desenau: începeau amândouă același desen în același timp și terminau amândouă odată, făcând riguros aceleași gesturi, alegând aceleași culori. Doar că desenele lor erau în oglindă. Dacă prima desena un copac în stânga unei căsuțe, cealaltă îl desena în dreapta. Nu puteai găsi nici o altă deosebire între mâzgălelile lor. Erau micuțe, cu trei ani mai mici ca mine, și purtau mereu aceeași îmbrăcăminte: șorțulețe cu arici în piept, atât de scurte încât chiloțeii tetra li se vedeau la orice mișcare. Mie îmi era mai simpatică Ada, pentru că era curată și liniștită, celeilalte îi curgea mereu nasul și, dacă-i spuneai să-și scoată batista, se supăra, își lua păpușa și pleca acasă. Ada se uita lung după ea. Avea cârlionți cafenii, strălucitori, și ochi triști, cu pleoape umflate. Mai stătea puțin cu noi, dar pleca apoi și ea după soră-sa, căci nu suportau să stea despărțite. Țigăncușa, Garoafa, le drăcuia printre dinți, fiindcă uneori gemenele veneau de dimineață la poarta ei și începeau să strige „Garoafa-scroafa“ până ieșea afară toată șatra, cu spume la gură de furie. În rest însă, când treceau pe la tanti Aura sau când ne jucam pe câmp, privind la băieții care scoteau din găuri gărgăuni cu câte-o bilă de pâine la capătul unui fir, fetițele se înțelegeau bine. Toate însă o invidiau pe Puia, fata unui ospătar, pe care n-am văzut-o niciodată purtând două zile la rând aceeași rochie. Privind-o, te-ai fi crezut în altă lume, nu în mahalaua prăpădită Dudești-Cioplea. Mama ei, nu prea întreagă la minte, care obișnuia să umble goală prin casă (ba chiar și pe noi, când îndrăzneam să mergem s-o chemăm la joacă pe Puia, ne primea în ținuta asta edenică, uimindu-ne și înspăimântându-ne cu pielea ei parfumată, cu formele ei ca trase cu florarul) îi croise toată garderoba și-o înțolea și dezțolea exact ca pe o păpușă, fantezist, cu pliseuri și volănașe, în rochițe de voal roz, de cașmiruri înflorate, de satin de plapumă cu ape albăstrui. Mânuțele ei neobișnuit de albe aveau unghiile făcute cu lac sângeriu, iar părul blond deschis era mereu împletit altfel, în codițe răsucite ca niște coarne de berbec peste urechi, în zeci de cozi ca ale negreselor sau legat în coadă de cal creață, fluturătoare. Cercei sofisticați, disproporționat de mari, inele cu piatră roșie ca vinul, coliere de perle false îi împodobeau silueta funambulescă. În schimb, jucării nu avea și simțea chiar o vagă repulsie față de urșii noștri soioși sau de păpușile din care curgeau câlții. Oricât o rugam, nu voia niciodată să ne lase să ne împodobim și noi cu juvaerurile ei. În mișcări era glacială și fantastă, gesturile și posturile ei erau codificate ca în baletul clasic. Singura cu care se juca mai mult, din tot grupul nostru, era o fată grasă cu mult peste normal și proastă ca noaptea, cu mișcări lente și pielea rece, ca de șopârlă. Avea un nume frumos, singurul ei lucru frumos, se numea Crina. Dar noi o despuiam răutăcioase și de urma asta de grație, zicându-i, bineînțeles, Balena. Balena și Puia erau mai tot timpul împreună. Nu e greu de ghicit care erau relațiile dintre ele. Participau la un delir în doi, fascinant și odios, în care Puia era inductorul care stăpânea în mod absolut voința celeilalte. Balena era publicul Puiei. Asculta cu gura căscată scenariile feerice ale fetiței cochete, poveștile despre prințese în conduri de argint, care se odihnesc pe marginea unor bazine de cleștar, pline de pești roșii și aurii. Prințese care se plimbă prin grădini cu mii de flori mirositoare, cu pomi ciudați, smochini și portocali pe coaja cărora se suie un gușter. Prințese în crinoline subțiri ca pânzele de păianjen, zdrențuite și prețioase, căutând prin iarbă gema care ferește de dragoste. Prințese în fir de aur, cu părul de calcedonie și pirită, rătăcind printr-o pădure amară, luminată de nori trandafirii. Prințese oglindindu-și buzele triste în heleșteul verde ca smaraldul, în care picură o lacrimă de inorog. Prințese care-și omoară ursitul cu dulci prăjituri otrăvite și-și fac inel dintr-o șuviță castanie din părul lui, tăiată cu foarfece negru. Prințese cu măghiran ofilit între degete pale, cu ochi azurii, depărtați, cu sânii sferici și tremurători, cu palmele fără linii, cu norocul pierdut, cu viața sfârșită. Balena vedea și simțea totul, poveștile erau drogul ei zilnic. O privea pe prietena ei cum se rujează, cum își face pleoapele, cum își dă, într-un colț de oglindă, cu o pulbere roz peste obraji. Puia era tot ce-ar fi vrut ea să fie vreodată. O iubea cu încetineală și devotament, ca pe o mamă, ba mult mai mult. Dar noi rezolvam mai ușor problema Puiei, numind-o pur și simplu o fandosită. Ne luam însă după ea fără să vrem și de multe ori șterpeleam și noi de-acasă câte o bucățică de ruj vechi sau câte un ciot de dermatograf și ne mâzgăleam cum ne trecea prin cap. Asta mai ales când ieșeam pe câmp ca să jucăm jocurile noastre preferate, pe care le cântam și le dansam cu toatele, uitând orice râcă dintre noi. Țopăiam pe arătură până seara, cântând „Ești o floare, ești un crin / Ești parfumul cel mai fin". După ce cântam frumos câtva timp, începeam să ne prostim și mâțâiam versuri caraghioase: „Și-ți trimit din depărtare / Un coșciug și-o lumânare..." La fel făceam cu „Zăresc trei prinți călare". Când se întreba „Și ce-aveți să-i dăruiți?" fetei pețite, noi, prinții, răspundeam: „Un bărbat cu capul spart / Peste mare aruncat / I-ha-eu..."

Dar cea mai bună prietenă a mea, pe care n-o s-o uit niciodată, a fost Ester. M-am mai întâlnit cu ea acum vreo doi ani. Treceam pe Magheru, prin dreptul restaurantului Grădinița, când mă oprește o femeie cât un cal, cu vulpile pe ea grămadă, cu o pălărie cu voaletă vernil și cu un buchețel liliachiu în mâna cu mănușă de ață. N-am recunoscut-o la început, dar privind-o mai bine i-am văzut trăsăturile acelea greu de confundat, buzele subțiri și reliefate, nasul acvilin, privirile triumfătoare, leonine, radiind tandre din ochii depărtați, fruntea bombată. Păcat că-și vopsise în negru părul, care altădată i se răsucea în inele ca de liță, roșii ca flacăra, peste spatele pistruiat. Semăna acum puțin cu Barbra Streisand. Am mers la o cafea vis-à-vis de biserica italiană. Ciudat, părea să nu-și mai aducă aminte absolut nimic din acea săptămână despre care vreau să-ți povestesc: îl uitase pe Egor, uitase fetele (doar de Puia își mai aducea vag aminte), uitase de marele schelet. Când i-am pomenit de *REM* și de Regine a schimbat vorba și-a început să-mi povestească despre apropiata ei plecare în țara neamului ei, limba aceea de pământ de lângă Mediterana. *Vă voi împrăștia printre toate neamurile pământului.* Ne-am pupat la despărțire, i-am dat adresa mea și-am rămas cu o senzație de leșin toată seara. Nu mi-a scris niciodată. Dar în noaptea aceea, după ce rătăcisem ore întregi pe străzile roșii și încețoșate, am avut visul despre care ți-am povestit și apoi mi-a sângerat alunița. Se făcea că o vegheam pe Ester, care murise și zăcea acum pe o masă neagră, într-un sicriu fără capac. Vițe roșii de păr îi atârnau peste marginea sicriului de lemn grosolan. Fața ei era albă și liniștită. Până și pistruii îi păliseră. Ochii ei verzi priveau țintă în tavan. Eu plângeam în hohote, mă copleșise o tristețe sfâșietoare, de parcă tot ce fusese bun pentru mine se dusese și rămăsesem singură în cenușă. O priveam cu ochii plini de lacrimi, când am observat că prietena mea e însărcinată. Sub rochia ei de dantelă albă, pântecele bombat părea străbătut de contracții lente. Copilul este încă viu acolo, mi-am zis, poate chiar se va naște. Și în acel moment burta Esterei se goli brusc și-o formă nedefinită începu să înoate pe sub faldurile rochiei, gata să iasă la lumină. Un colț al rochiei se smuci într-o parte dezvelind până la pulpe picioarele albe și pure, ca de gheață, ale fetei și dând la iveală ghearele lungi, multiarticulate, cu care ființa aceea însângerată bâjbâia împrejur. Am rămas împietrită de groază, până când o mână mare și palidă s-a încleștat deodată pe marginea jachetei de la *deux-pièces*-ul șofraniu pe care-l purtam. Atunci m-am smuls urlând de lângă sicriu și-am lăsat în mâna ființei teribile taiorul sfâșiat. M-am trezit în cearșafurile ude și am aprins lumina...

Dar Ester, în vremea când mergeam la tanti Aura, era o fată vioaie și foarte deșteaptă, care citea tot timpul cărți groase, prăjindu-se la soare în remorca vechiului camion. Cu cât se bronza mai mult, cu-atât se umplea mai tare de pistrui. Avea pistrui pe tot corpul, pe toată pielea ei roșcată, dar mai ales pe umeri, pe spate și sub ochi, în jurul nasului. Uneori vorbea puțin behăit și avea tendința să-și înfunde capul între umeri, dar cusururile astea erau compensate de frumusețea părului auriu-purpuriu care-i venea până la brâu, de privirea verde a ochilor ei înțelept-jucăuși. Ea desena complicatele șotroane în formă de melc, cu pătrățele faste și căsuțe periculoase, pe care, dând cu ciobul și bolborosind repede cuvinte ciudate: „ánkara-nánkara-astarot-țefirah-sabaot-sabaot-sabaot", trebuia să le parcurgem sărind într-un picior. Vai de cea dintre noi care nimerea într-un pătrățel nefast: simțea atunci că o mistuie o flacără întețită sau că e prinsă într-o crustă de gheață. Săraca Garoafa a zbierat o după-masă întreagă prinsă într-o asemenea căsuță și bătând cu pumnii în niște pereți invizibili. Dar cele care se opreau în căsuța bună găseau acolo o floare necunoscută sau o fotografie în culori reprezentând apele unui golf plin de iole, sau o păpușă mică și delicată de plastic cu păr adevărat.

Îți dai seama că, față de monotonia de-acasă, unde n-aveam nici o prietenă, unde rătăceam singură prin casa aia ca un cavou, drumurile până la tanti Aura și zilele petrecute acolo mi se păreau niște evenimente miraculoase. Grădina, camionul, Gigi și Chombe, Marcel și fetele, câmpul nesfârșit și cerul arcuit deasupra, albastru și plin de o turmă de norișori, făceau ca acele zile să se detașeze pe fundalul vieții mele ca niște perle răzlețe. O dată la o lună, o dată la două luni, timp de câțiva ani, mama îmi spunea dimineața că mergem la tanti Aura. Înainte să încep povestea propriu-zisă, înainte să-ți vorbesc despre alungiți și despre jocul nostru și despre vise, vreau să-ți mai spun câte ceva despre încă un loc din grădină. Câteodată, când mergeam la tanti Aura, se întâmpla ca fetele să vină mai târziu, Marcel să fie la fotbal, pe stradă, grădina să fie plină de soare și tăcută. Stăteam o vreme singură în cabina camionului, cu Zizi și Gigi (o puturoasă ce nu s-a văzut, căscând doar uneori o gură cât o șură), și când mă plictiseam ceva mă atrăgea spre centrul de oroare al curții. Mergeam la bucătărie și luam un cuțit mare, cu tăișul zimțat, din cele pentru tăiat pâine. Astfel înarmată, mergeam la closet. N-aș fi intrat acolo pentru nimic în lume altfel. Nici nu mergeam pentru vreo nevoie, preferam să mă stăpânesc până acasă. Dar cabina aceea minusculă, de scânduri văruite și acoperită cu carton gudronat, ca o gheretă de paznic, mă fascina în aceeași măsură în care mă înspăimânta. Se afla tocmai în fundul curții, la vreo cincizeci de metri de casă, în capătul unei alei de cărămizi. Profilată în amurg, neagră pe cerul ca purpura, era sinistră. Doar la amiază mă încumetam să intru acolo. Deschideam ușa dând la o parte un ivăr primitiv din lemn și mă cutremuram de oroare: pe toți pereții vegheau păianjeni. Nemișcați, grași, cu corpul sferic și labele filiforme, lungi cât degetele mele, păianjeni de toate felurile, de toate culorile putrefacției, de la verzui la maroniu și roșcat... Știam că mă fixează cu ochii lor nevăzuți și că sunt gata să se arunce toți deodată asupra mea. În plase învălătucite, dese până la alb lăptos, pândeau alții, mult mai mari decât cei alergători și cu labe scurte, musculoase. Într-un cui strâmb și ruginit erau înfipte pagini rupte dintr-o carte cu figuri geometrice. Gaura neagră care se căsca în scaunul lustruit mișuna și ea de o viață larvară. Ca un gest de suprem curaj, închideam ușa și puneam cârligul de sârmă. Stăteam în picioare, pândind. Raze galbene de lumină pătrundeau printre scândurile ușii, ivind din penumbră sutele de muște care zbârnâiau rapid în spațiul acela de iad. Dacă intra înăuntru și o viespe, bâzâitul devenea cu adevărat insuportabil, senzația de pericol era supremă. La cea mai mică mișcare pe care-o observam la inamicii mei, mă pierdeam cu firea și începeam să-i hăcuiesc. Izbeam pereții cu cuțitul, retezând picioarele acelea filiforme, care continuau să zvâcnească și căzute pe jos. Păianjenii fugeau șchiopătând, cu mișcări văluritoare, cei din plase se retrăgeau cu o viteză nebănuită în cuiburile lor de prin colțuri, iar eu, tremurând, îi măcelăream în curciș și-n curmeziș până nu mai zăream nici unul pe pereți. Abia după aceea dădeam cârligul la o parte și mă năpusteam afară, cu sentimentul obsedant că am făcut un lucru rău și că ei se vor răzbuna. Aceeași imagine îmi revenea tot timpul în minte, mai ales seara, la culcare: când voi stinge lumina, ei se vor năpusti cu toții spre mine, mi se vor încurca în păr, îmi vor alerga peste brațe, vor încerca să-mi intre în nări și în gură, cu picioarele lor păroase, cu căngile lor curbe, cu burțile moi. Mă vor înfășura toată în firele lor alburii și, pe dedesubt, cu zecile de mii, vor începe marele ospăț. Ca să gonesc imaginea asta, strângeam din ochi cât puteam și făceam cu mâinile gesturi de alungare. Dar tot mi se părea că simt pe burtă, pe piept, peste față, goana lor oribilă. Stând cu ochii deschiși în întuneric și pândind încordată orice zgomot, aveam senzația că un păianjen mare și greu stă pe tavan, chiar deasupra feței mele, și că brusc își va da drumul pe un fir scânteietor, cu labele rășchirate. Mă ridicam atunci în capul oaselor și țipam după mama, care venea în fugă din camera cealaltă și aprindea lumina.

De obicei stăteam la mătușa până pe la șapte sau opt seara, când se întuneca. Uneori, dacă mergeam și cu tata și îl găseam acasă și pe unchiul Ștefan (care însă era mai tot timpul „pe teren“, căci era șofer de cursă lungă), plecam și mai târziu, pe la unsprezece noaptea. Ne conduceau cu toții, arătând o bucurie exagerată, însuflețită și de vinul băut, și brusc ne găseam singuri sub stelele galbene, scânteietoare, revărsate peste strada neagră. La ora aceea stelele erau singurele reale, concrete, în întreaga lume. Înșiși părinții mei, între care pășeam obosită, cu capul dat pe spate, erau doar niște umbre, în întunericul absolut, cald, catifelat. Ochii le căpătau mici reflexe lucioase de la stele. Nu se auzea decât lătratul câinilor, de foarte departe. Stăteam mult în stația de tramvai, până își aducea aminte să treacă și rabla noastră, după multe vagoane de serviciu sau tramvaie cu alte numere decât cel așteptat. Tata, care se suia primul, mă trăgea în sus, urca apoi mama și ne așezam pe scaunele incomode. Ne legănam așa un timp nesfârșit până acasă, în zgomotul ritmic al mânerelor de lemn lustruit, izbite în dreapta și-n stânga de plafon, sub lumina chioară a unui bec galben-portocaliu. De obicei adormeam pe scaunul meu și mă trezeam numai când coboram în stația de la Obor. O luam pe jos pe Moșilor și iată-ne acasă, în holul mic și familiar. Trebuia să ne scuturăm acolo de pulberea stelară din păr și de pe umeri. Trebuia apoi să ne ducem la culcare.

... *Și tu, Yvonne de Galais*... Ai tăcut și te-ai răsucit spre măsuță ca să iei un măr. Cât timp ai vorbit, te-ai uitat în gol. Ochii mi s-au obișnuit cu întunericul și-ți pot vedea fața, umărul și brațul stâng ca pe niște pâlpâiri alburiu-albastre. Mănânci mărul, te țin după umeri, iar tu te strângi mai mult în mine. Îți simt coastele și șoldul lângă coastele și șoldul meu. Nu spun nici un cuvânt, ca atunci când ieși de la cinematecă și ți se pare de prost-gust să începi să comentezi filmul cu prietenul care te-a însoțit. Pur și simplu îl lași să se sedimenteze, imagine cu imagine, albăstriul ftizic al *Pădurii de mesteceni*, griul perlat al *Duelìștilor*, roșul murdar al *Iluminării*, vernilul și sepia și brunul celor *Cinci seri*. Ei, da. Îmi place să te ascult, poeteso. Țin minte cum la ceaiul ăla de la care ne cunoaștem ți-am zis, ca să fac pe nebunul: „Nu cred că există în lume un lucru mai ridicol decât să fii poet.“ Iar tu mi-ai răspuns imediat, ca și cum te gândiseși de multă vreme la asta: „Ba există: să fii poetesă." Și prima dată când am fost la tine mi-ai arătat tăieturile tale din reviste, mai ales din *Luceafărul*. Păcat că mi le-ai arătat doar și că nu m-ai lăsat să le citesc. Mi-ai arătat și placheta ta de versuri, publicată la Albatros acum vreo șapte ani. Habar n-am ce fel de poezii scrii, dar pe cuvântul meu că m-ar interesa să le citesc. În privința asta ești însă inflexibilă. Dacă nu voi face de unul singur investigații, nu voi cunoaște niciodată nimic din versurile tale. Mă întrebi dacă m-am plictisit. Nu știu dacă în vocea ta e cochetărie sau chiar îngrijorare. O iau drept cochetărie și-ți răspund brutal: „M-ai plictisit de moarte." Apoi încep să râd, în timp ce tu cred că doar zâmbești, cu o bucată de măr umflându-ți obrazul dinspre mine. Zi mai departe, fir-ai să fii. Încetul cu încetul amorțeala aceea contrariată, jignită (și… iată: încă iubitoare, de ce naiba să nu recunosc?) pe care mi-o lăsase propria mea poveste cu buldogița – cred că o să mă hotărăsc la numele ăsta, îmi place mai mult decât Bloody Mary și i se și potrivește mai bine, parcă o și vezi: o buldogiță – începe să-mi treacă și încep să sper că mâine mă voi gândi mai mult la *REM*, orice o fi asta, decât la acel Popeye de doi bani. Ei pronunță Pápai, ținându-se, cred, de nas. O cam luasem razna, în orice caz, în ultima vreme, în privința asta. Când se spunea ceva la televizor despre flota românească, acei băieți minunați care duc pavilionul țării pe cele mai îndepărtate meridiane, după imaginea legănătoare a unui bompres care taie valurile și-a unei ancore care se lasă, mă așteptam ca secvența să se întrerupă brusc și să apară în prim-plan, intervievat despre tone de minereu și cu gândul la cei dragi de acasă, tocmai matrozul cu pricina. În locul lui apăreau însă bătrâni căpitani de navă cu figuri de contabili, ceea ce-mi mai rărea bătăile inimii. Ce păcat, ce păcat că nu pot, oricine ai fi, oricâte *REM*-uri ai fi văzut, oricât de inteligentă și sensibilă ești, nu pot, Nana, să rămân cu tine. Câțiva centimetri, câțiva ani, câteva mii de lei în plus, câteva cărți citite în plus, mă rog, lucruri de felul ăsta despart oamenii. Încerc să te trag și mai aproape de mine, atât cât se poate. Dar pielea noastră, care lucește ușor zgrunțuroasă în întuneric (da, *mon amour*, *Hiroshima*) respinge apropierea. Tu nu mai ai nimic de femeie în tine. Tu ești o hartă. Harta unei insule de smarald, ieșită din ocean. Am urmat cu degetul de-a lungul ei urcușul abrupt al falezei, cărarea care despică iarba plină de flori și-am ajuns la pădurea înmugurită. Pe jos, oriunde te uiți, prin crâng, nu vezi decât flori ofilite de portocal. Fiecare creangă din boschetele încâlcite are sute de țepi otrăviți. Printre ei, fructe de pădure, boabe roșii și mov cu coajă extrem de fină, se ghemuiesc pe ramuri, ciugulite de păsări mărunte și fistichii. Noroc că eu sunt numai duh, numai psihic, fiindcă pe-aici carnea nu poate trece. Chiar și psihicul iese de aici, dacă mai are puterea să iasă, plin de o rouă neagră, a nostalgiei. Ieșind din încâlceala înmiresmată, vezi gresii tăioase, drum sterp care te-ndreaptă spre o stâncă. La poalele ei – o gură de peșteră.

Ai ros mărul până la cotor. Te ridici și pui rămășițele, delicat, în scrumieră. Aerul din cameră e rece ca gheața, așa că imediat, dârdâind, îți tragi brațele goale sub plapumă...

În acea vară, cum îți spuneam, se ivise pe cer cometa. Nu mă mai dezlipeam de geamul luminatorului, o priveam până nu mai eram în stare s-o văd, îi urmăream cele șase cozi răsfirate spre răsărit. Pe la sfârșitul lui iunie, mama s-a îmbolnăvit foarte grav, ulcer duodenal perforat, și-au luat-o noaptea cu salvarea. Țin minte cum țipa și cum se sucea și se răsucea pe targă. Mi se părea ciudat și indecent ca o femeie în toată firea să plângă așa de durere, ca un copil. Și tot patul acela murdar de sânge... Două-trei zile am mai rătăcit prin casă, într-o stare de năuceală și reverie flămândă, căci tata, mereu pe la spital, nu era în stare să se ocupe de mine, dar într-o dimineață foarte rece am plecat amândoi (și cu Zizi trei) la tanti Aura. De data asta mătușa ne aștepta, fusese la spital unde mama, încă între viață și moarte după operație, apucase totuși s-o roage să mă țină o vreme la dumneaei. Așa că tata ducea într-o sacoșă tot felul de schimburi de-ale mele, împăturite în grabă, ca vai de lume. La Rond am schimbat tramvaiul luând între timp o cutie plată de mentine și încă una de bomboane Vinga, pentru văru-meu, și pe la zece am ajuns la tanti Aura. Nu știu ce se întâmplase de nu prea ne mai duseserăm pe-acolo în ultimul timp. De fapt, ultima oară fusesem toamna trecută, înainte să înceapă școala. Aveam acum aproape doisprezece ani și când am ieșit în curte, de mână cu Marcelino, care mă chinuia îngrozitor povestindu-mi a zecea oară filmul *Mongolii*, lucrurile mi s-au părut schimbate. Altă lumină, altă substanță părea că le învelește. Cu Gigi după gât, ca o vulpe vie, am apăsat din nou clanța ca de ușă obișnuită a camionului. În cabină persista același miros intim, plin de voluptate, dar volanul era spart, lipsea din el o bucată de vreo zece centimetri, iar de sub pielea banchetei, sfâșiată în mai multe locuri, buretele fusese smuls. Un gemuleț lateral se spărsese și lumea aceea minusculă nu se mai închidea cum trebuie asupra ei. Am intrat din nou în casă și m-am afundat în coaserea unul de altul a unor petice de pânză colorată. Goală, diformă, Zizi zăcea lângă mine cu fața în jos.

Venirea fetelor, după care fugise între timp Marcel, mi-a dat altă senzație: ciudată, dureroasă, imposibil de înțeles. Parcă hibernasem o vreme și-acum mă trezisem într-o lume diferită de cea în care adormisem. Și ce mă încurca cel mai tare era că diferențele nu erau radicale, ci de nuanță, și tocmai nuanțele astea nu le puteam descurca, se confundau și se învârtejeau în mintea mea. Nu mi-ar fi fost deloc ușor să spun prin ce diferea, să zicem, toanta de Garoafa de cea dinainte, în afară de faptul că începuse să fumeze. Grețosul damf de tabac prost să mi-o fi înstrăinat atât? Gemenele se înălțaseră binișor și te făceau să râzi de plăcere văzându-le zâmbetul simultan, pe jumătate tâmpit, pe jumătate ironic, luminat însă până la frumusețe de dinții albi și de ochii mari, cafenii. Puia, tot cu umbra ei hipotiroidiană după ea, mă lăsa acum rece, în ciuda focurilor curcubeene care se aprindeau din tot ce era pe ea, agrafe cu bucățele de sticlă mov, cercei de aur cu smaralde, cruciuliță cu strasuri la gât. În schimb când, târziu, a apărut și Ester, pe-o bicicletă mică, roșu-strălucitoare, de damă, cum abia apăruseră pe atunci, am simțit o durere în piept și, în loc să fug și s-o îmbrățișez, cum făceam înainte și cum simțeam nevoia, m-am purtat cu ea distant, cumva neglijent. Nu eram în stare să fac altfel, ceva în mine mă împiedica să fiu naturală, și asta mă întrista. Și ea părea să mă evite, era poate la fel de stânjenită ca și mine, totuși ochii noștri se căutau și, întâlnindu-se, se întorceau repede în altă parte. Eu și gemenele eram singurele care mai veniseră cu păpuși. Păpușile lor se numeau tot Ada și Carmina, dar Ada cea de cârpă era a Carminei și Carmina cea împopoțonată era a Adei. Erau păpuși mari, aproape cât stăpânele lor. Garoafa făcuse niște ochi languroși, ceva între o maimuță și Marilyn Monroe, și scuipa pe jos cu blazare. Anul trecut o mai cărase până aici pe hidoasa de Florina, păpușa ei cu ochii scoși, dar acum ne privea cu dispreț. Puia nu se jucase niciodată cu așa ceva, iar Balena, care avusese o negresă, o uitase pesemne pe undeva. Așa că Zizi se cam plictisea între noi. Strânse în remorca mașinii, vorbeam despre filme și despre rochii, fiecare lăudându-se cât putea. Ne amuza că Grasei îi crescuseră niște sâni ca de femeie mare. Știam că și nouă aveau să ne crească mai târziu, dar așa, să vedem asta la cineva de seama noastră, mai ales la Balena, era uimitor și cam ridicol. Pentru că fetele se apucaseră să vorbească prostii, scăzând vocea și chicotind, i-am astupat urechile lui Zizi. Începuse să ne preocupe și pe noi veșnica problemă a nașterii copiilor. În linii mari știam cum se întâmplă asta, unele dintre noi ne văzuserăm mamele gravide, dar detaliile ne scăpau cu totul. Știam că, fete fiind, trebuia odată să aducem și noi pe lume bebelușii noștri și nu ne puteam imagina cum o s-o scoatem la capăt. Conveneam până la urmă că o să trebuiască să ne taie burta și începuserăm de pe acum să ne plângem soarta. Ne luam seama însă și treceam la discuții mai copilărești, chiar cam voit copilărești, pentru că nimic nu ne plăcea mai mult decât să ne alintăm ca niște mâțe.

Pe seară, după ce fetele s-au dus, străbătând aerul vinețiu, plin de zmeie, pe la casele lor, am privit înspre câmpul care începea să se înroșească de amurg și i-am văzut venind. Erau două siluete incredibil de lungi și de subțiri. Păreau, de departe, niște oameni pe catalige sau niște stafii fragile și lugubre. Parcă se născuseră din ceața de pe câmp, care se îndesea necontenit în contururile lor, dându-le, când s-au mai apropiat, o brumă de realitate. Ajunși în capătul străzii, i-am văzut bine: era o femeie destul de în vârstă, ținută de braț de un tânăr sprijinit în baston. Înălțimea lor era indiscutabil monstruoasă. Nu puteau avea mai puțin de doi metri și douăzeci fiecare. Dar erau nemaipomenit de friabili, păreau la orice mișcare gata să se dărâme ca niște castele din cărți de joc. Oasele lor probabil că erau subțiri ca bețele de chibrit, iar peste oase aveau doar piele, pe care fluturau lent haine prea scurte. Fiecare pală de vânt le ștergea contururile. Fețele lor, pierdute parcă în nori, erau identice, bolnave, albăstrii. Femeia avea părul vopsit într-un mov bătrânesc, iar tânărul, fiul ei probabil, era blond-alburiu. Era și mai subțire decât maică-sa și șchiopăta de un picior. Gambele și coapsele lui trebuie să fi fost lungi, tari și subțiri ca picioarele langustelor și la fel de lente. Era din ce în ce mai evident că se îndreptau spre poarta casei noastre, lângă stâlpul căreia mă ghemuisem, uimită. Erau mai înalți decât toate gardurile. Când au ajuns lângă mine, mi-am dat seama că le veneam exact până la brâu. Am fugit înăuntru, cu groază, căci cei doi se opriseră în fața porții și priveau pe deasupra ei. Chombe lătra înecându-se și chelălăind. Am intrat în casă și m-am aruncat în brațele lui tanti Aura, care s-a dus să deschidă. Eu am fugit în camera mea, unde aveam să dorm întreaga săptămână, și care era despărțită de sufragerie printr-o ușă cu glasvand. În penumbra din cameră, mi-am lipit urechea de geamul rece și îngust al ușii, cu flori și arabescuri în relief, de parcă ar fi fost înghețat. Tanti Aura îi poftise în cameră pe alungiți (cum aveam să aflu că îi numeau vecinii și cum aveam să le spun și eu) și conversa cu ei țipând și întrerupându-i veselă, cum îi era obiceiul. Politețea pentru ea consta probabil într-o exteriorizare extremă a sentimentelor pe care celălalt își poate închipui că le ai pentru el. Mătușa era genul celor care te îndoapă la masă până la refuz, insinuând că „nu-ți place mâncarea ei“ dacă nu mai vrei încă o porție și amenințându-te că „se supără". Genul care nu te lasă să pleci din casa ei decât în urma unor târguieli penibile, după reîntoarceri repetate din hol. În acest timp, cu ochi vioi și curioși ca de veveriță, te răsucea de pe-o față pe alta și nu se lăsa până nu afla de la tine și ce n-ai fi visat să-i spui vreodată. Femeia cea nesfârșită croncănea și ea câte ceva din când în când, pe un ton stins. Am înțeles că veniseră la tanti Aura ca să facă ultima probă unei rochii pe care mătușa, croitoreasă la domiciliu, i-o terminase femeii cu părul mov. Când îmi simțeam o ureche prea rece, mă întorceam și-o lipeam pe cealaltă de geam. Știam că în partea cealaltă, spre sufragerie, gemulețul are perdea de pânză mată, creață, așa că nu puteam fi văzută. După un timp, conversația a încetat și-a început să se audă, intermitent, zgomotul mașinii de cusut. M-am trântit atunci pe pat și m-am apucat să citesc din *Comandantul Cetății-de-zăpadă*. Aerul se înroșise bine în cameră când, ridicându-mi ochii de pe cartea cu file roz, am izbucnit într-un urlet: tânărul alungit deschisese încetișor ușa și-acum înainta ca un somnambul înspre mine. Creștetul îi atingea tavanul, iar pe fața ușor asimetrică, spălăcită, cutată, se lățea un fel de râs, ca o tăietură de operație. Ochii îi avea largi și incolori, mărginiți cu negru de parcă ar fi fost rimelați. Când m-a văzut țipând, ghemuită în colțul patului, s-a oprit și a vrut să se întoarcă. Dar s-a lovit de tanti Aura, care venise în fugă și care pe lângă el părea o fetiță de șapte ani. Dânsa, după ce m-a liniștit, ne-a făcut cunoștință. Ciudat, după vreo zece minute de conversație tânărul nu mi s-a mai părut atât de monstruos sau, mai bine zis, monstruozitatea lui a început să mi se pară benignă și demnă de atenție ca aceea a unei cămile de la Grădina Zoologică. Trebuise să vină în camera mea pentru că dincolo maică-sa proba rochia. Nu era chiar atât de tânăr, avea douăzeci de ani, şi-l chema Egor. Văzută de foarte aproape, în aerul purpuriu al camerei, faţa lui sclipea de mulţimea firelor de păr blond din barba nerasă de câteva zile. Avea fălcile tragic ieşite în afară, nasul mare şi drept, cu cartilaje vizibile, verzui, sub pielea uscată, ochi palizi. S-a arătat de la început prietenos faţă de mine, cum rămăsesem singuri în odaie. Se vede că era obişnuit să sperie în primul moment, dar că ştia apoi să se facă măcar suportabil. Stătea pe un scaun în faţa mea, ca o insectă mare şi uşoară, legănându-se încet înainte şi înapoi. Îmi povestea cu voce scăzută că locuieşte cu mama lui în foişorul din mijlocul câmpului, cel pe care-l văzusem din cireşul amar. Când, deschizând prima dată gura, i-am spus că ştiu clădirea, s-a însufleţit de parcă i-aş fi făcut un dar frumos. Şi fără nici o introducere, s-a apucat să-mi spună o poveste ciudată: „Ai mei sunt gruzini de origine, îmi spuse. Străbunicul meu a venit în Valahia pe vremea lui Hangerliu, un domnitor cam într-o ureche. Făcea negoţ de atlazuri la Giurgiu. Când îngheţa Dunărea, de se făcea ca o coajă de fistic prin care se vedeau la fund somnii şi crăpcenii, trecea dincolo cu tot agarlâcul şi întindea tarabă într-un vechi caic aurit, eşuat de multă vreme la mal. Lua ochii turcilor, sârbilor, arbănaşilor, bulgarilor şi câte vreunui bugecean rătăcit cu apele pânzăriilor grele şi preţioase. Cumpărau de la el până şi viniticii şi solii frânci, care, slavă Domnului, aveau şi ei mătăsurile lor brodate cu destul meşteşug. Se zice în familia noastră că pe acest strămoş l-ar fi tăiat însuşi paşa de Giurgiu cu jungherul său, după crunta mazilire a Hangerliului, care apucase să trimită prin negustorul de pânzeturi carte la unchiul său din Tesalonic, rugându-l pentru două sute cincizeci de pungi cu bani, ca să dea haraci turcului venit cu ferman, să-şi scape capul. Străbunicul și-a trimis întâi familia la loc sigur, în Silistra, unde mai avea neamuri, iar apoi, doar cu un vătaf care-i era mai credincios, au luat-o noaptea pe gheața Dunării, cu copitele cailor învelite în câlți. Din negură au ieșit deodată acângiii cu iataganele trase și i-au prins lângă rădiile de la mal. Cincizeci de ani urmașii lui au rătăcit prin Bulgaria și Banatul sârbesc, au trecut la nemți făcând comerț, din câte știu, cu obiecte de sticlă. Mama, sora mea și cu mine ne tragem dintr-un nepot al negustorului, care, ajuns la Adriatica, s-a îmbarcat pe o corabie venețiană care pleca spre Maroc, unde ducea cleștaruri și de unde se întorcea încărcată cu scorțișoară. Acolo, pe coasta berberilor, și mai jos, până în Gana, de unde venea fildeșul gălbui, bântuia o muscă străvezie ca sticla, cu aripi albastre, și care mușca rău. De la înțepătura acestei muște, marinarilor începeau să le crească oasele, să li se mărească palmele și tălpile, să li se lungească nasul și urechile. De-atunci, tot neamul nostru a rămas așa, cu oase subțiri și care se frâng și la suflarea vântului. Dar tot de la musca asta noi am căpătat un dar, un dar neprețuit, despre care poate o să-ți spun câte ceva mai târziu. Marinarul, nepotul negustorului de atlazuri, atins de boala oaselor, s-a călugărit la vârsta de cincizeci și opt de ani și-a murit prin 1850 într-o mânăstire din insula Samos, insulă guvernată pe atunci de beiul Ion Ghica. Cei patru fii ai marinarului au fost palicari destul de vestiți. Cel mai mare a fost Macri Iani, care s-a predat de bunăvoie prințului Ghica, fiind printre cei mai cunoscuți dintre cei șase sute de pirați care jefuiau Arhipelagul, de la Leros la Smirna. Macri Iani a murit de oftică în închisoare. Cuprins de *rigor mortis*, măsura, se zice, doi metri și optzeci de centimetri lungime. Gemenii mijlocii, grecizați și ei sub numele de Spiru și Zotalis, au deschis o locantă în Cipru. Îmbogățindu-se din cine știe ce daraveri dubioase, au început să se certe și, în 1880, Zotalis l-a înjunghiat pe Spiru, i-a luat nevasta și averile, a schimbat marfa pe aur și juvaeruri și-a fugit la America. Inși peste măsură de lungi și de fragili trebuie să se mai preumble și azi prin Vestul mijlociu, de unde, la sfârșitul secolului, se primiseră ultimele vești. Cu aceste ramuri practic am rupt orice legătură. Noi ne tragem direct din fiul cel mai mic al marinarului, care s-a întors la Giurgiu, pe unde mâncase străbunicu-său pește, mai mult de nevoie decât de voie. '77 îl prinsese în Bosnia, unde ținea o băcănie într-o comună de ciribiri. Băcănia i-a fost rechiziționată, iar Marcos s-a văzut bucătar de campanie în reduta Griviței, chiar sub focul rușilor și românilor. Un obuz i-a lovit cazanele și s-a văzut prizonier la români, cu un picior tăiat la lazaretul din Giurgiu. Refăcut după șase luni de agonie, cu patru schije în plămânul drept, Marcos nu s-a mai întors peste Dunăre, ci s-a pus pe treabă în Regatul României, urnind o cârciumă la Chirnogi, lângă Oltenița. Locul era bun, așa că deverul i-a crescut și firma „La Șchiopu" a rămas așa de renumită, încât până prin 1937 mai era o berărie în Oltenița numită identic, fără să mai aibă vreo legătură cu Marcos, de mult oale și ulcele. Când s-a chivernisit bine, Marcos a lăsat crâșma în grija unui nepot dinspre nevastă (o româncă bălaie al cărei dagherotip ne-a rămas) și, în ciuda piciorului de lemn, a devenit un arendaș cât se poate de afurisit, dar și harnic. Cel mai mult a arendat unsprezece moșii deodată, pe care le dădea și altora în subarendă. A murit în '906, iar fiii săi, intrați deja ca roșiori în armată, au ajuns ofițeri și-au luptat în primul război. Mai bine zis doar unul, Dumitru, a apucat să lupte, iar Mihai a murit de febră tifoidă înainte să ajungă în prima linie. Dumitru este bunicul nostru. La vârsta de nouăsprezece ani, de la care a încetat să mai crească, avea înălțimea de doi metri și patruzeci și opt de centimetri, fiind cel mai înalt bărbat de la noi. După terminarea războiului, stabilit la București, s-a apucat de jocul de cărți, de chefuri cu șampanie și cu franțuzoaice din cele care-și puneau tariful pe ușa hotelurilor de lux unde trăgeau, încât în câteva luni a făcut praf tot ce rămăsese de la Marcos. A rătăcit încă o vreme prin cârciumi, tot mai ponosit și mai abrutizat, până a dispărut din oraș și din amintirea tuturor. S-a întors în 1923, cu circul Vittorio, unul dintre cele trei mari circuri ambulante care străbăteau pe-atunci țara. Sidoli, cel mai mare, se distingea prin cortul său uriaș, din fâșii de mătase albe și azurii, în vârfuri cu stegulețe ca frunza de lămâie. Era apoi Le Magnifique, al fraților Borzoff, cu celebrii funambuli și cu contorsionista Tudorița, în stare să apuce cu dinții un trandafir așezat la călcâiele ei doar lăsându-se pe spate. Animale fioroase sau doar ciudate aveau amândouă aceste mari circuri, dar singurul circ din emisfera boreală care se putea lăuda cu o pereche superbă de siruși rămânea circul Vittorio, a cărui cupolă de ambră scânteietoare se ridica din timp în timp și la marginea Bucureștiului. Bunicul meu se produse deci chiar de la primul spectacol al circului, întors dintr-un turneu în Polonia și Lituania. Era prezentat drept cel mai înalt om din lume și apărea pe scenă, grav și tăcut, într-o mantie amplă de cașmir siniliu. Era înconjurat de pitici hidoși, cu picioarele strâmbe și capete cât banița, care jonglau cu portocale și făceau tumbe în nisipul plin de bălegar. Senzație făcea Dumitru (botezat acum Signor Firelli) când, în răpăitul tobelor, azvârlea cu un gest larg pelerina. Rămânea doar într-un fel de șort minuscul, slab ca un fachir și incredibil de lung, însă tatuat de la gât până-n tălpi cu cele mai stranii imagini pe care le-ai putea vedea în vise. Cernelurile și prafurile colorate înfipte în piele, înțepătură cu înțepătură, făcuseră din el o cronică vie a lumii cu tot ce-a fost, este și va fi. Tatuajele sale păreau să circule pe sub piele, să-și amestece contururile: la o reprezentație, privindu-l cu binoclul, vedeai desenată cu cerneală sângerie o ploaie de stele pe umărul drept; la spectacolul următor o regăseai pe pântece, dar cu cerneală verde. Papagalul cu diamant în frunte, care cu aripile întinse îi împodobise astăzi omoplații, mâine îl vedeai suind spre gât și bărbie, iar poimâine plutea, fantomatic, deasupra capului lui Signor Firelli, pentru ca apoi să se destrame ca un abur ușor. Bunica mea a fost o finlandeză tânără, angajată la circ ca bucătăreasă. Curând însă, ea își descoperi, dormind noapte de noapte în paiele cailor de manej cu Dumitru, darul de-a ghici viitorul după schimbările din desenele încâlcite de pe pielea lui. Într-o seară de august, când sub cortul circului Vittorio se îngrămădiseră spectatori mai mulți ca oricând, pe pielea bunicului apărură, în mijlocul unei jungle de tatuaje frenetice, trei litere, bătute parcă în safire: *REM*. Pe tot pieptul, ca o prevestire. Soile, bunică-mea, care-o născuse deja pe mama în 1921 și o lăsase la Chirnogi, la văduva lui Marcos, urmărind cu degetul conturul fermecat al celor trei litere, începu să râdă și să plângă, să țipe și să se tăvălească prin praful arenei, până ce, proptindu-se în ceafă și în călcâie, își arcui spinarea atât de dramatic, încât ar fi invidiat-o și Tudorița de la Le Magnifique. Anul acela a fost și anul falimentului pentru Don Vittorio Carrá, proprietarul circului. Soile a murit la mânăstirea Dudu cu diagnostic de demență isterică, iar Dumitru și-a încheiat și el cariera de saltimbanc după câteva luni, când, producându-se într-o iarnă la Brăila, în mare spectacol mare, între mai mulți scuipători de foc, înghițitori de săbii și forțoși în piei de leopard, incinși cu lanțuri, a fost sfâșiat în plin spectacol de perechea de siruși, care se aruncase brusc asupra lui. Animalele fabuloase, cu bot și coadă de balaur, labe de leu și aripioare de liliac, văzuseră, se pare, în tatuajele mereu schimbătoare de pe pielea gălbuie a bunicului meu ceva care le stârnise ferocitatea. Am pe undeva, pe-acasă, o mapă plină cu tăieturi din ziare care-l prezentau pe „Signor Firelli, cel mai înalt om din lume". O poză îl înfățișează dând mâna cu Gogea Mitu, care pe lângă el pare aproape un pigmeu. Cred că au organizat și un meci de box împreună, care însă nu s-a mai ținut. De la acest om ciudat, mama a moștenit două lucruri neașteptate: o cronică de familie (pe care ți-am expus-o pe scurt până acum) și o colecție de timbre. Cronica lui Dumitru merge, de fapt, mult mai adânc în trecut decât povestea mea. Ea începe cu niște întâmplări cam nelămurite, care s-ar fi petrecut într-o mânăstire tibetană prin secolul al treisprezecelea. De acolo ar fi plecat un novice, ai cărui urmași au străbătut Cașmirul, au făcut negoț la Buhara și Tașkent, au coborât în Iran pe drumul covoarelor, au ajuns în Gruzia, unde-au rămas aproape nouăzeci de ani și de unde a plecat negustorul din vremea lui Hangerliu... Vezi, e ca și cum tot neamul meu ar fi un fel de deget care merge încet, șovăind, de-a lungul unui drum pe hartă, căutând ceva, un lucru despre care știe că există, fără ca această știință să fie transmisă altfel decât, poate, prin sânge. Până la mama, care a descoperit *REM*-ul, ei nici măcar n-au fost conștienți de căutarea lor. Și-au trăit pur și simplu viețile, care instinctiv îi mânau spre Apus. Mama s-a măritat foarte devreme, în 1936, când avea cincisprezece ani și numai un metru și nouăzeci. Tata era de pe atunci cu un cap mai mic decât mama și probabil că a luat-o mai mult pentru colecția ei de timbre, care cred că valorează enorm. Nici nu-l țin bine minte, îl chema Augustin Bach, era sas de lângă Brașov și colecționa și el, cu înfrigurare, timbre. Așa arată amintirile mele din copilărie: doi nebuni răsfoind, răsfoind și iar răsfoind pagini negre de album, în care se înșirau pătrățele colorate de hârtie. Soră-mea s-a născut în '37, iar eu abia în '40. Din cauza bombardamentelor am stat la țară până în '45, când a murit și tata de difterie, la spitalul unde fusese infirmier. Întorcându-ne de la țară, din comuna Dudești, unde stătuserăm la o cunoștință de-a mamei, mama în doliu, eu și soră-mea frânți de oboseală, înghesuiți în fundul unei căruțe, am trecut pe lângă magazia pe care poate ai văzut-o, cea de lângă foișorul nostru, construit, firește, mai târziu. Era pur și simplu o magazie aflată, Dumnezeu știe de ce, în plin câmp. Când a văzut-o, mamei i s-a făcut rău. Am oprit căruța și ea a coborât, a dat ocol de mai multe ori magaziei, a atins-o sfios cu vârful degetelor, a încercat cu infinită delicatețe lacătul grosolan de la ușă și în cele din urmă s-a lăsat în genunchi pe brazdele noroioase, ca în fața unui templu. Abia a putut s-o urnească de-acolo țăranul care mâna căruța. Noi, copiii, ne speriaserăm și plângeam în hohote. Chiar a doua zi, mama s-a hotărât: a vândut din colecția ei un singur timbru, cu prețul căruia a construit foișorul. Construcția s-a încheiat în '47, când ne-am și mutat aici. Sora mea a stat cu noi până acum patru ani, când s-a măritat cu un tâmplar. Are și un băiețel de vreo trei anișori, foarte precoce. De atunci, eu și mama locuim singuri, vânzând din când în când câte o marcă poștală cu care ne acoperim cheltuielile.

Abia când Egor a tăcut și-au urmat câteva secunde de liniște țiuitoare, mi-am dat seama că-l ascultasem cu gura căscată și nu observasem că în cameră era atât de întuneric încât mai vedeam numai suprafețele lucioase: buza alburie a unui pahar de pe masă, ochii purpurii ai alungitului, colțurile rotunjite ale sobei. Fâșia de geam mat a ușii se lumină brusc într-un galben murdar: tanti Aura aprinsese dincolo lumina. Acum ne striga cu vocea ei pătrunzătoare, graseiată: trebuia s-o admirăm pe „doamna Bach" gătită într-o fantastică rochie albastră cu model imprimat: crenguțe de cireș înflorit. Eram pitică pe lângă sperietoarele cu gesturi lente care umpleau sufrageria. La plecare, i-am condus pe sub cerul înstelat, prin țârâitul de greieri, până la poartă, de unde doamna Bach a luat-o puțin înainte, iar Egor s-a aplecat adânc asupra mea și mi-a murmurat invitația de a-l vizita a doua zi după-amiază la foișor. „Tu știi să asculți, îmi spuse. Dar depinde dacă știi să visezi." Și-mi așeză în palmă un mic obiect rece și bine șlefuit. „Pune-o sub pernă și spune-mi mâine ce ai visat azi-noapte." Se îndepărtă apoi spre capătul străzii, unde cerul se albăstrea și cometa, păianjen extatic, își răsfira cozile printre stele. Am intrat în casă și-am privit obiectul dat de Egor. Era o scoică în formă de evantai japonez, cu sideful trandafiriu, în mai multe ape suprapuse. Fața exterioară era striată și mai închisă la culoare, iar interiorul, neted și alunecos, era alb ca o burtă de pește. Acolo, în interiorul concav, cineva zgâriase cu un vârf ascuțit un desen: un cerc deschis, având în interior sute de cărărui încrucișate, ca niște intestine. Până la culcare mi-am mai pierdut timpul pe lângă tanti Aura, care strângea scamele răspândite prin toată casa. Marcel se întorsese de la joacă murdar ca un purcel și n-o încasase numai pentru că eram și eu de față. După masă am luat câte o mentină, disc de ciocolată cu miezul alb, pufos și cu gust de izmă, iar apoi mătușa mi-a făcut patul. Am pus scoica sub pernă și-am adormit. Abia dimineață mi-am adus aminte de biata Zizi, de care uitasem pentru prima oară de când o aveam și care dormise pe parchet, sub masă.

Am visat în acea noapte o pădure. O pădure verde-aurie, în care aerul de după ploaie scânteia ca soarele. O pădure de dimineață, încărcată de rouă, plină de musculițe aurii, fremătând din miliarde de frunze transparente. Umblam prin acea pădure mirosind a lemn roșcat, a tanin, a putregai, printre trunchiurile tinere și lungi, suple, arcuite spre soare într-o unică mișcare, tije de smarald și aur, totuși atât de vii! Prin bolțile largi ale crengilor se deschideau ochiuri de cer albastru. Parcă de-acolo veneau fluierăturile păsărilor care aboleau liniștea... Pe sutele de cărări care străbăteau codrul fără limite se strecurau arici și fulgerau nevăstuici. În luminișuri, urzicile și clopoțeii violeți și rodul-pământului erau umbrare pentru forfota haotică a vacilor Domnului. Pădurea mi se părea mie, o fetiță rătăcită pe cărări, singura realitate posibilă. Nu-mi mai aminteam de nimic altceva. Și nici nu simțeam că rătăcesc. Încântată de culorile fluturilor, de gustul zmeurei cu care mă mânjisem toată pe la gură, mergeam voioasă, sărind într-un picior, lăsându-mă pe burtă ca să sorb apa ușoară a vreunui izvor cristalin. Aceea era lumea mea, din care n-aș fi vrut să ies niciodată. Sub o frunză murdară de noroi am găsit un melc cu cochilia spartă. Între doi copaci își întinsese plasa plină de boabe de apă un păianjen cu cruce. O cracă uscată mi-a zgâriat brațul gol. Nu căutam ieșirea, cărările nu erau drumuri spre ceva, spre altceva, ci bucuria pură de-a umbla prin Minune.

La opt dimineața, Garoafa mă striga de la poarta noastră cu vocea ei guturală. Mi-am băut laptele și-am ieșit în curte. Nu stăteam deloc bine cu conștiința din cauza sărmanei Zizi, pe care acum, în compensație, o îmbrăcasem cu cele mai frumoase schimburi ale ei. Dar, stând de vorbă cu fetele, care până la nouă s-au înființat toate, iar am uitat de ea. Le-am spus de Egor și de poveștile lui, la care, în mod neașteptat, ele au părut ofensate și-au bâiguit din vârful buzelor: „Mai dă-l încolo de lungan tâmpit“ – sau cam așa ceva. Dar, cum eram foarte însuflețită, mi-au spus până la urmă că fiecăreia în parte îi povestise, tot așa, de prima dată când le văzuse, toată aiureala cu strămoșii lui și cu magazia aia veche în care s-ar afla cine știe ce trăsnaie. „Micul John“, cum îi ziceau ele, le dăduse pe rând, la toate, scoica zgâriată, și fiecare dormise o noapte cu ea sub pernă. Dar nu visaseră ce ar fi trebuit, iar alungitul le privise a doua zi cu dispreț. „Niște nebuni, și el, și maică-sa.“ Ascultându-le, am început și eu să mă tem că el mă va disprețui: visasem oare visul adevărat? Nu-l voi dezamăgi pe tânărul uriaș și fragil, care la despărțire, la poartă, mă privise cu atâta dureroasă speranță? Oricum, până atunci nu mai avusesem un vis atât de viu, atât de real. Ne-am apucat să facem desene cu cretă colorată. Fetele îl desenau pe Egor în forme cât mai caricaturale: ba lovindu-se cu capul de cornul lunii zâmbitoare, ba apucând, cu o mână nesfârșită, verde ca fierea sau stacojie, o stea cu multe colțuri. Eu însă am desenat cu cretă roz scoica pe care mi-o dăduse Egor. Ne-am plictisit repede de desenat și deodată ne-am hotărât (nu mai știu cine a fost cu propunerea) să ne jucăm de-a Reginele. Jocul nu era greu: fiecare din noi trebuia să fie regină timp de o zi. Pentru că eram șapte, jocul avea să dureze șapte zile. În fiecare zi, regina respectivă avea să primească o culoare, un obiect, o floare și un loc de joacă. Cu ele, ea trebuia să improvizeze un spectacol, un joc frumos, la care celelalte aveau să participe ca supuse. Cea mai entuziastă era Ester, care se roșise atât de tare la față de plăcere, încât pistruii aproape că-i dispăruseră. Sigur, așa n-aveam să ne plictisim nici o clipă întreaga săptămână. Ester a propus să tragem la sorți. Ne-am apucat pe loc să ștergem cu o cârpă udă desenele de pe asfalt și să tragem cercurile celor șapte zile. Cel mai larg l-am tras cu cretă violetă, în interiorul lui am desenat altul cu cretă indigo, următorul era albastru, următorul verde, apoi galben și oranj, iar în centru rămânea un cerc de diametrul unei mingi, pe care l-am hașurat cu cretă roșie. După această ispravă, fetele s-au împrăștiat pe la casele lor ca să aducă flori și obiecte. Am rămas în fața cercurilor, ghemuită, cu mâinile pline de cretă, cu Chombe respirându-mi în nas. Mă simțeam foarte tristă, încă de când sosisem ieri aici, nu știu ce-aveam: casa de cărămidă, curtea bine îngrijită, cu straturi de arpagic, cu spaliere de roșii, camionul albastru care se prăjea la soare cu veșnica Gigi căscând pe capotă, totul mi se părea luminat de un soare negru, visceral, dureros ca un lucru pe care simți că nu-l vei mai avea niciodată. Priveam cireșul amar, ridicându-se peste toți ceilalți pomi plini de clei din curte, și mă săgeta amintirea foișorului și-a serii trecute, când Egor se balansa înaintea mea ca o cobră hipnotică. Ieșeam la poartă și priveam în josul străzilor: cozile zmeielor agățate de sârmele de telegraf fluturau singuratice în aerul galben și câte o turturică oprită pe stâlp le privea cu un singur ochi. O așteptam pe Ester, mă întrebam ce rol o să-i dau când voi fi regină, dar mai ales mă gândeam cât de bine o să-i stea ei pe tron, în mână cu floarea care îi va cădea la sorți. Aș fi vrut ca această floare să fi fost un trandafir roșu, și chiar m-am hotărât să propun trandafirul: poate va nimeri tocmai la ea. Am intrat în casă și m-am apucat să meșteresc o coroniță din hârtie aurie. Tanti Aura, aflând de jocul nostru, mi-a mai adus în cameră fâșii de plușuri multicolore, zdrențe de atlaz și crêpe-de-chine. În plus, câteva coale de hârtie lucioasă, colorată, din care vărul meu mai decupa mere, pere, morcovi și castraveți pentru lucru manual, la grădiniță. Au intrat și fetele și curând camera s-a umplut de o lume truditoare. Decupam toate lanțuri de hârtie colorată, făceam coliere, dantele și brățări din ce ne cădea sub mână, iar dintr-un scaun de bucătărie am improvizat, cu câteva perne și un cearșaf, un adevărat tron cu baldachin, demn de-o regină. Sucind forfecuța cu o grație ca de pe altă lume, Puia decupă din foaia de aur un inorog și un leu, pe care i-am lipit, față în față, pe spătarul tronului. După ce-am strâns de pe jos cârpele și hârtiile care ne rămăseseră, am adus o pălărie veche a unchiului Ștefan și-am început marile trageri la sorți. Am scris pe bucățele de hârtie culorile curcubeului (fiecare culoare am scris-o, ca o mică fantezie, cu culoarea inversă în spectru, de exemplu „Roșu“ am scris cu violet, „Oranj“ cu indigo și așa mai departe, astfel că numai „Verdele“ a rămas scris tot cu culoare verde) și-am pus bilețelele în pălărie. Eram foarte emoționate, căci de culoarea trasă depindea ziua în care aveam să fim regine și fiecare ar fi vrut să ajungă mai repede la rangul suprem. Dar până la urmă sorții au ieșit așa: violetul i-a căzut băftoasei de Balena, care o vreme nici nu și-a dat seama de norocul ei, și anume că avea să fie regină chiar în acea zi. Dar, pe de altă parte, ne-am consolat cu gândul că așa, din prima zi, parcă nici nu ai timp să te dumirești bine – și gata: vezi că deja nu mai ești regină. Mai bine să fii ceva mai încolo, să înveți din greșelile celorlalte, să te gândești mai mult timp la ce-ai vrea să faci în ziua ta. Indigoul l-a tras Ada, iar albastrul Carmina. Nici nu s-ar fi putut să nu fie ele una după cealaltă, cu culori atât de asemănătoare. Verdele, culoarea din mijloc, i-a căzut Puiei, care chiar o merita prin limpezimea verde, puțin perversă, a ochilor ei. Cu galbenul s-a pricopsit, cu totul aiurea, Ester, care s-a strâmbat de cum a citit: sigur că ei i s-ar fi potrivit numai roșul, ar fi fost Regina Roșie din cap până-n picioare, dar așa a fost să fie. Galbenul era singura culoare pe care n-o putea suferi. Totul părea să fie împotriva bietei mele prietene. Și ăsta a fost doar începutul. Garoafa a tras oranjul, culoare țigănească, fie vorba-ntre noi, ceea ce ne-a făcut să pufnim în râs. Dar mica sălbatică era încântată: i se părea culoarea cea mai vie și mai strălucitoare. Cu o voce de parcă și-ar fi clătit gâtul cu gaz (lucru verosimil, căci mereu o vedeai la coadă la gaz, trăgând după ea într-un căruț de fier un butoi mare și strâmb de culoarea ruginii), ea ne spuse că știe și cu ce să se îmbrace, fiindcă un văr de-al ei lucra la salubritate și avea vestă portocalie cu șireturi, „foarte babană", pe care se gândea să i-o șutească cu ocazia asta. Eu nici nu am mai desfăcut biletul. Aveam să fiu ultima regină și culoarea care-mi revenea era roșul. Mă simțeam o uzurpatoare și, dacă s-ar fi putut, aș fi făcut schimb cu Ester. Roșul nu avea nici o legătură cu mine, până și numele meu, Svetlana, îmi sugerează un fel de albastru-verzui foarte palid.

După ce emoția alegerii culorilor a mai scăzut, după ce ne-am liniștit în privința ordinii în care aveam să fim vedete, am folosit iar pălăria ca să punem în ea, în secret, obiectul pe care-l adusese fiecare de-acasă. Eu îl știam doar pe al meu: șterpelisem din sertarul mașinii de cusut un termometru stricat, care arăta mereu 36 de grade. Pălăria a trecut pe la fiecare și, când am scos unul câte unul obiectele ca să le înșirăm pe masă, ele erau: un inel, un ceas de jucărie, o păpușă cât degetul, în fustiță de voal pembé, un iadeș de găină bătrână, neobișnuit de mare, un creion cu bilă, transparent, dintre primele apărute la noi, o perlă găurită și termometrul meu. Am scris și numele lor pe bilețele și le-am tras din pălărie. Eu am luat inelul, Ester termometrul, Balena iadeșul, Puia creionul cu bilă, Ada ceasul, Carmina perla, Garoafa păpușa. Ne uitam la lucrușoarele astea ca la alte arătări. Nici nu ne trecea prin cap ce aveam să facem cu ele. Dar, cu excepția Balenei, regina din prima zi (căreia îi picase și acel inexplicabil iadeș, ca o furcă de os cu care n-ai fi știut ce să faci nici dacă te-ai fi gândit o mie de ani, căci să îl rupi, cum se face de obicei, evident că nu aveai voie), nouă celorlalte ne rămânea destul timp de gândire. Flori adevărate nu aduseserăm, căci s-ar fi veștejit până la sfârșitul jocului, dar fiecare dintre noi s-a gândit la o floare și-am scris și numele celor șapte flori pe bilețele. Balena a tras zoreaua, Ada cârciumăreasa, Carmina garoafa (aici, normal, s-a râs mult), Puia floarea-de-piatră, Ester dalia, Garoafa gura-leului, iar mie, de departe norocoasa de până acum, mi-a picat în brațe regele florilor, trandafirul. Aveam să fiu o regină cum nu meritam. Ca să ne punem pe treabă, nu ne mai rămânea decât să alegem locurile de joacă. Tot domeniul nostru l-am parcelat, după oarecare dispute, în șapte zone: camera mea, curtea, strada, câmpul, foișorul lui Egor, camionul și o ruină aflată în spatele curții noastre, unde fusese o școală, de asta noi îi ziceam școala veche. Ca să nu se știe chiar totul dinainte, ne-am gândit să nu tragem la sorți de pe-acum locurile de joacă. În fiecare dimineață regina din ziua respectivă avea să-și tragă bilețelul și apoi urma să ne ducem în locul de joacă trecut pe bilet. Deocamdată doar Balena, rânjind, cu bucile obrajilor ca un poponeț, își vârî mâna cu pete roz în pălărie și scoase ogorul. Toate am mormăit plictisite: din prima zi trebuia să ne mutăm pe arătură. Nu prea ne convenea, căci pe acolo veneau uneori și băieți care se luau de noi, amenințându-ne că ne aruncă în cap gărgăunii pe care-i scoteau din găuri. Ne convenea însă, pe de altă parte, că nu mai eram noi regine la câmp. Ne rămâneau zone mai nobile. Cea mai dorită era curtea, unde aveai și spațiu de desfășurare și era un loc închis, ocrotit, ca să nu se uite toți gură-cască la ce facem noi.

Cu asta pusesem la punct tot jocul, iar acum stăteam și ne priveam zâmbind. De unde să fi știut atunci că acesta de fapt nu era jocul nostru, așa cum șahul nu e jocul pionilor și-al cailor și al reginelor? Nu, pe atunci nu puteam vedea Șahiștii aplecați cu gravitate peste lumea noastră. Carmina fugi să rupă o zorea din gardul viu al casei gemenelor, iar noi ne apucarăm s-o împodobim pe prima regină. Am îmbrăcat-o într-un capot violet al mătușii Aura, în care abia încăpea. I-am atârnat în păr lanțuri de hârtie violetă, i-am pus cununița aurie pe cap, iar la gât i-am atârnat un șirag de mărgele cu boabele cât pumnul. Am scos afară scaunul împodobit și l-am așezat în mijlocul cercurilor de cretă. Balena trona acolo ca o Veneră din magdalenian, impunătoare prin proporții, dar căutând-o mereu cu privirile speriate pe Puia, al cărei ajutor îl implora. După ce-am făcut câte o reverență în fața ei, i-am înmânat zoreaua și iadeșul. Balena se feri la început de ele, cu un gest încurcat, dar până la urmă le primi. Toate ne simțeam datoare s-o privim disprețuitor, chiar și în ciudata ei ipostază de regină. Zoreaua și-o puse în piept, vârându-i codița în corsajul bluzei, iar iadeșul îl învârti de câteva ori între degetele grăsuțe, până ce se nimeri să-l apuce de părțile lățite de la capătul furcii, cu câte o mână pe fiecare dintre cele două coarne. Parcă ar fi ținut o manșă de avion. Atunci, căpețelul liber cu care se prelungea bifurcația, de la locul îmbinării, începu să se miște ușor în sus și în jos. Ne-am adunat toate în jurul tronului, privind acea mișcare parcă inteligentă, imprevizibilă, a iadeșului. Balena se uita la mâinile ei cu gura căscată. Osul cu două ramuri, flexibil, se sucea gata să-i scape din pumn. Când se apropie Puia, iadeșul se smulse cu-adevărat și căzu la picioarele fetei, care-l privi cu ochi reci (Puia nu s-ar fi mirat niciodată de nimic), îl ridică și-l dădu din nou reginei. „Mă trage înainte“, spuse aceasta, și vedeam cum, într-adevăr, oasele lungi îi ieșeau, alunecând milimetru cu milimetru, din mâini. „Mergi după el“, îi spuse Ester. Balena se ridică de pe tron și ținând mâinile întinse înainte, de parcă ar fi vrut să țintească ceva, se lăsă în voia iadeșului. Acesta o târa ca un câine pe care l-ai purta în lesă. Noi ne țineam după grasa în mov, înzorzonată ca o paparudă. Era aproape de ora unu și în lume era o tăcere scânteietoare, sub cerul calm care avea să fie toată săptămâna bun cu noi. Iadeșul trăgea spre poartă, așa că am ieșit în strada pustie. Am cotit-o la stânga, spre câmp. Abia ne țineam după Balena, care făcea niște pași caraghios de mari, zdruncinându-și hălcile la fiecare călcătură pe caldarâmul neregulat. În jurul pietrelor din pavaj creșteau fire de iarbă. Am depășit ultima casă și în față ni s-a deschis câmpul, care se întindea până la orizont. Departe, în mijlocul lui, vedeam foișorul melancolic, cu un gemuleț lucind în turn, iar alături, ca o broască râioasă, baraca unde știam că se află *REM*-ul. Iadeșul ne sili s-o luăm direct peste arătură, sau mai bine zis peste pământul înțelenit, pe care nu creșteau decât scaieți, buruieni și din loc în loc albăstrele timide. Peste tot erau găuri de găr-găuni. Păianjenii de pământ care se aventuraseră mai de-parte de gaura lor, verzi și puternici, proptiți pe picioare musculoase de alergător, se aruncau la trecerea noastră înapoi în adăpost. Am fi vrut să ne uităm după ei, apro-piindu-ne ochiul de acele văgăune misterioase, dar o fan-tasmă ne oprea, făcându-ne să ne cutremurăm: păianjenul ieșind fulgerător și sfâșiindu-ne pleoapa. Pe cer, deasupra, se rostogoleau norii alburii, ca desenați. Benefici. Mergeam acum umăr la umăr cu grăsana, care se uita crucіș spre vâr-ful iadeșului. Făcuserăm vreo cincizeci de pași peste câmp, Ada și Carmina își și împletiseră cununițe din albăstrele și ochiul-boului, arătând prostesc de dulci în rochițele lor la fel, cu surâsurile lor la fel, când Balena se opri. Nimic n-o mai trăgea înainte. Iadeșul rămase un moment nemișcat, iar apoi, încet ca un minutar, se înclină spre pământ. Ba-lena țipă și-i dădu drumul de parcă ar fi ars-o, iar osul se lipi de pământ ca magnetizat. Ne uitam unele la altele. Știam că acolo, sub pământ, se află ceva. Două dintre noi se lăsară pe vine și începură să scurme țărâna afânată cu degetele, dar nu avea nici un rost. Cum tot avea să fie curând ora prânzului și trebuia să mergem acasă, ne-am hotărât să ne întoarcem pe la patru cu o lopată sau o cazma. Ne și vedeam în fața unei case de bani sau a unui coif străvechi sau a ceva asemănător cloștii cu puii de aur pe care o aveam desenată în cartea de istorie de-a patra. Sau un diamant mare cât un ou de curcă, acea „piatră minunată ce nu este-n lumea toată“ din jocurile noastre. Ne-am mai ploconit în fața reginei vreun sfert de oră, dar toanta nu ne dădea nici un ordin, nici o poruncă, stătea cu gura rânjită și cu gușa umflată, cu coroana pe-o ureche, de mai mare mila. Părea o bucătăreasă travestită în regină. Ne-am împrăștiat până la urmă pe la casele noastre, după ce-am însemnat locul cu o cracă în care am agățat o fâșie de satin mov. Am intrat în curte și m-am așezat pe tronul gol, părăsit în mijlocul cercurilor colorate. Eram goală de orice gând. De fapt, aș fi preferat ca Ester să-mi spună măcar un cuvânt decât să găsim acolo cine știe ce piatră scumpă. Ba chiar nici atât n-aș fi vrut. Adevărul era că nu mai știam ce vreau, voiam poate doar să nu mai sufăr atât, să nu mai fie totul atât de nesfârșit de dureros. La tanti Aura era o clientă, dar după un timp a venit și Marcelino și-am mâncat cu el. De la început s-a apucat să mă iscodească, să mă-ntrebe de-a ce ne jucăm, ce e cu tronul acela. A vrut să șteargă cercurile, zicea că vrea să deseneze o Ceaikă, noroc că știam cum să-l iau. Cum a terminat masa, a înșfăcat cartonul de fotbal cu nasturi și a plecat iar la prietenii lui. Săraca mătușă-mea nu prea avea timp să se ocupe de noi, croitoria îi mânca zilele. Iar tata avea să vină să mă vadă abia poimâine, când era zi de vizită la spital. Mă lua și pe mine la mama. Dar eu nu-i prea iubeam pe nici unul din ei.

Pe la trei și jumătate s-au înființat și fetele, cu câteva hârlețe după ele. Era cald, caniculă, și cârpa violetă atârna lălâie în vârful bățului, ca o sperietoare de ciori. Am smuls-o și ne-am apucat să săpăm, după ce ne-am convins că nu ne vede nimeni. Mulți dintre băieții vecinilor erau plecați la țară, alții ieșeau la fotbal, pe altă stradă, abia pe seară, așa că eram iar singure pe câmp. Săpam neîndemânatic, cu limbile scoase, și abia după ce făcuserăm o groapă îngustă, adâncă doar de vreo șaizeci de centimetri, am dat de o scândură străpunsă de rădăcini. O pupă roșie, umflată, era lipită de ea. Garoafa o tăie cu ascuțișul orbitor al sapei și din ea curse un lapte greţos. Am mai lărgit groapa până am putut să scoatem scândura şi-am dat de un tunel cu trepte care coborau în adâncul pământului. Un abur răcoros, exhalat de borta aceea, ne suflă părul spre cer. Jos, foarte adânc, se vedea o dâră de lumină albăstruie. Toate am fost de acord că regina trebuia să coboare prima. Asta pentru că muream de frică. Balena era însă aşa de greoaie în reacţii, încât bănuiesc că ei i s-a făcut teamă abia mai târziu, către seară. Acum se uita dezorientată în ochii Puiei, care îi făcu simplu semn cu capul spre văgăună. Atunci ea se lăsă pe fund, îşi puse picioarele pe prima treaptă şi, murdărindu-se, rupându-şi lanţurile de hârtie lucioasă de la gât, intră cu totul în subterană. I se mai vedea doar creştetul şovăind în umbra tot mai deasă. Tunelul era uşor oblic, ca o scară de pivniţă, iar la vreo zece metri mai jos părea că devine orizontal, căci creştetul cu şuviţe albăstrii al Balenei nu se mai văzu după vreun minut de coborâre. Am mai aşteptat puţin şi-am coborât şi noi, una după alta. Dacă ne-ar fi văzut cineva, ar fi crezut că are de-a face cu un miraj al câmpiei: nişte tinere vrăjitoare, gătite extravagant, pierind în pământ pentru cine ştie ce întâlnire scatologică, în fumuri de sulf, cu Marele Ţap. Scara avea trepte solide de piatră şi dădea într-un culoar care înainta în pantă abia simţită, coborând tot mai mult. Ciudat că, pe măsură ce înaintam prin coridorul strâmt, lumina, în loc să scadă, sporea, albăstruie, nefirească, venind de nicăieri. După mai multe cotituri am ajuns într-o sală gigantică.

În aura aceea ultramarină, revărsată de pretutindeni, cât era sala de lungă, odihnea în faţa noastră, pe spate, cu tălpile spre noi şi oasele mâinilor pe lângă coaste şi bazin, un uriaş schelet de om. Îl priveam cu gura căscată, fără să ne vină să credem. Am înaintat, unele prin dreapta lui, altele prin stânga, măsurându-l cu pasul și privindu-i rotulele bolovănoase ale genunchilor, femurul nesfârșit, șira spinării ca de reptilă antediluviană, coastele ca de corabie, unite prin osul triunghiular și dantelat al sternului. Dincolo de clavicule și omoplați, după cele șapte vertebre ale gâtului, craniul rânjea cu aerul celui care râde la urmă. Fiecare măsea era mare cât pumnii noștri. Bolta craniană avea vreun metru și jumătate în diametru, poate mai mult, și se vedeau foarte bine pe suprafața ei fildeșie suturile zigzagate. Scheletul măsura din tălpi până-n creștet vreo patruzeci de pași de-ai mei, adică aproape douăzeci de metri. Mi-am amintit senzația aceea de nefiresc, de artificial, de ipsos vopsit, pe care mi-o lăsase balena Goliat, când fusesem cu tata la Orășelul Copiilor. Față de acea jalnică panaramă, scheletul descoperit de noi în grota ovală era cu totul verosimil, văzuserăm și noi oase de vită sau de păsări și știam cum ar trebui să arate un schelet. Verosimil, cu excepția mărimii sale exorbitante. În jurul său grota era ovală, făcută parcă pe măsura lui. La început ne luase piuitul, dar până la urmă ne-am plictisit să-l mai privim cu respect, am început să-i escaladăm oasele, să-i mișcăm degetele mâinilor și, în fine, ne-am adunat în cușca lui toracică. Acolo am stat vreun sfert de oră să ne odihnim și-am început apoi să vorbim despre tot felul de lucruri. Scheletul ni se părea ceva asemănător cu un copil în burta mamei sale. Doar că ăla mic nu putea sta așa, drept, căci n-ar fi încăput. Trebuia să stea ghemuit. Apoi începeam să ne întrebăm cum oare și din ce se formau oasele copilului acolo, în burtă. Gemenelor nu le venea să creadă că au stat amândouă odată, strânse una într-alta, atâta timp în mămica lor. „Nouă luni!“ „Nouă luni!“, țipa Garoafa sfidător, deși n-o contrazicea nimeni. Dar dacă, aruncă Puia neglijent, ea, cu ochi de gheață verde, care nu păruse să fie atentă la discuție, dar dacă noi eram de fapt în gaura unui mare păianjen de pământ, care-l mâncase și pe omul al cărui schelet îl vedeam, și care poate fusese un zeu? Atunci parcă l-am văzut, agil și păros, alergând spre noi cu cele opt labe lungi de metri întregi, apucându-ne pe fiecare și injectându-ne serul otrăvitor. Ne-am călcat în picioare până la scară, de unde am privit îngrozite înapoi: Puia nu fugise, rămăsese lângă schelet, iar acum lega o lungă fâșie de pluș violet de falangele degetului mic de la mâna stângă a acestuia. Ne-am destins. Nu exista nici un păianjen, iar scheletul era al nostru, îl cuceriserăm, și steagul nostru, al reginei noastre de azi, era înălțat pe edificiul său.

Jocul începuse bine și, mulțumite, fetele s-au dus acasă. Aveam să ne revedem a doua zi dimineață, când ne va stăpâni Ada, Regina Indigo. Ne-am dat întâlnire la schelet pe la ora zece. Fiecare, înainte de-a coborî, trebuia să verifice dacă n-o vede cineva. Căci Rolando, cum botezaserăm scheletul, după numele unui băiat blond de pe stradă, care le cam plăcea prietenelor mele, trebuia să rămână numai al nostru. Eu am trecut repede pe-acasă, m-am spălat și m-am schimbat cu o rochiță frumoasă (la difuzor cânta Sarita Montiel) și l-am luat pe Marcel, care-mi promisese că mă însoțește până la foișorul alungiților. Mătușa ne-a dat voie cu condiția să ne întoarcem pe lumină, adică la ora opt cel târziu. Marcelino era fericit, bănuia că Egor îi va arăta niște jucării uimitoare sau îi va spune povești cu pirați, cum îi mai spusese când trecuse cu maică-sa pe la tanti Aura. Vărul meu nu mai fusese la foișor, dar știa cărarea până acolo, așa că am plecat de mână, sporovăind și râzând, pe poteca abia vizibilă, pe marginea căreia creștea câte-o păpădie singuratică. Am ocolit spre stânga, pe după ultima casă, cu zidul din spate cenușiu, zgrunțuros și orb, și apoi am luat-o peste câmp. Seara de vară aducea un vânt slab și cald dinspre liziera care abia se zărea la orizont. Era încă lumină ca la amiază, norii erau trandafirii și lăcuste, cosași și musculițe de toate felurile zburau capricios. Țineam mult la verișorul meu, care o luase înainte, cu mâinile la spate, șaten-blondiu, grăsuț, în bluză bleu cu elefanți și pantaloni scurți. Ne apropiam de clădirea cu turnuleț, cu totul ireală în peisajul din jur. Când am văzut acum câțiva ani *Cenușă* de Wajda, m-a emoționat neașteptat de mult cadrul acela, cu scaunul Renaissance așezat în mijlocul câmpiei prăfuite, oliv. Foișorul alungitului era o la fel de mare imposibilitate. Abia când am ajuns foarte aproape de construcție ne-am dat seama cât de mare era. Privind în susul zidurilor vechi, mucegăite, aveai impresia unei linii care tinde spre infinit. În realitate, foișorul trebuie să fi avut doar vreo cincisprezece metri înălțime, deși nu avea, judecând după ferestrele din partea opusă, decât două niveluri. Deasupra lor se mai ridica însă și turnul, nu rotund, cum se vedea de departe, ci octogonal. Am ocolit clădirea fără gard, nici pomi împrejur, nici măcar cu o cușcă de câine alături: doar pământ înțelenit, plin de flori sălbatice. La vreo zece metri se afla magazia acoperită cu carton gudronat, părând cu totul putredă. La ușă se vedea un lacăt roșu de rugină. Am bătut în ușă și la o fereastră de deasupra a apărut, palidă, ca pictată în ulei, figura diformă a lui Egor. Dar ne-a deschis doamna Bach, care ne-a invitat înăuntru.

Încăperile erau înalte și înguste ca niște dulapuri. De sus atârnau policandre de alamă cu cristale veștede. Am trecut prin trei odăi, toate la fel: abia era în ele loc pentru o măsuță rotundă și câteva scaune, dar tavanul era așa de sus, încât până și doamna Bach părea, sub el, o fetiță. Când, coborând șovăitor o scară, s-a ivit și Egor, ultima odaie a devenit literalmente neîncăpătoare. Pentru că mama sa tocmai călca, folosind un fier cu cărbuni, deși începuseră să apară și cele electrice, și pentru că, oricum, eram invitații lui Egor, care purta acum un halat vișiniu, prin deschizătura căruia i se vedea pieptul osos fără pic de păr, am urcat cu toții în turnuleț, pe scara de lemn care se răsucea o singură dată în jurul unui stâlp rece ca gheața. Acolo sus era minunat. Și astăzi mi-aș dori din toată inima să locuiesc într-o astfel de cămăruță, rotundă, cu patru ferestre ogivale. Pe jos era parchet, care mirosea a lemn lustruit cu palux. Un covor persan minuscul, tocit până devenise aproape străveziu, dar plin de minunate arabescuri, abia acoperea un petic de podea. „Buhara alb, veritabil, vechi de trei secole", ne spuse Egor, care-și pusese palma imensă pe capul lui Marcel, ca și când ar fi luat un măr dintr-un paner. Un scrin, de asemenea vechi și cu intarsii de fildeș gălbui, și o sofa erau singurele mobile de aici. Ne-am așezat pe sofa și-am rămas câteva momente doar noi, copiii, singuri. Egor s-a întors cu un scaun. În urma lui venea și doamna Bach cu o farfurie de prăjituri cu cacao. Egor s-a așezat pe scaun și-a început să scoată din buzunare o mulțime de soldați de plumb, frumos vopsiți cu smalț roșu și albastru, un tun de bronz ornamentat cu frunze de acant și un mic pumnal cu mâner de piele, pe care le-a lăsat în grija lui Marcel. Tot timpul cât am discutat cu Egor, vărul meu a dat bătălii peste bătălii pe covorașul prețios.

La început, discuția nu prea se închega. Egor întreba concentrat, cu o privire greu de definit, eu răspundeam scurt și timid. Da, îmi plăcea aici, la tanti Aura. Trebuia să stau cel puțin o săptămână, pentru că mămica... Iar când am tăcut amândoi, am scos din buzunar mica scoică-evantai și i-am întins-o. I-am povestit ce visasem, temându-mă că este prea puțin, dar uriașul s-a ridicat deodată, ajungând aproape până la țurțurii curcubeeni din tavan, și-a înălțat brațele scheletice și a exclamat cu vocea lui neplăcută: „Slavă Domnului!" Am început și eu să râd. Mă simțeam mândră că reușisem la acest examen care, simțeam, avea să fie atât de important în viața mea. Mă așteptam ca el să-mi facă acum vreo dezvăluire esențială, să mă introducă în enigma care-i mânca oasele, zgârciurile, carnea și orele vieții. Dar el s-a mulțumit să-mi întindă scoica și să-mi spună să fac la fel și în noaptea următoare. „Visele se vor lega, dacă *tu ești*, și te vor duce singure la *REM*. Altă cale nu există." „Dar ce este acolo?", l-am întrebat nerăbdătoare și cam iritată de insistențele lui de a-mi vârî *REM*-ul pe gât. „Acolo, mi-a răspuns el privind pe ferestruica de lângă el spre zarea care se și acoperise cu un văl de aburi roșietici, acolo este *totul*." Am rămas iar tăcuți. Aerul din odaie căpătase culoarea aurie a ceaiului. Marcelino ciocnea unii de alții soldații rigizi, se târa în genunchi cu pumnalul în mână pe sub scrinul cu picioare curbate, făcea ca tunul, ca soldații muribunzi și ca soldații victorioși. „Cât mi-ar plăcea să fiu femeie! spuse deodată Egor. Tu ai noroc: vei fi o femeie. Noi, bărbații, nu suntem buni de nimic. Mereu căutăm lucruri pe care, de altfel, nu avem să le știm niciodată. Ne distrugem viața departe de alții, doar pentru nebunia noastră fără limite. Ființa umană adevărată este femeia. Noi suntem doar niște oameni modificați, estropiați. Fiindcă nu putem scoate lumea din burtă, ne chinuim s-o scoatem din cap. Femeia trăiește, bărbatul scrie." După care, cu un zâmbet neașteptat, Egor reluă: „Scrie-mi-ar numele pe mormânt și nu aș mai fi ajuns să trăiesc." Acum știu că era un citat, dar pe moment mă șocase distanța dintre conținut și tonul aproape glumeț pe care-l folosise. Nu știam ce să răspund, deși simțeam în nervi o emoție curgătoare, subțire. Pentru că se întunecase bine, am mâncat o prăjitură și m-am ridicat să plec. Marcel nu voia, s-ar fi jucat toată noaptea, dar până la urmă a trebuit să se dezlipească și el de soldații lui. Ne-am luat la revedere de la gazdele noastre și i-am promis lui Egor să trec iar în seara următoare pe la el, „doar cinci minute“, ca să-i povestesc ce mai visasem. Siluetele lor, lungi și pâlpâietoare ca niște fumuri viorii, cum priveau după noi din pragul foișorului, el sprijinit în baston și ținând-o pe maică-sa cu un gest ciudat după mijloc, cu fețele nemișcate și pierdute în înălțimi, îmi aduceau atât de intens aminte de ceva, încât am întors capul. Simțeam în palmă mâna micuță a lui Marcel. Fără să știu de ce, am dus-o la buze și-am sărutat-o, pe când ne îndepărtam, minusculi sub cerul ca flacăra, pe cărarea îngustă. Noroc că băiețelul era prea preocupat de ceea ce făcuse la foișor ca să observe. Vântul rece, bătând în rafale roșii, mânjea cu purpură florile de câmp.

În noaptea aceea m-am visat din nou în pădure. Era tot dimineață, o dimineață eternă, orbitoare. Dintre sutele de poteci întretăiate, alesesem una pe care mă hotărâsem să merg fără să mă mai abat din drum. Copacii uriași purtau pe trunchiuri semilune de iască. Pe jos erau bucăți de scoarță de sub care, palizi ca niște cozi de reptile, ieșeau lujeri purtând în vârf frunzulițe zbârcite. Câte un vierme albicios atârna la capătul unui fir aproape invizibil. Se sucea și se zvârcolea acolo, în aerul verde de sub frunziș. Țopăiam și dansam pe cărarea mea, când deodată, de-a curmezișul ei, a apărut un trunchi de copac prăbușit. Când am ajuns lângă el, mi-a dispărut toată veselia. O clipă am rămas descumpănită: trunchiul avea diametrul cât înălțimea

mea și părea pe de-a-ntregul putred. O viermuială de furnici carnivore, roșii, cu clești foarte vizibili, se scurgea printr-o crăpătură din scoarța lui. Să-l ocolesc mi se părea rușinos, căci ar fi trebuit să mă abat din cărarea mea. Să mă întorc nu mă îndemna inima. M-am așezat pe-o buturugă și-am început să plâng. Iar plânsul din vis este cu mult mai sfâșietor decât cel din realitate. Un miriapod hidos, lung cât palma, se strecură pe lângă tălpile mele, în timp ce eu îmi ștergeam lacrimile cu poala rochiței. M-am ridicat și, fără să știu prea bine ce fac, am apucat de marginea scoarței desprinse și-am tras. Era putredă și ușoară ca pluta. Sub coajă am găsit cadavrul unei mierle, devorat de furnici. O masă vie, roșie, agresivă mișuna pe hoitul păsării. Am apucat-o de vârful unei aripi și-am azvârlit-o cu tot cu furnici la câțiva metri distanță. Curând, trunchiul s-a golit de insecte, cu excepția carilor care-și săpau în lemnul afânat, buretos, canalele paralele. Toate gâzele vorace au luat urma leșului mierlei. Am putut atunci să mă cațăr pe buștean. Sus, am stat o clipă călare, simțind sub mine scoarța aspră. Mi se uscaseră lacrimile și eram iarăși fericită. Am coborât cu atenție și am pornit din nou la drum, cu soarele bătându-mi în față.

M-am trezit devreme și după ce m-am spălat m-am dus la bucătărie, unde tanti Aura întinsese pe mușamaua curată, dată cu făină, un strat lipicios de cocă. Mi-am luat și eu un scaun și-am început să mă uit cum face mătușa gogoși. Le decupa cu gura unui pahar și le așternea în tigaia încinsă, unde sfârâiau până deveneau aproape roșii, zgrunțuroase. Îmi plăcea să pun eu singură în tigaie bucățile ciudate, triunghiuri și gâtuituri, care rămâneau între cercurile perfecte. Ieșeau din ele forme pufoase semănând a câini, cerbi, balauri, pe care le tăvăleam prin zahăr vanilat. Le mâncam apoi capul sau câte un picioruş, alintându-mă. Tanti Aura îmi povestea între timp cum mă aducea mama pe aici când eram foarte mică, „o gâgâlice“ de un an şi jumătate sau doi. Îmi puneau un aşternut în albia de lemn şi mă legănau până adormeam. Când plângeam, mă speriau: „Dacă nu eşti cuminte, vine şi te papă Gogoriţa. I-auzi-o cum umblă...“ Dar eu, departe de-a mă înspăimânta, tăceam, făceam ochii mari şi duceam un deget la buze: „Ssst! Auzi Gogoiţa!“, iar mama şi sora ei mureau de râs. M-am umflat de gogoşi şi n-am mai mâncat nimic. Am înşfăcat-o pe Zizi şi am ieşit în curte. Se făcuse ora zece şi trebuia să merg la Rolando, în câmp. Chombe molfăia lângă coteţul găinilor nişte coji de ardei umpluţi. Era un câine omnivor. La vecin, pe un stâlp înalt, erau cocoţate cuiburile murdare ale porumbeilor de casă, după care se dădea în vânt Gigi. Cât era ea de leneşă, tot mai prindea din când în când câte unul. Atunci, la reclamaţia vecinilor, tanti Aura prindea pisica şi-o bătea peste cap. Gigi răbda cu stoicism, strângea ochii şi-şi lipea urechile de spinare, iar când scăpa fugea la câţiva metri de locul martiriului şi începea să se spele frecându-şi bine capul cu laba şi lingându-se pe bot cu ochii mijiţi către noi. Mi-era dragă Gigi deşi, în afară de obiceiul spălatului, nu era un exemplu de virtute. Am ieşit pe stradă şi-am luat-o peste câmp. Am regăsit repede groapa, pe care o camuflaserăm ieri cum ne pricepuserăm, şi-am coborât treptele spre marea sală albastră. Scheletul gigantic o ocupa în întregime. Oasele sale iliace erau largi, cam prea largi pentru un bărbat. Dar şi umerii, lângă claviculele groase cât piciorul meu şi omoplaţii triunghiulari, erau largi şi bine legaţi. Nu venise încă nimeni. Eram singură, ca un animal în cuşcă, stând pe vertebre între coastele fildeşii. De aceea mi-a sărit inima când am auzit dinspre craniu o voce groasă: „Ciiine ești tu, străiiiino, și ceee cauți aici?" Dar m-am liniștit și am zâmbit uimită când am văzut capul tuciuriu al Garoafei ieșind, numai rânjet, dintr-una din orbitele craniului. După obiceiul alor ei, scuipa semințe peste tot. Prin acea orbită, care avea fundul spart, te puteai strecura, cu destulă greutate, în țeasta lui Rolando. Interiorul era neted și curat ca al unei păpuși de celuloid. Înghesuite, eu și Garoafa puteam sta foarte bine acolo, ba chiar, la nevoie, ar mai fi încăput încă o fetiță. Izbindu-se de pereții lucioși, brăzdați, ai țestei, fiecare cuvânt suna mai aspru, mai concret, aproape material. Țin minte că, la un moment dat, țigăncușa se întrebase: „Dă ce dracu n-avem și noi acilea niște savarine, mamă ce le-am mai hali...", iar cuvântul „savarine", polarizat de ecourile pereților de os, s-a îngroșat într-atât, încât în fața noastră, a fiecăreia, s-a închegat forma cunoscută a prăjiturii cu gem roșu pe capac și cu frișcă, însiropată și aromată. Dar, din păcate, consistența lor era gelatinoasă, când le-am apucat, ne-au curs printre degete, destrămân-du-se în aer. Încă înghițeam în sec când au apărut gemenele, pe care le-am speriat la fel, încât erau gata să fugă pe scări afară. Într-un sfert de oră eram din nou în formație completă și o priveam cu alți ochi decât de obicei pe Ada, care urma să ne fie regină. Ea se și îmbrăcase într-o fustiță indigo și o bluză de-un mov mai întunecat. Urma s-o împodobim cu toate atributele regalității. Mai întâi însă, din pumnii Carminei, Ada și-a tras biletul cu locul unde avea să domnească. I-a căzut locul cel mai râvnit, curtea casei noastre. Când a citit biletul a început să țopăie între coastele lui Rolando atât de tare, încât scheletul se clătina ca o corabie. Am ieșit din grotă și ne-am stabilit iarăși în curte. Am așezat-o pe Ada pe tron și am împodobit-o și pe ea cu toate zorzoanele pe care le-am putut găsi. Ținea o statuetă de fier înfățișând un războinic indian, ca pe un sceptru, în mâna stângă. Cârciumăreasa, floarea ei, îi atârna în piept, galben-portocalie. I-am adus din casă și ceasul de mână pe care trebuia să-l folosească în joc. Era un ceas de damă, micuț, cu cureluşă roșie lăcuită și cadran auriu, cu limbi ca niște ace negre. Nu avea mecanism, era o jucărie pentru învățat orele. Limbile puteau fi potrivite cu un buton. I l-am pus la mână, și ritualul învestiturii fiind încheiat, ne-am aplecat adânc în fața reginei. Așteptam curioase poruncile, gândindu-ne fiecare ce-am fi făcut noi în locul Adei. După ce se uită de-o sută de ori la ceasul ei, după ce, ca să mai câștige timp, ne trimise pe fiecare după tot soiul de lucruri sau ne puse să ne strâmbăm în toate felurile, Ada, în fine, se hotărî. Cred că inventase jocul pe loc, pentru că nu-l mai jucaserăm până atunci. Ne-a pus mai întâi să tragem, cam din doi în doi metri, câte o linie de-a latul aleii de cărămidă care ducea spre fundul curții. Erau șapte linii albe. Ele trebuiau să reprezinte, ne explică regina, vârstele oamenilor, din zece în zece ani. De aceea am și scris cifra 10 lângă prima linie, 20 lângă a doua și așa mai departe, până la 70. Fiecare dintre noi, în ordinea culorilor, trebuia să străbată aleea, trecând peste linii, și să mimeze în fiecare interval vârsta respectivă. Nu ni s-a părut o idee prea grozavă, dar mergea pentru început. Bătrânețea era ușor de mimat, ne gândeam noi, dar cum să mimezi vârsta de treizeci sau patruzeci de ani? Oricum, porunca era poruncă, așa că grasa, care tot mai purta zoreaua de ieri, acum ofilită, la piept, călcă peste linia de zece ani, căci avea deja unsprezece, și-o porni cu pași mici și rari de-a lungul aleii. Ca s-o „cronometreze“, cum auzisem că se face la concursuri, Ada, de pe tronul ei, privi cadranul ceasului. Scoase un mic țipăt de surpriză, căci limbile dispăruseră. Să fi căzut oare? Nu era cu putință. Abia când a deschis gemulețul cadranului, Ada a înțeles ce se petrecea: a vârât degetul înăuntru, dar l-a tras imediat înapoi, privindu-și încruntată vârful însângerat. Limbile erau acolo, dar se roteau atât de repede încât nu mai puteau fi văzute. Stropul de sânge pică, purpuriu și lucios, pe rochia ei, unde se întinse în țesătură, formând o pată stacojie pe poale. Ne-am fi mirat încă multă vreme de ceasul însuflețit, dacă nu ne-ar fi atras și mai tare atenția ceea ce se petrecea cu biata Balenă în timp ce înainta ca o somnambulă de-a lungul cărării pavate cu cărămizi. Ajunsese aproape de linia a treia și, la început, am crezut că-și joacă vârsta matură, și încă tulburător de veridic. Dar nu putea fi doar o mimare: Balena se lungise, șoldurile și sânii i se îngreunaseră, părul i se închisese la culoare. Era acum cu adevărat demnă de porecla ei: o femeie totemică, rotundă ca planeta Jupiter, la fel de masivă. Hainele i se modificau în timpul mersului, tivul fustei se ridica sau cobora, pantofii aveau când tocuri subțiri, când butucănoase. De pe la jumătatea spațiului al treilea, pe deget începu să-i lucească o verighetă groasă de aur și, depășind a patra linie, părul începu să-i încărunțească. Era mai mult lată decât înaltă. Făcuse gușă triplă și sânii îi ajunseseră până aproape de buric. Mergeam alături de ea, pe marginea aleii, dar ea privea țintă înainte, cu o expresie absentă. Îi crescuseră mustăți rare și fire groase înfipte în bărbie. Puțin înainte de-a depăși a cincea linie, Balena se surpă în sine. Ne-am tras în lături, înnebunite de spaimă. În câteva secunde, din femeia enormă rămăse-seră numai câteva fragmente de oase înfășurate în cârpe putrede: un maxilar pământiu, un femur, câteva coaste... Și acestea se pulverizară până la a deveni o materie impalpabilă, din care nu rămase în cele din urmă nimic. Am fi început să urlăm dacă Balena nu s-ar fi întrupat deodată lângă noi, afară din cărarea blestemată. Și văzând-o cum ne privește nedumerită, am înțeles că nu știa nimic și că nici nu trebuia să știe vreodată. Era acum rândul Adei, care și-a desprins ceasul de la mână și l-a lăsat pe tron. În loc să ne fie teamă să continuăm jocul, începuserăm, dimpotrivă, să fim curioase: voiam să știm cum vor arăta celelalte fete mai târziu și când vor muri. Pentru că ideea propriu-zisă a morții nu ne impresiona, priveam totul ca la cinematograf, luam totul drept o halucinație ciudată, în adevărul căreia nici nu ne trecea prin cap să credem. Când Ada s-a îndreptat spre prima linie de pe alee, Carmina a fugit după ea și-a luat-o de mână. Nu își puteau imagina să pornească la drum altfel decât împreună. Era împotriva regulii pe care o stabiliserăm, dar, fiindcă în primul rând era implicată regina, iar apoi pentru că nici nu voiam să despărțim gemenele, le-am lăsat să pornească de mână, umăr la umăr, în rochițele lor albe cu buline roșii foarte mărunte, cu același păr cafeniu sticlos fluturându-le în urmă, cu același râs idiot-fermecător pe fețele identice. Pentru că, imediat cum făcuseră primul pas, hainele li se schimbaseră, și ele însele, destul de diferite în mod obișnuit pentru cine le cunoștea bine, erau acum imposibil de identificat. Erau un organism dublu, cu același metabolism, erau două siameze unite prin palmele împreunate, Carminada sau Adacarmina pășind cu aceeași mișcare, cu părul umflat de briza galbenă fluturând la fel și în același timp. Apropiindu-se de linia a doua, deveniră două tinere în alb și verde, cu mici brățări în formă de șarpe de smarald la încheietură, zâmbind cu buze pline și crude. Sub îmbrăcăminte, ți le puteai închipui înfășate până la gât în nylonul ciorapilor cu dungă la spate, tot corpul lor o singură pulpă caldă și senzuală. La patruzeci de ani erau femei planturoase, cu sâni minunați, cu șolduri foarte înalte, adevărate iepe în pantofiori delicați de piele neagră și rochii roșii cu fir de lamé și guler „gușă de pelican". Pe piept le scânteiau broșe identice: păianjeni cu corp de opal și picioare de platină. Nici ele nu depășiră linia a cincea. Brusc, una dintre ele se risipi în vânt atât de repede, încât câteva clipe îi mai rămase în picioare scheletul, în pantofi cu toc și atârnând de el zdrențe de mătase. Pe țeastă părul îi mai pâlpâi o vreme, până se făcu scrum. Unghiile de la mână îi căzură răsucindu-se în aer ca niște petale roșii de trandafir. Cealaltă geamănă o privea uluită. Încă nu avusese timp să reacționeze în vreun fel, când scheletul surorii ei se prăbuși, se prefăcu în țărână și dispăru. Geamăna se lăsă în genunchi și-apoi se întinse la pământ, pe o parte, cu un șold mult ieșit în afară. Încremeni, se albi, se pietrifică. Părea o statuie, un mulaj din Pompei. Nasul i se ciobi, brațele i se sparseră, trunchiul se frânse în mai multe bucăți, din statuie rămaseră numai așchii și cioburi, care se pulverizară până la praf de cretă, pe care vântul îl împinse spre fundul curții. Dar Ada și Carmina erau acum iar lângă noi, în obișnuitele lor rochițe. Ada își puse iar coroana aurie pe cap și ceasul la mână. Porni atunci Puia, rece ca o sticlă cu apă de la gheață, fascinantă ca ochiul transparent al viperei, dar mai presus de orice – neatentă, abstrasă. Zăngănindu-și ușor pandantivele și cerceii, ea străbătu cele șapte intervale cu pas egal, neschimbată, mereu identică sieși. Depășind linia de șaptezeci de ani era aceeași copilă frumoasă și, la propriu, fără pereche. Imaginea ei a trecut prin gardul din spatele curții și s-a pierdut la orizont, sub norii înșelători. Ester și Garoafa, îmbătrânind, și-au accentuat trăsăturile neamului lor. Ester s-a făcut mare și roșie, cu blănurile grămadă pe ea, cu pălării sofisticate, iar după cincizeci de ani s-a îngrășat monstruos. Dinții i s-au dezgolit ca la cai între buzele asiatice, o aluniță i-a apărut lângă nară. A devenit un hoit dezgustător după linia a șaptea. Garoafa, dimpotrivă, s-a pipernicit, s-a înnegrit în basmaua ei verde cu desene roșii, în haina bărbătească și cu fusta creață, roșie cu flori albastre și portocalii, cu picioarele goale, ca de catran. Pe la cincizeci de ani era o cotoroanță într-un fel de fulgarin jerpelit, cu buzunarele rupte. Avea o mână în ghips legată după gât cu o fașă de tifon împuțit și înainta crăcănată, frântă din șold, o cioară. A crăpat înainte să atingă șaizeci de ani. Toate s-au regăsit însă alături de noi, înfiorate și tremurând încă de parcă ar fi deținut ceva incomunicabil și care totuși se revela prin limbajul sudorii și frisoanelor. Nici una, totuși, nu era conștientă de ceea ce se întâmplase cu ea pe aleea de cărămizi.

M-am pregătit și eu pentru marea plecare. Mă întrebam dacă-mi voi pierde cunoștința, dacă va fi ca într-un vis sau ca într-un somn greu sau ca în moarte. De multe ori, singură în camera mea de culcare de pe Moșilor, în după-amieze roșcate în care trebuia să dorm, mă chinuiam din răsputeri să-mi amintesc ceva, fie și cel mai neînsemnat lucru, care mi s-ar fi întâmplat înainte de-a veni pe lume. Lumea exista de milioane de ani. Ce făcusem eu în tot acest timp? Să cred că nu simțisem și nu trăisem nimic îmi era imposibil. Când am pășit peste prima linie de cretă, m-am simțit deodată ieșind din mine. Fusesem înainte răspândită într-un corp îngust de fetiță, înghesuită printre intestine, artere și plămâni, răsucită în jurul măduvei spinării, coborâtă în degete și-n pulpe. Acum, printr-un tunel aspru, elastic și gelatinos, curgeam afară. Pereții tunelului fugeau înapoi cu o viteză infinită. Mă simțeam extinsă și pură. Ieșind din tunel, cu capul înainte, ectoplasmatică și scânteind de fericire, înaintam prin noapte, pe un drum larg cât distanțele dintre stele. Ajunsă la o barieră, care era mai degrabă în mine decât în afara mea, din locurile de negândit de dincolo de ea am văzut apropiindu-se de mine o fantastică auroră, în care fiecare scânteiere era o lume, în care fiecare punct de lumină era un Dumnezeu. Părea o explozie extatică a cosmosului, un apocalips și-o geneză amestecate. Totul mă atrăgea spre lumina de dincolo de lumină. Nu am putut însă depăși bariera („Nu încă", am auzit ceva în mine) și m-am întors. Eram iar printre prietenele mele, în curtea mătușii, sub cerurile opulente de vară. Nu mi-am revenit până pe înserat. Față de simplitatea și puterea acelei lumi, unde aproape că fusesem, formele lumii de-aici (frunzele întunecat-transparente ale cireșului amar, fructele lui grena, cu carnea moale și udă, camionul cu vopseaua albastră de pe capota jupuită, zmeiele levitând peste câmp, ocolite în zbor de turturele, fiecare cărămidă împăienjenită din fațada casei, fiecare fir de păr cărunt din blana cu scaieți a lui Chombe, botul și nasul lui ca de cauciuc umed, fața Esterei, căreia încă nu-i vorbisem) mi se păreau superflue, îndepărtate, asemenea lumii coralilor de la tropice, din apele calde, cu pești-papagal, stele de mare, bureți și madrepori. Chiar înainte de *REM* deci, lumea îmi devenise oarecum străină. Sigur, mă încerca și ispita de-a afla ce mi se întâmplase în realitate, ce-au văzut fetele, cum am arătat la fiecare vârstă (între linia a treia și-a patra sunt sigură că arătam ca acum) și mai ales aș fi vrut să știu când va fi sfârșitul. Știam însă că nimeni n-o să-mi spună. Asta intra în regula jocului.

Ne-am despărțit pe la două, după-amiază am dormit, m-am mai jucat cu Marcel, iar pe seară l-am luat și ne-am dus din nou la foișor. Nu am stat decât atât cât să-i povestesc lui Egor, ieșit în ușă, visul din noaptea trecută. El părea obosit, mi-a spus că „lucrase" toată ziua. Se sprijinea în bastonul lui și mă asculta totuși atent. Cât de fragil era! Îl clătina orice adiere de vânt. Când am terminat mi-a spus că se pare că, într-adevăr, eu sunt. Până aici a fost bine. „Vezi, ca să ajungi acolo, trebuie ori să fi plecat din Tibet, acum șapte sute de ani, ori să visezi cele șapte vise ale scoicii mele. E ca un fel de cifru al unei case de bani. Tu ai nimerit primele două cifre. Poate că ești făcută să le găsești și pe celelalte. Dormi cu atenție, nu te grăbi. Ai încredere-n tine." Ne-am întors repede peste câmpul pustiu. Pe la mijlocul lui, ne-am întâlnit pe cărare cu un acordeonist. Cu pălăria lui cafenie trasă peste ochi, avea o mutră de bandit din *Burattino*. Ducea acordeonul la spate, în niște chingi stacojii, iar în brațe avea un buchet uriaș de flori sălbatice, mușețel și grozamă și gura-leului, culese poate chiar de pe câmp, cu câteva minute mai devreme. După ce a trecut de noi m-am întors, dar mi-am văzut repede de drum, căci în același timp se întorsese și el să privească după noi, cu o uitătură la fel de intrigată ca a mea. Cărarea nu ducea decât la foișor. Ce naiba căuta omul ăsta acolo? Nu-i vedeam pe cei doi alungiți amatori de muzică lăutărească. Aveau oricum un radio vechi, dar bun.

În noaptea a treia am visat că merg mai departe prin pădure. Lăsasem bușteanul mult în urmă și înaintea mea cărarea șerpuia prietenoasă. Razele soarelui cădeau printre crengi pe corpurile unsuroase ale scolopendrelor. Veverițele săreau de pe-o ramură pe alta. Curând, cum alergam umplându-mi plămânii de aerul verde, am ajuns la un pârâu care-și susura apa meandrică, de sticlă cenușiu-albăstrie, între maluri de iarbă. Drumul meu se întrerupea pe un mal și continua pe celălalt. M-am oprit în iarba udă de stropii pârâului. Adânc în apă alunecau înainte și înapoi păstrăvi alburii. Privind la dreapta, am văzut la vreo cincizeci de metri o punte de lemn, acoperită cu mușchi. Dar un gând mă atrăgea mai mult. Mi-am scos rochița și am intrat cu voluptate în apa ca gheața. M-am scufundat până la gât, pipăind cu tălpile pietrișul rotund, atingând cu degetele picioarelor mâlul fin ca o apă mai groasă, prin care se amestecau fire subțiri de iarbă acvatică. Cuprinsă de-o plăcere chinuitoare, cu ochii larg deschiși, am intrat cu totul sub suprafața tulbure. Apa îmi mângâia mușchii brațelor, îmi apăsa burta. Îmi contura cu bucăți de gheață șira spinării. Stăteam ghemuită acolo sub cortina de mâl și poate acolo aș fi rămas pentru totdeauna, ca insecta prinsă în boaba de rășină, dacă nu mi-aș fi amintit de drumul meu. Am ieșit, cu părul șiroind, cu pielea numai râulețe, pe malul celălalt, unde îmi aruncasem îmbrăcămintea. M-am uscat, cu brațele depărtate în soarele verde-albastru-galben-transparent-sonor al dimineții. Trilurile păsărilor conturau cu linii subțiri bolți uriașe, ogivale, în tăcerea pădurii. Am plecat mai departe, mică și pură dar și puțin rușinată, pe cărarea dintre copaci.

În ziua aceea a venit tata. I-am auzit vocea înainte de a mă fi trezit cu-adevărat. Am ridicat-o pe Zizi de pe podea și am strâns-o la piept. Nu știu de ce mi-a fost întotdeauna frică de el. E drept că uneori se înroșea la față și începea să urle cu acea voce de la mânie a bărbaților, care îți chircește viscerele ca urletul lupilor sau mârâitul profund al unui tigru. Deși nu m-a bătut niciodată, pentru mine tata era Fiara, în stare să mă sfâșie într-o zi în bucăți. Cel mai tare mi-era teamă de el când mă săruta. Mă pupa pătimaș, pe toată fața, zgâriindu-mă rău cu barba lui mai tot timpul nerasă. Nici prin cap nu i-a trecut vreodată că nu-l iubesc. În afară de Zizi, nu iubisem niciodată pe nimeni și până și pe Zizi eram în stare s-o pedepsesc cu cruzime dacă nu-și făcea cum trebuie lecțiile, când o ascultam acasă, pe balconul cu iederă, în fața tablei improvizate dintr-o ușă de servantă veche. Deci, în acea dimineață, m-am îmbrăcat deosebit de curat și frumos, cu rochița mea de oraș bine călcată de tanti Aura și cu ciorapi albi trei sferturi, și-am plecat, cu tata de mână, la spital. Cred că aș fi murit de nefericire dacă n-aș fi știut că mă voi reîntoarce. Chiar și așa m-am trezit scâncind ușor în tramvaiul care zdrăngănea pe Mihai Bravu. Am coborât la spitalul Colentina, unde totul era atât de concret și de indiferent în același timp încât parcă visam. În curte, printre pavilioanele cu verande însorite, semănând cu niște galioane fără catarge, se înălțau castani și plopi bătrâni. Pe băncile de sub ei foiau, în acea zi de vizită, bolnavi în halate grena și bleumarin. Unii erau dărâmați bine, verzui la față, dar alții, mai ales câteva fete cu părul lucios și buclat, arătau atât de bine, încât te întrebai de ce boală ar putea suferi. Stând de vorbă cu bolnavii, se plimbau de colo-colo oameni îmbrăcați de stradă, poate dichisiți ceva mai cu grijă decât de obicei, așa cum eram și eu cu tata. Mama nu era în curte, nu se putea ridica din pat. Surorile și câte un doctor brunet, în bluză albă cu mâneci scurte, treceau grăbiți de la un pavilion la altul. Am urcat niște scări de ciment, în spirală, posomorâte și reci, pe lângă niște pereți vopsiți cu ulei vernil. Am deschis o ușă mare, cu glasvand, și am intrat într-un culoar nesfârșit, la fel de vernil. Am mai deschis apoi nenumărate alte uși, care dădeau în alte culoare tăcute. Mereu mă așteptam să intrăm în salonul mamei și mereu coteam, urcam, coboram pe culoarele întortocheate. Din loc în loc, câte o ușă numerotată era deschisă și vedeam înăuntru o chiuvetă și un closet de faianță sau o boxă cu mături murdare, teuri cu cârpe împuțite și cutii de sodă. Mai vedeam cămări cu vrafuri de pijamale ștampilate. În sfârșit, când amețiserăm atât de tare încât nu am mai fi știut să găsim ieșirea și credeam că ne vom lăsa oasele pe vreun coridor, am deschis o ultimă ușă. Sala în care am intrat era foarte mare, cam cât cea a lui Rolando, de sub pământ. În paturile de țeavă, înșirate de-a lungul ferestrelor, stăteau vreo treizeci de bolnave, tinere și bătrâne, unele zăcând pur și simplu, altele dormind, altele stând de vorbă peste noptierele cu flori în pahare. Pe marginea unor paturi se așezaseră câțiva vizitatori. La o femeie galbenă ca lămâia venise bărbatu-său în uniformă de ceferist cu un băiețel de vârsta mea, care avea un umăr mai sus decât celălalt. Ne-am îndreptat spre patul mamei. Eram înduioșată puțin. Mama a început să plângă de bucurie când ne-a văzut. Era ridicată pe jumătate și sprijinită de pernă. Am pupat-o și pielea ei era udă. Părul ei era extrem de subțire și destul de rar, așa că i se lipise de pielea capului. Arăta foarte rău, foarte slabă. Am stat vreun sfert de oră cu mama, i-am spus că mă simțeam bine la tanti Aura. „Dar nu ți-e dor de casă?“ „Ba da“, am spus, uitându-mă la vecina de pat a mamei, o bătrână care adăpa, cu o carafă de sticlă, un ghiveci cu cerceluș. Luându-mi ochii de la floarea gingașă, cu petale stacojii și miezul ciclamen, fața mamei mi s-a părut și mai albicioasă, ca de plastic, ca de ceară. Pierduse sânge, dar în primul rând o duruse atât de rău, încât nu și-a mai revenit niciodată. Ani în șir, toți anii adolescenței mele, ne-a chinuit pe toți cu obiceiul pe care-l căpătase după ulcerul ăsta nefericit:

simțea nevoia să-și vadă sângele. În fiecare zi trebuia să se înțepe, să se taie, iar când am încercat să-i luăm obiectele ascuțite, chiar să se muște de mână ca să facă să iasă mica perlă de sânge pe care o privea apoi minute întregi ușurată, fericită. I se întâmpla s-o apuce această nevoie imperioasă pe stradă, în magazine, în vizite. Apuca atunci un ac pe care-l avea mereu la îndemână și se înțepa cu dibăcie. Mai târziu avea să simtă nevoia de a vedea un pârâiaș din sângele propriu, și atunci se tăia adânc, periculos, cu cuțitul. Până la urmă au trebuit s-o interneze, deși altfel era perfect normală. În zilele când nu reușea, prin infinite subterfugii, să-și procure această unică satisfacție, se întuneca și între sprâncene îi apărea marele Omega al melancolicilor. Dar atunci, cu tata, stând pe marginea patului ei, nici nu bănuiam ce ne aștepta. Am plecat tăcuți, după ce-am sărutat-o iar, și ne-am văzut afară, în soarele moale și fierbinte al amiezii.

La tanti Aura pe stradă erau adunate toate prietenele mele, cam obosite de zbânțuială. Fără mine nu putuseră să se joace cu adevărat de-a Reginele. Hotărâseră să amâne încoronarea Carminei pentru după-amiază, iar până atunci, cu o minge vărgată de cauciuc, jucaseră Țările. Mai apoi trecuseră la leapșa și la cei Trei prinți călare. Jucaseră și Un-doi-trei-la-perete și făcuseră pași de furnică, de leu, de elefant și de zână. După ce le-am povestit cum a fost la mama, ne-am împrăștiat și eu am mâncat de prânz cu tanti Aura, tata și Marcel. Resturile le împărțeau, sub masă (căci am mâncat afară) Gigi și Chombe. Cânta la radio o melodie care îmi rămânea în cap zile întregi: „Ada-Kaleh, Ada-Kaleh...“ M-am mai jucat în casă puțin cu văru-meu și pe la patru am ieșit în curte. Carmina se îmbrăcase în întregime în azuriu: purta o bluză cu mâneci scurte de

„garofiță", o fustiță plisată pe care-o împrumutase de la Ester și de aceea îi era cam mare și un ciorap-pantalon, tot albastru, dar bătând în cenușiu. Pe deget își pusese un inel cu peruzea, desigur o imitație, iar în păr își împletise albăstrele. Părea cu-adevărat o fee, cum stătea pe tronul împodobit. Garoafa bătută, de la noi din grădină, o purta la ureche, căci își trăsese tot părul pe-o parte, așa încât urechiușa dreaptă și tot gâtul, până la zulufii cefei, îi apăreau goale și pure, ca într-o pictură. I-am înmânat obiectul ei, perla găurită, pe care-o apucă delicat între degetul mare și arătător. Trase apoi din pălăria unchiului meu bilețelul cu locul peste care avea să stăpânească. I-a ieșit strada, poate cel mai anost dintre toate. Într-adevăr, părea că acolo nu se poate face nimic. Căci strada era lungă, tăcută și tristă. Privind-o, simțeai cât de neînsemnat e colțul de lume din care face parte. Așa putea arăta o stradă dintr-un oraș de provincie, uitat de Dumnezeu, sau o uliță dosnică dintr-un oraș sud-american, sau un drum prăfuit, singuratic, din Kansas. Zmeiele, fluturând policolore, cu cozile lor de hârtie creponată, încâlcite în sârmele de telegraf, măreau și mai mult singurătatea disperată a străzii. Printre pietrele din pavaj creșteau buruieni și chiar floricele roșii, minuscule. Departe, unde se îngusta spre oraș, strada avea deasupra un soare deja veștejit. O umbră albastră curgea dintr-o mașină a depanării parcată la vreo sută de metri de noi. Acolo, în mijlocul străzii pustii, așteptam acum poruncile reginei. Carmina, cu coronița aurie pe cap, privea concentrată mărgeaua sidefie. Iadeșul și ceasul dovediseră a avea mari puteri. Ce putea face oare perla din mâna Carminei? Părea că nimic, după vreun sfert de oră în care ne-am străduit să inventăm ceva. Până la urmă însă, Regina Albastră îi ghici secretul: trebuia să te uiți prin gaura perlei. Aveai să vezi în mica geană de lumină un oraș straniu. Pe măsură ce-l privea, Carmina ni-l descria și nouă, așa că în curând ne-am pomenit străbătând un oraș ciudat.

Era o lume cenușie, ca într-o gravură, plină de construcții uimitoare. Nu era nimeni în tot orașul. Dispuse neregulat, formând străzi gâtuite și piețe triunghiulare, clădirile erau de piatră zgrunțuroasă, poligonale și pline de ferestre transparente, care scânteiau. Uși rotative se mai mișcau încă ușor, ca și când nu de mult ar fi ieșit cineva din palatele enigmatice. Sus, pe cornișe, se aflau statui alegorice, înfățișând Invidia și Sclavia. În spatele ferestrelor fără perdele (căci totul era aici numai piatră cenușie și sticlă) se aflau bufnițe împăiate, de mărimea unui om. Câte un uriaș papagal împăiat se apleca spre noi de pe muchia unui zid, uimindu-ne cu purpura și verdele aripilor, cu azurul penelor lungi ale cozii. Ochii de sticlă ai păsărilor împăiate răsfrângeau arhitectura aceea dementă. Dând câte un colț, mereu alte piețe, alte perspective se deschideau, alte construcții ciclopice în muchii ferme se ridicau, brusc sau în trepte sau terminate cu cupole de cenușă, pline de ochii luminatoarelor, deschiși spre ceața tristă, hașurată, care ținea loc de cer. În piețe, statui chircite de frig ne stârneau întrebări fără răspuns. Una dintre ele înfățișa un copil în genunchi. În sfârșit, am intrat pe o poartă. Pe cei doi stâlpi ai ei străjuiau două Fiare. Nu tigri sau lei sau hiene sau urși sau reptile sau strigoi, ci Fiare. Am străbătut cu piciorul o piață aproape infinită, cețoasă. În mijlocul ei se ridica o clădire cu armături de metal, cu o cupolă de sticlă viorie. În cupolă zvâcnea ceva, cum zvâcnește fetusul de pește în icră. Am urcat o scară monumentală, aspră ca de granit, și-am intrat pe o ușă rotativă. Construcția imensă era goală pe dinăuntru. Nervurile subțiri ale bolților păreau coastele unui torace gigant. Lumina venea în dungi violete prin cupola în care se zbătea leneș acel ceva hidos, translucid. Marmura mozaicată a pardoselei se curba după curbura Pământului. Ne-am oprit aproape de mijlocul sălii și-același gând ne-a venit tuturor: *să naștem un om*. Prima a ieșit în fața noastră (cum stăteam ghemuite una într-alta, minuscule ca furnicile în acea sală) Balena, care și-a rostit dorința atingând cu buzele pielea de sidef a perlei. Și atunci, aproape atingând cu țeasta bolțile reci, mai întâi transparent ca de sticlă, apoi lăptos de parcă s-ar fi revărsat în fiole subțiri o emulsie albă, în cele din urmă gălbui ca fildeșul, se înălță în fața noastră un schelet aidoma celui din grota noastră de pe câmp, aidoma lui Rolando. Ridicat în picioare, trosnind sub propria greutate, era însă mult mai măreț. Rânjetul său de sub bolți părea o sfidare adresată stelelor nevăzute. A doua a pășit în față Ada, care și-a lipit perla de obraz și și-a rostit dorința. Pe oase, pe suturi, pe apofizele șirei spinării începură să se prindă, ca niște lipitori roșii, striate, fuioarele mușchilor, împletite și întrețesute, prinse în tendoane solide, alburii, formând inele în jurul gurii și ochilor, fâșii triunghiulare între coaste, discuri puternice pe piept, cilindri viguroși la brațe și pulpe. Ni se ridica acum în față un om jupuit, mai trist decât moartea. Carmina ceru sângele, și pe trupul acela musculos se împletiră frânghiile și ațele roșii și vinete ale venelor, arterelor, capilarelor, iar sala începu să vibreze surd de zgomotul puternic al inimii. Puia ceru nervii și simțurile, și omul își deschise ochii, ochii albaștri. Pe carnea încă vizibilă îi șerpuiră nervii gălbui, în tecile lor de mielină. Ester sărută perla și omul se înveli într-o piele bronzată și deveni frumos ca un zeu. Pe țeastă îi crescu părul buclat, auriu. Era complet? Garoafa ceru sexul, și toate am fost silite să lăsăm ochii în jos, orbite ca de-o lumină. Era ceva între pulpe, acolo unde noi nu aveam aproape nimic. Pâlpâi și o ceață de păr auriu pe piept. Unduiră reflexe auriu-roșcate pe obraz. În fine, am înaintat și eu către tălpile lui (creștetul meu îi venea până la gleznă) și-am cerut să i se dea suflet. Atunci pe piept i-au crescut doi sâni rotunzi și albi, cu vârfurile roze, iar părul buclat i-a coborât în vițe de aur până la șolduri. Un trandafir îi înflori între degete.

L-am lăsat acolo, sub boltă, ca să-și ducă de-acum singur viața fantastică, și-am ieșit din nou în orașul pustiu. Păsări colorate, mai mari decât noi, ne spionau de după ferestre. Altfel, orașul era cenușiu, așa cum sunt toate orașele care locuiesc într-o perlă. Când obosiserăm de-atâta rătăcit printre construcțiile de piatră, Carmina privi prin gaura perlei și văzu strada noastră. Începu să ne-o descrie cu atâta precizie, încât în curând ne-am trezit din nou pe pietrele caldarâmului, înconjurate de casele verzui și roze și turtite, de stâlpii de telegraf înnegriți de catran. Soarele era la scăpătat, cerul din partea aceea luase culoarea indigoului, dar în partea cealaltă, albastră-aburoasă, se străvedea deja luna. Umbrele ni se lungiseră hidoase spre câmp, ca niște insecte filiforme. Se terminase și ziua Carminei.

În lumina apropiatului crepuscul, cărămizile casei noastre sclipeau ca rubinele. Casa părea că suge toată lumina din jur, lăsând aerul serii veșted, cafeniu. Un geam îndreptat spre apus ardea galben, cum arde sarea. Când să ne luăm rămas bun, am făcut brusc gestul (mie îmi părea de-a dreptul sinucigaș) pe care aș fi vrut să-l pot face încă de la început: m-am apropiat de Ester și-am rugat-o să mai stea puțin cu mine. Am privit amândouă din poartă cum se îndepărtează celelalte, rămânând fiecare pe la casa ei. Pe fondul întunecat al câmpului, chipul fetiței roșcate avea culoarea fildeșului. Albul ochilor îi reflecta soarele portocaliu în scântei de lumină. În colțul unuia din ochi am văzut o vinișoară, ca un fir de lână albăstrie. Ne-am privit multă vreme, fără să ne spunem nimic, ea melancolică și gravă, eu sufocată, dusă de pe lume. Când mi-a luat mâna, palma ei era udă de emoție. Ne-am împletit degetele. Simțeam, o spun în fine, că o iubesc, aș fi vrut s-o strâng în brațe și să rămânem așa, să nu ne mai ducem acasă. Am mers de mână până la ea. Nu ne-am spus decât câte un „pa" la despărțire. M-am întors singură, amețită. Vedeam și am văzut toată seara în fața ochilor (sau îndărătul lor), trupul roșu-portocaliu al Esterei, obrajii ei plini, ultimul ei zâmbet care-i dădea expresia amară, exotică, a africanelor. Când mai aveam nu mai mult de douăzeci de pași până la poartă, a trecut pe lângă mine o femeie foarte fardată, mișcându-și șoldurile caraghios sub o fustă imposibilă. Avea brațele pline de lalele galbene. Oricât eram de nostalgică și de fericit-nefericită, i-am privit uimită șoldurile ca de iapă în timp ce, lăsând o umbră neagră ca de gândac, se îndepărta peste câmp, pe cărarea spre foișor. Foarte departe se vedeau pe același drum alte două siluete albăstrii. Am intrat în casă și m-am dus direct în camera mea. M-am trântit pe pat. Am zăcut vreo oră, fără să mă gândesc la nimic, fără să fiu prezentă. Stăteam pe burtă, fără să-mi pese că-mi șifonam rochița cea mai bună, cu care o vizitasem pe mama și pe care nu voiam să o schimb. Îmi băgasem o mână sub pernă și ascultam fără să aud țăcănitul obsedant al mașinii de cusut din camera cealaltă. Când m-am ridicat (tanti Aura mă chemase la masă), în cameră era întuneric.

După masa de seară m-am culcat și am visat un pahar. Doar o parte din buza lui se vedea, lucind, dintr-o tufă de măcriș. Căci mă aflam, pe cărarea mea, în pădurea fără limite. Am ridicat paharul și l-am privit atentă. Îmi dădea un sentiment tulbure, îl priveam tot ca pe un obstacol apărut în drumul meu. Îmi părea rău că mă oprise din alergarea fără țintă, și totuși mă uitam la el cu încântare. Nu era chiar un pahar, ci mai degrabă o cupă din cea mai străvezie sticlă, cu picior delicat și ovalul alungit într-o curbă pură. O fisură, de la buză și până la baza lățită a piciorului, îi dovedea fragilitatea. Era un pahar condamnat. Curând avea să fie țăndări. În el se mai afla (prin ce miracol?) puțin vin rubiniu, dens ca o miere roșie. M-am uitat mult, fascinată, la umbra purpurie, tremurătoare, pe care paharul de vin o arunca pe sol, printre crenguțe. Am ezitat dacă să beau vinul sau nu. Până la urmă, cu un sentiment de vinovăție, am luat o înghițitură. Restul l-am vărsat, în șuvoi subțire, pe pământ. Când am privit din nou cupa, m-am cutremurat: pe fundul ei se înecase un păianjen mare și greu. Am izbit paharul de un trunchi, m-am lăsat pe vine și-am început să plâng. Mă simțeam, acolo în vis, de o singurătate fără ieșire, fără speranță...

M-am trezit în plină noapte și mi-am dat seama că sunt îndrăgostită. De ce trebuia s-o iubesc pe Ester? Ani de zile fusese pentru mine la fel ca Puia sau Carmina sau Garoafa. Iar acum nu mai suportam trecerea timpului până să o revăd. Mă încurca, mă dezorienta însă faptul că lumea nu părea să creadă posibilă o dragoste de felul celei pe care-o simțeam eu. Oamenii vorbeau despre dragostea dintre un băiat și o fată sau dintre un bărbat și o femeie, dar nu auzisem pe nimeni să povestească despre două îndrăgostite. Mai mult ca sigur, mă gândeam, nu m-aș putea căsători, când o să fiu mare, cu Ester. Asta mă contraria, căci simțeam că dragostea mea se va întinde mult în timp. Cum să ne despărțim și să n-o mai văd niciodată? În pijamaua mea cu iepurași am ieșit încet din cameră, am traversat în vârful picioarelor holul negru ca smoala și-am deschis ușa de la intrare. M-au izbit deodată în față sutele de mii de stele răsfirate pe cer, arzând și scânteind în toate culorile. Între ele, declinând pe boltă, marea cometă alburie își flutura pletele prevestitoare de cataclisme, potopuri, incendii, dezastre. Sub stele, foarte adânc, pe strada mea care părea un fund de fluviu, se mișcau alte lumini, vălurind ciudat. Călcând cu tălpile goale peste cărămizile aleii, printre tufănele și trandafiri, am ieșit la poartă. Cu lanterne, felinare sau lumânări în mâini, se îndreptau spre câmp sute de oameni, în grupuri mici sau unul câte unul, forfecați în toate felurile de clarobscurul care-i înfășura: femei tăcute, întunecate, enigmatice, bătrâni șchiopătând, aplecați înainte și cu genunchii-ndoiți, copii cu botișor primitiv și ochi de libelulă, bărbați cu șepci, nebărbieriți, ducând pachete învelite în ziar și legate cu sfoară. Toți țineau câte un buchet de flori în mână. Eu îmbrățișasem stâlpul porții și îi priveam fermecată cum se pierdeau pe cărarea care ducea spre foișorul luminat acum el însuși ca o stea. Ochii mi se închideau de somn. Aș fi vrut să merg și eu până acolo, prin noaptea caldă, dar picioarele mă trăgeau înapoi spre așternutul răcoros, așa că am intrat din nou în casă și m-am ghemuit între cearșafuri. Mâna mea, strecurată sub pernă, mângâia mica scoică roz din care izvorau visele.

A doua zi m-a trezit mătușa pe la ora zece. Muream de somn, și m-am rugat să mă mai lase. Apoi mi-am amintit cu bucurie că jocul nostru de-a Reginele (cel mai frumos pe care-l jucasem vreodată) continua cu ziua a patra, în care frumoasa Regină Verde avea să fie Puia, regina florii-de-piatră. Și mai bucuroasă am fost amintindu-mi că spre seară aveam să-l vizitez din nou pe Egor. De data asta aveam să-i povestesc două vise deodată, și eram sigură că sunt pe calea cea bună. Ce s-o fi petrecut azi-noapte la alungiți? Cine or fi fost oamenii aceia cu flori în mână? Poate că aveam să aflu chiar deseară. Am mâncat și-am ieșit în curte, îmbrăcată într-o rochiță tiroleză. Aș fi putut să pariez: pe poarta noastră se dădea huța Garoafa, mai mereu prima sosită, în fusta ei roșie luată de la maică-sa, pe care-o mai purtaseră câteva surori, și în papuci cu pompon. Avea râsul acela de parcă s-ar strâmba de ceva neplăcut, al indiencelor. Și totuși voluptuos, vicios, fățarnic. Ne-am apucat să aranjăm tronul pentru noua ocupantă, să-l acoperim cu frunze și crenguțe verzi. Am reîmprospătat culorile celor șapte cercuri cu cretă colorată. Au venit și gemenele, scăpate de griji și fericite că zilele lor se terminaseră cu bine. Se îmbrăcaseră din nou la fel, în sarafane albe cu o rățușcă pe piept. Ester, cu capul puțin între umeri, a intrat și ea pe poartă și, discret, mi-a zâmbit cu ochii ei dulci. I-am zâmbit și eu. Totul era gata, dar Balena și Puia au întârziat mai mult de-o oră. Când le-am văzut sosind, am înțeles de ce.

Puia era fabuloasă. Dacă o fetiță de unsprezece ani poate să arate ca regina din Saba, Semiramida și Cleopatra la un loc, ea arăta asemenea lor. Părul, aproape alb, și-l ridicase în creștet și-l împletise într-un con spiralat, în jurul căruia se răsucea ca o viperă o panglicuță de catifea verde închis. Tâmplele ovale, urechiușele roz, îngreunate de cercei în care arama și safirul se îngemănau, sprâncenele complet rase și genele lungi de aproape trei centimetri, curbate în sus, obrajii ovali și pomeții ridicați, buzele arcuite mult prea perfect ca să fie frumoase, dar de la care nu puteai să-ți desprinzi privirile, pielea albă a gâtului, sub care se întrezăreau mușchii armonioși, gropița cefei, cei câțiva zulufi răsuciți spre spatele complet gol, totul părea ireal, pictat de un mare renascentist. Ochii ei nu erau făcuți ca să vadă, ci ca să-i împodobească fața cu apele lor ca de agat. Purta la gâtul decoltat patru șiruri de perle (firește artificiale, ca tot ce era pe ea, dar ce importanță avea pentru noi?). În fiecare boabă sidefie se răsfrângeau, în minuscule fulgerări de lumină, grădina noastră, casa și straturile de flori. Rochia, care-i venea până la glezne, era de o extravaganță nemaivăzută. De un verde brutal, cu ape când galbene, când albăstrii, se despica în față, în unghi ascuțit, până la brâu. Cele două fâșii care-i acopereau sânii minusculi se înnodau la ceafă cu o fundă bogată. Pe braț îi zăngăneau brățări cu strasuri și emailuri, iar pe degetele cu unghii sidefii ardeau inele cu boabe verzi ca gușterul, transparente ca apa de mare, ca apa din mările Chinei. Gâfâind în spatele ei, cu turban și evantai, Balena își căra colacii de osânză cu demnitatea unei Mamie.

I-am rupt eu însămi Puiei o superbă floare-de-piatră de culoare carmin dintre cele de pe marginea aleii din curtea noastră. Am vrut să i-o prind în piept, dar Balena nici nu m-a lăsat s-o ating. Era geloasă pe privirile noastre, dar și fericită în același timp: Puia ne domina ca o zeiță a dragostei și-a morții. Balena a luat floarea și, după puțină ezitare, a îngenuncheat și i-a cusut-o jos, între faldurile fustei, doar la o palmă de gleznă. Puia avea pantofiori cu toc, din piele de șarpe. S-a așezat pe tron și a tras din faimoasa pălărie un bilețel pe care scria „camion". Apoi și-a primit și obiectul: pixul acela ciudat, care pentru noi, obișnuite cu tocurile de la școală, era o minune. Prin corpul de plastic perfect transparent, hexagonal în secțiune, se vedea pasta din interior, neîncepută. Capătul ei era din metal arămiu și în vârf avea o mică bilă gălbuie. Pixul mai avea și un capac ultramarin. Ne-am dus spre locul tras la sorți de Puia.

Între timp ne făcuserăm unghii multicolore din petale de flori lipite cu salivă. Ne fluturam noile gheruțe prin aer așa de fioros, că Gigi, care-și dormea veșnicul somn pe capota camionului în soarele tropical, se zbârli toată și începu să tremure. Ne-am suit în remorcă, am tras-o cu chiu, cu vai și pe Balena și ne-am așezat pe marginile scorojite ale tăbliilor laterale. Priveam cerul în care se reflecta verdele grădinii și așteptam poruncile reginei. Regina Verde tăcea, cu pixul între degete. Se uita țintă înainte, fără să ne audă șușotelile, căci noi începuserăm să jucăm telefonul fără fir. Puia deșurubase capacul pixului și se străduia acum să-i scoată și rezerva din interior. Reuși în cele din urmă să păstreze numai tubul transparent. Cu el, ne spuse apoi, aveam să facem baloane de săpun. Era minunat. Ne-am repezit în casă și-am adus niște castronașe de sticlă zgrunțuroasă, cu floricele în relief, în care am făcut soluția albăstrie de apă cu săpun. Am căutat paie și tulpini tubulare și, din nou urcate în camion, ne-am pus pe treabă. Curând, camionul aproape dispăruse, cu noi cu tot, sub zecile de globuri curcubeene, luate de vânt și împinse spre straturile de legume. Pe pielița fină a baloanelor se întindeau moale priveliști convexe și scânteieri. Predomina în amestecul bălțat de culori un fel de mov bătând spre cărămiziu și naramziu. Aceeași culoare o poți vedea dimineața, în bobul de rouă care arde în soare. Balena, care muiase tubul creionului cu bilă în castronaș, umflându-și obrajii ca o trompetistă ivi deodată la capătul celălalt un balon mare și oval, care se dezlipi cu greu și în loc să se înalțe purtat de vânt, ca și celelalte, se lăsă încet pe podeaua camionului, unde rămase neclintit. Era ca o minge de sticlă tremurătoare. Când tremurul conteni, Balena îl atinse cu degetul și ne spuse surprinsă: „E tare!“ Îl cuprinse apoi cu palmele și încercă să-l ridice, dar nu reuși. Balonul era greu ca plumbul. L-am privit tăcute cum se abureşte mai întâi ca de-un suflu interior, cum se opacizează până ajunge să pară dat cu var. După câteva minute aveam înainte un ou ca de reptilă preistorică, pe care Balena, ca să și-l recunoască, îl însemnă cu o steluță violetă. Pixul a fost preluat apoi de Ada, care reuși un ou identic cu primul, la capătul aceleiași metamorfoze. Desenă cu creionul pe coaja zgrunțuroasă o steluță indigo. Peste nici o oră, podeaua de scânduri a camionului se curba sub greutatea a șapte ouă mari cât capetele noastre și însemnate cu cele șapte culori. Le mângâiam și chiar încercam să le clocim ghemuindu-ne peste ele. L-am suit până și pe Chombe în remorcă și l-am trântit peste ouă, dar câinele prinse deodată un zgomot infim, care-l înfricoșă atât de tare, încât se aruncă schelălăind din camion și nu se opri până în cușca lui de după casă. Noi abia percepuserăm micul trosnet, în schimb am văzut limpede cum coaja oului însemnat cu verde plesnește în zigzag. Am sărit și noi din camion și ne-am ascuns după tufele de trandafiri. De-acolo am auzit clar cum oul a explodat în țăndări. Atunci, din camion s-a înălțat silueta aurie a unei licorne, cu ochi mari și frumoși, de femeie, și cu corn spiralat. A sărit grațioasă din camion și-a galopat scurt până în fundul curții. Săltând peste gardul putred, s-a pierdut în câmp. Spațiul, fără imaginea ei, rămase dureros de gol. Curând am fi preferat însă să rămână așa, căci din al doilea ou, al Garoafei, ieși o omidă gigantică. Târându-se, lăsa în urma ei o dâră de bale, ca un jeleu vernil. Boabe mari din acest mucilagiu îi rămăseseră presărate în perii lungi de pe corp. Era albastră cu pete galbene, iar capul negru ca smoala, lipsit de ochi, avea mandibule puternice, tot negre, ascuțite. Partea din față a corpului și-o târa pe două mânuțe de copil, iar la coadă avea falduri ca de pește cu voal. Dispăru repede, îngropându-se în pământ. Doar coada roz îi mai flutură câtva timp, ca o algă marină, printre spalierele cu pătlăgele roșii. Două ouă plesniră deodată, ale gemenelor, desigur. Se iscară din ele ființe triste și lungi, de culoarea sidefului vechi. Prin corpurile transparente li se vedeau oasele ca un abur alburiu. Li se vedea sângele ca vinul rosé pompat de inimi prin artere. Li se vedeau rinichii strălucind ca doi bulgări de diamant. Fiecare avea câte un singur braț, câte un singur ochi și câte-o singură aripă cu pene albe, ca de porumbel, ajungându-i până la călcâie. Când s-au văzut, s-au îmbrățișat cu patimă și, contopite, și-au luat zborul, vâslind energic din aripile uriașe. Au dispărut repede, topindu-se în cerul albastru. Oul Balenei dădu la iveală un crab roșu ca sângele, cu doi ochi cu gene lungi în vârful cornițelor laterale. Sub ochi, mandibulele și maxilele, căngi și cleștișori minusculi, se tot mișcau cu foame. Cleștii cei mari articulați forfecau greoi în aer. Se trânti cu greu peste tăblia camionului și-o luă la goană, lateral, pe picioarele subțiri, dispărând după lobodele din fundul grădinii. Din oul lui Ester ieși vedenia cea mai hâdă. Era scheletul unui cal călărit de scheletul unui călăreț. Bucăți de carne putredă, fâșii de piele, tendoane uscate le mai atârnau de oasele galbene. Rânjindu-și dinții, cu ochii scurși pe obraz, cu coastele vizibile printre zdrențele care fluturau pe ei, tronau în mijlocul camionului, statuie ecvestră a disperării. O lance ruginită, cu vârful însângerat și prapur cusut cu sârmă de aur, se legăna în mâna cavalerului. Ușori ca fulgul, săriră din camion, se îndreptară la pas spre gardul de la stradă, peste care trecură atât de lent, încât zborul lor prin aer părea că nu se mai termină. Mult timp am auzit, din ce în ce mai stins, tropotul de copite în josul străzii și un nechezat ca de pe altă lume... Când și această arătare s-a stins, am așteptat degeaba să se spargă și ultimul ou, al meu. Dar el nu s-a spart niciodată. De atunci l-am purtat tot timpul cu mine, oriunde am fost. El e, de fapt, o dovadă (acolo unde nu e nevoie de dovezi) că tot ce-am trăit a fost real, că toată lumea aceea din Dudești-Cioplea n-a fost doar o fantasmă a copilăriei. De altfel, ai observat, cred, că în timp ce bărbații rămân întotdeauna mai mult sau mai puțin copii, femeile caută să-și ascundă copilăria, de parcă atunci s-ar fi petrecut cu ele ceva rușinos, ceva malefic... Hai să ți-l arăt.

Te ridici de lângă mine și aprinzi lumina. Simt o durere vie, usturătoare în pupile și, după ce scot capul de sub cearșaf, te văd ca într-o mare de flăcări care ar fi cuprins toată odăița. Deodată, totul mi se pare halucinant de real. Altă lume. Rafturile doldora de cărți, hainele noastre azvârlite peste tot, coșul de pe măsuță în care acum nu mai sunt decât două mere, scrumiera în care se înnegresc vreo trei cotoare, râșnița de cafea, tu căutând ceva pe sub fotoliul pe care stă răsturnat mini-televizorul, corpul tău gol, de culoare galben pal–roz-aurie, ridicându-se și făcându-mă să mă mir cât de largi par șoldurile femeilor văzute din spate, totul își vorbește și-și tace suprafețele în lumină. Suprafețe în lumină, îmi spun buimăcit, iată lumea noastră. Părul tău scurt stă ciufulit. Fața ta e bătrână, gâtul tău e moale ca pielea de căprioară și are cute. Mi-e silă de tine, dar îți zâmbesc mecanic, iar tu îmi zâmbești cu foarte puțină speranță. O babă. Cu sâni încă frumoși, dar ce sens are? Sunt golit de dragoste, iar povestea ta mă obosește fizic. Vin zorile, Nana. Dă-i zor. Te întorci în pat cu o cutie ca de pantofi. O deschizi și, de sub un strat de vată, scoți un ou mare, ca de struț, cu coaja zgrunțuroasă, îngălbenită. Becul așază pe el o umbră albastră. Într-o parte, oul are o pată roșie, difuză. Probabil locul unde a fost steluța. Îl iau în palme și-l cântăresc cu grijă. E greu, masiv, iar coaja e călduță ca și când cineva ar dormi înăuntru. Îl pui pe masă și-l lași acolo, pe șervetul vărgat, pe care se văd firimituri de pâine, fiecare aruncând o mică umbră colorată. Stingi iar lumina. Pe fereastră, cerul nu mai e cu totul negru. Toate lucrurile din cameră au devenit întunecat-albăstrii, iar pereții sunt destul de deschiși la culoare. În urechi îmi răsună vocea ta, pe care de la o vreme nici nu am mai perceput-o ca sunet, ci ca pură înșiruire de imagini. Sunt secat, după noaptea asta nedormită, mă simt de parcă toate organele mele ar fi o combinație de cauciuc și acid clorhidric. Aproape că nici nu observ când îți reiei firul istorisirii. Povestea ta are temperatura corpului meu, mă cufund în ea izolându-mi simțurile, lăsându-le pradă iluziei. Mă îndrept spre gura peșterii din insula de smarald. În jurul deschiderii aceleia strâmte crește un mărăciniș osos, tare ca sârma, cu scânteierile mov ale florilor pitite după ghimpi. Intru în coridorul de piatră care duce-n adâncul său. Larve translucide fug pe pereți. Mii de oceli privesc din tavanul jos. În pârâiaș trăiește proteul orb, cu mânuțe de om. Iar acolo, în centru, înfășurată în noapte ca într-o gogoașă de mătase, ești Tu, așa cum nu te știe nimeni, tu cu fălcile pline de colți strâmbi și curbați, tu cu nările dilatate, aruncând jerbe de flacără, tu cu solzii tăi de jad mistuitor, cu aripi de diavol, cu coadă de anacondă. Tu, înfășurată în duhoarea ta de sulf, tu printre ciolane și tigve... Tu, în tăcerea ta de femeie, în necomunicarea ta, în violență și-n frică.

Seara l-am luat din nou pe Marcelino de lăbuță și, bucuroși nevoie mare, ne-am îndreptat spre foișor. Doar ieri nu trecuserăm pe-acolo, dar mă simțeam vinovată de parcă aș fi irosit aiurea o zi, ce spun, poate un an întreg, parcă nu aș fi fost de-o veșnicie. Mi-era dor de Egor și chiar de maică-sa. Când am intrat, nu ne-a venit să credem: casa era plină de flori. Toate sticlele, paharele, cănile de apă, ca să nu mai vorbesc de vaze, de la cele de cristal sau de porțelan chinezesc până la cioburile de doi lei, fuseseră scoase de prin dulapuri și umplute cu flori. Pe servante, pe măsuțe, pe marginea șemineelor, pe stâlpii balustradei de stejar a scării interioare, pe taburete și chiar pe podea se înșirau vase pline de flori. În nici o odaie nu mai aveai loc să stai de atâtea flori. Cel puțin sus, în camera lui Egor, te înăbușeai: erau crini albi și roșii, desfăcuți la limită, vărsând din ei staminele grele de polen, erau trandafiri galbeni, erau mormane întregi de gura-leului, flori de soc, mușețel pe tulpini încâlcite, albăstrele. Mai erau cactuși înfloriți și niște flori întortocheate, colorate în albastru și roșu, cu limbi cleioase, desigur orhidee, cărora pe atunci nu le știam numele și pe care le vedeam pentru prima oară. Într-un ghiveci cu pământ noroios înota o roua-cerului de-o frumusețe nepământească: avea corola de ace fine, fiecare terminat cu o boabă de lichid transparent, care strălucea în penumbra camerei. „E o plantă carnivoră“, ne spuse alungitul, care se așezase pe locul lui preferat. Atinse cu degetul lui lung aproape cât antebrațul meu discul din mijlocul țepilor: acestea, ca la comandă, se ridicară și apoi, unele după altele, se curbară spre deget, lipindu-și boabele cleioase de unghia lui Egor. „Dacă aș lăsa degetul aici, în scurt timp mi l-ar roade până la os.“ Era o plantă-păianjen, un păianjen fermecător. I-am povestit visul cu apa și cel cu paharul, și Egor a aprobat dând ușor din cap, fără să se mai entuziasmeze ca la început. Acum știa. Eu eram, fără nici o îndoială, aleasa, eu aveam să pătrund în *REM*. „Uite, florile astea toate sunt pentru tine. Au venit aici oameni de pretutindeni ca să ți le aducă și ca să-ți ureze, prin mine, succes. Ei te așteaptă de mult, vin aici în fiecare an, pe mama și pe mine ne socotesc un fel de preoți ai *REM*-ului. Dar ei știu că nici unul dintre noi nu va putea intra vreodată acolo. Pentru că *REM*-ul, singurul din toată lumea noastră, e făcut numai pentru cel care visează visele, adică doar pentru tine.“ Despre existența acestei Ieșiri, cum mai numea el *REM*-ul, Egor îmi mai spuse că știau oameni din toată lumea, legați între ei prin revelarea tainei și prin jurământul de-a o păstra. „*REM*-ul e, într-un fel, ca floarea asta de roua-cerului, un soi de capcană întinsă pretutindeni și dotată cu o răbdare infinită, un loc de trecere care așteaptă ani în șir să fie descoperit și apoi alți ani în șir până să ajungă la el singura ființă care-l poate străbate. Există cărți secrete, scrise de mână, despre *REM*, există câteva secte concurente care recunosc *REM*-ul, dar au idei cât se poate de diferite în privința semnificației sale. Unii susțin că în *REM* ar fi un aparat infinit, un creier colosal care reglează și coordonează, după un anume plan și într-un anume scop, toate visele viețuitoarelor, de la visele de neconceput ale amibei și ale brândușei, până la visele oamenilor. Visul ar fi, după ei, adevărata realitate, în care se revelează voința Divinității ascunse în *REM*. Alții văd în *REM* un fel de caleidoscop în care poți citi deodată întregul univers, cu toate amănuntele din fiecare moment al dezvoltării sale, de la geneză până la apocalips. Am citit de curând în spaniolă o povestire în care *REM*-ul, văzut astfel, era numit *El Aleph*. Unii sunt convinși că există un singur *REM*, alții cred că există câte unul pentru fiecare om și chiar au compus o scriere curioasă, în care înșiră semnele după care oricine ar putea ajunge să-și găsească *REM*-ul, dacă știe să citească aceste semne. Dar care a adevărul, dacă este *REM*-ul o Mântuire sau o Damnațiune, numai tu ai să afli." Egor îmi vorbea cu o voce mai stinsă decât de obicei, fața lui urâtă de acromegalic semăna cu o mască emaciată. „Sunt cumplit de obosit. N-am dormit deloc noaptea trecută, iar azi am exagerat cu scrisul. Dar nu am avut încotro. Rămăsesem în urmă nepermis de mult." L-am întrebat ce scrie și mi-a răspuns firesc, dar cu un rictus de silă: „Literatură. Sunt scriitor, n-aș mai fi fost." I-am spus că mi se pare o meserie foarte frumoasă și, ca să-i arăt că sunt într-un fel în temă, l-am întrebat mai departe, folosind niște cuvinte pe care parcă le mai auzisem eu pe undeva: vrea să ajungă un mare scriitor? Mă așteptam să zâmbească, așa cum fac oamenii maturi când un copil se bagă în treburi serioase, dar Egor, mai palid decât de obicei, cu cartilajele nasului verzui-transparente, cu ochii șterși, mi-a răspuns imediat, ca și când și-ar fi pus întrebarea singur. Vorbea, oricum, și la propriu și la figurat, mult deasupra înțelegerii fetiței de doisprezece ani. „Un mare scriitor nu este altceva decât un scriitor. Diferența este de nuanță, nu radicală. Toți săritorii în înălțime sar, să zicem, doi metri. Unul sare doi metri și cinci centimetri și este un mare sportiv. Nu, nu merită osteneala nici să te gândești măcar să ajungi doar un biet mare scriitor, doar un pârlit de autor genial. Ia cele mai bune cărți scrise vreodată. Abia dacă sunt ceva mai răsărite decât cărțile mediocre. Fundamental sunt tot cărți, nimic altceva. Îți vor da, la citire, o plăcere estetică ceva mai intensă. Ca o cafea un pic mai dulce. O să le lași din mână după treizeci de pagini ca să-ți faci un sandvici sau ca să te duci la baie. Ai să le citești în paralel cu cine știe ce carte polițistă. Peste câteva mii de ani vor fi și ele praf și pulbere.

În condițiile astea, să-ți propui tu, un om, o ființă căreia i s-a dat șansa nebunească de a exista și de-a reflecta asupra lumii, să ajungi doar un geniu este umilitor, este infim. E ca și când ai lăsa totul baltă și te-ai cufunda din nou în pădure. În fiecare om există posibilități față de care ambiția de-a fi cel mai mare scriitor dintotdeauna al lumii este pur și simplu dezonorantă prin facilitatea ei. Căci ce miracol mai contează față de miracolul de a exista și de-a ști că exiști? De aici și până la a fi omul cel mai bogat, cel mai puternic, cel mai talentat din întreaga lume e ca de la un miliard la un miliard unu, și chiar mult mai puțin. Nu, nu vreau să ajung un mare scriitor, vreau să ajung *Totul*. Visez necontenit la un creator care, prin arta lui, să ajungă cu-adevărat să influențeze viața oamenilor, a tuturor oamenilor, și apoi viața întregului univers, până la stelele cele mai îndepărtate, până la capătul spațiului și-al timpului. Iar apoi să se substituie universului, să devină el însuși Lumea. Numai așa cred că un om, un artist, și-ar putea îndeplini menirea. Restul e literatură, colecție de trucuri stăpânite mai bine sau mai rău, bucăți de hârtie mâzgălită cu gudron, pe care nu dă nimeni doi bani, oricât de geniale ar fi rândurile de semne grafice, care, curând, tot nu vor mai fi înțelese.“ Rostise vorbele astea pătimaș, cu o expresie amară. Tăcu apoi mult, în seara aurie. Așezat în patru labe, Marcel construia pe parchet un castel din cuburi. Chiar în vârf puse o piramidă albastră. Eu îmi potriveam poala rochiei. Mă gândeam de fapt la Ester: cât timp stătuserăm în tufișurile de trandafiri, speriate de fantasmele ieșite din ouă, ne ținuserăm de mână, mângâindu-ne podul palmei cu degetele, apoi ne lipiserăm ușor una de alta și îi simțisem părul roșu atingându-mi obrazul, încurcându-mi-se în gene. Când ne-am privit, doar o clipă, în ochi, m-am simțit deodată plină de sudoare. Egor vorbea din nou: „Dar cei mai mulți dintre oameni – sau, hai să zicem, dintre scriitori – nu vor ajunge totul. Nu vor ajunge nici măcar genii. Nu vor ajunge nimic. Eu... eu sunt unul dintre ei. Dar eu măcar știu asta și prin tot ce scriu încerc să-mi exprim neputința. Știu că nimic nu poate fi spus, că nimeni nu așteaptă de la tine să spui ceva, dar și că *trebuie* să spui. Știu că trebuie să te împotrivești cumva nedreptății de a fi om și de a nu putea să fii Totul. Și eu o fac din toate puterile mele. Uite...“ Se ridică de pe scaunul cu furnir galben, păși pe deasupra castelului de cuburi și deschise larg cele două uși minunat împodobite ale marelui scrin. Era mai încăpător decât ai fi putut crede. Un lemn roșu, plăcut mirositor, îi căptușea adâncimea. Tot interiorul era ocupat de câteva teancuri groase de hârtie de scris, mii de pagini stivuite unele peste altele. Când, înfigându-și degetele în ele și răsturnându-le pe covor, Egor le-a răvășit prin toată odăița, am putut vedea că erau acoperite cu un scris egal, ciudat de inexpresiv. Dar abia când am încercat să citesc câteva rânduri din opera alungitului, am înțeles oroarea imensă pe care aceasta o conținea: pe mii și mii de pagini, cu o răbdare și o tenacitate de furnică, Egor scrisese un singur cuvânt, repetat mereu, de zeci de ori pe o pagină, într-o succesiune fără început și sfârșit. Era cuvântul *nu*. „Scriu de la șaisprezece ani și abia am trecut de cincisprezece mii de pagini. Scriu uneori și câte opt ore pe zi, dar în alte zile nu pot scrie nici măcar un rând. Poate o să râzi, dar câteodată mă poticnesc și, cu toate că poate ți se pare ușor să scrii așa ceva, cunosc crize care aproape mă fac să mă las de scris. Cunosc și frica de sterilitate, și pe aceea de-a nu mai putea să ții pasul cu tine însuți. Pentru că eu nu scriu mecanic. Vreau ca fiecare, dar *fiecare* din acești *nu* să fie gândit și simțit până în măduva lui. Să fie trăit cu toți nervii, cu toată carnea mea. Să nu crezi că e simplu. Câteodată se întâmplă să meditez și câte-o săptămână întreagă până să mai adaug un cuvânt, pentru că vreau ca opera mea să fie perfectă, să mă reprezinte desăvârșit." Nu înțelegeam nimic. Priveam când la Egor, când la foile pe care amurgul le făcea roz-sidefii. Am încercat să adun de pe jos paginile, dar alungitul, mai înalt ca oricând (se ridicase în picioare și se uita pe fereastră), nu m-a lăsat. Am coborât, am salutat-o pe doamna Bach, care, în capotul ei fistichiu, asediată de flori, asculta la radio o romanță ridicolă, nazalizată: „Ce vrei să-ți scriu acuma când ne despărțim?", și ne-am văzut iar pe cărarea din mijlocul câmpului, lăsând în urmă silueta de fum a lui Egor. Cum pășeam fără grabă, de mână cu vărul meu, brusc m-a năpădit iar un val de tristețe.

Am visat, în acea noapte, o cheie pierdută de cineva în pădure. Tocmai coborâsem lin într-o văioagă unde fagii se făcuseră rari și subțiri, iar pe pământul negru dintre tulpinile lor tăcute se înșirau pete bălțate de lumină albă și galbenă, strălucitoare. Soarele se ivea, orbitor, printre crengile scuturate de-o boare verde de vânt. Coaja copacilor se jupuia și mirosea a tananți amărui. O ceață, dar nu de aburi, ci de alean și de nostalgie, se vărsa răcoroasă în dimineața eternă. Zărisem luciul cheii de departe și mă abătusem cu câțiva pași din cărarea mea ca să ajung până acolo. Am îngenuncheat și am ridicat-o. Vinul pe care-l sorbisem în celălalt vis, amestecat cu venin de păianjen, mă amețise, îmi dăduse o stare de exaltare, pe care abia mi-o stăpâneam. Am ridicat cheia. Era o cheie de aur, de două ori mai mare decât palma mea. În adâncitura lăsată de ea pe pământ șerpui leneș, cărnos, o râmă, care contractându-se de câteva ori se sorbi în pământ. Am șters cheia bine cu poala rochiței. Capătul îi era în formă de treflă, ornat până la refuz cu bucle și lujeri de aur. Tija cheii, groasă și scânteietoare, reflecta deformat chipul meu și copacii din jur. La capătul de jos avea o plăcuță cu trei dinți egali, peste care mi-am trecut visătoare degetele. Am sărutat cheia și am vârât-o bucuroasă în buzunar. Am luat-o la fugă, pe cărarea mea care ducea tot mai adânc spre fundul văii, unde se făcea din ce în ce mai răcoare. Abia așteptam să descui. Nu-mi păsa dacă după ușă mă va aștepta Plăcerea sau Teroarea.

Dimineața ne-am văzut la grota lui Rolando. Îl călăream acum fără sfială, îl clătinam dându-ne huța câte trei deodată, cocoțate pe stern, îi intram în țeastă prin orbita rotundă și ne lipeam, înfiorate, spinarea de osul neted și rece. Îl împodobisem ca pe un pom de Crăciun cu panglicuțe și-i pusesem coronițe de flori, ca niște inele, pe toate degetele. Ester, care avea să fie în acea zi regină, refuzase cu încăpățânare să se îmbrace în galben. I-ar fi stat și caraghios, ce-i drept. În schimb, își adusese, cine știe de pe unde împrumutate, o umbreluță de dantelă galbenă, cum nu văzusem nici una din noi niciodată, și un evantai rabatabil, cu care-și ascundea jumătatea de jos a feței și își îngusta ochii ca japonezele, cu obrazul lipit de umărul ridicat. Mi-era al naibii de dragă, roșcata! Pe pieptul bluzei albe, scrobite, purta o dalie portocalie. Am așteptat-o iar pe Puia mai bine de-o oră, dar n-a apărut. Nimeni, nici Balena, nu știa ce e cu ea. Până la urmă am ieșit din subteran și am intrat în curte la tanti Aura. Ester s-a așezat pe tron și i-am pus coronița aurie peste pletele ca sârma de cupru. În pălărie nu mai erau decât trei bilețele cu locurile de joacă: școala veche, foișorul și camera mea. Ester, nenorocoasă ca de obicei, a tras locul cel mai închis, cel mai sărac: camera.

Ce să faci într-o odăiță înghesuită, cu sobă de teracotă, pat și aproape nimic altceva? Nu știam pe atunci un adevăr pe care accesul la *REM* mi l-a revelat cu forța evidenței și pe care n-o să-l mai uit: cu cât spațiul acțiunii sau jocului sau gândirii este mai îngust, cu atât restul lumii, adică Lumea, este mai largă. Și merită întotdeauna să te restrângi, chiar și până la inexistență, ca să sporești minunea lumii. Esterei îi revenise, ca obiect al jocului, termometrul adus de mine. Puia nu mai venea și începuserăm să fim îngrijorate. Fără formația completă, jocul nostru nu avea nici un sens. Până la urmă ne-am hotărât să mergem toate la ea. Am ieșit în stradă și, pentru prima oară de când jucam Reginele, ni s-a întâmplat să întâlnim trecători sau oameni ieșiți pe la porți, căci era aproape ora unsprezece. Se holbau după noi și chiar, mahalagioaicele, ne făceau în toate felurile, căci eram ca niște paparude. Băieții de vârsta noastră și chiar țângăii de câțiva anișori, murdari ca naiba, aruncau cu pietricele după noi și făceau gesturi de neînțeles. Calvarul ăsta a durat însă doar vreo cinci minute, până am ajuns la gardul verde, cu flori argintii de tablă, culmea eleganței pe-atunci, în spatele căruia se afla o casă ciudată, cu verandă de sticlă. Am sunat cam stânjenite, căci cunoșteam prea bine obiceiurile maică-sii. Dar de data asta femeia aceea făcută numai din curbe era îmbrăcată relativ decent, într-un capot lucios, albăstrui, ornat cu flori sucite de crizantemă. Era de fapt un kimono, dar pe atunci nu cunoșteam cuvântul. Ne primi fără o vorbă pe toate în holul larg, cu plăci de gresie pe jos și cu un soi de tablouri din tablă și sârmă neagră înfățișând păuni și mori de vânt pe pereți. Ne făcu semn să intrăm în camera Puiei după ce ne spusese pe un ton alintat că fetița ei nu se simte prea bine. Am intrat toate deodată în camera Puiei și am rămas încremenite. Copila aceea minunată zăcea pe pat, cu fața întoarsă spre perete. Cearșaful era dat la o parte și corpul ei subțire și roz, înconjurat de buclele aspre, era gol și avea o armonie a liniilor de neimaginat la o femeie matură. Ceea ce ne-a uimit însă era faptul că între coapsele rotunde Puia era netedă ca o păpușă. Nici urmă de sex, ceea ce-i dădea un plus de frumusețe suprafirească. Puia nu era nimic altceva decât o mare păpușă însuflețită, cu care se juca un copil mare, mama ei. Când a întors fața și ne-a văzut, ea s-a acoperit imediat cu cearșaful și s-a ridicat în capul oaselor. Ne explică distrată că era cam bolnavă. Se bucura totuși că am venit și n-ar fi vrut să ne strice jocul. Așa că dacă am vrea să ne jucăm chiar acolo, în camera ei, ea n-ar avea nimic împotrivă. După ce ne-am gândit puțin, ne-am spus că la urma urmelor și camera Puiei e o cameră. Cum tot eram acolo, decât s-o lăsăm baltă mai bine începeam jocul. Mai ales că boala Puiei îi dădea o șansă Esterei să folosească termometrul... Așa că ne-am așezat, unele pe patul Puiei, altele pe covor, și-am așteptat ca Ester să se hotărască. Ester privi termometrul, al cărui firișor de mercur arăta 36 de grade. Cu amuzantă seriozitate i-l puse Puiei la subțioară. Stăteam toate în jurul fetiței ca niște doftori la căpătâiul unei prințese muribunde. Deodată am început să percepem schimbarea. Prin geamul cu perdeluțe al camerei văzuserăm de la sosire coroana unui corcoduș cu fructele încă verzi și streașina casei vecine, cu jgheab și burlan. Când ne-am ridicat ochii de pe termometru, toate acestea dispăruseră. Doar cerul albastru ca turcoaza, cu nori alburii, se întindea în cadrul dreptunghiular al ferestrei. Simțeam în același timp o stranie mișcare ascensională, o simțeam în organe, în tot corpul. Mai târziu, când am suit prima oară cu liftul, mi-am adus aminte de senzația aceea apăsătoare.

Ne-am repezit țipând la fereastră. Jos, la zeci de metri sub picioarele noastre, vedeam Bucureștiul întins și întortocheat ca un labirint înecat în vârtejuri de praf. Cețuri sidefii și gălbui și roz-pale acopereau clădirile cele mai înalte: Palatul Telefoanelor, cu tot soiul de fiare cenușii instalate în vârf, Foișorul de foc, cu ferestre prismatice, magazinul Victoria, blocurile vechi de pe Magheru, blocul Turn și, departe în zare, albăstruie și redutabilă, Casa Scânteii, în mijlocul pajiștilor înverzite. Bucureștiul ca o plasă de păianjen, pe firele căreia se cățărau încet tramvaiele cu clopoței și camioanele cu remorcă. Bucureștiul plin de schelării și macarale, cu spitale și clădiri de poștă și, minuscule, chioșcuri de ziare. Cu lacuri gri, în formă de stomacuri, dând unul într-altul. Cu parcuri și statui de bronz înnegrit, popor de omuleți tuciurii, din ce în ce mai mici pe măsură ce urcam. Cu cartiere muncitorești, ca niște prăjituri din care nu ai mușca. Bucureștiul cu triaje CFR pline de stive de cherestea, grămezi de cărbuni și mormane de țevi, profile și pompe ruginite, șpan și magneți. Cu gări cu ceasuri rotunde și locomotive cu aburi, gări mirosind mereu a cocs, usturoi și păcură, gări din care se preling șine încălecate, dispărând pe sub viaducte și pasarele și, inevitabil, „pe sub podul Grant". Bucureștiul cu depozite de lemne și fabrici de bobine și abatoare și puturoasa fabrică de săpunuri Stela, cu țesătoriile Donca Simo, cu străzile Julius Fucik, Olga Bancic, Ilie Pintilie, cu uzinele Vasile Roaită. Bucureștiul cu oameni în cămăși albe și părul pieptănat peste cap. Cu stadioane asaltate de tineri muncitori cu șepci și cu fețe emaciate, urlând și ridicându-se în picioare când un fotbalist, tot cu părul pe spate și cu chiloți până la genunchi, gen Dinamo Moscova, aruncă în plasa ruptă mingea de piele. Bucureștiul răsunând de cântece mobilizatoare: „Marinică drăgălașul / Marinică zis codașul" sau celebrele „Macarale / Râd în soare argintii / Macarale / În zori de zi", dar și nostalgicul „Și-apoi de mână tu și eu / De la Ateneu / Înspre Miorița s-o pornim", Bucureștiul lui Trio Do-Re-Mi, al *Mielului turbat*, al *Dragostei la zero grade*, al lui Ciubotărașu și Giugaru și Silviei Popovici. Bucureștiul studiilor la seral...

Ne înălțam în viteză, și orașul devenea tot mai restrâns și mai cețos. Curând am cuprins cu privirile spații mult mai vaste. Întinderi albastre și verzi, dreptunghiuri galbene, străbătute de firișoarele râurilor, nori ca de vată acoperind orașe cât palma. Ca să nu amețim, ne-am întors lângă patul Puiei. Ester i-a luat distrată termometrul de la subțioară și l-a privit, întorcându-l în unghiul cerut. Arăta acum 37 de grade. În același timp, odaia se spulberă într-o explozie scurtă. Dispărură și pereții, și plafonul și ne trezirăm înconjurate de oceanul de aer înghețat, de munte, de culoarea safirului. Ne aflam pe spinarea unui elefant uriaș, de stâncă, cioplit pe vârful unui munte imens, alb ca laptele. Muntele era de fapt un pisc de cremene, ascuțit ca o lamă, cu smocuri de jnepeni cățărați pe câteva mici platouri de sub picioarele noastre. Halucinant, inaccesibil, muntele cu elefantul în vârf se ridica peste o lume plată, străvăzându-se prin aerul transparent ca o sticlă albăstruie. Colții de fildeș și trompa ridicată spre frunte dădeau elefantului o înfățișare războinică și regală. Adunate una într-alta, ținându-ne de mâini în jurul patului unde Puia încă stătea culcată, nu ne mai săturăm să contemplăm lumea. Pentru că din pisc vedeam, în ciuda depărtării, cu o claritate absolută, tot ce doream să vedem pe pământ. Priveam un sat risipit între măslini și vedeam biserica lui veche cu clopotniță acoperită cu tablă și pe tabla încinsă vedeam dormind ghemuită o pisică, și vedeam și puricele ieșind pentru o clipă din sprânceana pisicii, foindu-se lângă ureche, unde pisica avea părul rar și cenușiu, și dispărând apoi în blănița de pe cap. Priveam în altă parte o popicărie în plin soare și deslușeam până și firișoarele de tutun ars care se scurgeau din luleaua ciocnită de-un zid cafeniu de către un cârciumar cu șorț și fată roșie, venit să chibițeze. Vedeam un copil făcând pipi într-un crâng de aluni, în mijlocul unor flori de câmp mai înalte ca el. Vedeam un curcubeu arcuindu-se peste o fabrică de tractoare și o muncitoare cu basma privind în lumină, la geamul făcut din pătrățele de sticlă, ceva ce semăna a bujie. Vedeam un șir de cosași cu cămășile mototolite, transpirate, înaintând cu pași mari în arie și scânteindu-și coasele în soare. Unul era gol până la brâu și am văzut pe omoplatul lui roșu, cu fire sucite de păr, un neg monstruos. Vedeam vapoare încremenite pe mări de smarald, lăsând în urmă, la fel de încremenită, dunga alburie a siajului. Pe bocaportul unuia, doi marinari își cârpeau ciorapii de bumbac. Vedeam iepuri polari lăsându-și măslinele pe zăpada poroasă și un cangur adulmecând, cu nări negre și umede, coaja unui eucalipt. Fruntea Puiei începuse să frigă, radia o căldură roșiatică. Ester a privit din nou termometrul, care arăta acum 38 de grade. Și, de pe spinarea zgrunțuroasă a elefantului, am văzut o mână cu unghii negre aruncând o piuliță în pălăria unui orb și un contabil cu mânecuțe răzuind cu lama o cifră dintr-un registru. Am văzut un preot mângâind șoldul unei enoriașe, o coțofană pe marginea căruciorului, privind un sugar, o femeie rujându-se. Am văzut un jude rânjind acuzatului și-un felcer scoțând dintele unui cal cu un clește de cuie. Am văzut un alambic întins pe kilometri întregi, o pădure de țevi din care pica un strop de rachiu. Am văzut un stăvilar fisurându-se în zigzag și șuvoaie groase de apă cu mormoloci inundând orezăriile. Am văzut un bătrân decapitând o lăcustă. Și când termometrul Puiei arătă 39 de grade, am văzut trei soldați pălmuind o bătrână și o casă împachetată în ziare și un dric șiroind o dâră de sânge și un chitarist mușcat de un gușter. Am văzut o muscă luptând cu păianjenul și un bolnav zâmbind unui fluture. Am văzut un om rătăcit în uzină și un savant înhămat la o roabă și un lup oftând trist. Și o fată cedând într-o bucătărie de țară și un film rulând invers și un disc zgâriat pe care se plimba o buburuză. Și când termometrul arătă 40 de grade și Puia deveni translucidă ca o unghie în lumină, am văzut spânzurați atârnând de-o salcie și o mie de oi sacrificate pe malul unei lagune și un țăran mâncând rinichi de câine și telemea. Și un ciclotron invadat de ploșnițe, și o pălărie cu pana jumulită, și doi ochi albaștri, încrezători, de lepros. Și o ciupercărie termonucleară, și o tăbăcărie de piei de păianjen, și un adolescent înfruntându-și părintele. Și un incendiu mistuind un depozit, și o mare de oameni cu limba tăiată, și o capelă sub cerul gurii, între măsele. Și rechinii întemeind o frăție. Iar când termometrul arătă 41 de grade, am văzut un neam ponegrind alte neamuri, o armată luptând cu un bivol, un vârf de lance desenând o petunie. Un jupuit pierind într-o copcă, un val de sânge măturând municipii, un pătrat magic pe fruntea actorului. Am văzut un tiran trăgând apa la tron, o javră vărsând briliante, un cadavru sculându-se în picioare, un doctor scoțându-și ochii. Și morminte deschise, și morții în camuflaj zornăind pe tancuri, învârtind manetele tunurilor de pe crucișătoare. Armate osoase trăgând cu bazooka, zvârlind peste orașe mine de brand, sticle incendiare, cearșafuri. Feldmareșalii carnagiului călare pe râuri. Butoaie de benzină arzând în alimentare. Arhive de filme în flăcări. Vânzători necrozați, lăptărese cu zona zoster. Populații în cârje, mase cu timpanele sparte. Goarnele la putere. Virusuri sub drapele. Catedrale-n ruină, cardinali în albastru, schelete peste tot. Boli de inimă la mobilizare. Cancerul ca singură sursă de energie. Fluvii evaporate și Moartea, steaua necruțătoare, trecând prin sabie până și nou-născuții. Și-o cruce de lemn de cireș ridicată pe Everest și pe ea bătut Celsius, pe creștet cu coroană de spini. Și sub tălpile lui pline de sânge o piele cu arsuri de gradul șapte, Pământul. Iar când termometrul arătă 42 de grade am văzut zeitatea Cutremurului dansând peste Eurasia, zeitatea Înghețului înfulecând Polii, zeitatea Potopului strivind Japonia sub călcâi. Și zeul întunecat al adâncurilor, Nife răzbunătorul, își făcu deodată auzită vocea de lavă aruncând scoarța în aer, evaporând oceanul. Și Marianele și cele Unsprezece mii de fecioare și toate uraganele cu nume de femei fugeau țipând, cu fustele-n flăcări, cu părul pârlit, cu sânii goi, împiedicându-se de metropole. Și fluvii de wolfram și râuri de iridiu și fiorduri de crom și estuare de indiu și lagune de stronțiu și cascade de platină și pârâuri de cadmiu și mări de cupru și golfuri de zinc și oceane de fier clocoteau laolaltă, cu flora și fauna lor orbitoare. Și anotimpurile, sub ploi de stele, sub grindină de meteoriți. Și am văzut Soarele contopindu-se cu Pământul și eclipsele fumegând. Și termometrul plesni, iar mercurul din el căzu ca o lacrimă în hăul de sub noi. Și-atunci am văzut cum stelele se chircesc, cum spațiul se contractă, cum lumina îmbătrânește, cum forțele de interacție tari și slabe, forța gravifică și forța electromagnetică pornesc un poker în patru și joacă zaruri cu hipercuburi. Cum timpul practică o rușinoasă ipsațiune. Cum lumea ajunge cât un măr, cât o cireașă, cât un electron, și-n cele din urmă dispare în nefăptuit. Și când nu se mai afla în jurul nostru nici măcar întunericul, nici măcar nimicul, deodată am văzut, de la marginea vederii, înaintând spre noi, un punct luminos. Când s-a apropiat, l-am recunoscut cu un strigăt de bucurie: era copilul nostru, gigantul nostru drag, marele bărbat cu sâni de femeie, cu părul căzându-i în şuviţe blonde până la șolduri, cu ochii albaștri. Se apropia tot mai mult de noi. Era mult mai mare decât muntele pe care stăteam. Cu cât venea mai aproape, cu-atât trăsăturile lui se deslușeau mai bine și în curând nu i-am mai putut vedea decât fața de lumină, iar apoi numai ochiul său, care deveni deodată cerul liniștitor, albastru, cu norișori, pe care-l priveam prin fereastra camerei Puiei. Prietena noastră bolnavă se ridicase în capul oaselor și zâmbea. Ester, ciudata Regină Galbenă, rămăsese cu termometrul în mână, iar prin fereastră vedeam din nou corcodușul și cornișa casei vecine. Termometrul arăta tot 36 de grade, ca la început. Am mai rămas puțin lângă Puia, care ne promisese că va sta cuminte în pat ca a doua zi să fie bine, iar apoi am plecat, fiecare, la masă. Eu am însoțit-o pe Ester. Eram bucuroase că ziua ei ieșise bine, că jocul ne reușise și de data asta. Ea își scosese coronița, își scuturase părul de sârmă roșie și acum mergeam împreună, de mână, prin soarele tropical. Eram toropite ca niște pisici. Căscam amândouă, arătându-ne limbuțele și râzând. Ne-am mai surâs o dată la poarta ei și, când m-am întors, am simțit o săgetare în inimă. Am avut pentru prima dată sentimentul că totul, totul avea, în curând, să se termine, că vremurile bune trecuseră pentru totdeauna.

Tristețea nu mă mai părăsea. Când eram singură, după-amiază, ea se intensifica, devenea acută și dulce, insuportabilă. Mă învârteam atunci prin grădina pustie, rupeam câte-o roșie și mușcam din ea sau îmbrățișam trunchiul cireșului amar, gândindu-mă la Ester. Mergeam pe poteca îngustă dintre straturile de legume, ajungeam la camion și suiam în cabina încinsă. Suceam de volan, apăsam pe frâne și deodată îmi dădeau lacrimile. Coboram și mi-o puneam pe Gigi după gât și mergeam așa cu ea până în fundul curții, lângă gardul putred, înecat în bălării. Intram din nou în casă, la răcoare, și petreceam mult timp în holișorul gol, lung și îngust, luminat slab doar de niște geamuri mate. Stăteam acolo, în picioare, sprijinită de pervaz și numărând iar și iar petalele unei flori al cărei nume nu-l cunoșteam. Era liniște și o lumină cenușie, puteam să mă adun. Și iar în camera mea, iar în pat, sub cearșaf, cu fața la perete... Am plâns în ziua aceea până seara, nu mă mai puteam stăpâni. Când intra tanti Aura, mă prefăceam că dorm. Am plâns mai ales când am văzut-o pe Zizi, săraca, uitată de zile întregi sub masă, cu frumoasa ei rochiță îmbâcsită de praf, cu părul ei de ață încâlcit ca altă arătare. Când mă gândeam cu câtă dragoste îi făcusem schimburile, chiloțeii, furoul și tot ce mai avea pe ea, iar acum o abandonasem ca o mamă vitregă, care își oropsește copilul. Am strâns-o la piept și m-am pus iar pe bocit.

Spre seară însă m-am spălat frumos pe ochi, l-am adunat pe Marcelino de pe stradă, unde juca Lapte gros, și-am plecat amândoi spre foișor. Ne-a deschis doamna Bach și, când am intrat în hol, aproape că ne-am speriat de strigătele care se auzeau de la etaj. „Egor e cu un prieten", ne spuse alungita, făcându-ne semn să urcăm. M-am mirat, îl crezusem pe Egor un ins de-o singurătate absolută, nu-mi închipuiam cum ar putea arăta un prieten al lui. Când am deschis ușa, strigătele s-au intensificat brusc. Cel care țipa era, firește, musafirul, un tânăr cam de vârsta lui Egor, dar care-i venea doar până la brâu. Era foarte brunet și purta, lucru rar pe vremea aceea, cărare într-o parte. N-am înțeles cum îl chema, dar părea să fi fost un student. Nu putea probabil să discute decât pe tonul acela. S-a oprit doar o clipă, când Egor ne-a prezentat, și a reînceput să strige și mai tare. Nu pricepeam nimic din ceea ce discutau, dar acum îmi dau seama că trebuie să fi fost politică. Est, Vest, ruși, americani, Congo... bomba atomică... Războiul Rece... Hrușciov... Dej... Algeria... Vietnamul... Studentul revenea iar și iar la o aceeași idee fixă: „Mergem spre catastrofă, domnule! Se acumulează armele, domnule! Crește ura, domnule! Suspiciunea, mefiența! Vine Apocalipsa, amice! Toți vor să aibă bomba, toți fac propagandă, toți mint, domnule! Opinia publică! FBI-ul! KGB-ul! Vor fi hecatombe! Va fi un coșmar, înțelegi?" Și tot așa, jumătate de oră, timp în care Egor ascultă cu gravitate. Când studentul tăcu, în fine, epuizat, Egor se ridică și scoase dintr-un sertar al scrinului un mare album cu fotografii, legat în mătase stacojie, imprimată cu flori de trandafir. Îl deschise și începu să-l răsfoiască. Filele groase, pline de poze îngălbenite, alternau cu foițe aproape transparente, cu arabescuri ingenioase în filigran. Puteai vedea în fotografii femei vesele, cu coafuri ciudate, ținându-se câte două după umăr, îmbrăcate ostentativ în costume naționale, copii în uniforme de „mariner", grupuri în costume din secolul trecut, domnii cu mustăți nesfârșite și țilindru pe cap, doamnele în rochii lungi, cu funde mari în turnură și pălării legate sub bărbie cu panglici, militari cu sabie la brâu sau proptiți în puști cu baionetă, eleve de pension făcând gropițe în obraji, cu bucle-cârnăciori lângă urechi, juni ofticoși cântând la violoncel. „Vorbești de bomba atomică? De distrugerea în masă? Uite ce-ți răspund. Privește acest album cu fotografii vechi, din secolul trecut. El cuprinde răspunsul meu la toate problemele lumii și ale istoriei. Uită-te la oamenii ăștia, la fetele astea, la copiii din poze. Toți sunt azi morți, toți, până la unul. Nu există nici un supraviețuitor, din toate milioanele de oameni născuți acum o sută cincizeci de ani. Ce e arma nucleară pe lângă asta, pe lângă timpul exterminator, timpul care nu lasă răniți? Ce sunt conflictele, ce este lupta pentru putere față de victoria meticuloasă, calmă, blândă aproape, a timpului împotriva tuturor? Bombele, războaiele, cutremurele, bolile, potopul sunt superflue, nu fac decât să grăbească nesăbuit opera timpului, sunt priviri aruncate în viitorul apropiat, ridicări indiscrete ale unui colț de cortină." La care studentul începu din nou să vocifereze, din ce în ce mai agitat și mai incoerent, înjurând urât, fără să mai țină seama de prezența noastră, a copiilor, în cameră. Îl acuza pe Egor că e deja mort, că n-ar avea decât să-și pună un giulgiu în cap și să părăsească terenul, potrivit concepțiilor lui. Până la urmă plecă trântind ușa, fără să zică la revedere. Egor râse încetișor și se întoarse spre noi. „Lumea să-și vadă de ale ei, iar noi de ale lumii", spuse, și mă întrebă cum merge cu visele. I-am povestit, și el mi-a spus din nou că va fi bine. „Chiar dacă tu te abați puțin, prin tot ce ți se întâmplă, de la modelul geometric, simetric, pe care eu îl cunosc, lucrul e bine-venit. Niciodată să nu-ți corespundă întocmai proiectele și realizarea lor. O acțiune (sau, ca să revin la meseria mea, o operă) simetrică nu poate fi decât moartă, ca un oraș născut pe planșetă. Așa cum păianjenul, sub influența unui drog, nu-și mai țese plasa lui perfectă, ci una cu găuri și bucle dispuse haotic, creatorul lumii noastre (și, după el, scriitorul) deformează materia, o tulbură sub influența vântului nebunesc al inspirației. Legile, schemele, firele rămân aceleași, dar alungite, strâmbate. Dantelăria capătă viață."

Apoi: „Nu mi-ai povestit nimic despre jocul vostru de-a Reginele, nu te porți frumos. Dar eu îl cunosc mai bine decât voi și-ți spun că totul acolo are un înțeles și că visele tale și jocul tău, împletite între ele, alcătuiesc plasa ta de păianjen, țesută de tine nu ca să prinzi ceva în ea, ci ca să fii prinsă. Căci noi toți suntem niște muște care își secretă singure plasa, iar păianjenul e același pentru toți. Ne vizitează doar o dată pe fiecare, la momentul potrivit, când plasa noastră e gata și-i poate suporta greutatea. Și doar tu, dintre toate ființele lumii acesteia, vei putea să te smulgi pentru o clipă din propria ta plasă, doar ție ți s-a dat șansa asta. Iar eu... plasa mea are un singur fir, lung și drept. Pe el trebuie să mergi tu. Căci eu sunt Călăuză și Paznic aici, la marginea lumii." Îl ascultam, ca întotdeauna, fascinată. Mă străduiam să țin minte fiecare cuvânt al lui. Crepusculul de afară îl transformase într-o mare insectă roșie. Priveam covorul de rugăciune, atât de subțiat încât pe alocuri i se vedea urzeala. Fire de lână de mai multe culori se împleteau în el inextricabil, formând arabescuri complicate. Mi-am adus aminte că, în prima zi, când îmi povestise despre strămoșii lui, îmi vorbise despre un dar minunat pe care neamul său îl dobândise odată cu înțepătura muștei cu aripi albastre, acolo, pe țărmurile Africii. Îmi promisese să-mi vorbească odată despre asta. Dar totul, în camera prismatică a lui Egor din turnul foișorului, părea acum, în înserare, atât de solemn, de trist și de distant, încât nu mi-a mai venit să tulbur liniștea. Și totuși câteva cuvinte mi-au scăpat de pe buze, nu cele pe care le-aș fi vrut. „Egor, o iubesc pe Ester!" – i-am spus în șoaptă, apăsat. Dar el părea să nu fi auzit nimic. A mai tăcut o vreme, privind joaca lui Marcel, și-apoi a repetat: „Da, Călăuză și Paznic."

M-am foit mult în pat până să adorm. Cu mâna sub pernă, pipăiam concavitatea scoicii, dulce ca mătasea. Simțeam cu vârful degetului zgârieturile labirintice. Până la urmă am ajuns să le și văd, acolo în întuneric, cu pielea de pe degete, de parcă le-aș fi citit cu propriii mei ochi. Puterea asta nu m-a mai părăsit până azi. De multe ori, când ajung acasă frântă de oboseală, mă trântesc în pat, fără să aprind lumina, și „citesc" cu ochii închiși ziarul. Literele peste care-mi trec degetele îmi apar în minte ca luminate de o mică lanternă de buzunar. În acea noapte am visat că mergeam pe cărare, în mijlocul pădurii, din ce în ce mai îngrețoșată și mai amețită. Priveam în pământ, și amestecul acela de lăstari, omizi, frunze moarte, ciuperci ude – îmi tremura în fața ochilor. Pădurea nu avea limite, nu avea sens, ea era singura lume pe care ți-o puteai imagina. Un lătrat de vulpe undeva mai la deal. O scânteiere de rouă într-o plasă de păianjen. Un tril de mierlă. Adieri răcoroase. Foarte departe, în fundul văii, într-un amestec de aur și umbre, am zărit o casă. Pe măsură ce mă apropiam, contururile îi deveneau mai ferme: o hardughie de lemn, cu etaj, dreptunghiulară ca o ladă, fără acoperiș țuguiat, fără ferestre. De aproape era sinistră: o mare cutie de scânduri date cu smoală. Avea la mijloc o ușă deschisă, în pragul căreia sfârșea și cărarea mea. Umbra mea se proiecta într-acolo ca un ac indicator, negru și vibrând. Am înaintat șovăind până în fața ușii. Era o mare ușă stacojie. Înăuntru – un întuneric des, hașurat. Îmi era rău și m-am sprijinit o vreme cu fruntea de ușă. Nu aveam unde să fug. Nu exista nici un loc în lume unde m-aș fi putut ascunde, căci drumul meu se oprea aici. Am trecut pragul și urechile au început să-mi țiuie de singurătate. Erau culoare lungi și întortocheate, pline de praf și gunoaie, unde zăceau îngrămădite mobile vechi, piane sfărâmate, cărți în legături groase de piele. Erau fotografii galbene în rame ovale. Erau paturi de fier, strâmbate, și oale de noapte mâncate de rugină. Erau haine decolorate în dulapuri cu oglinda spartă: din gulere și cute se ridica o spuză de fluturași gri și bej, care-și împrăștiau peste tot puful de pe aripi. Era un mare candelabru căzut din tavan și o icoană spartă în două. Câte un tăun mare și gros țâșnea bâzâind din vreun colț și se rotea apoi la nesfârșit prin toate ungherele. Înaintând cu pași mici printre vechiturile alea, am dat de primele trepte ale unei scări care ducea la etaj. Le-am urcat încet, bocănind. Prin colțuri, păianjenii pândeau în pânzele lor dese, încremeniți, uriași. La etaj, la capătul altor culoare, am dat de o ușă încuiată, cu clanță boantă de alamă coclită sub care se vedea, indecentă, gaura cheii. Tensiunea din mine, frica aceea, curiozitatea, dorința aceea, *răul* acela ajunseseră la culme. Am privit cheia de aur. Eram sigură că se potrivește. Și chiar atunci m-am trezit, cu o stare proastă, de neliniște și frustrare.

Ziua a șasea a fost o adevărată zi de vacanță. Garoafa, care trebuia să fie regină, nu venise până la 11, așa că ne-am dus noi până la ea acasă. Stăteau vreo cincisprezece suflete sub un acoperiș care nu se ridica deasupra pământului cu mai mult de un metru și jumătate. La poartă fugeau zupăind trei-patru puradei, cei mai mici în fundul gol, iar alții doar cu un maiou tetra, cafeniu de jeg, pe ei. Pe tot gardul lor se vedeau urme de palme muiate în var, iar în curte zăceau mormane de fier vechi: lanțuri, mașini de gătit, burlane, coturi de sobă. O jigodie de cățea cu țâțe ca ale lupoaicei din Dorobanți clefăia ceva de prin niște ziare mototolite. Vreo trei țigănci și un țigănuș de vreo cincisprezece ani, în uniformă școlărească, stăteau jos pe prispă și scuipau coji de semințe. Băiatul avea o freză tăioasă ca muchea toporului, dată cu ulei și, probabil, cu zahăr în loc de fixativ. Am aflat că Garoafa „e cu mă-sa cu căruțu la sticli goali" și că se întoarce abia deseară. După ce ne-am gândit un pic, ne-am hotărât să amânăm jocul pe deseară sau pe a doua zi, și până atunci să jucăm jocuri obișnuite. Și toată ziua ne-am zbânțâit în toate felurile: am desenat, am jucat șotron, ne-am cățărat în cireșul amar, ne-am amuzat cu Podul de piatră și Țară, țară, vrem ostași. După-masă am ieșit doar cu Ester și-am luat-o peste câmp, printre florile sălbatice, de mână, iar apoi ținându-ne pe după mijloc. Am cules buchete de flori și ni le-am dăruit una alteia. Ne-am pus și flori în păr. Voi, băieții, n-o să înțelegeți niciodată... Am cântat amândouă toate cântecele pe care le știam și, pe măsură ce se lăsa seara, ele deveneau mai melancolice. Părul Esterei, pe care-l mângâiam cu atâta dragoste, se făcea atunci de un roșu închis, ca vișina. Eram foarte fericite. Ne întrebam ce ne-am fi făcut dacă nu ne-am fi întâlnit. Vorbeam și despre cărți și filme, și mă miram cât poate fi de deșteaptă. Tocmai citise o carte groasă cât o cărămidă, *Demónii* (așa accentua ea), și-mi povestea despre o biată fată șchioapă de acolo. Se numea Liza și trăia într-un basm. „Dar Svetlana e și mai frumos decât Liza." Am intrat amândouă la noi în casă, i-am pus florile în brațe lui tanti Aura și am mai stat la taifas în trei. Mătușa murea după noi. Ar fi vrut și ea o fetiță și se alesese doar cu „obraznicul ăsta" (zicea așa pentru că Marcel era sub masă și-o auzea). Pe la șapte seara ne-am adunat din nou toate, și peste vreun sfert de oră a sosit și Garoafa, care spre hazul nostru se ținuse de cuvânt: împrumutase vesta portocalie a vărului ei (ăsta era unul dintre acei inși cu genunchieră de cauciuc care scot căpăcelele de fier de pe străzi și miros acolo, apoi le pun la loc și le trag o lovitură de ciocan) și era tare mândră de felul cum arăta în ea. Ea a propus să facem jocul de data asta noaptea, ca să fie mai interesant. Fix la ora zece trebuia să ne întâlnim în dreptul casei gemenelor, care era chiar pe colțul străzii care ducea spre școala veche. Căci acesta era locul de joacă pe care îl trăsese Garoafa din pălărie, așa că eu puteam fi sigură că mâine voi fi regină la foișor. După masa de seară m-am dus în camera mea. Tanti Aura obișnuia să se culce devreme, fiindcă trăgea la mașină toată ziua. Așa că nici nu m-am dezbrăcat de culcare, ci m-am așezat frumos pe pat, cu *Comandantul Cetății-de-zăpadă* pe genunchi, și-am început să răsfoiesc paginile gălbui, frumos ilustrate. Nu aveam răbdare să citesc, mă gândeam la o sută de lucruri în același timp, fiecare zi din cele șase câte stătusem până acum la tanti Aura mi se amesteca în memorie (și chiar mai adânc, acolo unde se nasc sentimentele) cu celelalte, dând o imagine mirifică și dureroasă. Eram cu totul tulburată și chiar fizic aveam o permanentă, surdă senzație de rău. Mă însoțise în vise și iată că apărea și în realitate. Când privirile mi-au căzut pe Zizi, am avut parcă un presentiment. Am luat-o de jos, am scuturat-o de praf, i-am vorbit mult, cu duioșie, și m-am hotărât să n-o mai neglijez de-acum încolo. Mai ales că obiectul Garoafei era o păpușă. Mi-a trecut de aceea prin cap s-o iau și pe Zizi cu mine, ca să vadă și ea jocul nostru. De unde era să știu că păpușa mea avea să participe la joc, și încă într-un mod atât de sălbatic? Uneori mai plâng și acum când îmi amintesc de noaptea aceea oribilă. Dar asta se pare că i-a fost soarta...

Cu Zizi în brațe, am ieșit încet pe poarta casei la zece fără un sfert. Nici nu observasem că luna era plină. Cerul strălucea de lumină de stele. Declinând pe boltă, cometa albă, cu șase cozi așa de ușor de distins, părea un ied abia născut, păscând pe o pajiște de flori galbene. Când crescuse luna așa de mare? Acoperea vreun sfert de cer cu discul ei scânteietor. Am luat-o în josul străzii tăcute, singură sub ploaia de stele. La colțul străzii erau deja gemenele, apoi apăru și Puia, clinchetindu-și ușor cerceii. Balena veni cu Ester (se întâlniseră pe drum), și în cele din urmă sosi și Garoafa. Purta pe ea vesta portocalie. Pe frunte își pusese o bentiță școlărească, de care prinsese ditamai floarea de gura-leului, care-i stătea țeapănă în sus ca o pană de voievod. Avea pe ea o rochie strâmtă, înflorată, cum se purta prin anii aceia, dar vulgar tăiată și nepotrivită cu talia fetei, iar în picioare – papucii tradiționali: roșii, lăcuiți și cu pompon de iepure. Pletele lucios de negre și le împletise în două cozi groase. În penumbră, fața ei, frumoasă de altfel, era primitivă ca un idol de lemn. Ne-am îndreptat toate încet, cuprinse de teamă, spre o clădire întunecată, mai înaltă decât celelalte, care se desprindea pe cerul înstelat în capătul străzii perpendiculare pe strada noastră. Era o clădire veche, ruinată, cu o parte din ziduri complet căzute, cu planșeurile dintre etaje înclinate și cu lemnăria buretoasă la vedere. Cercevelele geamurilor lipseau, așa că ferestrele apăreau ca niște găuri informe în zidurile coșcovite. Acoperișul în pantă nu mai avea țigle și în el se deschideau breșe largi, negre. Mai fusesem o dată, ziua, în acel loc. Mă plimbasem cu Puia prin clasele goale, cu băncile distruse, cu câte o tablă veche, cu trei picioare, uitată în vreun colț. Pe unele table mai rămăseseră scrise de ani de zile, cu cretă, fracții și adunări. Pe pereți, în locurile unde atârnaseră planșele cu „Animale domestice“ și cu „Să ne cunoaștem țara“ sau unde se întinseseră hărți multicolore, rămăseseră dreptunghiuri gălbui. Un zob de sticle amestecat cu tije și discuri de tinichea arăta locul unde fusese laboratorul de chimie. În sala de științe naturale rămăsese uitat un animal incert, umplut cu paie. Zăcea pe podea, descusut în mai multe locuri și cu un ochi de sticlă rostogolit lângă el. Mai era acolo un mulaj spart, înfățișând o secțiune printr-o ureche. Găseam prin clase foi rupte din abecedar și din cartea de muzică, lucrări de control corectate cu cerneală roșie. Copiii care învățaseră acolo erau acum oameni mari, trecuseră în altă specie, în altă lume, în altceva. Niciodată nu aveau să se mai întoarcă aici. În întuneric, abia am găsit intrarea, prin care ne-am furișat toate, ca niște mâțe. Garoafa aprinse lanterna și-o plimbă pe pereți. Culoarul de la parter era nesfârșit de lung. Lumina lanternei nu ajungea până la capătul lui. Mozaicul murdar de pe jos producea reverberații. Am intrat într-o clasă unde mai rămăseseră vreo trei bănci și catedra șchioapă, aplecată pe-o rână. Un colț de zid se dărâmase și de afară venea o undă de răcoare. Pe creasta ruinei aceleia, dintre cărămizi, crescuse un fel de iarbă. Garoafa s-a așezat pe o bancă, iar noi i-am pus coronița aurie și-am împodobit-o cu panglici și alte nimicuri pe care le aduseserăm de acasă. Așa cum își lumina fața de jos în sus cu lanterna, arăta îngrozitor. I-am dat și păpușica pe care trebuia s-o folosească la joc. Garoafa o înhăță și, mârâind, se prefăcu că o înghite. Apoi o azvârli cât colo, spre luna uriașă care bătea prin spărtură. Nu era bine. Se lăsase o răcoare care ne înfiora, căci toate eram îmbrăcate în rochițe sau bluze subțiri. Chițcăituri ascuțite ne înspăimântară, și când am zărit niște umbre zburătoare profilate pe aerul albăstrui al ferestrelor fără geam ne-am dat seama că erau lilieci. Câțiva intrară, fâlfâind tăcut, în sala în care stăteam, dând roți rapide în jurul nostru și țipând cu sunete la marginea auzului. Am început să țipăm și noi, cu mâinile în cap, fiindcă știam că liliecii se agață în păr și nu-i mai poți desprinde. Ne treceau pe lângă urechi largile lor aripi de piele. În curând colcăiau prin aerul clasei, ticsit de ei. Noi alergam dintr-un colț în altul, înnebunite. Profilați pe lună, veneau cârduri-cârduri, le vedeam bine siluetele diabolice, cu aripi dințate și urechi de șobolani. Deodată Garoafa avu o idee care ne salvă: să facem focul. Țipând și ferindu-ne, am cules repede de pe jos caiete murdare, bucăți rotunde de arătător, surcele din fostul scaun de la catedră, până am ridicat în mijlocul sălii un morman de gunoaie, căruia țigăncușa i-a dat foc cu chibritul pe care-l purta permanent la ea. Flăcări orbitoare se înălțară trosnind, purpuriu-șofranii, răspândind deodată în jur o lumină pâlpâitoare, înroșind pereții și pictându-ne fețele în culorile cele mai vii. Strigătele noastre erau acuma de bucurie, de triumf. Liliecii, derutați, nu mai nimereau să iasă mai repede, se încrucișau între ei, treceau prin fumul negru care se ridica spre tavan, se pârleau la flăcările vesele. Câțiva căzuseră pe podea și se târau pe aripi, chițcăind sfâșietor și sucind cu o ciudată repeziciune din capetele miniaturale. Dispăreau prin întunericul des din colțuri. Focul ne încălzea și ne îmbăta, stăteam și-l priveam ca hipnotizate. Ne ardea pleoapele și obrajii. Ne amețea cu mirosul de lemn și de fum. Lumea noastră era acum mică și tainică: o sferă de lumină agitată și de căldură. Aruncam pe foc tot ce găseam împrejur, doar pentru plăcerea de-a vedea alte și alte limbi de flacără urcând spre tavan, rupându-se, împletindu-se, aruncând scântei. „Focul! Focul!" strigam ca nebunele. Nu știu cine s-a ridicat prima în picioare și-a început să se zbânțuie și să se strâmbe în toate felurile. Am început atunci să jucăm toate, săltând de pe-un picior pe altul, cântând și bătând din palme.

Vrăjeam cu mâinile prin aer, ne prindeam în horă în jurul focului și țopăiam până amețeam, săream pe loc, cu ochii închiși și brațele depărtate. Aveam o senzație de libertate absolută, o sete de... de ce? – nu ne dădeam seama, dar era în noi un dor, o tânjire. Ne strâmbam și ne arătam colții, răcneam gutural, încercând toate s-o imităm pe Garoafa, care, cocoțată pe catedră, încremenise ca un idol și urla spre lună ca o cățea. Coronița i se rostogolise, iar floarea de gura-leului atârna frântă. Încercam să sărim peste foc și de mai multe ori a fost cât pe-aci să ne aprindem. Poalele fustelor noastre miroseau a ars.

Când am obosit de-atâta jucat în jurul rugului, ne-am constituit în Marele Tribunal. Era condus, firește, de Garoafa, Regina Portocalie, iar noi, celelalte, eram ajutoarele ei, judecătorii și călăii. Avea să apară în fața noastră Păpușa. Fiindcă pe cea mai mică n-am mai găsit-o, chiar eu am oferit-o ca acuzată pe Zizi, pe care-o lăsasem pe o bancă. Jocul mă furase și mă entuziasmase așa de tare, și de altfel eram oricum atât de amețită și apăsată de un rău interior, încât nu mi-am dat seama decât a doua zi de ticăloșia pe care-o făcusem. Dar atunci am plâns degeaba. Cu mâinile îndoite la spate și legate cu un fir de ață, Zizi stătea în fața noastră, dreaptă, sprijinită de zid. Toate ne strâmbam la ea și întindeam ghearele s-o zgâriem. Posacă, Garoafa ne-a poruncit să rostim învinuirile. La fiecare învinuire, focul răbufnea violent, iar Zizi parcă se chircea, cu părul măciucă. Prima a ieșit în față Balena, care arătând-o cu degetul pe Zizi a strigat la ea: „Ești mică, ești o aschimodie, nu meriți să mai trăiești!“ Ada i-a vorbit alunecos și perfid: „Nu știi să scrii și să citești. Nu știi să socotești. Abia dacă știi cum te cheamă. La moarte!“ Carmina i-a rânjit: „Ești plină de tărâțe și lână. Rușine să-ți fie! Să terminăm odată cu ea!“

Puia, de pe locul ei, pierdută în acea visare rece din care nu se trezea niciodată, șopti: „Ești urâtă. Ești îmbrăcată șleampăt. Cine o să te ia de nevastă? Nu, păpușo, e mai bine așa..." Garoafa, cruntă, i-a aruncat peste umăr: „Ești proastă, fă, ți-ai dat foc la valiză. Poți să-ți faci testamentu', că de-acum ai îmbulinat-o." Eu i-am murmurat: „Ele vor așa, Zizi, eu nici nu contez. Nu ne strica jocul, Zizi. Pentru noi e doar un joc, iar tu oricum ești prea mică și prea bleguță ca să-ți dai seama." Ester, cu vocea ei care părea mereu că întreabă ceva, nazalizând fermecător, puse și ea paie peste foc: „Tu nu ai viață, și din cauza asta trebuie să mori. Tu nu exiști, și de asta trebuie să dispari." Soarta lui Zizi era hotărâtă, nu mai avea nici o scăpare. Garoafa rosti sentința: Tribunalul Negru o condamnă la spânzurătoare și ardere pe rug. Ne-am grăbit să și executăm sentința, cât timp Zizi, buimăcită, nu apucase încă să-și dea seama de situația ei mizerabilă și să înceapă să se jelească, pentru că astfel ne temeam că ar fi putut să ne înduioșeze. Am găsit două scânduri îmbinate în unghi drept, pe care le-am înfipt într-o crăpătură din parchetul smuls al clasei. Funia am făcut-o din sfoara unei planșe înfățișând „Rapița". Într-o tăcere în care doar trosnetul flăcărilor se auzea, am dezbrăcat-o pe Zizi de toate hainele de pe ea, pe care eu însămi le croisem și le cususem cu-atâta trudă, și le-am aruncat pe rând în foc. Rochița se ridică imediat în tavan, ca un fluture de flacără și cenușă. Goală, Zizi era jalnică: un trup de cârpă, inform, de care fusese cusut grosolan capul de ipsos. Era murdară, cenușie. Mâinile și picioarele, cilindrice, păreau de plastilină. Am atârnat-o în ștreang și-am privit-o cum se leagănă, aruncând o umbră neagră, ascuțită, pe parchet. Am început să jucăm iar în jurul ei, dar de data asta un dans mohorât, tropăit, obositor, fără veselie. Ne-am împrăștiat prin colțurile sălii, de unde am venit spre foc cu alte hârtii, bețe și bucăți dezlipite de creion, așa că sub picioarele păpușii spânzurate se ridicase un mic rug piramidal. Garoafa l-a aprins cu un lemn luat din focul mare și, cu ochii lărgiți, am privit cum primele pale gălbui se lipesc de corpul păpușii, cum mâinile și picioarele încep să ardă ca niște torțe, cum din corp iese un fum gros. În câteva secunde Zizi dispăru într-un înveliș de foc. Sfoara se aprinse și ea și se rupse, iar păpușa se prăbuși peste rug, unde arse multă vreme, până se prefăcu într-un vălătuc de cenușă. Doar capul i se înnegrise și rămăsese ca o bilă murdară în mijlocul flăcărilor. Părul de ață i se carbonizase de mult. Deodată, ca și cum s-ar fi trântit cu putere o ușă, cele două focuri bufniră într-o explozie de scântei și se stinseră. Nici măcar jarul nu mai ardea. Totul era cenușă și fum. Sala dărăpănată se umpluse de un fum înțepător, greu de respirat. Prin colțul dărâmat al zidului se vedea un sfert de lună, albăstrind cerul în jur. Totul se destrămase și ne găseam acum, la miezul nopții, într-o clădire ruinată: niște fetițe speriate. Din colțurile lor, liliecii se treziră din nou și începură iarăși să zburătăcească prin sală. Alții de-afară le răspunseră, năvălind prin ferestre. Am luat-o la fugă, țipând, pe coridoare, urmărite de cârdurile de șoareci înaripați, care acum ne izbeau cu-adevărat peste față și încercau să ne sfâșie hainele. Coridoarele se înmulțeau și nu mai găseam ieșirea. Lanterna Garoafei își alungea lumina pe pereții acoperiți de licheni. Când am deschis una din nenumăratele uși, ne-am trezit brusc afară, sub lumina feerică a lunii și-a stelelor. Fugeam pe strada neagră, urmărite încă de lilieci, care s-au rotit după noi până la colțul străzii noastre. Ne-am oprit fiecare la casa ei. Chombe alergă spre mine șchiopătând și mârâind, dar mă recunoscu și se potoli imediat.

M-am strecurat în camera mea, complet amețită, incapabilă de orice gând, cu o oboseală teribilă în oase. Putea să se întâmple orice, chiar să nu mai intru în *REM* niciodată, dar simțeam că n-aș fi suportat să visez în noaptea aceea. Totul mă durea, totul mă apăsa. Am scos scoica de sub pernă și-am pus-o pe masă.

Am dormit greu, negru, până a doua zi, pe la zece dimineața, când m-a sculat mătușa. Aveam musafiri, veniseră la mine gemenele și Balena, ca să mă consoleze pentru trista poveste cu Zizi și să mă omagieze, aveam să fiu ultima regină. Atunci mi-am amintit de tot ce se întâmplase noaptea trecută și am făcut efectiv o criză de isterie. Am plâns și m-am tăvălit pe jos, lovindu-mă cu palmele peste față, înfigându-mi unghiile în brațe. Le-am dat afară pe fetițe urlând la ele. Am țipat și la tanti Aura, care intrase speriată. Abia după vreo oră m-am mai potolit și-am început să râd printre lacrimi la glumele pe care mi le spunea mătușa ca să mă liniștească. I-am zis că am pierdut-o pe Zizi, cu care dormeam în pat de la cinci ani, dar că asta se întâmplase ieri la amiază. După ce m-am spălat pe obrajii care-mi ardeau, am mâncat și-am început să mă gândesc cu ce să mă îmbrac. Nu aveam prea multe alternative: adusesem de acasă o singură bluziță roșie (mai bine zis cărămizie) și niște ciorapi trei sferturi cu dunguliță roșie. Dar mi-am pus fusta albă, în lipsă de altceva, iar pe cap o eșarfă lungă de mătase, imprimată cu flori vișinii. M-am fâțâit nițel în fața oglinzii, care stătea cam înclinată, și-apoi am ieșit să culeg un trandafir. Am tăiat cu cuțitul codița unuia, plină de ghimpi. Trandafirul era mic, abia îmbobocit, dar câteva petale purpurii se și desfăcuseră și stăteau răsfrânte, lăsându-le să se vadă și pe celelalte, învălătucite, ude de rouă. M-am hotărât să-l țin în mână. Mi l-aș fi prins în piept, dar și bluza mea era roșie. Am ieșit în soare și le-am găsit pe toate fetele adunate pe mica platformă de ciment, pe care încă se mai vedeau cele șapte cercuri din jurul tronului. M-am așezat pe scaunul împodobit și Puia mi-a pus pe cap coronița de poleială. M-au înfășurat în ghirlande lungi de hârtie lucioasă, roșie ca focul, mi-au împletit în păr garoafe și mi-au pus pe degete inele cu pietre rubinii. Apoi mi-am primit obiectul, un ineluș care părea de aur. Nu eram în apele mele. Aveam sentimentul că nu voi fi la înălțime, că ziua mea va fi un eșec. Știam că nu sunt frumoasă, că nu-mi stă bine în roșu. Mi-am strecurat inelul în deget și am hotărât să mergem la locul de joacă, adică la foișor. Mă gândeam ca după joc să mai trec și pe la Egor. Trebuia să-i spun că ratasem visul, că nu mai eram demnă să merg Acolo. Am luat-o peste câmp și-am coborât pentru câteva minute în grota lui Rolando. Aceeași lumină albăstruie se răsfrângea pe pereți, dar, când l-am văzut pe „prietenul nostru", cum începuserăm să-l numim, am amuțit: parcă trecuseră mii de ani. Din uriașul schelet rămăseseră doar grămezi de țărână. Oasele bazinului mai răzbăteau totuși, sfărâmate, din praful murdar, alături de bucăți de țeastă, sferturi de maxilar, resturi de vertebre. Timpul șuierase pe deasupra lui cu o viteză și o furie de necrezut. Am ieșit abătute din acest osuar și ne-am continuat drumul, peste câmp, spre foișorul care se înălța sub cerul sclipitor. Ciulini cu flori albastre ne zgâriau picioarele încălțate în sandale de pânză. Albine pântecoase se opreau din zbor pe o buză de gura-leului, o deschideau și intrau înăuntru. Cotrobăiau acolo și ieșeau galbene de polen pe spinare. Zburau mai departe, atârnând ca niște săculeți de aripile invizibile.

Egor era acasă, sus, în camera lui. Ne privea de pe geam și ne făcu și-un semn cu mâna. L-am salutat și noi, cele mai multe zâmbindu-i dulce, bineînțeles ironic. Gemenele îi făcură și o reverență și-apoi pufniră în râs. De la foișor până la magazie era destul loc bătătorit ca să ne putem juca în voie. Acum era acum. În câteva minute trebuia să născocesc un joc interesant. Toată răspunderea zilei acesteia îmi revenea mie. Îmi suceam și-mi răsuceam inelul pe deget. Ce-aș fi putut să fac cu el? Nu-mi venea în minte nimic. Am încercat să privesc prin el, cum făcuse Carmina cu perla, dar nu ieși nimic din asta. În slava cerului soarele ardea parcă duduind. Am privit cercul lui de metal topit până când, mutându-mi privirea, n-am mai văzut decât pete violete și vinete. M-am uitat apoi spre geamul lui Egor, dar perdeluțele transparente erau lăsate. M-am hotărât: aveam să ne jucăm de-a căsătoria. Inelul avea să devină o verighetă. Eu trebuia să fiu mirele, iar mireasa urma s-o tragem la sorți. E drept că ne mai jucaserăm uneori de-a așa ceva, dar fetele s-au arătat toate, chiar de la început, bucuroase. Era un joc pe care puteai să-l tot joci fără să te plictisești. Am intrat într-o agitație ca de nuntă adevărată. Ne luaserăm cu noi, ca de obicei, hârtie, creioane, foarfecă. Mai întâi am făcut bilețelele, pe care urma să scriu cele șase nume ale prietenelor mele, ca să aflăm cine va fi mireasa. Aici am trișat, dar nu eram în stare să fac altfel. Am scris pe toate bilețelele „Ester“. Le-am împăturit apoi, și Garoafa a tras un singur bilet din pumnul meu. Pe celelalte le-am rupt repede și le-am aruncat. Dacă mi le-ar fi cerut, aș fi rămas cu toată rușinea pe cap. Riscasem mult, dar jocul îmi ieșise. Deci Ester avea să-mi fie mireasă. Mai roșie decât era nu prea avea cum să devină, dar îi stătea bine. Toate se îngrămădiseră în jurul ei, „s-o gătească“, iar eu, rămasă la o parte, n-am găsit ceva mai bun de făcut decât să-mi pun pe cap pălăria unchiului meu, pe care o cărasem de-acasă împreună cu alte lucruri. Mi-am strâns tot părul sub ea. Mi-am legat la gât o fundiță de pânză verde, în chip de papion, și cu un cărbune găsit pe jos am rugat-o pe Ada să-mi facă o mustăcioară. Până la urmă, Ada a rupt cărbunele-n două, i-a dat jumătate soră-sii și amândouă mi-au trasat, simetric și simultan, două jumătăți arcuite de mustață de toată frumusețea. Mai mult n-aveam ce să fac. Pe Ester o împodobiseră cu un voal de tifon alb care-i venea până sub bărbie. Ar fi vrut să pună pe ea toate „bijuteriile" pe care le luaseră cu ele, dar Ester nu voise să le poarte. Pe mâini nu păstră nici un inel. Din întâmplare, rochița pe care și-o pusese în acea zi era albă (cu tiv albăstrui), așa că, în simplitatea ei, părea o adevărată mireasă în miniatură, o mireasă roșcovană, buclată, cu un grațios și nobil nas acvilin. Ca buchet de nuntă, fetele i-au adunat un braț de flori de câmp: păpădii, mușețel, albăstrele... Și celelalte fete își împărțiră rolurile. Ada și Balena aveau să fie părinții băiatului, Carmina și Puia cei ai fetei, iar Garoafa – preotul care trebuia să ne cunune. Pentru asta își făcuse dintr-o cârpă neagră o barbă până la pământ. Nu te puteai uita la ea fără să te-apuce o veselie nebună. Am hotărât ca „altarul" să fie chiar în fața ușii stacojii, prăfuite, a magaziei. Mirele și mireasa trebuiau să vină de-a lungul aleii care ducea de la foișor la magazie, iar acolo, în fața ușii, va aștepta popa, cu inelele. Pe lângă cel de alamă, al meu, se mai ivise un inieluș, probabil de argint, fără piatră, care avea să fie a doua verighetă. Totul era pregătit. Lângă foișor am format alaiul. Ester m-a privit o clipă în ochi și m-a luat apoi de braț cu un gest sfios, pe jumătate jucat, ținând la piept, cu cealaltă mână, buchetul de flori.

Abia i se vedeau trăsăturile feței prin voalul aranjat cu grijă pe cap. O priveam cu coada ochiului, pe când înaintam cu pași mici spre „altar". Celelalte fete, solemne, veneau câte două în urma noastră. Eu eram copleșită, pe măsură ce mergeam, de sentimente mult prea puternice pentru mine, de o suferință și o tristețe pe care nu le înțelegeam, amestecate cu o bucurie neagră, amară, insuportabilă. Știam: curând avea să se termine totul. Curând tot ce făcea farmecul acestor zile (acestei lumi) avea să se șteargă de parcă n-ar fi fost niciodată. Brațul Esterei, pe care-l strângeam acum sub al meu, avea să dispară. Marile Jocuri luau sfârșit. Ajunse în fața Garoafei, ne-am oprit, privind doar înainte. Ușa magaziei putrezise aproape complet. Lacătul mare, ruginit, atârna pe poartă ca un sigiliu. Mi-a fulgerat prin minte că, după spusele lui Egor, acolo trebuia să fie *REM*-ul. Ideea mi s-a părut mai absurdă ca niciodată. Garoafa mormăia repede ceva, probabil pe țigănește, ținând palmele în chip de carte, strâmbându-se și trăgându-se de barbă. Veni și momentul solemn în care ne întrebă pe fiecare dacă voiam să ne cununăm cu cealaltă, la care am răspuns amândouă, încet: „da". Ni s-au pus inelele în degete și-am fost declarate „bărbat și nevastă", în pufniturile de râs ale fetelor. Acum trebuia să-mi sărut mireasa. Dar nu puteam. Fetele strigau la noi că trebuie neapărat, că așa se face, și ne împingeau una spre alta. Până la urmă, pierzându-mă cu totul, am luat-o de umeri pe Ester, i-am ridicat vălul de pe față și-am sărutat-o ușor pe buze. Habar n-am, cum îți spuneam, când am făcut amor prima dată, dar n-am să uit niciodată cum am sărutat-o pe Ester...

Ne-am mai jucat câtva timp, am primit felicitările tuturor, dar nu mai eram în stare, nici eu, nici „mireasa" mea, să mai facem față. Așa că, după vreun sfert de oră, ne scoseserăm de pe noi podoabele matrimoniale, îmi ștersesem mustățile și eram gata să ne întoarcem acasă, la masa de prânz. Eu am rămas însă să schimb o vorbă cu Egor. Am urcat în camera lui. I-am spus că nu visasem nimic noaptea trecută și a rămas contrariat. „Totuși încă nu e un dezastru. Mi se pare că ești cam trasă la față. Încearcă să dormi în după-amiaza asta, cu scoica mea sub pernă. Ești la un pas, ce naiba, ești mai aproape ca niciodată. Un singur vis, gândește-te la mine, la noi, la toți cei care cunosc Intrarea. Uită-te la florile pe care ți le-au adus acum câteva zile." Dar florile lor erau veștede. „Un singur vis, Svetlana, și vei ajunge acolo unde nu a ajuns nimeni niciodată, vei ști ce nu a știut nimeni niciodată, vei ști, în fine, ÎN FINE, Adevărul." Pe măsură ce vorbea, Egor devenea tot mai agitat. Îi era teribil de frică. Dacă eu ratam, însemna că el trăise chiar degeaba. Ar fi îmbătrânit ca un eunuc, de pază la ușa unui harem care nu era al lui și cu care nu avea ce face. Toată fantastica lui genealogie s-ar fi dovedit inutilă. Ar fi trebuit să mai treacă cine știe câte sute de ani până ce un urmaș al lui Egor, la fel de lung și de filiform, ar găsi o altă fetiță care să viseze, conștiincioasă, visele. L-am liniștit, i-am spus că voi dormi, dar Egor mi se părea în acea clipă îndepărtat, ireal. *REM*-ul meu fusese sărutul pe care i-l dădusem Esterei. În acea clipă avusesem Totul. „Spune-mi, Egor, care este acel dar minunat pe care l-au primit ai tăi de la musca din Africa?" Îl întrebam de data asta fără curiozitate, privind pe geam spre câmpul însorit. Egor mă privi mirat și după o clipă îmi răspunse: „Ah, da, pune mâna aici." Se descheie la un nasture de la cămașă, ca să-l pot atinge cu degetele sus, în capul pieptului. Acolo avea un loc moale, ca un strat de grăsime. „E timusul, îmi spuse. Glanda copilăriei. De obicei dispare în adolescență, dar la mine va dura toată viața. O să rămân toată viața un copil, iată darul. Locul ăsta moale din pieptul meu m-a ajutat să te cunosc, să vă înțeleg jocul, să-ți veghez visele. Da, înțepătura acelei insecte ciudate conservă timusul. Prin el pătrunzi în vis și devii, ca să zic așa, cetățean al visului." M-am despărțit greu de Egor în acea după-amiază, ca și când aș fi știut că nu aveam să-l mai văd niciodată. L-am privit cum stătea în pragul casei, până unde mă condusese: monstru melancolic, din altă lume, înspăimântător de fragil, mare păianjen uscat și trist, făcându-mi, încet, semn cu mâna. Am întors de mai multe ori capul spre el, în timp ce mă îndepărtam pe cărare. Era mereu acolo, în ușă, nemișcat. Dând colțul, n-am mai văzut decât foișorul cu fereastra sclipitoare din turn.

Ajunsă acasă, am mâncat repede, răbdând sâcâielile lui Marcel cu stoicism și tăcând, mai mult distrată decât încăpățânată, la întrebările și alintările mătușii mele. Dânsa, de altfel, săraca, până și la masă cosea un tiv la vreo fustă sau la altceva. Rupea ața cu dinții și mai mușca din pâine. M-am culcat, ghemuită în așternut, cu scoica minunat de dulce la pipăit sub pernă. Ardeam toată, în capul meu era un vârtej, simțurile mi se întorseseră înăuntru. M-am sucit și m-am răsucit, înfășurându-mă în cearșafuri, până am căzut într-o stare de delir întunecat, de somn cu fragmente de vise, mai mult vorbite decât văzute. Eram vorbită de cineva din afara mea, existam numai atâta timp cât acel cineva își rostea cuvintele indescifrabile, bolboroselile hieratice. Și acele cuvinte nu erau nici pe departe niște abstracțiuni, acel limbaj nu era doar limbaj: unele cuvinte erau gelatinoase, altele ude și înghețate, altele arzând ca acidul. În totul, vorbirea aceea era o lume bizară, pe care o percepeam cu altceva decât cu simțurile, pe care o trăiam cu altceva decât cu corpul și cu mintea. Eram torturată, martirizată de acel limbaj care mă visa. Am deschis ochii după un timp (cât de lung, mi-ar fi fost greu să spun) și m-am ridicat în capul oaselor. Eram încă amețită, dar distingeam de-acum culorile aurii ale după-amiezei. M-a fulgerat gândul că trebuie să ajung la *REM*. Ba chiar am avut sentimentul acut că am întârziat, de parcă mi s-ar fi dat (când?) o indicație precisă privind secunda în care trebuia să fiu acolo. M-am ridicat din pat și am ieșit în fugă din cameră. Culoarul cenușiu de până la ușa din față a casei mi s-a părut nesfârșit de lung. Când am deschis ușa, m-a izbit brusc în față, răbufnind dintr-un milion de culori, splendoarea grădinii: flori cu potire uriașe, arzând ca flacăra, roșii și albastre, legume cu frunzele verzi ca fierea, totul străluminat de-un soare orbitor, mare cât jumătate de cer. Camionul era mâncat pur și simplu de soare, cojile de vopsea luaseră foc și fumegau la lumina monstruoasă a pătlăgelelor roșii. Am ieșit pe poartă și curând alergam pe câmp, pe cărarea spre foișor. Am străbătut acel drum ca dintr-un singur pas – și brusc m-am regăsit față-n față cu magazia dărăpănată în care se găsea *REM*-ul. Fără să ezit nici o secundă, am scos cheia de aur și am împlântat-o în lacătul ruginit. Așa cum mă așteptasem, se potrivea perfect, se răsucea voluptuos, ca în unt. Am aruncat lacătul cât colo și-o clipă m-am sprijinit cu fruntea de ușa stacojie. Am întredeschis-o și am intrat.

Mă aflam într-o cameră de mărime mijlocie, cu pereții zugrăviți într-un galben-crem liniștitor. Peste parchet se întindea un covoraș vernil cu desene rombice negre și albe. Camera era mobilată modest: un dormitor ieftin alcătuit din câteva piese furniruite cu lemn gălbui. Pe peretele pe care se afla ușa în pragul căreia stăteam se găsea un șifonier. Pe șifonier, două valize de imitație de piele, una portocalie și cealaltă neagră. Pe cea portocalie era așezată, cu griful spre interiorul camerei, o chitară. Pe una dintre ușile șifonierului era lipită o ilustrație reprezentând, îmi dau seama acum, o catedrală luminată, noaptea. De peretele din dreapta mea se sprijinea un recamier larg, pe lada căruia erau îngrămădite tot felul de cărți, câteva foarte groase, ca niște dicționare. Patul era nefăcut, o îngrămădire de cearșafuri boțite. Un colț ridicat dădea la iveală materialul albastru cu care era tapițat recamierul. Tot peretele din fața mea era ocupat cu o fereastră panoramică, triplă, prin care se zărea, dincolo de-o stradă lată, un șir de blocuri. Fereastra avea o perdea albă, prinsă de o galerie galbenă cu două brâuri cafenii pe margini, și draperii cu dungi verzi și garoafe galbene pe fond palid. Un fotoliu cam uscățiv, cu tapițerie buretoasă, roșie cu desene turcești, se sprijinea de peretele cu fereastra. Pe el se aflau doi puișori verzi de pernă, un pulover cafeniu aruncat la întâmplare și un prosop plușat, galben. Cel mai interesant era însă peretele din stânga mea. Lipită de el se afla, lângă ușă, o toaletă cu oglindă. Un tub metalic cu capac de plastic alb era așezat pe un colț al toaletei (mult mai târziu mi-am dat seama că fusese un spray). Lângă toaletă, în mijlocul peretelui, se afla o masă, dedesubtul unui tablou în acuarelă, imitație de japonezărie: două păsări privindu-se de pe două crenguțe de bambus, iar pe margini ideograme specifice. La acea masă, încărcată de cărți, de foi albe, caiete groase, dosare, încă un tub metalic, o foarfecă, o rolă de culoarea mierii (despre care știu acum că era o rolă de scotch), un ceas de mână, niște scrisori, un pahar cu creioane colorate și niște extemporale corectate cu cerneală roșie, la acea masă stătea un tânăr și bătea la mașină. Mai văzusem de vreo două ori mașini de scris, când mersesem cu mama la notariat, dar acelea erau negre, de metal, și făceau un zgomot asurzitor. Cea pe care o priveam acum era mult mai mică, de plastic albăstrui, lustruit, iar pe o plăcuță de metal așezată în stânga scria cu litere negre „Erika“. Tânărul scosese capacul albastru mai închis al mașinii, așa că se vedeau acum bine cele două role negre, evantaiul metalic de la mijloc, din care mereu se ridicau litere ca să izbească în hârtia de pe tambur, și panglica bicoloră, roșie și neagră, care sălta rapid, la fiecare lovitură a degetelor în tastele cu litere albe ale claviaturii. Acum câțiva ani s-au găsit în comerț asemenea mașini de scris. Tânărul nu era de fapt chiar așa tânăr. Trebuie să fi avut aproape treizeci de ani. Dar silueta lui firavă, fața îngustă, triunghiulară, părul lung, care-i cădea peste urechi în șuvițe dezordonate, șaten-închis, îl făceau să pară de cel mult douăzeci și cinci de ani. Oricum, pentru mine, cea de-atunci, nu era mare diferență între douăzeci și treizeci de ani. Tânărul era pentru mine „un om mare“. Am închis ușa și, sfioasă, am făcut câțiva pași înăuntru, până am ajuns lângă umărul lui. Era concentrat, mâinile lui căutau literele claviaturii, care păreau că-l fascinează, dar nu bătea nici pe departe atât de repede ca dactilografele de la notariat. Ochii căprui întunecat aveau gene lungi și dese. Sprâncenele se arcuiau senin deasupra lor. Nasul îi era drept, cu nări prelungi, iar obrajii galbeni, scobiți. O mustață destul de rară era încadrată, ca de două paranteze, de niște cute care ar fi arătat obișnuința de-a râde mult dacă n-ar fi fost în același timp sceptice și amare. Gura îi era cărnoasă, deopotrivă senzuală și austeră, ar fi putut fi o gură de sfânt slăbănog, în veșnică luptă cu ispitele și mai ales cu ispita, diabolică, de-a nu se lăsa ispitit. O gură ușor asimetrică deasupra unei bărbii ferme, deși înguste. Fața lui avea puțin de arătat în afară. În stânga mașinii de scris, chiar sub carul care se tot deplasa tresărind, am mai văzut un teanc de foi dactilografiate. Prima avea titlul *REM*. Erau multe, cel puțin o sută, dar pentru moment nu mă interesa decât tânărul. Acesta nu-mi dăduse nici o atenție, deși, măcar cu coada ochiului, nu se putea să nu mă fi observat intrând. Din când în când se oprea din scris, recitea, pe tambur, o frază sau două, se uita pe fereastră... Era concret, era acolo, în puloverul lui vișiniu, în pantalonii de velur verde închis, cu șosete crem în picioare. Mi-l amintesc în cele mai neînsemnate detalii. De pildă era puțin neras și nu purta verighetă. Unghiile îi erau tăiate scurt. Mi-am adunat tot curajul de care mă simțeam în stare ca să-l ating pe umăr. Atunci el s-a oprit, a întors fața spre mine (fețele noastre, cum era așezat pe scaun, se aflau la același nivel) și mi-a zâmbit, ca și cum m-ar fi așteptat. Când zâmbea era copilăros și aproape drăguț. A ridicat mâna stângă și m-a mângâiat pe păr. Apoi a luat teancul de foi scrise la mașină și le-a pus pe pat, făcându-mi semn să citesc. Eram prea amețită și tulburată ca să citesc tot manuscrisul, de altfel nici nu l-aș fi isprăvit decât în câteva zile. La început n-am priceput nimic, era un fel de povestire încâlcită. Am sărit vreo douăzeci de pagini și am rămas uimită. Era povestea mea, era vorba despre mine. Cum mă duceam cu mama la tanti Aura și cu tata la Orășelul Copiilor, cum călătoream legănându-ne în tramvaie, cum m-a mușcat odată Chombe de obraz, cum îi făceam fustițe lui Zizi. Era apoi despre pietenele mele, despre Garoafa și Puia și Balena și Ada și Carmina și Ester, toate înfățișate chiar așa cum erau. Scria despre Egor și doamna Bach, despre strămoșii lor, despre scoica din care emanau vise. Scria despre jocul nostru de-a Reginele și despre tot ce ni s-a întâmplat în timpul lui, în săptămâna cât am stat la tanti Aura. Scria că am intrat în fine în *REM* și că l-am găsit pe tânăr bătând la mașină și că el m-a mângâiat pe păr și mi-a dat să citesc povestea aceea. M-am înspăimântat. Am lăsat foile și mi-am întors iarăși privirea către tânăr. Acesta mă privea și el, zâmbindu-mi iar. Apoi îmi arătă, pe perete, un calendar, din alea populare, cu anecdote, caricaturi, sfaturi pentru gospodine pe reversul foilor cu data. Nu înțelegeam, așa că el s-a ridicat, a rupt foaia, a împăturit-o și mi-a pus-o în palmă. S-a aplecat apoi iar peste mașina de scris. M-am îndreptat spre ușă obidită. În partea dinăuntru, ușa era de culoare gălbuie și avea o perdeluță albă peste fâșia de geam mat din mijloc. Iar de perdeluță era prins cu ace un afiș destul de mare, cu margini albe, înfățișând o gravură în tonuri întunecate. Toată partea din dreapta, mai mult de jumătate din gravură, era cufundată în întunericul cald, sufocant, al unui pat cu baldachin. Pe o învălmășeală de perne și cuverturi brodate se lăfăia corpul, alb ca o burtă de pește, dezgustător în obscenitatea sa, parcă într-un fel estropiat, al unei femei cu o cămașă ridicată mai sus de mijloc. Nudul era greoi, sucit imposibil, iar femeia avea o față de-o senzualitate primitivă. Mâna stângă și-o încleștează pe haina unui tânăr scund, care se află în centrul părții din stânga a gravurii, în plină lumină. E înclinat în partea opusă patului, mâinile lui parcă vor să se apere de-o fantasmă, fața lui exprimă un amestec de suferință, rușine și umilință, o luptă mai degrabă cu sine decât cu femeia care încearcă să-l rețină, să-l cheme la ea, să-l tragă lângă ea, dar care va rămâne doar cu haina lui în mâini. O fâșie lungă din partea de jos a gravurii era ruptă, așa încât, dintr-o inscripție probabil mai lungă, se mai puteau citi, caligrafiate frumos, doar primele trei litere: *REM*. Am deschis ușa și am ieșit.

Când se lăsase întunericul? Nu desluşeam nimic, nu vedeam foişorul, nici câmpul dimprejur. În schimb, simţeam sub picioare, scârţâind, o podea de lemn. După câţiva paşi m-am împiedicat de ceva şi-am căzut. Când ochii mi s-au obişnuit cu întunericul, am văzut că mă aflam pe un coridor întortocheat, de pereţii căruia erau sprijinite mobile vechi, tăblii metalice de pat, vaze uriaşe de ceramică, sparte şi dogite, pianine cu claviatura ştirbă. De peste tot, cum mergeam din ce în ce mai sigură şi mai grăbită, se ridicau în jurul meu fluturaşi bej şi cenuşii, care pâlpâiau în câte-o rază de lumină. Am coborât o scară împăienjenită şi m-am afundat în alte culoare interminabile. Mirosea a closet, a clor şi aerul era de un verde-negru, nesănătos. Deodată, dând un colţ, am văzut uşa întredeschisă şi am ieşit în fugă, în plină lumină matinală. Mă aflam în pădurea veşnică, fără început şi sfârşit, muiată în aur şi tărcată de umbre, incendiată de trilul păsărilor nevăzute. Soarele îmi ardea ochii. Priveam spre cer, vedeam cum vântul face să tremure frunzele transparente, clatină crengile tinere. Atunci am ştiut că visez, dar gândul acesta nu mă împiedica să mă simt fericită, să respir aerul mirosind a scoarţă ruptă, a sevă, a pământ plin de rădăciniţe putrede. Aş fi vrut s-o iau la fugă înapoi pe cărarea mea, să mă opresc iar pe locul unde găsisem cheia, unde spărsesem paharul, unde trecusem prin apă, unde sărisem peste buştean, să regresez spre zona aceea de unde apărusem, de unde îmi începusem călătoria. Ştiam însă că întoarcerea nu mai era posibilă. Se terminase. Trebuia, Doamne, trebuia să mă trezesc. M-am lăsat să cad pe pământ şi am început să mă zbat, am încercat să mă izbesc cu palmele peste faţă. Şi brusc m-am trezit cu adevărat.

M-am regăsit în camera mea, în patul înroșit de amurg. Dormisem vreo patru ore și mă simțeam mai departe foarte rău. Un timp am rămas culcată pe spate, privind dungile roșii de pe tavan, prelinse prin perdeaua de la fereastră. Aveam crampe, simțeam în josul pântecelui o durere lemnoasă, uscată. Nu mă puteam gândi la nimic, dar când închideam ochii sub pleoape vedeam foarte clar imagini din ziua nesfârșită care trecuse: foișorul, fetele îmbrăcate de nuntă, în plin soare de amiază, fața Esterei... Au trecut minute bune până să-mi dau seama că strângeam ceva în pumnul drept. Am crezut un moment că era scoica, dar aceasta se afla la locul ei, sub pernă. Nu aveam destul curaj să deschid pumnul, dar când m-am hotărât am văzut că era o foaie de hârtie împăturită. Deodată mi-am adus aminte de foaia de calendar pe care mi-o dăduse tânărul din *REM*. Am despăturit-o. Era data de 3 mai 198... Pe spate – un articol despre istoria filateliei, cules cu litere mărunte. Am păstrat până azi foaia aceea. În curând, de altfel, vor fi zeci de mii de astfel de file identice, probabil că s-au și tipărit deja calendarele pe anul ăsta. Deci dovada mea își va pierde repede orice valabilitate. Abia atunci, privind data de pe filă, încă ghemuită în patul umed, am priceput o parte din infinita prezență a *REM*-ului. Nu fusese deci cu totul un vis, deși nu fusese cu totul nici realitate. Primisem o foaie dintr-un calendar care avea să apară cu peste douăzeci de ani mai târziu. Atât știam, și deja aveam de ce să mă îngrozesc. Nu puteam gândi mai departe, nu mai eram în stare să discern dacă încă mai visam sau eram trează. M-am ridicat în capul oaselor și-am mai zăcut și așa destul timp. Când m-am dezmeticit, am auzit, de dincolo de glasvand, murmurul unor voci pe care le cunoșteam. M-am ridicat din pat și mi-am lipit urechea de sticla mată, zgrunțuroasă. Vorbea tanti Aura: „Cred că ar fi mai bine, Costele. Eu, cum mă vezi, cu lucrul toată ziua, nu prea am timp de ea. A hoinărit toată săptămâna, a slăbit. Nu știu ce e cu ea. Cred că i-e și dor de casă, o văd mai mereu plângând... Acum să nu crezi că... Mai poate să stea oricât la mine, și până iese Viorica din spital, dar..." Și tata îi răspunse: „Nu, lasă, Aurelia, mai bine o iau acasă, dacă tot mi-am luat concediu... Oricum nu prea m-am ocupat de ea. Mă gândesc s-o mai duc pe la filme, pe la muzee, prin parc, că s-a sălbăticit rău, mereu singură în casă..." M-am crispat toată, de parcă atunci ar fi pătruns amândoi pe ușă și m-ar fi luat cu forța de acolo. După câteva minute i-am auzit îndreptându-se spre camera mea. M-am aruncat în pat și m-am prefăcut că dorm. S-au așezat pe marginea patului și tanti Aura, mângâindu-mi părul, mi-a șoptit să mă trezesc. Am deschis ochii, m-am ridicat, l-am pupat pe tata și deodată, surprinzător pentru mine, aproape am strigat la el: „Tată, nu vreau să plec de aici, vreau să mai stau! Te rog eu!" Nu m-au contrazis, s-au purtat foarte blând cu mine. Cât timp m-am schimbat, m-am uitat pe sub gene la tata. Mi s-a făcut milă de el: părul îi albise aproape de tot și pe fața lui, altădată roșie, sănătoasă, se adânciseră niște cute dezolante. Era neras, arăta a bărbat care se îngrijește singur. Am mâncat cu ei și cu Marcel, afară, la lumina unui bec. Era noapte. Spre fundul curții noaptea era mai albastră, luminată de lună. Gigi se tot învârtea printre picioarele noastre, cu coada țeapănă în sus, ba uneori se și ridica pe labele dindărăt și se holba în farfuriile noastre. O mângâiam distrată pe cap. Îi mai puneam câte o bucățică pe marginea scaunului, ca să văd cum o trage cu gheara. Chombe, mai încolo, hăpăia din strachina lui. În jurul becului orbitor se învârteau mii de musculițe, fluturași, filoxere. Tata se oprea din când în când din mâncat ca să-mi spună ce filme mai erau prin oraș. Mâine era ultima zi când mai puteam să văd *Ucenicul vrăjitor*, despre care-mi povestise atâtea lucruri Ester. Mai era *Palatul de cleștar* și apăruse și prima serie din *Fantomele din Spessart*. Acasă, dacă voiam să mă întorc în seara aceea cu tata, mă aștepta o surpriză. Nu spuneam nimic, mâncam și mă uitam la musculițe, la volutele lor rapide în jurul becului, la intrarea lor în beznă și la reapariția în lumină. Până la urmă m-am hotărât să plec acasă doar pentru a doua zi, iar poimâine să mă întorc înapoi. Tata a fost de acord, așa că, după ce-am mai sporovăit o vreme împreună, în aerul răcoros, m-am îmbrăcat de plecare și mi-am făcut „bagajul". Eram atât de tristă, încât n-am băgat de seamă că tanti Aura îmi pusese într-o sacoșă mare toate schimburile. Mi-am luat și eu lucrurile la care țineam acum cel mai mult: oul l-am înfășurat în petice de stofă și l-am pus în cutia de pantofi, împreună cu scoica și fila de calendar. Mătușa ne-a condus până la poartă, cu veșnicele ei zâmbete cu gura până la urechi, cu gesturile ei de exagerată amabilitate. Am luat-o în josul străzii, cu tata de mână, pe sub stelele scânteietoare. Mă uitam numai la ele și din cauza asta mă poticneam din când în când. Stelele erau foarte sus, foarte departe. Nu le păsa de nimic de pe pământ. Am căutat multă vreme cu privirea cometa cu șase cozi și-am descoperit-o cu greu. Abia se mai zărea, ca un norișor palid, la o margine a cerului. Noaptea următoare, din luminatorul casei noastre de pe Moșilor, aveam s-o caut zadarnic. Ne-am afundat într-o întortochere de străzi slab luminate de câte un bec chior, până am ieșit la șosea, pe unde mai trecea huruind câte un camion, câte un tramvai. Am așteptat mult în stație și apoi am călătorit legănându-ne, lângă o taxatoare ațipită, prin orașul fantomatic. Din cauza luminii portocalii din vagon, pe geam nu vedeam decât fețele noastre pământii și scaunele de șipci galbene, lustruite. Ajunși acasă, ne-am dus la culcare. M-am zvârcolit toată noaptea într-o semitrezie amorțită, cu fragmente de vise fără noimă, am transpirat până am făcut fleașcă așternutul, am gemut în somn.

În noaptea aceea am avut prima menstră.

Firește, odată ajunsă acasă, vraja s-a destrămat. Mama a ieșit din spital după vreo trei săptămâni și cam tot după atâta timp a început școala. Prin octombrie, mătușa a trecut pe la noi cu unchiul Ștefan și cu Marcel și familiile noastre s-au certat, nu știu pentru ce. Așa că n-am mai dat pe la ei. Prin 1970 i-a demolat și-au construit pe locul străzii lor și mai departe, până la jumătatea distanței dintre capătul străzii și foișor, în câmp, un cartier de blocuri. Am fost pe-acolo, într-o zi de iulie, acum câțiva ani. M-am orientat destul de greu printre blocurile identice, de patru etaje, așezate doar la o palmă unul de celălalt, cu balcoanele înțesate de rufe multicolore și cu treptele de beton de la intrare pline de copilași în maiouri, dar am găsit până la urmă locul unde fusese casa mătușii mele. Numele străzii rămăsese același, un nume de caporal distins în cine știe ce război. Am mers mult până la capătul străzii, care dădea tot în câmp, în ciuda aspectului ei mult mai „urban" decât altădată. Dar acum foișorul nu mai era. Parcă nici nu fusese vreodată. Dincolo de blocuri – arătură cât vezi cu ochii, până la liziera dinspre comuna Dudești. Dar în mijlocul câmpului, încă în picioare, se afla *REM*-ul! Vechea magazie rezistase anilor, mi-a stat inima când am văzut-o. Deși aveam pantofi noi, am luat-o peste pământul înțelenit până am ajuns la ușa pe care-o știam atât de bine. Lacătul era pus, dar nu era încuiat, atârna, ruginit și buretos, de belciugele lui. Am deschis ușa și-am privit înăuntru. Sub pânzele de păianjen, grele și pline de insecte mișunătoare, se vedeau în penumbră unelte vechi: târnăcoape, lopeți, bucăți ciudate de tablă, o nicovală, fiare răsucite, scoabe, toate acoperite de cruste cărămizii de rugină. O găleată turtită era plină până la jumătate cu var solidificat. Am plecat cuprinsă deodată de oboseală, de sentimentul inutilității. Mi-am adus aminte ce spusese odată Egor: „Timpul exterminator, timpul care nu lasă răniți."

Și cu asta ți-am cam spus „preafrumoasa mea poveste". Mi-au trebuit ani de zile, a trebuit să mă maturizez, să devin, uite, aproape o babă, ca să încep să cred că înțeleg cu adevărat ce este *REM*-ul, că el nu se află acolo, înăuntrul magaziei, ci în afara ei, că de fapt *noi suntem REM*-ul, tu și cu mine, și povestirea mea, cu toate locurile și personajele ei, și Bloody Mary, și cățelul lovit de mașină, că lumea noastră e o ficțiune, că suntem eroi de hârtie și că ne-am născut în creierul și mintea și inima *lui*, pe care eu l-am văzut. Că până și el s-a cuprins pe sine în *REM*. Că poate până și el, în lumea lui (unde eu am pătruns, asta fiind poate singura rațiune a vieții mele), nu este decât un produs al unei minți mult mai vaste, din altă lume, ea însăși fictivă. Și el, da, sunt sigură acum, caută cu înfrigurare o Intrare către acea lume superioară, căci visul nostru, al tuturor, este să ne întâlnim Creatorul, să privim în ochi ființa care ne-a dat viață. Dar, vai! poate că *REM*-ul nu e totuși nimic din ce cred eu despre el. Poate că el e doar un sentiment, o strângere de inimă în fața ruinării tuturor lucrurilor, în fața a ceea ce-a fost și nu va mai fi niciodată. O amintire a amintirilor. *REM*-ul e, poate, *nostalgia*. Sau altceva. Sau toate acestea deodată. Nu știu, nu știu.

În garsoniera ta e lumină de zi. Stropul de cenușiu de pe marginea obiectelor s-a șters încetul cu încetul și milioanele de culori ale lumii albe s-au așternut pe cotoarele cărților (Cortázar, un Márquez ferfenițit...), pe îmbrăcămintea noastră aruncată aiurea, pe gresia de pe jos, acoperită cu blană, pe măsuța pe care se află un coș cu cotoare de măr și un ou preistoric, pe goblenurile naive de pe pereți. Ai tăcut și brusc lucrurile au profitat de slăbiciunea asta a ta ca să se repeadă la noi, ca să ne bage degetele în ochi. Mă întind, mă simt plin de zaț. Ce naiba am căutat aici, mă întreb, în Dămăroaia ta, unde și-a înțărcat dracul copiii? Unde o să ajung cu prostia asta de legătură cu tine? La povestea ta n-am timp să mă gândesc acum, ceva din mine a înfulecat-o grăbit, a înghițit-o pe nemestecate și așteaptă vremuri mai bune ca s-o rumege. Acum nu mai vreau decât să mă duc acasă și să mă culc, să nu te mai văd niciodată. Ești moale, epuizată, ai cearcăne cât toată fața, părul îți stă zbârlit, tenul tău are pori nenumărați, pe care seara îi mai camuflezi tu cumva, dar acum... Și e al dracului de frig în camera asta. Hai, femeie, distracția s-a terminat.

M-ai uitat, iubit cetitor? Sunt eu, naratorul. E drept că nu mi-am mai scos căpșorul gingaș la vedere, dar asta fiindcă am avut cu totul altă treabă. Eu sunt cel care se lăfăie acum călare pe oul de pe masă, ca și când ar vrea să-l clocească, eu sunt cel care-și agită lăbuțele invizibile (dar multe, multe!) prin odaie, gras și satisfăcut. Tot ce s-a petrecut în noaptea asta între cei doi prieteni ai noștri, care n-au fost prea cuminți, a trecut în burtica mea sferică. Ia uite-i cum își trag, înfrigurați, hainele pe ei. Se evită cu privirea, nu mai au nimic să-și spună și, chiar dacă ar avea, nu mai socotesc că merită osteneala. El zâmbește rece, ea nu mai vede și nu mai știe nimic. N-a mai povestit niciodată, nimănui, ce-a avut norocul neisprăvitul de Vali să audă. De aici trag concluzia că ea îl iubește. Ghinion! Căci Vali, imediat ce-au ieșit pe ușa blocului în ninsoarea de-afară, ea ținându-l de braț, obrajii înghețându-le și strângând ochii de prea mult alb în copaci și pe aleile dintre blocurile verzulii, găsește cu cale să-i spună din nou ceea ce i-a spus în fiecare dimineață în care au plecat de la ea împreună: că s-a terminat, că nu are nici un sens, că asta a fost ultima dată. Ea își trage ușor mâna de sub brațul lui, tace multă vreme uitându-se într-o parte, iar apoi spune, cu o expresie indescifrabilă: „Faci cum vrei." Merge lângă el până în stația de autobuz și rămân tăcuți, privind fulgii care coboară ușor pe pavajul alb. Când mașina roșie sosește, Vali spune un „la revedere" scurt și peste câteva secunde Nana îl vede așezându-se pe un scaun: o umbră verzuie străbătând prin geamul înghețat al autobuzului. Vali, de-acum, devine cu totul neinteresant. De altfel, sunt atât de ghiftuit, încât n-aș suporta un drum cu mașina. Mă întorc de aceea cu Nana, care se îndreaptă cu pași mici spre casă. Știe că în seara aceleiași zile Vali o va suna iar pe buldogiță. Dar mai știe și că pe la sfârșitul săptămânii el are s-o aștepte la ieșirea din institut și că noaptea asta are să se repete, cum se repetă toate lucrurile, de la o vârstă încolo, în viața unei femei singure. Intră în blocul urât mirositor, descuie ușa ei vineție, încuie la loc, își scoate blana și cizmele și se așază pe patul nefăcut. Își aprinde o țigară și rămâne cu ochii în gol. Mă apropii foarte mult de ea și văd, precis, ca într-un documentar științific, cum se formează boaba de lacrimă în ochii ei, cum crește, sprijinindu-se de marginea lucioasă a pleoapei de jos, cum alunecă de-a lungul obrazului, pe lângă nas, și pică apoi, scânteietoare, pe cearșaf. Înainte să termine țigara, se ridică și deschide un dulăpior al bibliotecii. Scoate de-acolo un vraf de foi gros de o palmă, acoperite cu un scris mărunt. Le trântește pe pat, scoate un pix și începe să scrie cu înfrigurare în continuarea unei pagini rămase la jumătate. Scria deja de un sfert de oră, când, cu un trosnet de sfârșit de lume, coaja oului de pe masă plesnește și din el se ridică Himera, umplând camera cu țipătul ei de balaur, cu ghearele ei de leu, cu aripile imense de liliac. Se întinde triumfătoare deasupra ta, te umbrește cu totul, pe când tu, înfrigurată și brusc chircită, minusculă, continui să scrii cu îndârjire: „nu nu…"

EPILOG

În definitiv, în lume nu există
decât o singură problemă:
cum să răzbați? cum să ajungi la larg?
cum să sfărâmi crisalida și să devii fluture?

Thomas Mann

Arhitectul

Emil Popescu era arhitect. Se specializase în proiectarea fabricilor de ulei și se poate spune fără exagerare că oriunde în țară se construise în ultimii cinci-șase ani o fabrică de ulei se cunoștea mâna pricepută și mintea deprinsă cu rezolvarea dificultăților tehnice a arhitectului Popescu. Pasiunea sa de a proiecta fabrici de ulei era foarte veche. Își dorise cu ardoare acest lucru încă de când era doar un puștan și își trăia copilăria în umbra uriașă a fabricii de ulei din preajma depourilor ITB și a cinematografului Melodia de pe Ștefan cel Mare. Era o clădire înaltă și dreaptă, de cărămidă stacojie, prinsă în buloane de fier, fără ferestre și terminată, la o înălțime amețitoare, cu un fronton sumbru, care parcă sfâșia norii. Strania construcție, implântată în mijlocul unei curți pustii, era geamănă cu moara Dâmbovița, aflată mai în josul șoselei, și făcuseră acum un veac parte din celebra moară Asan. Când, după ani și ani, Emil Popescu începu să se intereseze de cultură, datorită mediului din facultate, văzu aievea fabrica de ulei a copilăriei sale în mai toate clădirile care se ridicau, infinite și melancolice, din paginile lucioase ale unui album pe coperta căruia scria *Giorgio de Chirico*. Dar de atunci trecuseră ani, iar astăzi arhitectul Emil Popescu, născut în 1950, căsătorit cu doamna Elena Popescu, născută Deleanu, fără copii, era recunoscut ca un specialist în domeniul său. Proiectase și fabricile de ulei din Kabul și de lângă El Aghar, aceasta din urmă fiind cea mai importantă din Egipt. De aceea, la serviciu era foarte respectat de colegi și iubit de subordonați. Bineînțeles, în limitele invidiei inerente oricărui loc de muncă și care ducea la unele bârfe nu întotdeauna justificate, oricum imorale.

În viața de familie, arhitectul era fericit. Se căsătorise din dragoste cu o moldoveancă simpatică, arhitectă specializată în proiectarea fabricilor de lapte, cu care se înțelegea excelent. Locuiau în cartierul Berceni, imediat dincolo de Mărțișor, într-un apartament de trei camere mobilate cu gust. Faptul că nu aveau copii, deși erau căsătoriți încă din facultate, i-a ajutat mai târziu să facă economii și, punând la socoteală și lucrurile aduse de Emil din Turcia, Iran și Egipt, iar de Elena din Uniunea Sovietică și Ungaria, unde fuseseră în diverse interese de serviciu, lucruri frumos valorificate, cei doi arhitecți depuseseră la CEC de-a lungul a cinci ani o sumă suficientă pentru cumpărarea unei Dacii, visul dintotdeauna al Elenei. Ziua în care și-au putut realiza acest deziderat a fost, cum spunea Elena, aproape la fel de minunată ca și ziua căsătoriei lor. Ca și atunci, s-au sărutat îndelung și-au închinat cu socrii și alte rubedenii un pahar de vin. Mașina, de culoare crem, era parcată oblic, între Lada lui Gheorghian de la șase și Wartburgul vișiniu al fotografului de pe scara cealaltă, proprietarul buldogului Dolly. Dacia avea o linie fermecătoare și cei doi arhitecți o puteau privi de dimineață până seara din balcon. Strălucea cel mai tare în soarele aspru al primăverii, chiar mai tare decât Citroënul colonelului de la doi, colonelul Boteanu, mașină pe care un soldat o spăla cu furtunul în fiecare zi.

Emil Popescu se înscrise la școala de șoferi. Până să-și ia însă carnetul, ieșea și el, aproape zilnic, să mai dea târcoale mașinii, să o mai perie, să mai șteargă urmele de noroi datorate copiilor care se jucau în spatele blocului și, mai ales, să descuie portiera și să se tolănească pe bancheta din față a automobilului, în fața bordului din care ieșea fascinant volanul, să tragă în piept mirosul acela intim, senzual, pe care-l degajau cauciucăria și tapițeria mașinii. Când trântea portiera, zgomotul lumii înceta și arhitectul se simțea fericit în acel spațiu tandru și confortabil, în care totul era făcut ca să-l servească. Nici în patul conjugal nu se simțea mai bine. Elena venea și ea uneori și stăteau amândoi fermecați, câte o oră întreagă, ca doi gemeni în pântecele mamei. Aproape că nici nu-i interesa să pună în mișcare vehiculul. L-ar fi păstrat doar așa, parcat în spatele blocului, ca să poată savura din când în când aceste momente de reală, deplină intimitate.

Locatarii blocului se familiarizaseră și ei cu silueta suplă a arhitectului care tot dădea târcoale Daciei sale. Purta veșnic aceiași pantaloni scurți făcuți din niște blugi retezați, veșnic aceeași bluză cu imprimeuri care înfățișau, dacă te uitai mai bine, Ateneul român, având în față statuia lui Eminescu. Era un tânăr destul de insignifiant ca înfățișare: figură tipică de român carpatin, cum ar fi spus cineva. Brun, cu fălcile părând mereu nerase, cu mușchii masticatori proeminenți de parcă ar fi înjurat mereu printre dinți, cu ochii cam lipsiți de expresie, despre care nu poți spune decât că sunt negri. Se purta tuns cu freză. Era destul de arătos ca să placă cehoaicelor și polonezelor pe litoral, și asta cam și fusese specialitatea lui pe vremea studenției. Ducea într-o mână găletușa de plastic albastru plină pe jumătate cu apă și Perlan, în care se bălăcea un burete portocaliu. Se învârtea în jurul Daciei, ștergând și curățând, în aerul tonic al primăverii, care provoca desfacerea mugurilor întregului material lemnos din curtea blocului: salcâmi și gard viu.

Acesta era arhitectul Emil Popescu. Tot ce s-ar mai putea spune despre el este inutil și chiar ridicol. Contează oare că fuma „Cișmigiu“? Că ținea, nu se știe de ce, cu echipa de fotbal S.C. Bacău? Că obișnuia să citească tot ce apărea în materie de dosare secrete ale istoriei și mai ales despre Gestapo și SS? Că era abonat la revista *Lumea*? Că își cumpăra cu sfințenie revistele *Flacăra*, *Săptămâna* și *Magazin*? Că vedea la televizor tot programul, de la un capăt la altul? Că nu avea în casă magnetofon, iar pick-up-ul era din zestrea neveste-sii, primit împreună cu câteva plăci: „Tangouri celebre“, Remo Germani, „Los Paraguayos“, „O scrisoare pierdută“, Ion Cristoreanu, Tudor Arghezi, „Rigoletto“ și „Dentes“? Că îi plăcuse o colegă de serviciu divorțată, dar că după a doua oară își luase seama și nu mai trecuse pe la ea? Că nu purta niciodată cravată? Că, bineînțeles, visa noaptea numai detalii de teascuri hidraulice și conducte vidate necesare fabricilor de ulei? Că avea câțiva colegi cu care vinerea juca bridge, destul de prost, ce-i drept? Toate acestea sunt fleacuri.

Într-o dimineață din acea primăvară, înainte de-a pleca la serviciu, Emil Popescu se duse în spatele blocului să-și mai vadă o dată mașina. Cu o seară înainte băuse la ziua unui prieten niște Cabernet albanez care-i făcuse rău. Simțise toată noaptea tananții în ficat, și acum, în zori, avea ceafa dureroasă și o senzație de greață îi picura prin sinusul nazal. Dar răcoarea îl mai înviora, deși dinspre cutiile de gunoi venea un miros caracteristic. Automobilul crem lucea stins, geometric, cu geamurile lună, lângă bătător, între

Ladă și Wartburg. Arhitectul scoase cheia argintie și descuie. Lăsă lângă roată servieta diplomat și intră pentru o secundă în mașină. Aprinse farurile, jucându-se cu cele două faze. Dădu drumul la ștergătoare, apoi la radioul de bord. Un glas de bărbat vorbea despre starea vremii. Arhitectul zâmbi. Totul era în ordine. Apăsă atunci, scurt, pe discul din centrul volanului, sub plexiglasul căruia se reliefa emblema UAP. Izbucni sunetul de tenor al claxonului, care însă nu se opri când Emil Popescu ridică arătătorul de pe disc. Sunetul persista, monoton, strident, despicând aerul întunecat de la șase și jumătate dimineața. Arhitectul apăsă cu disperare de mai multe ori pe discul de plexiglas, dar fără efect. Simți că înnebunește. Ieși repede din mașină, pe care-o uitase cu farurile aprinse, și se învârti neputincios în jurul ei. După vreun minut de urlet insuportabil, pe la geamuri și balcoane începură să apară cetățeni în pijamale care-i strigau cu toții câte ceva arhitectului, dar din cauza claxonului nu se putură înțelege cu el. Tânărul ar fi vrut să intre în pământ. Deschise capota Daciei și începu să hâțâne la întâmplare firele galbene, negre și roșii, izolate în plastic gros, care formau câte o buclă din loc în loc. Duhoarea de benzină și zgomotul făceau să-i plesnească țeasta. Nu știa care sunt conexiunile claxonului și de la o clipă la alta devenea mai nervos, se simțea mai penibil. Elena coborâse și ea, doar în capot, și mișunau amândoi, năuci, pe lângă monstrul care mugea încontinuu. Un cartofior lovi capota Daciei și ricoșă într-o parte. Îl aruncase cineva de la balcon, căci tot blocul se trezise și bărbați nebărbieriți, femei nefardate și copii nespălați strigau la nefericiții proprietari ai Daciei. Până la urmă, colonelul Boteanu, în maiou și pantaloni de pijama, coborî în spatele blocului, îl dădu la o parte fără o vorbă pe Emil Popescu și, cu un singur gest, parcă de magician, pe care-l făcu în obscuritatea motorului, reteză sunetul, după care plecă disprețuitor. Cu urechile încă țiuind, cei doi putură în sfârșit să audă ce strigau cei de la balcoane. Nu erau lucruri plăcute.

În acea zi, Emil Popescu nu mai dădu la serviciu randamentul obișnuit. În fața planșetei, privind paharul de plastic plin cu creioane de toate tăriile, jucându-se cu compasurile Richter și trusa de rotringuri, urmărind absent miile de linii, pe hârtie „ciocan", ale proiectului la care lucra, arhitectul se simți obosit. Mintea sa rămăsese la scena de dimineață. Îl obseda sunetul puternic și uniform al claxonului. Începu să se gândească la tot soiul de claxoane, de la cele cu arc ale bicicletelor, scoțând un sunet ca de deșteptător, la cele cu bășică de cauciuc cu care erau dotate rablele de la „Comici vestiți ai ecranului". Ajuns acasă, îi ceru nevestei, în ochii căreia abia mai îndrăznea să se uite, documentația mașinii. Răsfoi paginile lucioase ale broșurii, pline de fotografii în culori prost suprapuse, înfățișând mașina Dacia 1300 din toate pozițiile, citi distrat textul cu greșeli de tipar, dar găsi prea puține detalii în legătură cu claxonul. Pare-se că era de un tip foarte obișnuit, electromagnetic, fabricat de întreprinderea Electrobobinajul din București. Nemulțumit, nici el nu știa de ce, arhitectul căută prilejuri de ceartă toată seara și se culcă pe sofaua din sufragerie. Adormi târziu, cu prospectul pe piept.

A doua zi, după serviciu, trecu pe la Electrobobinaj. Cunoștea bine întreprinderea, în copilărie furase magneți și fâșii de alamă sărindu-i gardul de beton, iar în liceu făcuse practică acolo. Era mai degrabă o cooperativă, unde zeci de muncitoare tot înfășurau la niște bobine uriașe. Mirosea permanent a liță și a carton îmbibat cu unsoare. Arhitectul vorbi cu un maistru bătrâior, care-i dădu în fine toate detaliile în legătură cu diferite tipuri de claxoane. Când află că existau și claxoane muzicale, care cuprindeau mai multe cornete electrice și care puteau să cânte câte o frază melodică, Emil Popescu se simți, nici el nu-și putu explica de ce, entuziasmat. Îl rugă pe maistru să-i spună de unde și-ar putea procura și el un astfel de claxon. Maistrul îl trimise la un băiat de la Autoservice-ul din Colentina, de pe strada Nicolae Apostol, și care se ocupa cu învârteli de felul acesta. Emil Popescu aproape că nici nu mai avu răbdare până a doua zi. Se răsuci toată noaptea în așternut, dorindu-și cu ardoare claxonul miraculos. Dimineața întârzie două ore de la serviciu, prima dată de când se știa, și se duse glonț la Autoservice. Băiatul de-acolo avea așa ceva, era un model Gordini cu șase goarne nichelate, care intona primele măsuri din „Marșul gloriei“ din *Aida.* De fapt, băiatul putea să facă rost de așa ceva, știa el un italian care avea nevoie de bani. În vreo săptămână avea să-i comunice arhitectului rezultatul. Firește, fiind lucru străin, putea să coste destul de mult. Emil Popescu îi spuse că plătește oricât, ba îi băgă și-o sută de lei în buzunarul de la halat, pentru că simțea nevoia să meargă la sigur. Plecă spre casă fericit și nefericit, gândindu-se cu groază cum va trece săptămâna aceea, și fredonă seara întreagă, obsedant, „Cântați gloria țării, azi e sărbătoare...“

După numai patru zile, arhitectul primi telefonul atât de așteptat. Se repezi în strada Nicolae Apostol, unde într-unul din atelierele murdare, pline de mașini pe butuci și platforme telescopice, îl aștepta băiatul în salopetă unsuroasă. Îi arătă o mașinărie ciudată, un fel de placă de ebonită din care ieșeau, pe-o parte, șase goarne mici de alamă, iar pe cealaltă mai multe cabluri electrice. Pusă la curent, mașinăria emitea cu o repeziciune burlescă măsurile verdiene.

Se adunaseră în jurul celor doi mai mulți mecanici, clienți și chiar elevi de la școala de lângă Autoservice, care se minunau de ciudatul obiect cântător. Arhitectul se întoarse acasă însoțit de tânărul mecanic, care îi montă sub capacul Daciei noul claxon. Apăsând discul din centrul volanului, el stârni un adevărat val de sentimente contradictorii în rândurile locatarilor, sentimente mergând de la admirație la invidie și furie sacră. Elena apăru și ea din gangul blocului. Văzuse de mult că se petrece ceva ciudat cu bărbatul ei, dar nu știa încă despre ce era vorba și, în consecință, cum să reacționeze. Când află însă cât costase acest capriciu al soțului, adoptă o conduită corespunzătoare, moștenită de la mama ei, și care se manifestă prin mimică, gesturi și mai ales cuvinte exagerate. Un salariu întreg se prăpădise pe șmecheria italianului. Dar Emil Popescu nici nu se gândea s-o ducă înapoi, cum îi sugera amenințător Elena, ci, tolănit într-un *dolce farniente* total pe canapeaua mașinii, apăsa la nesfârșit pe claxon, ascultând, cu voluptăți de meloman, mica frază a celebrului marș.

Firește, într-o zi arhitectul se plictisi de Verdi și începu să caute altceva. Rând pe rând, Elena fu oripilată de schițarea veselă și primitivă a melodiilor *Marseilleza, Yankee Doodle* și *God Save The Queen*, ivindu-se din alte și alte cornete muzicale. Cheltuiala nu mai era atât de mare, căci el mergea acum la schimb cu diferiți șoferi pe care Dumnezeu știe pe unde-i dibuia. Ba, într-un rând, Elena îl văzuse din tramvaiul 21 pe soțul ei, care în loc să fie la institut dădea târcoale ceasului electric din piața Bucur Obor, ascultând cum intonează din sfert în sfert de oră un cântec cunoscut. Lucrurile deveneau tragic de complicate pentru inimoasa soție, care încă nu voia să recunoască în sinea ei tristul adevăr. Toată povestea cu claxoanele dură mai bine de șase luni, timp în care arhitectul, mereu mai nervos și mai nemulțumit, schimbase opt asemenea produse de făcut zgomot. Fericirea de la început i se schimbase în ură și venin. Hărțuit de vecinii care-l amenințau cu Parchetul, de șefii care nu mai erau mulțumiți de randamentul său în fața planșetei, de nevasta care-i dăduse un ultimatum casnic, refuzând să-i mai gătească, să-i mai spele și să mai îndeplinească alte îndatoriri matrimoniale, arhitectul nu mai avea nici măcar consolarea de-a se bucura de pasiunea sa. Ajunsese în prea scurtă vreme la o culme dincolo de care nu mai putea spera să urce. Experimentase la Dacia lui cele mai moderne și mai complexe claxoane care se fabricau în lume, chiar și celebrul produs al firmei Toyota, cel care intona refrenul melodiei *Satisfaction* a grupului Rolling Stone. Și nu atât banalitatea și caracterul foarte limitat al ofertei îl înfuriau pe Emil Popescu, cât mai ales atitudinea pasivă pe care proprietarul claxonului era silit s-o păstreze în decursul exercitării drepturilor sale. Aceasta era marea hibă a tuturor claxoanelor existente în comerț. Cum oare n-a dat nimănui prin gând că omul de la volan poate e sătul să fie doar un deget care apasă invariabil pe un buton, că poate ar vrea să colaboreze cu mașina, să devină un creator? Poate că el ar vrea să-și alcătuiască singur melodia emisă de claxon, de fiecare dată alta, după starea sa sufletească, talentul său personal, gustul său. Tot gândindu-se și mușcându-și pumnii în lungile nopți în care abia mai putea să ațipească o oră-două spre ziuă, arhitectul imagină un claxon construit pe principii cu totul noi. El urma să fie prevăzut cu clape ca de pian, fiecare clapă fiind racordată la una dintre micile goarne electrice.

A doua zi, duminică, îi făcu o vizită vărului său Virgil Ciotoianu, care locuia în blocul ALMO 3 de deasupra magazinului Bucur-Obor și care se ocupa cu reparații de televizoare. Până să intre în subiect, arhitectul admiră fototapetul de pe peretele sufrageriei acestuia, înfățișând un lac roșu ca sângele în amurg și un pin uriaș, negru ca smoala. Vorbiră despre noile televizoare color. În fine, Popescu îl informă despre planurile lui, iar depanatorul, după ce se gândi puțin, surprins neplăcut de originalitatea de gândire a vărului său, îl întrebă de ce nu-și cumpără la urma urmei un pian, să poată cânta în casă cât vrea. În privința claxonului, mai bine s-ar grăbi să-și scoată carnet de conducere, că rugineşte mașina degeaba. Dar Emil Popescu nu se dădu bătut, ci, răbdător, îi explică încă o dată neajunsurile claxoanelor de azi și că el nu vrea să cânte la pian, ci de fapt să îmbunătățească tehnica de claxonare, aducând astfel un serviciu milioanelor de automobiliști. Până la urmă, căzură de acord ca arhitectul să cumpere o orgă electrică, iar depanatorul să i-o instaleze la bordul mașinii. Firește, explică el, în felul acesta mașina devenea impracticabilă, ba chiar volanul trebuia scos, pentru că altfel *keyboard*-ul orgii nu ar avea cum să încapă. Arhitectul, de acord cu toate acestea, insistă ca vărul său să vină cât mai repede să-i monteze orga, vărsând, din cauza unui gest exaltat, paharul cu gin bulgăresc pe care i-l oferise Virgil Ciotoianu. După ce arhitectul plecă, depanatorul avu o lungă discuție pe un ton scăzut, la telefon, cu doamna Popescu. Din vocile lor emana îngrijorarea.

Ca o consecință, Elena îl amenință pe arhitect că, dacă intenționează să distrugă mașina, divorțează de el fără nici un regret. El încercă să-i explice că e vorba de un experiment, dar ea nici nu vru să-i asculte explicațiile. E drept că nici nu divorță când ruda lor veni într-o altă duminică, în brațe cu servieta profesională în care se aflau un letcon-pistol, sârmă de cositor, șurubelniță cu bec, tranzistori, diode, liță, ulei special, tinner, bandă izolatoare, cleşte, patent, set de șurubelnițe și un chitanțier cu plaivas și indigo. Orga Reghin, deja cumpărată de Emil Popescu direct de la magazinul Muzica, aștepta pe holul apartamentului, ridicată în picioare și sprijinită de peretele de la bucătărie. Arăta ca o placă de lemn furniruit într-un cafeniu foarte lucios, cu ape plăcute, din care ieșeau, înduioșător de pure în albeața și abanosul lor, clapele, așezate pe două rânduri. Era cam ora două după-amiază când cei doi bărbați, unul înnebunit de emoție, celălalt cu o mutră de înmormântare, cărară orga la parter și o sprijiniră de caroseria crem a Daciei 1300. Instalarea dură mai mult de trei ore, dar în sfârșit, pe la cinci și ceva, vecinii care rânjeau pe la ferestre și balcoane putură să audă primele note cacofonice scoase de orgă sub apăsarea degetelor stângace ale arhitectului. Din fericire, fiind amplificat de o stație care costase și ea o grămadă de bani, volumul sunetului putea fi reglat după dorință, astfel că vecinii nu se supărară văzând că arhitectul, original, nu mai catadicsea să iasă din cabina sa cu claviatură nici după lăsarea nopții, emițând în surdină sunete peste sunete, fascinat de noutatea ocupației sale. În tot acest timp, la aproximativ doisprezece metri deasupra solului, în apartamentul celor doi arhitecți, doamna Elena Popescu, născută Deleanu, plânsese cu lacrimi mari, care năclăiseră perna brodată din dormitor. Nu mai putea suporta cheltuielile nesăbuite ale soțului. Se săturase să alerge, să robotească, se săturase de viață și se gândea disperată că, fără îndoială, soțul ei înnebunea văzând cu ochii.

Abia la ora trei dimineața, frânt de foame și oboseală, intră pe ușa apartamentului și arhitectul Popescu. Înfulecă la bucătărie, în picioare, ce găsi în frigider, fără să aleagă, căci avea mintea plină de sunete. Ore și ore apăsase la întâmplare pe clapele albe și negre, pe câte una singură sau pe mai multe deodată, simțindu-se ca un adolescent care se trezește pe neașteptate în patul primei femei. Ar fi vrut să rămână acolo o veșnicie, să încerce toate combinațiile posibile, luând clapele întâi câte una, apoi câte două, apoi câte trei... Unele succesiuni de sunete îl bucurau, ca și când le-ar fi știut dinainte și le-ar fi așteptat de multă vreme, altele însă, cele mai multe, îi răneau și jigneau nu numai auzul, ci parcă toată ființa. Se trânti pe sofaua din sufragerie şi adormi uşor, pentru prima dată după luni de zile.

În fiecare zi după orele de serviciu Emil Popescu se așeza în fotoliul confortabil al Daciei și își relua, în surdină, „claxonatul". Când, peste câteva zeci de ani, arhitectului aveau să i se consacre cantități enorme de studii, monografii, comentarii, articole, lucrări de diplomă și doctorat, de zece și o sută de ori mai multe decât cele despre Dante, Shakespeare și Dostoievski la un loc, aceste câteva luni de tatonare *sotto voce* pe clapele orgii Reghin vor primi numele de „perioada subterană" sau *underground* a activității arhitectului. Câte un vecin, prieten vechi, mai venea să-i țină de urât, luând loc în stânga și minunându-se de fiecare dată cât de straniu arată o mașină care în loc de bord și volan are o claviatură de orgă. Fără să-și întrerupă nici un moment sarabanda de zgomote, arhitectul îi explica răbdător că funcția fundamentală a mașinii nu este, cum se consideră de obicei, cea de-a scurta distanțele, deplasându-l pe om dintr-un loc în altul. Aceasta este doar o funcție secundară și, dacă stai să te gândești bine, inutilă. Noblețea mașinii constă în posibilitatea de a claxona, adică de-a comunica și a *se* comunica. Claxonarea, așa cum o concepea Emil Popescu, era vocea, până acum oprimată și sugrumată de om, redusă la un singur sunet animalic, gutural, dar de acum înainte liberă, demnă și suverană, a mașinii. Ne plângem de invazia tehnicismului, de lipsa de dialog cu mașina, dar nu ne-am gândit să-i dăm și acesteia o șansă de a se exprima. Nu este neapărat nevoie ca mașinile să funcționeze, dar este un drept elementar al lor să se poată exprima. Ajuns aici cu demonstrația, arhitectului îi sticleau ochii atât de neobișnuit, încât vecinul își lua în grabă la revedere și urca în apartamentul său, unde, neștiind dacă să râdă sau să compătimească, se simțea tulburat tot restul zilei.

Perioada *underground* dură până în primăvara anului următor. Odată cu înverzirea gardului viu și a salcâmilor din spatele blocului, Emil Popescu dădu brusc mai tare difuzoarele stației, astfel încât ceea ce cânta să se poată auzi pe o rază de câțiva metri în jurul Daciei, fără să deranjeze însă vecinii din bloc. Mulți dintre ei își făcură obiceiul să treacă în fiecare după-amiază pe lângă mașina arhitectului, brusc mirați și fascinați de armonia pătrunzătoare care începea să se înfiripe, mai curată pe zi ce trecea. În primele zile ale primăverii, arhitectul relua cu obstinație, monoton dar atrăgător, același șir de note întregi, crescând parcă una din alta și transmițând o stare ciudată de ataraxie. „Parcă-i Pink Floyd", se pomenea murmurând puștimea, dar își lua seama repede ricanând că ar fi un Pink Floyd „în mizerie". Indiferent de comentarii, zi de zi eroul nostru relua, cu evidentă încântare, șirul de note întregi, care sclipeau stins și profund. Telente, violonistul țigan de pe scara șase, care avea trei fete încărcate de vulpi argintii, probabil omagii ale șirului incredibil de bărbați care se perindau prin casa lor zi și noapte, ascultase cu atenție muzica arhitectului, înjurând uneori cu admirație profesională pe sub mustața à la Sile Dinicu. Era o gamă, asta își dădea și el seama, dar o gamă pe care n-o mai auzise niciodată. La restaurantul Hora, unde cânta, Telente schiță într-o pauză șirul de zece note întregi pe care-l prinsese de la Emil Popescu. Pentru câteva secunde cuțitele și furculițele lumii pestrițe care venea la acest restaurant rămăseseră încremenite, ca și când timpul s-ar fi dizolvat brusc, dar lăutarul se grăbi, speriat el însuși, să reia bucata *Tangoul de demult*, cu care avea de obicei succes la public. După încheierea programului, Telente mai trase o bere cu formația, în rândurile căreia fusese angajat de câtva timp un saxofonist nou, băiat liniștit, care, după ce terminase conservatorul, nu voise să se ducă în satul Argășeni, județul Bacău, unde fusese repartizat ca profesor de muzică. Dar amicii săi din taraful restaurantului tot Profesorul îi ziceau și se cam fuduleau că au între ei pe unul care știe muzică, nu glumă. În acea seară, Profesorul îl întrebă pe Telente, în treacăt, ce gamă cântase după *Something*, prelucrarea lor din Beatles. Telente atât aștepta ca să le povestească ce panaramă are el la bloc cu arhitectul de la trei. Profesorul ascultă distrat, gândindu-se câtă ironie cuprinde istoria și amintindu-și un pasaj din *Gerontion* a lui Eliot. Da, numai trape, numai capcane și drumuri sucite... Gama care făcuse odată gloria lui Pitagora, celebra scară muzicală de zece sunete, corespunzând fiecare câte unei planete (ultima dintre ele fiind misterioasa Antihton, iar prima însuși Soarele) și câte unui segment de dreaptă aflat în relații armonice cu celelalte, după regula Numărului de Aur, ajunsese acum să fie reinventată de un maniac care o cânta la infinit, ca un disc zgâriat. Ajuns acasă, în cămăruța sa de doi metri pe un metru și ceva, cu pereții plini până sus de cărți jerpelite și cu un colaj reprezentându-l pe Sfântul Augustin privind sânii goi ai unei femei din cine știe ce revistă obscenă, agățat pe ușa murdară, Profesorul își notă în jurnal câteva rânduri despre cele discutate la restaurant. Dar se opri la jumătatea unei fraze, căci la unsprezece bătu în ușă prietena lui, Iolanda, de curând divorțată și dornică de multă, multă dragoste.

În tot acest timp Elena, buna soție a arhitectului, se consultase cu o mulțime de medici psihiatri pe care-i adusese sub diferite pretexte ca să-l vadă pe arhitect. Părerile lor fuseseră împărțite. Cu siguranță nu era un caz obișnuit. Cei mai mulți înclinau să vorbească despre o monomanie în genul colectării de cactuși sau timbre, dar cine ar putea preciza granița dintre un simplu hobby și o manifestare patologică? Se cunosc doar o mulțime de exemple de pasiuni absurde care pot duce, pe fond de normalitate, la manifestări nebunești. Câți nu și-au aruncat televizorul pe fereastră în timpul unui meci? Sunt și cazuri în care câte un pensionar s-a sinucis după o partidă de table pierdută. Așa că Elena ar putea fi înțeleaptă, atâta vreme cât soțul ei făcea încă față problemelor de serviciu și se încadra încă în convențiile sociale ale vieții de familie. În definitiv, să nu uite că l-a luat de bărbat pe Emil Popescu la bine și la rău, și de altfel poate să fie sigură că, odată declarat alienat mintal, îngrijirea arhitectului ar cădea tot în seama familiei, de vreme ce delirul său nu prezintă pericol social. Să nu se grăbească cu divorțul, să mai aștepte, doar au realizat atâtea lucruri împreună și un om nu poate fi abandonat ca un câine. Alți bărbați sunt mai răi, își înșală nevestele, beau, practică perversiuni sexuale, câte femei nu și-ar dori ca secătura lor să stea toată după-masa să cânte la... în fine, la ceva. În fața acestor sfaturi profesionale, care-și găseau ecoul în cele ale familiei, biata femeie se resemnă să mai aștepte o vreme. Era tare greu. Arhitectul nu mai era același om, nu-l mai interesa nimic în legătură cu ea sau cu casa. A încercat o vreme să doarmă iar în pat cu el, ba chiar intenționase să fie tandră, dar el părea nu numai să nu mai aibă nici un fel de dorințe amoroase, dar să nu mai fie nici măcar conștient că există așa ceva. Pierdea cu timpul cele mai elementare noțiuni omenești. Dimineața, de exemplu, trebuia să i se aducă aminte să se bărbierească.

Telente trecea acum zilnic pe lângă Dacia crem și înainte de-a se îndrepta spre stația troleibuzului 95, cu care ajungea în centru, de unde până la slujbă îl lua pe 88, asculta câteva minute frazele muzicale ale arhitectului. Își dăduse repede seama că acesta nu mai repetă la nesfârșit aceeași gamă, ci construiește, dovedind o vădită evoluție tehnică, mici melodii bizare pe baza ei. Degetele lui, la început atât de stângace și împleticite, deveniseră agile și suple, tari ca fildeșul la vârfuri. Totuși melodiile păreau cam fără ritm, curgând, doar note întregi sau chiar note duble, în litanii tărăgănate. Lăutarul, adept al pieselor îndrăcite, al glissandourilor și tremolo-urilor țigănești de cabaret, nu prea putea înghiți ceea ce producea Emil Popescu. Reținu însă un fragment care părea mai închegat și mai melodios și i-l cântă, ca o curiozitate, Profesorului, după închiderea localului. De data asta saxofonistul ciuli urechile, pentru că melodia i se păru al dracului de cunoscută. Nu, nu mai putea fi vorba de o coincidență. O dată la o mie de ani cineva, apăsând clapele la întâmplare, putea reproduce o scară muzicală de zece sunete, dar acum era altceva. Plecă preocupat și în demisolul său își revăzu însemnările din conservator cu privire la muzica arhaică. De câteva ori reluă la saxofon (marea lui dramă era lipsa unei pianine, pe care oricum n-ar fi avut unde s-o pună) cele câteva fraze ale melodiei, care la acest instrument barbar și totuși rafinat sunau inedit, pătrunzător. Surescitat, își notă în jurnal că „același maniac“ reușise bizara performanță de a reinventa, notă cu notă, prin cine știe ce intuiție parapsihologică, partitura singurului imn orfic care ne-a parvenit din Antichitatea grecească. Trebuie într-adevăr, scrise mai departe Profesorul, să fie vorba de ceva asemănător „vorbitului în limbi“ sau acelor viziuni detaliate pe care unii oameni le au cu privire la orașe pe care nu le-au văzut niciodată. Chiar de a doua zi îl rugă pe Telente să-l pună în legătură cu organistul din automobil.

Întâlnirea Profesorului cu Emil Popescu este istorică. Nu poate fi estimat rolul pe care tânărul saxofonist l-a jucat în popularizarea giganticei opere și personalități a arhitectului. Încă de la primele note emise de orga acestuia, pe care le ascultă așezat pe canapeaua din față a mașinii, unde fusese invitat amabil, Profesorul avu intuiția a ceea ce se întâmpla de fapt, căci, după ce mai cântă de vreo două ori imnul orfic, pe neașteptate organistul trecu la altceva. Era o gamă nouă în repertoriul său, dar de fapt veche de mii de ani, o gamă care putea fi ascultată, devenită cântec, pe țărmurile Asiei Mici. După ce cântă de mai multe ori gama minoră, Emil Popescu trecu la improvizații pe baza ei. Profesorul îi puse câteva întrebări și își dădu seama din răspunsuri că arhitectul habar n-avea că face muzică. Transportat, el nu mai contenea cu teoriile sale în legătură cu diversele aspecte ale comunicării om–mașină prin claxonare. Ceea ce făcea el nu era decât o claxonare modulată, pe care i-o dicta intimitatea cu automobilul. Nu se putea scoate nimic mai mult de la el. Nu dădea nici o atenție încercărilor Profesorului de a-i vorbi despre game și melodii, dar în același timp degetele sale conturau în aerul verii un pean închinat lui Apollo, în care saxofonistul recunoscu o compoziție a lui Onesicrates. Abia pe seară se îndură să plece, dar de atunci încolo Profesorul avea să vină în fiecare zi să asculte fantasticele creații ale organistului. Noaptea, cât nu era agresat de frumoasa și senzuala Iolanda, tânărul citea și recitea manualele sale de istorie a muzicii, marcând cu un semn stadiul la care ajunsese arhitectul și chiar încercând să prevadă pașii pe care-i va face în continuare. Căci, după ce epuizase fazele succesive ale muzicii antice, într-o după-amiază Emil Popescu îl luase prin surprindere pe saxofonist cu primele sonuri ale unui *cantus planus* gregorian, într-o curgere de o inconfundabilă măreție. Cam din acest moment vecinii din bloc începură să se intereseze din nou de excentricul lor colocatar, mai cu seamă bătrânele, cărora muzica „bisericească", deși diferită de cea pe care o știau ele, începea să le placă, așa încât în fiecare după-amiază puteai zări, timp de vreo două săptămâni, un grup de bunicuțe dormitând pe câte un scaun de bucătărie lângă Dacia arhitectului.

Pentru Profesor nu mai exista nici o îndoială. La rândul său își abandonă slujba, își dezorganiză viața, ba o părăsi și pe Iolanda ca să fie mereu în apropierea arhitectului. Jurnalul său, în care până atunci notase aproape numai cărțile citite și impresii de la concerte, plus diverse afaceri amoroase, și asta cam o dată pe săptămână, creștea acum luând proporții de roman-fluviu. Totul era acolo, într-o încâlceală de text și portative trasate strâmb, marcând neverosimilele explozii ale spiritului prin care Emil Popescu reușea să treacă de la o etapă la alta, de la o mentalitate la alta, de la niște convenții la altele, repetând, redescoperind, pas cu pas, istoria muzicii. Într-o confuzie aparent inextricabilă, game, exerciții de armonie și contrapunct se înlănțuiau seară de seară, până noaptea târziu, în aerul întunecat din spatele blocului, scânteind câte zece minute într-o melodie limpede ca diamantul, apoi cufundându-se iar în căutări și frământări mâloase, de care arhitectul nici nu avea habar. Anotimpurile se roteau amestecându-și culorile, rulându-și norii pe cerul niciodată același, dar fiecare amurg și fiecare răsărire de stele îi găsea pe cei doi în spatele parbrizului Daciei 1300, ajunsă murdară de praf în ultimul hal. Noroc că Profesorul se îngrijea să-i mai încarce acumulatorul din timp în timp și să mai treacă cu buretele peste tabla vopsită în crem, ca să nu ruginească de tot. Copiii care se jucau în spatele blocului avuseseră de mult grijă să spargă toate cele patru cauciucuri ale mașinii.

Elena mai venea și ea uneori, suind în mașină pe bancheta din spate. De la o vreme chiar se arătă din ce în ce mai des, nu atât ca să asculte melodiile sofisticate ale soțului ei, care tocmai trecea prin furia contrapunctică a unor Dunstable, Palestrina, Dufay, Ockeghem, Josquin Des Prés și mai ales Orlando di Lasso, suprapunând acorduri aproape alchimice, cât pentru că începea s-o atragă, de ce să n-o spunem, înfățișarea destul de romanțioasă a tânărului saxofonist. Ea își dăduse demult seama că, atâta vreme cât cânta, Emil Popescu practic ieșea din lumea concretă, rămânând orb și surd la orice fel de stimul exterior. Orice i-ai fi spus, el mormăia același text cu claxonarea, din ce în ce mai obscur, mai delirant. Așa că nu se sfii să se plângă în toate felurile de bărbatul ei Profesorului, care o ascultă mai întâi cu o ureche, apoi cu amândouă, fără să se dumirească prea tare. Când deschise însă și ochii, sau mai bine zis când îi ridică din jurnal, deveni brusc interesat, pentru că Elena avea sâni foarte frumoși. Semănau cu ai fetei din fotografia la care era silit să se holbeze sărmanul Augustin, în chilia tânărului. Iar acești sâni erau neatinși de o grămadă de vreme. Când saxofonistul, după câteva seri de tatonare și de tot mai tulbure intimitate spirituală, o atinse cu degetele pe obraz (se așezase și el în cele din urmă pe bancheta din spate), Elena făcu ea prima gestul de a-i căuta gura cu buzele întredeschise. Făcură dragoste chiar acolo, pe primele acorduri ale *Adagio*-ului din Concertul pentru vioară și orchestră în Mi major de Bach.

De atunci trioul deveni nedespărțit. Venind de la serviciu, Elena îi găsea de obicei pe cei doi deja în mașină. De când cânta Bach, și îl cântă mai bine de un an de zile, vecinii deveniră cu toții melomani, chiar îl rugară să mărească, pentru câteva ore, până la venirea serii, sonorul stației de amplificare.

Profesorul nota de zor. Deja publicase în *Magazin*, la rubrica de convorbiri cu cititorii, o notiță despre fenomenul muzical apărut în spatele blocului din Berceni. Trimise apoi un articol la *Flacăra*, care apăru chiar săptămâna următoare, ceea ce atrase atenția forurilor în drept asupra cazului. Cum cu arhitectul era din ce în ce mai greu de comunicat și cum pe articol saxofonistul primise frumoasa sumă de 380 de lei, el își luă asupra sa toată munca de impresar artistic al ciudatului său amic. Fiind vorba de inofensiva și mereu utila muzică clasică, arhitectul intră până la urmă și în vederile Radioteleviziunii, așa încât câte un concert interpretat la orgă electronică sâmbătă seara sau joi dimineața, pe programul trei, de artistul amator Emil Popescu devenise un lucru destul de obișnuit. Radioul prindea mai mulți iepuri deodată cu aceste transmisiuni. Făcând educație muzicală, dovedea în același timp că pretutindeni în popor apar talente noi. Apărea de asemenea evidentă calitatea instrumentelor muzicale produse de cunoscuta noastră fabrică de la Reghin.

Anul următor, televiziunea populariză pentru prima dată imaginea arhitectului în milioanele de cămine ale țării. Carele de reportaj, urmărite de zeci de vecini în pijamale, opriră în fața blocului și se întinseră cabluri lungi, albastre și portocalii, până în spate, unde două camere de luat vederi își clipeau becul verde de sub obiectiv. Reporterul, după ce vorbi cu însuflețire câtăva vreme, cu fața spre camere, încercă să intre în cabina Daciei ca să stea de vorbă cu arhitectul. Dar Profesorul și Elena îi explicară că maestrul, ale cărui degete incredibil de lungi baletau pe clapele sidefii, nu poate fi întrerupt din transa lui. În cele din urmă, televiziunea se mulțumi cu un reportaj de un sfert de oră, în care se vorbea despre Mozart pe fondul muzicii arhitectului.

Tot cam pe atunci Elena constată că rămăsese gravidă. La început se sperie, dar saxofonistul, care de altfel acum nu mai cânta deloc, ci diminețile trepăda între radio, televiziune și diverse redacții, iar serile umplea meticulos al șaptelea sau al optulea caiet cu note și portative, Profesorul deci, care deja dormea de câteva luni chiar în casa arhitectului, o calmă și hotărâră împreună ceea ce de mult se impunea, divorțul de arhitect. Procesul de divorț nu dură exagerat de mult, aproximativ opt luni, faptele fiind evidente și starea de pregnanță a Elenei avansând rapid. Partajul satisfăcea ambele părți: Elenei îi rămânea casa cu întregul mobilier, iar lui Emil Popescu mașina, plus o diferență în bani pe care ea se obligă să i-o asigure sub forma pensiunii complete, care includea trei mese pe zi plus cazare peste noapte. Așa că, de fapt, numai starea socială a celor trei, care deveniră în curând patru, se schimbase. Acest divorț neobișnuit stârnise destul scandal, bineînțeles, și totul ar cam fi mirosit a promiscuitate dacă opinia publică n-ar fi apucat între timp să se familiarizeze cu persoana neobișnuită a arhitectului.

Acesta se schimbase mult în cei câțiva ani care trecuseră de la primul claxonat fatal al Daciei sale. Se îngrășase enorm, deși aproape că nu se mai hrănea, pielea feței i se întinsese pe obraji, ochii din ce în ce mai apropiați căpătaseră o uitătură fixă, atentă la nimic din lumea asta. Un păienjeniș de barbă rară, cu fire neobișnuit de lungi, i se încurca pe obraji. Dar ceea ce începea deja să depășească până și patologicul, trecând în teratologie, erau mâinile sale. Degetele îi ajunseseră de peste treizeci de centimetri lungime. Rășchirate, cuprindeau întreaga claviatură. Frânghii groase, întretăiate, de mușchi le mișcau falangele, contractându-se și relaxându-se cu o viteză incredibilă. Abia puteai vedea vârfurile degetelor lui alergând ca niște picioare nervoase de țânțar pe clapele reci. Cu acele mâini monstruoase, Emil Popescu executa concerte întregi din Beethoven și Ceaikovski, fără să le fi ascultat vreodată, reinventându-le într-o stare de continuă halucinație. Când se întrerupea din cântat, degetele care-i ajungeau până la genunchi păreau să-l doară insuportabil, așa că după numai doi ani arhitectul își părăsise serviciul, rămânând practic dezlegat de orice legături cu viața socială obișnuită. Cânta acum fără întrerupere, zi și noapte. La rubricile de curiozități din toate marile ziare și reviste apărură scurte note despre organistul român. Reporteri de la *New York Herald Tribune, Life, Strange Astonishing Stories Magazine, Paris Match* și *Penthouse* începură să se perinde prin spatele blocului din Berceni, fulgerând din blitzurile orbitoare ale aparatelor sofisticate de fotografiat, înregistrând casete video și benzi întregi de magnetofon cu muzica minunată a arhitectului și nu mai puțin cu bolboroseala incoerentă a acestuia. Profesorul se învârtea pe lângă ei, le „traducea" cuvintele organistului și, pe la începutul primăverii, își publică simultan la Paris și Londra însemnările din caiete sub titlul *Un génie aux portes de l'Orient*, respectiv *A Man of Genius at The Gates of Orient*. Succesul de neimaginat, atât în rândul muzicienilor, cât și al profanilor, pe care l-au avut aceste ediții, urmate imediat de altele, în cele mai diverse limbi, a făcut ca Emil Popescu să devină omul momentului în întreaga lume.

În anii care urmară, saxofonistul, căsătorit între timp cu Elena, care își creștea liniștită copilul, călători prin toată lumea, ținând neobosit conferințe peste conferințe. Emil Popescu deveni astfel cel mai cunoscut artist român în străinătate, iar o firmă japoneză îi dărui un minunat sintetizator de sunete Mishiba, care să-i lărgească posibilitățile de expresie. După o călătorie cu avionul și cu camioanele, uriașul instrument, având unsprezece metri lungime și doi înălțime, ajunse în spatele blocului. Câțiva locatari trebuiră să renunțe la locurile de parcare. De asemenea, bătătorul de covoare fu scos și montat la câțiva metri mai încolo. O construcție specială, de plexiglas transparent, proteja aparatul de intemperii. Cei doi specialiști japonezi care-l însoțiseră montară întreaga instalație și încercară să-l determine pe arhitect să se mute și el sub acoperișul de plexiglas. A fost însă imposibil să-l scoată din mașină. Caroseria crem a Daciei părea pentru Emil Popescu la fel de importantă ca muzica însăși. Inventivi ca de obicei, japonezii au recurs atunci la singura soluție posibilă. L-au mutat pe arhitect pe bancheta din spate, au scos afară bancheta din față și vechea claviatură a orgii Reghin și, în câteva zile, au montat în spațiul rămas o imensă aparatură, o încâlceală amețitoare de ecrane, potențiometre, cadrane cu afișaj electronic, plus opt rânduri de clape speciale, așa încât te puteai crede la bordul unei nave spațiale. Cei doi omuleți, după ce puseră în funcțiune sintetizatorul, încercară să intre cumva în dialog cu celebrul muzician. Surprinderea și ușurarea lor au fost mari când au văzut că arhitectul mânuiește aparatura electronică, apasă butoane, reglează frecvențe ca și cum s-ar fi ocupat toată viața numai de astfel de lucruri. De la primele atingeri de clape izbucniră în văzduh, cu o puritate și o bogăție a sunetului izbitoare după soundul primitiv al orgii Reghin, valurile succesive, avântate și apoi reținute ca o uriașă suferință, ale *Valsului* de Ravel.

Marele Mishiba putea reconstitui orice sunet natural sau emis de vreun instrument. Timp de câțiva ani, Emil Popescu nu făcu altceva decât să exploreze neobosit posibilitățile fantastice ale sintetizatorului. Din când în când, printre cele mai fidel redate zgomote naturale, foșnete de frunze uscate, fluierat de mierlă, șipot de râu, inflexiuni de voce feminină de o dulceață care te sfârșea, zgomot de avion la decolare, bolboroseală de delfini, saxofonistul, atât cât mai stătea în preajma Daciei din spatele blocului, avea prilejul să noteze febril bucăți muzicale orchestrate tulburător. Pur și simplu se puteau auzi, cu o limpezime de timbru imposibil de obținut pe cale firească, flaute și viole, cornuri și fagoturi, triangle și timpane, împletindu-și liniile melodice în melodii filigranate sau în disonanțe sclipitoare. Labele arhitectului, cu zeci de articulații la degete, alergau pe sutele de clape, reglau miile de frecvențe concurente, programau simultan orchestre întregi. Stația modestă a orgii Reghin fusese înlocuită de un glob de sârmă specială, cu un diametru de peste trei metri și putând emite un sunet cvadrofonic, cu multiplu ecou dirijat. Cu micul neajuns al demolării blocului din cauza intrării tuturor locatarilor într-un stres pronunţat, se creă avantajul ca o mare parte din Bucureşti să se afle permanent sub umbrela de sunete emise de arhitect. Terenul pe care se aflase blocul, frumos nivelat, fu înconjurat cu un gard de beton şi scândură, iar în incintă se plantară brazi. Muzica serială a lui Schönberg şi Webern le pria, aşa încât ramurile lor de cetină se lungiră curând, aplecându-se peste Dacia ruginită şi înconjurând cu ácele lor cafenii blocul de plexiglas în care dormea burta enormă a sintetizatorului, deopotrivă cu cei doi specialişti japonezi, care începuseră să chelească. Zi şi noapte, muzica mugea şi vuia, vibra şi ţiuia acaparator.

Saxofonistul şi Elena lui ocupau vila de metal şi sticlă care fusese ridicată pe fundaţiile fostului bloc. Înconjuraţi de puternicul miros de ozon, trăiau liniştiţi. Începură să-şi dea seama că îmbătrânesc când îşi căsătoriră băiatul. Profesorul era recunoscut ca un impresar genial, dar de la un timp nimeni nu părea să mai aibă nevoie de el. Mai era invitat pe la congrese, ca preşedinte onorific, dar ceea ce i se cerea, mereu şi mereu, era să povestească împrejurările în care-l cunoscuse pe Emil Popescu. Popularitatea acestuia părea să nu ţină de nici o modă, ci să crească mereu, ba chiar la un mod exponenţial. Auditorii din toate generaţiile cereau aceeaşi muzică, lucru nemaiauzit şi, sociologic, inexplicabil. Iar televiziunea prin cablu şi comerţul cu videocasete cuprindeau pe trei sferturi concerte ale lui Emil Popescu.

Momentul crucial pentru instaurarea melocraţiei arhitectului a trecut neobservat de către opinia publică. El se petrecu în seara în care saxofonistul, întorcându-se acasă de la o conferinţă ţinută la Ateneul cel nou, o găsi pe Elena, acum ceva mai planturoasă şi mai cenuşie, ascultând în transă muzica fostului ei soţ. O veche convenţie făcea ca ei să nu vorbească niciodată despre acesta şi să nu-i dea mai multă atenție decât o cereau obligațiile profesionale. De când nici nu îl mai hrănea, Elena păruse să-l fi uitat definitiv. Dar iat-o acum pe verandă, ascultând extaziată țipetele disperate ale unor chitare simulate electronic. Profesorul se înfurie. Muzica îi atârna și lui greu în picioare, dar de data asta nu mai ținu seama de fascinația ei. Se văzu, într-o clipă de luciditate, un bătrânel care și-a câștigat existența asemenea unui director de circ, expunând un monstru de coșmar curiozității publice. Simți brusc o ură intensă pentru cel care, la câțiva pași în noapte, dincolo de peluza de iarbă, îi răpea psihic nevasta, o recâștiga prin forța muzicii. O lăsă pe Elena și se îndreptă spre bucătărie. Înșfăcă satârul scânteietor cu care se tranșa carnea și se repezi spre contururile Daciei demodate, licărind palid în noapte. Profesorul văzu tabla caroseriei, mâncată literalmente de rugină, jantele strâmbate ale fostelor roți, ferestrele fără parbriz. Dar, în interior, sticleau fantastic mii de lumini verzi, roșii și albastre, în locul unde fusese altădată bordul mașinii. Se aprindeau și se stingeau ritmic, exercitând asupra saxofonistului un efect hipnotic. Se apropie și privi înăuntru.

Acolo se afla arhitectul. Corpul său, care trebuie să fi cântărit cel puțin patru sute de kilograme, ajunsese să umple literalmente, cum umple melcul o cochilie, diform, gol și alburiu, căci hainele plesniseră demult pe el, toată partea din spate a mașinii, revărsându-se puțin și prin ferestre. Capul i se sudase de torace, trăsăturile i se mai vedeau doar ca niște linii fine desenate pe fața cărnoasă, iar ochii i se uniseră într-un singur ochi panoramic care privea dintr-o dată întreaga mașinărie complicată a pupitrului de comandă al sintetizatorului. Coatele și antebrațele i se resorbiseră în coaste, așa că direct din torace îi ieșeau acum cele două buchete de degete, fiecare cuprinzând câteva zeci de filamente ca nuielele, dar complicat articulate, și care atingeau neobosit clapele sidefii. Profesorului îi veni să vomeze, simțind fiorul de oroare sacră în fața acestei ființe atât de puțin omenești. Ca să nu aibă timp să dea înapoi, stinse farul și se repezi la portiera din față. Cum trase de ea, aceasta se desprinse din balamalele putrede și căzu în iarbă ca o bucată strâmbă de cochilie. Apucă ferm mănunchiul de degete dinspre el și începu să le ciopârțească furios. Sânge și bucăți de degete se prelingeau pe corpul devenit unsuros al lui Emil Popescu, dar el părea să nu reacționeze în nici un fel. Degetele rămase din mănunchi continuau imperturbabil să fojgăie pe clape. Un miros greu, ca de odaie în care naște o femeie, se răspândi pe sub cetină. Când și ultimul deget căzu zvâcnind pe cauciucul striat de la picioarele arhitectului, saxofonistul, sclipindu-și barda sub stelele mici, făinoase, ocoli prin față resturile de caroserie prin care, pe alocuri, se vedea motorul întunecat și apucă strâns în pumn ciotul din care pornea celălalt mănunchi de degete. Dar, de data aceasta, când vru să izbească din toate puterile, se petrecu un lucru uimitor. Deodată degetele văluriră gingaș, ca o tresărire a antenelor unei filoxere, pe claviaturile suprapuse, și din marea sferă de plasă metalică se răspândiră în aer câteva acorduri de-a dreptul înnebunitoare. Nu mai era Alban Berg, nici Orff, nici Duke Ellington, nici Pink Floyd. Nu mai era nimic din ceea ce se auzise vreodată sau din ceea ce mintea omenească ar putea concepe că s-ar putea auzi. Saxofonistul asculta încremenit. Era o muzică pe care n-o mai ascultai cu urechile, ci cu toată pielea deodată, care-ți umplea canalele venelor de ecouri, cu care îți intra în rezonanță structura osoasă. Ajunsă în creier, la porțile sufletului, ca o doză de mescalină sau ca un dulce păianjen care-și injectează în corpul victimei enzimele dizolvante, această muzică se substituia sufletului și, asemenea unui homuncul perfid, prelua în mâini ferme hățurile trupului. Apoi muzica, asemenea unor unde peristaltice de azur, cobora de-a lungul jugularelor, invada canalele limfatice, se iriza în pachetele fusiforme ale mușchilor, cuprindea, în lungul nervilor spinali, organele interne, celulele hexagonale ale ficatului, inima cu embrionii ei electrici, suprarenalele și marea incintă a vezicii urinare, cobora ca un amurg ploios în coapse și alerga de-a lungul femurului, tibiei și peroneului până în vârful degetelor de la picioare, înlocuind fiecare celulă, fiecare mitocondrie, fiecare fărâmă de acid nucleic, cu o încâlcire muzicală. Copleșit, având senzația de destrămare a lumii pe care numai cei care-au făcut un infarct se spune că o simt, saxofonistul se prăbuși pe iarbă, lângă portieră. I se păru că marea foaie transparentă a cerului, în care erau încrustate stelele, se distorsionează, că se apropie de el, se mulează pe corpul său și-l înfășoară strâns, ca un lințoliu pestriț. Își pierdu cunoștința.

Când se trezi, se făcuse ziuă, dar umbra tremurată pe iarbă a Daciei îl ferea de discul topit al soarelui. Era plin de sânge. Se ridică și privi monstrul din mașină. Ciotul de unde retezase acele degete uriașe se cicatrizase deja și, asemenea unor unghiuțe, mlădițele altor degete începuseră să înmugurească în loc. Profesorul începu să plângă penibil, sughițând și înecându-se. Nu se mai simțea în stare de nimic. Lumea i se părea un infern de cenușă, cu neputință de suportat. Tânjea din răsputeri după acele câteva acorduri pe care le ascultase noaptea trecută. Timp de vreo opt ore suferi îngrozitor. Îi era rău, fizic și sufletește în același timp. Un delir paranoid i se dezvolta sub țeastă, și în cele din urmă Profesorul înșfăcă iar satârul și se repezi spre arhitect, decis să-l omoare cu adevărat de data asta. Dar aceeași muzică extatică îl trânti la pământ.

Înțelese că arhitectul emitea acele sunete dureros de melodioase ca o secreție otrăvită împotriva oricărei agresiuni. Era de-ajuns să se prefacă a-l lovi ca să mai audă încă o dată muzica fără de care nu mai putea trăi. Cu cât agresiunea era mai puternică, cu-atât muzica devenea mai acaparatoare. Ani în șir, practic până la sfârșitul vieții sale, saxofonistul profită, vicios, de această descoperire. Ca să mărească efectul muzicii, el încercă pe rând să-l asfixieze, să-l pârjolească, să-l opărească, să-l dinamiteze, să-l electrocuteze, să-l iradieze pe arhitect. De fiecare dată linia melodică se schimba, volutele sonore și mai mult decât sonore se răsuceau altfel, în compoziții mai puternice și mai pătrunzătoare decât tot ce realizase vreodată geniul artistic al oricărui compozitor. Căci, în aceste momente, arhitectul nu mai imita stiluri și modalități deja existente, ci devenea el însuși un supraartist și un suprainterpret.

De-a lungul deceniilor, întreaga mentalitate umană se schimbase sub influența copleșitoare a arhitectului. Nu mai existau conflicte, pentru că singurul interes al fiecărei ființe umane era să poată asculta zi și noapte recitalul neîntrerupt. Tot ce se mai scria erau ziare întregi despre arhitect, cărți despre arhitect, se pictau doar portrete oficiale ale arhitectului și fiecare poezie era un imn de slavă închinat acestuia. Se mai muncea doar pentru asigurarea mijloacelor minime de subzistență și pentru întreținerea vastei rețele de sateliți care retransmiteau permanent muzica arhitectului. Oamenii se iubeau pe muzica arhitectului și, când erau înmormântați, aveau parte de aceeași muzică funerară.

Cei doi japonezi care îngrijeau marele Mishiba intraseră în legendă, iar după moartea lor le urmară alți doi, care își luară același nume ca primii. Astfel, de-a lungul secolelor, se perindă în mica oază de cetină o întreagă dinastie de japonezi. Pelerini de pretutindeni veneau să asculte direct, de la boxa originară, muzica sacră. Se organizară mii de atentate împotriva arhitectului ca să se obțină reacția de apărare, muzica aceea de o sută de ori mai profundă decât de obicei. Foamea de muzică devenea cumplită, ajunsese să obsedeze în asemenea măsură mintea oamenilor, încât, într-un moment de nebunie colectivă, ei se hotărâră, din dorința irepresibilă de a se dizolva în armonie, să-l extermine cu ajutorul rachetelor termonucleare. În momentul când degetul omului în uniformă se apropie de butonul de declanșare al celor câteva mii de lovituri nucleare, muzica țâșni din toate aparatele de recepție ca din niște aruncătoare de flăcări, în înlănțuiri de tonalități și frecvențe de nesuportat. Majoritatea oamenilor fură carbonizați, iar supraviețuitorii deveniră simple accesorii ale arhitectului. Viața le era conservată numai de muzică. Circulația sângelui, mișcarea gândurilor, digerarea hranei erau întreținute artificial de uriașa țesătură melodică ieșind de sub degetele arhitectului. Cu aceste câteva milioane de supraviețuitori, acționând sincronizat asemenea termitelor, arhitectul își construi un nou sintetizator, de o complexitate de neconceput, întinzându-se pe un sfert de planetă. Monstrul însuși crescuse. Caroseria Daciei rămăsese încrustată în spinarea lui albicioasă ca o minusculă cochilie. Trupul acoperea o suprafață uriașă, iar degetele infinit ramificate se întindeau acum, pornind din cele două brațe, de jur împrejur, ca o plasă de păianjen. De la primele atingeri ale miliardelor de clape terminale, ultimii oameni se prefăcură și ei în pulbere. Aceasta nu mai era muzică – sau era muzica de care vorbeau pitagoreicii. Nici o ureche omenească nu mai putea s-o audă, pentru că ea nu mai ținea de sunete, nici măcar de materie, ci pătrundea în pulsațiile cosmice, împletindu-se cu ele și forțându-le să se modifice. De-a lungul milioanelor de ani, arhitectul își modulă melodiile care făceau să se accelereze procesul de fuziune din inima stelelor și care producea materia înconjurătoare, melodiile care provocau explozia stelelor ajunse la o masă critică, formând minunatele supernove, care chirceau stelele mai mici până ajungeau pitice albe, pulsari sau disperate găuri negre, pe unde materia se pierdea într-un alt univers. Era suprafiresc să fii în stare să privești cum miliardele de stele galbene, alb-strălucitoare sau albăstrii, aglomerate în păienjenișul plat, rotitor al galaxiei, cele mai multe fiind sisteme duble sau chiar multiple, precum Pleiadele sau Hyadele, unele de câteva ori mai mari decât Soarele, ca Regulus, Sirius, Rigel, Arcturus, iar altele de magnitudine pozitivă mergând până la +14 și mai departe, sticleau și pâlpâiau, se concentrau și explodau primind instantaneu valurile ritmice emise de noul sintetizator. După patru miliarde de ani Soarele începu să se dilate, cuprinzând mai întâi orbita lui Mercur, iar apoi pe cea a lui Venus, revărsându-se ca aluatul până în apropiere de Pământ. Pământul însă nu mai era de mult vizibil, fiind înglobat în întregime în masa organică a arhitectului, de formă sferică, de dimensiunile Soarelui și cu două brațe pletorice, îmbâcsite de filamente ca niște brațe de meduză. Marele sintetizator era acum și el un element intern al imensului corp. În momentul în care Soarele explodă, aruncând în spațiu, sub forma unei văpăi purpurii și violete, scânteind din milioane de franje, materie volatilă ca eterul, arhitectul își începu migrația lentă spre centrul galaxiei.

Universul îmbătrânea, se scofâlcise ca o smochină. Materia lui se fărâmița ca putregaiul. Până și spațiul interstelar, altădată flexibil, aburos, plin de nori de metan și fire de praf auriu, devenise aspru și rigid. Prin el înainta acum arhitectul, ca o nebuloasă din ce în ce mai întinsă, înghițind constelații întregi, fluturând în bătaia câmpurilor electromagnetice, dar emițând permanent, ca o mare voință, propriile sale ritmuri, imperative și proaspete. Când ajunse în centru, brațele sale răsucite în spirală umplură întregul spațiu al fostei galaxii. Materia corpului și-a brațelor sale, ajunsă în timpul migrării la o rarefiere extremă, se condensă de-a lungul unei perioade incomensurabile de timp, își pierdu continuitatea și se concentră în fărâme stelare care se aprinseră deodată în universul gol și întunecat. O galaxie tânără se rotea acum, zvâcnind și pulsând, pe locul celei vechi.

Cuprins

La prețul de vânzare se adaugă 2%,
reprezentând valoarea timbrului literar.